U0900950

本书是教育部人文社会科学研究青年基金项目“台港澳暨海外华文文学的内地传播研究及史料整理”（12YC751094）成果。

风景的重新发现

f e n g j i n g d e c h o n g x i n

faxian

内地语境中的台港澳暨海外华文文学研究

颜敏 | 著

中国社会科学出版社

图书在版编目(CIP)数据

风景的重新发现：内地语境中的台港澳暨海外华文文学研究/颜敏著.—北京：中国社会科学出版社，2015.4

ISBN 978-7-5161-6157-9

Ⅰ.①风… Ⅱ.①颜… Ⅲ.①华文文学—文学研究—世界 Ⅳ.①I106

中国版本图书馆 CIP 数据核字（2015）第 105192 号

出 版 人 赵剑英
责任编辑 曲弘梅
责任校对 何又光
责任印制 戴 宽

出 版 中国社会科学出版社
社 址 北京鼓楼西大街甲 158 号
邮 编 100720
网 址 http：//www.csspw.cn
发 行 部 010-84083685
门 市 部 010-84029450
经 销 新华书店及其他书店

印刷装订 北京君升印刷有限公司
版 次 2015 年 4 月第 1 版
印 次 2015 年 4 月第 1 次印刷

开 本 710×1000 1/16
印 张 16.75
插 页 2
字 数 266 千字
定 价 52.00 元

凡购买中国社会科学出版社图书，如有质量问题请与本社联系调换
电话：010-84083683
版权所有 侵权必究

自　序

柄谷行人在探讨日本现代文学的起源时，反复提及“风景”的概念，在他看来，“风景”指的并不一定是名胜古迹，而是在特定时空被凸显的新事物新现象；风景的发现，往往与风景自身无关，而与发现者认知装置的变化及塑造这一认知装置的时代语境有关。他甚至断言，风景之所以为风景，是缘于“内在自我的出现”，正是在新的自我意识之中，外在的景观被整体化、自我化了。循此推及“汉语文学”之类的整体性文学想象，也可归纳为富于“风景性”的现代性景观。时间起点可以是“五四”，更应是晚清。当康有为、梁启超为代表的晚清知识分子，以维新改良为己任，在本土以外办报办刊、兼兴华侨教育之时，汉语文学就与民族国家合体，成为整体性想象的媒介与结果。同样，“台港澳暨海外华文文学”这一具有整体化意味的文学指称的出现，亦可遵循这一思维与20世纪70年代末的中国内地的特殊语境进行关联。在中国内地，70年代末被称为新时期的开始，所谓新，不仅指具体的改革开放政策带来的外在变革，也指的是思想的大解放，观念的再铸造。更确切地说，是先倡导思想观念的转变，才有持续开放改革的可能性。具体到文学及文学研究层面，则是作为接受主体的内地文学界和学界，因本身认识装置的变化，台港澳暨海外华文文学才获得其存在价值。30余年来，从港台到台港澳，从台港澳到海外，从海外到世界，台港澳暨海外华文文学可谓被不断重新发现的风景，它的特性价值、言说方式与策略均因研究主体的认知游移而发生变化，进而学术研究本身，亦已成为了风景。

在当下有关台港澳暨海外华文文学研究的反思思潮中，在建构宏大历史叙事的学科化诉求中，我们需要明了自身研究的风景性质。把握这一风景的特性，可以是直接的梳理，如对研究史做史料式整理和诗学性反思，这是当下卓有成效的一种思维。也可以是间接的阐释，如在社会、政治和文化视野中触摸这一研究领域崛起及发展的时代风气及诉求，这类跨学科研究也已起步。但是，既然风景的根源在于主体认识装置的变化，我们对这一研究领域的反思就有必要将目光从研究对象转移到研究者本身，最简单的提问方式是，内地研究者为什么会进入这一研究领域，这种研究呈现或造就了怎样的自我形象？这种提问方式其实是立足精神史的角度，探寻研究与自我认同的关系，带着心灵被触动时的温度。

研究者的个体形象和群体形象，大抵可理解成具体学人和学术共同体的两种形态。首先让我们从具体学人尝试建立探讨问题的一种路径。为了言说之便，不妨以进入本领域已近 13 年的“我”作为样本加以透视。就我而言，当初研究对象的选择带有几分偶然，却以对外部世界的好奇与迷恋作为动力。从湖南蓝田的山里走出来，选择有华侨最高学府之称的暨南大学，选择海外华文文学作为研究对象，似乎是将自己封闭渺茫的生命托付给了一个广阔的世界。跟着导师结识了诸多境外的作家、学者，无数文字雕刻的远景变成了近在眼前的生命存在，那种心跳的感觉至今难忘。然而走过一段研究路途后，我陷入困境，而当同窗好友们嘲笑我研究的印尼华文文学幼稚可笑时，当敬仰的老师警告我此路不通时，我几乎就要绝望。我开始思考，这个研究领域的存在到底有何意义？当年尚未入门的我，带着这样的困惑，着手回溯整个研究领域的源头。在查阅了大量的期刊资料，也阅读了前辈们的综述性文章后，我发现，这个研究领域的历史和我的生命历程是可以叠合的，我来到这个世界的时间点，也正好是这一领域开始萌动之时；其中所敞开的时代波折与时代感性，似乎也以不同方式渗透于我的生命历程之中……反思回望中，我带着犹豫的心态继续走在这条路上，多了一份情感的投入。时光飞逝，在后继的十多年里，我参与的学术活动越来越多，认识的境外作家越来越多，熟悉的同道也越来越多，不知不觉中，发现自己已成为这个圈子的一部分，尽管并不起眼，默默无闻，却获得了一份存在感，我已下定决心在这条路上走下去，当初的迷茫和犹豫彻底消失了。

如果说学术研究的最低境界是求“放心”的话，那么，我介入这一研究领域的个案证明，很多进入这一领域的年轻人，就算他很难在其中找到与自己生命契合的关节点，随着光阴的荏苒，也会逐渐在这一学术共同体中获得自我认同，从而使得相关的学术研究成为其内在生命不可或缺的成分。

倘若学术研究是“天下公器”、闲人不得入内，那么获准进入本研究领域的人，就要接受另一种考验。此时，我们不能只关注个人的选择历练和心灵动荡，而应该客观考察研究者的学术成绩和影响。在这种观察中，学术共同体变成了不断重组变化的流动结构，再次向权力与制度倾斜。不难看出，内地的台港澳暨海外华文文学研究场域，以下几类人容易占据有利位置。一是先行者的优势，一些率先进入本领域的学者，由于他的率先垂范，慢慢占据了一个前辈的位置。二是沿海学府与研究机构有优势，因为他们与台港澳海外有着天然的地理联络优势，来往密切，资料占有较为丰富，研究成果容易面世。最后是才华超群者，他借助上帝给予他的智慧，事半功倍，不知不觉成为本研究领域的先锋人物。而不属于这三类优势群体的研究者，就处在金字塔的底部，他们的学术生存状态无声无息，却自有衬托他人的基础性意义，因为群星闪烁的天幕下，必然需要默默无闻的尘埃。然而，任何研究者的前面都有需要仰望的星群，所谓学术研究中的“破”的力量除了学术本身要推陈出新外，也源于研究者改变自身存在的上位冲动。于是乎，这一学术共同体围绕着团体职位、学术成就、代际更替等形成了不断往前的洪流，在共同建构“台港澳暨海外华文文学”的整体想象之时，也旁枝逸出，出现了碎片化的声音。①

但在内地语境中，有关“台港澳暨海外华文文学”学术共同体及其研究，最重要的还是它的整合功能。一方面，它缝补回应社会政治层面的文化整合要求，建构一种世界性的文学整体想象，在华人性、中华性等文化维度上确立发言的基础；另一方面，它使得自身存在状态从散存

① 20世纪70年代末至今，对本土以外汉语文学的触摸，自然隐含与晚清同样的民族性诉求，一直承担文化整合的功能。然而，学术研究在系统化、整体化对象的同时，也在不断制造裂缝和突破原有格局，意识形态的融合功能一直伴随着乌托邦的破坏力量。这种乌托邦的力量来自学术自身的求新机制，但与学术共同体内的具体运作机制直接相关。

走向整体化，并将文学史、文学理论、文学传媒和文学创作编织成具有意识形态力量的网络，获得不断演绎发展的可能性。在这样的研究范式和研究情境中，研究者不断复述我们所开启和所获得的东西，对失去和已结束的一切轻描淡写，破碎的尘埃被风吹散。在日渐壮大的研究队伍、日渐丰硕的研究成果面前，我们有了自己的世界、自己的语言和自己镜中的形象。

然而，令人担忧的是，当研究者奋勇前进时，可能遗忘了鞭策我们奋勇前进的时代之残酷性。这个时代不断开拓我们的视野，造就了无涯的学术之海，在这个浩渺的知识海洋里，我们研究领域的知识和对象都以滚雪球的方式在累积，无边无际。我们沉浸其中，觉得可以为之牺牲毕生精力，甚至可以不要婚姻和孩子。可当有一天，我们在黑夜中突然醒来，发现“台港澳暨海外华文文学”其实不过是世界的一粒尘埃而已，与自我的生命状态也并无必然的关联，那时候，我们如何继续我们的研究呢？是再次编织充分的理由坚守阵地、还是在迷茫痛苦中慢慢放弃呢？更有意思的是，在当下的知识生产场域里，当我们所发现和制造的“台港澳暨海外华文文学”的文学与学术风景，正在转化为“世界华文文学”“华语语系文学”或者“汉语新文学”等新的风景时，我们又该走向哪个场域呢？我们对于文学与空间的思辨方式是否需要重新检点呢？

对于研究者自我意识的如斯呈现，或许过于感性，却很真诚。目的在于让我们对自己的研究，多一点点的警惕！或许明白了自我和研究共同体的发言位置，也意味着明了自己所从事的研究之局限所在。在此，我对自己说，当新的研究领域在远方呈现令人蛊惑的魅力时，不妨记住，我们的心是在帆动之前摇曳不已的，路，已经不是新的了，风景，不过给出一个重新审视自我的契机。

目　录

第一辑　理论意识及反思 ………………………………………………（1）

一　接受心理与文学选择:台港澳暨海外华文文学在内地 ………（1）

二　“离散”之思——兼论我国内地海外华文文学研究的独特理论话语……………………………………………………（10）

三　中国内地“台港澳暨海外华文文学”研究中的“空间”维度……………………………………………………………（16）

四　学科之外:内地学者关于台港澳暨海外华文文学研究的一种思路……………………………………………………（25）

五　传媒与海外华文文学的发生、发展及转型 …………………（37）

六　海外华文文学研究中的“传媒”问题:以中国内地为考察中心………………………………………………………………（47）

第二辑　传播现象及个案 ………………………………………………（58）

一　台港澳暨海外华文文学内地传播的基本阶段与流变趋势——以文学期刊为中心 ……………………………………（58）

二　内地文学传媒与台港澳暨海外华文文学的大众化、经典化及学科化——以文学期刊为中心 ……………………………（70）

三　“世界性”的差异表述——20 世纪 70 年代末以来中国内地、新马和香港文学期刊的华文文学传播 …………………（81）

四　从余光中现象看台港澳暨海外华文文学典型主题的内地生成……………………………………………………………（93）

五　海外华文文学在内地影视化传播的语境适应——以《北京

人在纽约》为例 ……………………………………………… (103)
六 马来西亚华文文学网络传播现象略析 …………………… (109)
七 《特区文学》中的台港澳暨海外华文文学 ……………… (117)
八 文学的现场印记——《小说界》中的留学生文学 ……………………………………………………………… (130)

第三辑 文本解读及史论 ………………………………………… (141)
一 从陈映真小说的"父性权威"看其叙事的"尴尬"及其意义 …………………………………………………………… (141)
二 叙事者的形象:剖析葛亮小说的一种视角 ……………… (149)
三 论《金山》的"传奇"及其意义 …………………………… (153)
四 第三种空间"的美学建构:试论张翎小说的叙事策略及其定位 …………………………………………………………… (162)
五 澳大利亚华文文学的历史流变与艺术特征 …………… (172)
六 高楼中的说书人——新加坡作家希尼尔的历史叙事 ……… (179)
七 白放情小说中的中国想象 ……………………………… (189)
八 诗意乡村与都市困者——20 世纪 70 年代末以来印尼华文文学中的异族想象 ………………………………………… (196)
九 《寄给祖国的诗歌》中的潜意识话语 …………………… (202)

第四辑 会议综述及访谈 ………………………………………… (208)
一 第一届印尼华文教育与华文文学国际研讨会综述 ……… (208)
二 创新·对话·发展:第二届世界华文文学论坛述要 …………………………………………………………… (211)
三 传媒、都市和文学——香港文学专题研讨会综述 ……… (215)
四 台港澳暨海外华文文学研究年度综述 ………………… (221)
五 有行有思,境界乃大:"陈思和与世界华文文学"之访谈录 …………………………………………………………… (232)
六 寻找新的学术空间——王列耀教授对海外华文文学研究的思考 ……………………………………………………… (241)
七 守望浮岛——与新加坡作家希尼尔的对话 …………… (250)

后记——成长的印记 …………………………………………… (257)

第一辑　理论意识及反思

一　接受心理与文学选择：台港澳暨海外华文文学在内地

“文革”结束后，随着改革开放的深入，中国内地和其他地区与国家的经济文化交流逐渐频繁。这一背景之下，台港文学率先涌入内地，其中一些作品成为普通老百姓的文化消费品，还出现琼瑶热、三毛热、金庸热等现象。随后以新移民文学为主体的海外华文文学在内地掀起一阵波澜，同时，20 世纪 70 年代末起步的专业研究，也由碎片式探讨向学科化方向发展。研究范围、研究视角和研究体系都日渐丰富起来，现在，中国内地的台港澳暨海外华文文学的传播与研究进入了深化与反思阶段。在我看来，反思的方法之一是从社会心理学层面切入文学的传播与接受问题。原因在于，作为文学生产过程中的接受者，读者（研究者是一个特殊的读者群体）也是一个独立主体，是阅读和产生意义的基本要素。研究这一主体在文学接受过程中的心理流程，有助于深入了解特定文学的存在价值，那么，内地读者对台港澳暨海外华文文学有着什么样的接受心理？当文学作品契合特定时期的社会心理而被流播时，文学又在整个社会的文化建构中发挥怎样的作用？本书试图从接受心理视角出发，以出现诸多热点效应的 20 世纪八九十年代为主要观测时段，对内地有关台港澳暨海外华文文学接受史作出探寻。

（一）普通读者：注意指向中的潜在欲望

尼采认为，审美的方向和人的心理欲望的走向趋同。他说：“美在什么地方？在我必须以全意志去意欲的地方。”[①] 弗洛伊德也认为，审美（包括鉴赏与创作）的深层心理动因在于主体的潜意识欲望，审美是这种欲望的象征性表现或替代性满足。[②] 据此，分析普通读者的审美注意指向，可直入中国内地对台港澳暨海外华文文学的接受心理场，剖析出其隐秘的深层欲望。

20 世纪 70 年代末 80 年代初，是台港武侠言情小说涌入内地的黄金时期，这些质量不一、品位参差的通俗读物迅速占领了普通市民的阅读空间。台港文学品类繁多，但普通读者注意力为何大多指向这类读物呢？应该说，这些小说本身也具有一定的艺术魅力，足以和内地文坛的某些作品媲美。但若从阅读者的接受心理角度去探讨，则不难发现，其诱因乃是内地极“左”路线造成的文化思想禁锢。“文革”前后，在极“左”路线下，全民看的是样板戏，读的是“高大全”。这种文学的重要特点是模式单一，以宣扬政治主题为主，给人教诲多于娱乐。改革开放之初，内地文学依然以精英文学的形式出现，奏响的依然是沉重和紧张的主旋律。（如对“文革”伤痕的反思实际仍是与政治意识形态直接、紧密的契合）但人们的审美需求和阅读欲望是多层次的，其中，对文学艺术所持有的消遣娱乐心理期待，更不容忽视。特别是随着“解放思想”的呼声和经济改革的步伐，人们的观念正悄然发生变化，因受商业社会影响，对文学作品的欣赏趣味必然更重娱乐消遣性。显然，读者心理的这些变化尚未成为当时内地文坛所关注的主题。港台这些小说则以娱乐性标示自我，顺利进入了内地文化市场。当这些文本涌入时，人们在其中发现的是一个熟悉而陌生的世界。熟悉的是文本中尽情渲染的凡俗之情，陌生的是文本中异样清新的表达方式。如金庸的武侠小说，以曲折离奇的情节、幽默活泼的语言、离经叛道的人物，让读者恍入一个远离现实政治，解脱心灵重压的武侠天地；琼瑶的言情小说，则直露激情和爱，制造了一个爱情唯上的世外桃源。这样，这些文学作品作为都市通俗文化的成分，与李小龙的功夫片、邓丽君的歌曲一样，以娱乐性建构了一个商业社会的虚拟时空，宣泄了内地读者心中固存但又长期

---

① 转引自周国平《尼采在世纪的转折点上》，上海人民出版社 1986 年版，第 229 页。

② 陶水平：《审美态度心理学》，百花文艺出版社 1999 年版，第 28 页。

被忽视、被压抑的心理欲求。

20世纪80年代中期，台港澳暨海外华文文学的另一主题——异域风情主题也成为内地读者的关注点。据审美心理学的观点，人们往往对完全陌生的事物没有兴趣，对过于熟悉的东西也产生不了审美意识。只有保持了恰当的心理距离，才会有审美的需求。此时，在对外开放的视角里，内地对异域逐步了解却未能完全走近。因此，这一特定的历史时空，构成了一段适当的审美距离，触发了人们对“异国风情”的审美热情。而从事华文文学创作的作家，常游走于国界和异邦之间，异乡异域背景常自觉不自觉地成为其作品的主要背景或是直接的表现内容。这些自然吸引了内地读者的眼球。尽管这种异国风情不一定是刻意引诱读者而设，但经过他们的文学想象后，异国多少染上了梦乡的色彩，赫然有了异国情调，令人神往。如三毛散文中的沙漠幻景、赵淑侠的小说《塞纳河畔》里的法国风情，黄景树笔下马来西亚的热带雨林，均不同程度因想象而焕发异彩。

人们往往希望跨越狭窄而熟悉的生活圈子，接触到一些陌生而有趣的奇人异事、奇山异水、奇风异俗，以满足自己的好奇、窥视等认知心理的需要。但“异国风情”仅仅满足这种人皆有之的好奇心吗？照张远山的说法，中国人其实一直有一个流浪情结（吉卜赛情结）在封闭文化中受到最深最久的压抑。几千年的封建户籍制和保甲制，把中国人禁锢在自己的土地上，并在儒家伦理的成文化育下，被合理化、理想化，“生于斯、长于斯”的定居生活变成了天经地义的唯一的生活方式。[①] 改革开放前，这种隔绝状态基本持续着。在有关“异国风情”文本中，有关流浪与漂泊的场景本来是含义丰富的——苦涩与艰险、失意与痛苦交织。但这种“流浪的生活状态”给读者带来的却只是一种诗意和刺激感，苦痛的一面被不经意间忽视了。如三毛笔下的沙漠故事在内地读者心中已成为神奇浪漫的寓言。故张远山的论述给我们的启迪是，内地读者对“异国风情”的青睐，或许还源于集体无意识中“吉卜赛情结”的觉醒与躁动。

20世纪90年代初，新移民文学中有关西方世界的“物质神话”主

① 张远山：《吉卜赛情结》，《书屋》1999年第4期，第52页。

题亦开始成为内地读者的关注焦点。1993年，根据旅美作家曹桂林的小说《北京人在纽约》改编的同名电视剧在中央电视台播出，引起很大的轰动。有人戏言“万人空巷”看“纽约”。产生全民效应的原因很多，但有一个因素是不言而喻的，那就是有关“美国物质神话”的建构。主人公王起明和妻子郭燕赤手空拳跑到曼哈顿——“他们除了自己赤裸裸的身体以外，什么都没有。”[①] 可凭着自己的努力，居然成了连美国人也羡慕的大富翁——“就是那些商业上颇有起色的地地道道的老美，也都极羡慕地望着他的背影，说：‘这小子，来自大陆，非常成功；才四十岁，就什么都有了。美国梦，在他身上实现了！’”[②]

当时的中国人都在做一个梦，梦想凭自己的勇气、才智和勤劳获得财富。《北京人在纽约》就烛照了中国人这一美梦。这种源于实际欲望的社会心理，转化成一种审美积极性，激起人们对同类作品的兴趣。如在此之前，《曼哈顿的中国女人》也曾掀起一股热潮。——“许多读者一边看书，一边流泪，并在内心燃起为改变命运为实现自身价值和祖国繁荣而奋斗的理想的火焰。”[③] 正如陈瑞琳所言：“虽然说早期的曹桂林的《北京人在纽约》以及周励的《曼哈顿的中国女人》之类作品失之于表现的新移民生活的浅陋，但却不能不承认这些作品为北美‘新移民文学’的发端开山之作，它们的问世，不仅强烈地刺激了海外新移民的创作，同时也调动了海内外读者对‘新移民文学’的热切关注，可谓功不能没。”[④]

随着时间的推移，透视世界的窗成为自由行走的门，内地读者对台港澳暨海外华文文学的兴趣就开始分化了。

（二）文学研究者：审美分化中的身份焦虑

文学研究是一种深度传播，作为传播主体的研究者，之所以选择耕耘华文文学领域，一方面是台港澳暨海外华文文学作为一种新的领域不

---

① 曹桂林：《北京人在纽约》，中国文联出版公司1991年版，第19页。

② 同上书，第116页。

③ 林锋编：《曾经沧海难为水——〈曼哈顿的中国女人〉出版前后》，同济大学出版社1993年版，第1页。

④ 陈瑞琳：《风景这边独好——我看当代北美华文文坛》，《华文文学》2003年第1期，第11页。

容忽视，另一方面，则是他们在文学研究困境中企图另辟新境的一个奋争。虽然他们和普通读者的接受心理不无相似之处，但作为专业研究人士，他们接受华文文学时更主动更富有意向性。因为批评家往往会对丰富的文本世界进行简化和强化，选取其中一些自己感兴趣的东西进行阐发，如果他认为没有阐发价值之处就会忽略不计。所以剖析他们的审美焦点亦可是显现出其独特的接受心理。

由于各自立场观点的差异，不同学者有不同的审美焦点。一类学者，重视相似性。他们的关注点集中在华文作家作品中的中国性、中华性。尤其是在海外华文文学研究领域，似乎对中国性的阐释成了情意结。如陈贤茂先生认为："海外华文文学从归属来看，应属于所在国国家文学的组成部分，但海外华文文学是在中国文学、中华文化的哺育下成长壮大的，这是不争的事实。……打开海外华文文学作品，扑面而来的是五千年文化的芬芳，诸如儒家文化的伦理亲情，道家文化的无欲无求，禅宗文化的顿悟妙悟，以及体现着中华传统文化的各种文化意象，如故乡、明月、长城、龙舟、粽子、筷子、茶，等等。正是这些浸透着中华文化的作品的存在，才使海外华文文学成为世界文学百花园中一道亮丽的风景线。"①

而对相似性的注意，又使"乡愁和流浪，爱国爱乡、根"等成为主要的解读符号。比如李小平在 2002 年对 20 世纪 80 年代以来的菲律宾华文文学进行总体评述时，强调中国文化对于其的强烈持久影响而归纳出"寻根文学"这一术语便显现出这种解读思路的根深蒂固（《华文文学》2002 年第 5 期《茉莉花种（Jasmine）来自中国——论 80 年代菲华文学中的"寻根文学"》）。尽管这些意象的确是这些文本的重要成分，这种解读也抓住了此类文本的精髓所在；但是，凡优秀之作，其内蕴应是极为丰富的，这种内在的意向性无疑也可能局限研究者的眼光，使他们缺少多角度去观照文本的意识。

如果说，这一类学者多从他者与自我的相似处去接受海外华文文学的话，那么，后来学者则逐渐重视相异性的审美和判断。如吴奕锜先生

---

① 陈贤茂：《评〈华文文学是一种独立自主的存在〉》，《华文文学》2002 年第 3 期，第 29 页。

等在《我们对华文文学研究的一点思考》《华文文学是一种独立自主的存在》的文章中，提出要重视对海外华文文学内在本质与规律的研究，认为当前那种以“海外华文文学”与“中国”之间联系为主要话题的研究，可能导致某种“文化民族主义”倾向。“文化的华文文学”的提出就是他们企图摆脱所谓“语言学种族思路”、跳出“相似性理论话语”的一种努力。表面看来，这种研究思路已经将“中国”悬置了，但实际上“中国”仍是潜在的参照系。何以言之？我们发现，这种研究思路的基点是“特定时空条件下的海外华人生活是一种别样的、新型的、又自成一体的生存状态，是现像于普遍文化领域中的、近代以来新出现的、具有自身体格的人生形式”①。而这种新型自足的人生形式自然会酝酿出一种属于海外华人自己的话语方式——即文化的华文文学。既然其基点是强调海外华人存在方式和话语方式的独特性，这种独特性的凸显显然不可能没有参照系，那么，中国必然是最合适的参照系统之一。由此看来，这类研究者的关注重点是遵从各地华文文学发展的客观趋向，强烈反对把“他者”，一个已在异域生存的文化变种和“自我”混同起来，强调用差异的眼光审视之。

也有一些学者看到了两者之间既有联系又有区别，以一种较为灵活的视点来处理此类问题。如钱超英认为，中国内地某些研究者常以“中华性和中国性”为标签确定海外华文文学的性质是极为不妥当的。但他又认为，在某些新移民的华文文学创作中，所反映出的问题是有普遍意义的。他指出：“当代海外华人在西方所遭遇的文化处境，和身在国境之内的中国人面对社会转型期的大量困惑之间，并没有隔着一道万里长城。”②

于是，无论是解读相似性还是剖析相异性，或是折中的视点，“中国”都不可能不是显在或潜在的重要参照系。在解读中，海外华人无论是作为与我们类似的存在还是独立自足的存在，都已经将一个关键词抛出水面，那就是“身份”。近年来，它是华文文学研究中出现频率最高

① 吴奕锜等：《我们对华文文学研究的一点思考》，《华文文学》2002 年第 1 期，第 8 页。

② 钱超英：《澳大利亚新华人文学及文化研究资料选序言》，中国美术学院出版社 2002 年版，第 13 页。

的一个词语，虽然“身份研究”与后殖民主义文化批评的兴起密切相关，这些研究者的研究思路和话语表达自然受到国际潮流和西方学术界的影响，但这种于智性支撑下的审美趋向，还折射出他们一种什么样的接受心理呢？

王宁在《比较文学与当代文化批评》一书中，曾十分细致地分析了内地文学批评的困境和人文研究者的种种危机感。在笔者看来，这种危机感最重要的一个表现乃是对民族文化和民族身份失真的一种忧虑。尽管“本真的中华文化”是否存在是一个需要认真反思的前提问题，但在多元文化冲突中，西方文化的所向披靡常使人文知识分子对“民族文化”的本真性与走向问题极为忧虑。依照立普斯的观点，审美观照其实“就是这种把主观情感向客观事物移置或外射的活动”①。联系到内地人文知识分子在社会转型时期的生存状况，联系中国当下的文化语境，参照立普斯的这一观点，笔者认为，海外华文文学研究场域中“身份”问题的建构，多少也折射出一些研究者，作为民族文化的自觉代言者，对自身文化身份产生的惶惑与焦虑，这种研究也似有了几分“借他人杯酒，浇心中块垒”的意味。

由此，专业学者的这种审美指向，也暗示了普通读者接受海外华文文学的另一心理诱因。在同是黄皮肤、黑眼睛的海外华人讲述的家族史、漂泊史、致富史中，人们可能产生了一种错觉：作品中的华人被理所当然的与“我们”叠合，“他们”的故事就成了“我们自己”的故事。这样，一种代入心理阅读产生了，从而使得海外华文文学的这些主题与外国文学（异族异语言文学）中同类因素区分开来，海外华文文学也在内地读者群中获取了特殊的地位与意义。

（三）华文作家：对接受心理的反馈

荣格的心理学中有一个“人格面具”它是指人在公共场所所展现的面具或外观，其意在于呈现于己有利的形象，以使社会悦纳他，荣格也称之为“从众求同原型”②。一般而言，创作者也正是为了寻找一种审

① 陶水平：《审美态度心理学》，百花文艺出版社 1999 年版，第 16 页。

② 转引自周秀萍《接受主体的能动性》，《湘潭大学学报》（哲学社会科学版）1997 年第 1 期，第 42 页。

美交流，为了得到读者的认可。因此，对于内地读者的诸种接受心理，一些华文作家也做出了及时的反馈。

游记类文学作品占据了华文文学创作，特别是东南亚华文文学中的很大一部分。原因可能是多样的，但游记与“异域风情”之间的必然联系对读者可能产生的吸引力，则是游记再生产、大批量生产的一个重要诱因。从下述例证中可见一斑。2000 年，尤今在上海出版了散文集《人间天堂》，扉页首语刻画出一个新三毛形象：“尤今酷爱旅游，迄今已将她的足迹印在地球上八十余个国家。”封面显著地标记出书本的主要内容：“本书……活现了肯尼亚、老挝、尼泊尔令人目眩神迷的生态奇景，而且对当地的奇风异俗及民生疾苦给予了极大的人文关注。”也许最吸引人的是书前的数页彩图，它栩栩如生地展现了真实的异域。主标题的设计也很有特色：第一辑为“寻幽探密走天涯”，第二辑为“潇洒快活游世界”。[①] 这些设计使她的作品成为一个“异国风情”的符号体系，看来，作者对读者的口味有清楚的估计与认识，在她心目中，读者会对这些因素极为关注。此外，马来西亚华文作家戴小华的《闯进灵异的世界》《永结无情游》等散文集亦体现此等设计风格与行文思路。

20 世纪 80—90 年代，国人对物质神话的惊羡心理，其实也成为某些写作者的指示灯。由于经济强盛的发达国家大多位于北美欧洲澳洲等地，故这些国家地区的华文创作中物质神话的笔锋比东南亚华文创作要鲜明强烈得多。

在北美，前文提及的周励的《曼哈顿的中国女人》在内地出版引起轰动之后，一家美国的华文报纸评说道：“它是抓住大陆读者无知和利用他们想去国外发财的心理需求，漫无边际地虚构了一个离奇的现代西游记。”[②] 言下之意，则是怀疑周励写作动机不纯，以虚构的物质神话引诱中国读者。而曹桂林在《北京人在纽约》走红之后，乘机又推出《绿卡梦：北京女人在纽约》，故事套路依旧是奋斗与财富，出走与居留之类的，明显有投读者所好的倾向。

在澳大利亚，此类主题的影射也极为常见。1991 年，旅澳华人刘

---

① 尤今：《人间天堂》，东方出版社 2000 年版。

② 林锋主编：《曾经沧海难为水——〈曼哈顿的中国女人〉出版前后》，同济大学出版社 1993 年版，第 118 页。

观德创作的中篇小说由上海文艺出版社出版并被多家报纸转载，它的题目是《我的财富在澳洲》。不管它的内容如何愤世嫉俗，题目中“财富与澳洲”的直接联系已经在挑逗着读者的内心欲求。另一位作者沙予在《醉醺醺的澳洲》中则写道：“澳大利亚不但是世外桃源，还是狗的乐园。”[①]“许多人都厉行节衣缩食，独于酒，一滴也不肯少饮，估计每人每年花的买酒钱约为五百四十三澳元。”[②]他笔下，醉酒的澳洲居然成为美梦不醒之处。而刘奥在小说《蹦极澳洲》中，不无炫耀地夸口道：“澳洲的手提电话都臭大街了，一块钱能买一个。连七八岁的小孩都拿着打电话玩儿。”[③]从澳洲回来的男主人公吴明对前妻钱颖的唯一优势就是从澳洲带来的有关财富的幻象。这些，却似乎不无用心地引诱读者把异域想象成“逍遥的物质世界”，从而保持阅读的欲求。

另一值得关注的现象是，海外的某些华文作家与内地文学研究界的密切联系，他们对于各种华文文学的研讨会很有热情，对内地文坛的状况也颇为关注。这一点，虽无确切的数字加以统计说明，但对于这些在异域寂寞地用汉字书写的作者而言，内地与内地文学研究界对他们的重要性是显而易见的。

何出此言呢？这里主要涉及文学作品的“市场”问题。在欧美澳等地，华人毕竟是少数，且以谋生为第一要义，其中许多人迫于生存压力，会逐渐疏远母语，有时连读者也难以找到。在东南亚地区，华人族群虽然形成了一定族群规模，但在某些国家（如印尼），华文写作的合法性都会遭到质疑。来自主流意识的支持与关注是不会太多的。因此，大部分华文文学作品只有回销内地。在这样一个流向中，内地读者就成为华文作家预设的“隐含读者”。对读者接受心理和审美感受的顺应也就成为自然的表现。从动机角度而言，他们最初可能是无意识地创作了某些鲜活的作品，满足了内地读者的心理需求，到后来，一些创作者就难免有意识地设计起卖点来。

虽然，不难排除少数优秀之作在读者的需求和艺术的追求间能取得很好的平衡，但是，从本书所列举的一些文本来看，华文作家这种对接

① 沙予：《醉醺醺的澳洲》，中国友谊出版社 1998 年版，第 21 页。

② 同上书，第 36 页。

③ 刘奥：《蹦极澳洲》，群众出版社 1999 年版，第 62 页。

受心理的及时反馈也有一些弊端，尤其是当大陆对华文文学的接受心理成为他们的“思维惯例经验”以致在创作中成为指南针时，此类凝旧的文学创作也将逐渐失去吸引力，因为创新是一切艺术的魅力所在。

二 “离散”之思——兼论我国内地海外华文文学研究的独特理论话语

“离散”（Diaspora 或者 diaspora）已经成为中国内地文学研究和批评文本中一个常见的批评术语，在台港澳暨海外华文文学研究中，“离散”也取得了其独特的价值。从 2004 年第 13 届世界华文文学学术研讨会有关“离散”的集中讨论至今，有相当一部分学者认为这一术语可以恰当表达出台港澳暨海外华文文学的独特性，但对其内涵的把握却各执一词，有关它的反思也尚未开始，笔者试图分析“离散”在台港澳暨海外华文文学研究中意义的变迁以及此种运用中可能隐藏的问题。

（一）

最先运用“离散”一词来描述海外华人文学创作状况的是本土以外的学者，特别是中国台湾地区的学者。华裔美国学者王德威在《原乡想象，浪子文学——李永平论》中，提到一种普遍的认同，即很多人把李文本中的漂泊、流浪意识视为是离散叙事的绝好例证[①]，台湾学者黄素卿在分析聂华苓早期著作《桑青与桃红》时指出，女主人公在中国儒家父权和西方理性规范中游离、无处可走的境况正是华人离散者的典型生存体验[②]。而另一位台湾学者张锦忠则运用离散理论对马华文学与海外华裔文学作过大量阐释，集中在他的专著《南洋论述，马华文学与文化属性》，论文《流动与游离或交换与改变（之必要）：林玉玲的离散诗学》、《离散美学与现代性——李永平和蔡明亮的个案专号》等文章中。张锦忠虽看到了在不同语言和身份间流动不但是一种必然也可能是

① 王德威：《原乡想象，浪子文学——李永平论》，《江苏社会科学》2004 年第 4 期，第 104 页。

② 黄素卿：《华裔离散族群意识及华裔移民之认同——〈桑青与桃红〉和〈千金〉》，《中外文学》第 34 卷第 3 期，总第 405 期，2006 年 2 月。

一种必要，但更强调其中蕴藏的身份的危机与心灵的困顿[1]。可以说，在这些论述中，离散与漂泊、边缘是相似的，它意味着一种失家的感受，一种凄凉悲苦的处境。诸如此类论述还可散见台湾廖咸浩的《离散与聚焦之间——八十年代后现代诗与本土诗》[2]；史书美的《离散文化的女性主义书写》[3]、张琼惠的《文化属性的流离、文学属性的失所：论日裔美国男性自传体文本》[4]、美国张错的《离散与重合；台港澳暨海外华文文学内涵探索——兼论陈映真朱天心的离合主题》[5] 等。可以这样概括，这些学者对离散的理论认同集中在离散与海外华人文化根源的断裂、精神家园的丧失的同一性关系上，重点表征出华人身份认同的困惑与痛苦。

在这些学者那里，离散似乎早与“放逐、流亡”等词语类同，其苦楚与孤单是恒久的，这使得在某些情境下它们可以互换。然而，20世纪90年代末后，“离散”重新进入大陆研究者的理论视野时，其所指却出现了微妙的变化。饶芃子等在《从本土到离散——近三十年华裔美国文学批评理论评述》中指出，北美华裔文学批评理论的重心历经了一个追求与所在地融合（本土化）到张扬多元意识去国家化去领土化（离散意识）的发展里程，这种离散批评理念的产生根源于美国华裔文学新的发展状况。一些“太空人似的”作家和“祖根难觅”的华人作家以及以离散族群为表征对象的文本的大量出现，使得“离散”成为一种新的理论视野。[6] 此时，离散被无意中从恒久的时空中剥离而进入了当

① 张锦忠：《离散美学与现代性——李永平和蔡明亮的个案专号》，《中外文学》第30卷第10期，总第370期，2002年3月；《南洋论述：马华文学与文化属性》，麦田出版社2003年版；《流动与游离或交换与改变（之必要）：林玉玲的离散诗学》，《中外文学》第32卷第10期，总第382期，2004年3月。

② 廖咸浩：《离散与聚焦之间——八十年代后现代诗与本土诗》，选自《台湾现代诗史论》，文讯杂志社1996年版。

③ 史书美：《离散文化的女性主义书写》，台湾辅仁大学比较文学研究所资料汇编，2005年。

④ 张琼惠：《文化属性的流离、文学属性的失所：论日裔美国男性自传体文本》，《中外文学》第32卷第10期，总第382期，2004年3月。

⑤ 张错：《离散与重合；台港澳暨海外华文文学内涵探索——兼论陈映真朱天心的离合主题》，《思想文综》2005年第9期。

⑥ 饶芃子、蒲若茜：《从本土到离散——近三十年华裔美国文学批评理论评述》，《暨南学报》（哲社版）2005年第1期。

前的新视野。而另外一位本研究领域的学者刘登翰先生，则把离散与聚合（整合）并置，使之成了描述海外华人文化诗学的基本概念。在他看来，离散指的是华人文化与文学的存在状态，而聚合则是对离散状态的整体把握与研究策略。① 无独有偶，黎湘萍在山东会议上也强调世界华文文学以“离散”状态再现了海外华人的存在历史，但国内尚未有人深入挖掘其理论内涵。② 这表现出他与饶芃子、刘登翰先生相似，对离散有着整体的视野和理论建构的冲动。他们的思维存在某些差异，饶芃子强调从具体情景中生发出“离散”新的理论意义，而黎湘萍等则从建构完整体系的角度将离散化为一个基本的理论术语。但在他们的论述中，全球化视野被凸显，离散一词也由此失去了它强烈的感伤色彩，变成了一个中性词语。

离散的这种意义变迁因何而出现？诚如饶先生所体察的那样，台港澳暨海外华文文学创作领域的新动向是“离散”出现意义变迁的内在动因，但刘登翰、黎湘萍先生对于离散的自我建构则提醒我们问题不止如此。

（二）

在汉语界，离散（diaspora）有着各类不同的译语——从族裔散居、移民社群到流亡、离散以至飞散与流散等，当前文艺理论界对于这些术语的辨析梳理与运用，可作为理解台港澳暨海外华文文学研究中“离散”意义变迁的注脚。

对于族裔散居、移民社群这种翻译的理解异议较少，它们都指离开母籍国后居住于其他地区与国家的现象或人群。而流亡则因更多的政治意味也容易区分，但离散、飞散、流散的界限则较为模糊，一度成为学术界的争论焦点。一些论者不加区别的运用和理解，但更多的学者作了自觉的区分。如王宁认为，diaspora 应该翻译成“流散”而不是离散，

① 刘登翰：《世界华文文学的存在形态与运动方式》，2004 年第 13 届世界华文文学国际研讨会上宣读的论文；《华人文化诗学——华文文学理论建设的一种可能》，2005 年世界华文文学高峰论坛宣读的论文。

② 黎湘萍：《经典化 · 文学史 · 文化政治》，2004 年第 13 届世界华文文学国际研讨会上宣读的论文。

流亡，在他看来，离散或流亡只能指被迫离开国土的现象，而流散则可包括那些自觉自愿的跨越国界的现象。在他看来，流散可以涵盖离散，体现了全球化语境中作家的自由流动性。[①] 而童明则认为，应该以飞散代替离散，因为飞散既能准确道出 diaspora 希腊词源的本意，同时又可表现出它充满创新生命力的当代含义，体现出因越界而产生的自由与欢快。离散则将 diaspora 语义凝固在 30 年以前的用法上，有着背井离乡的凄凉感。[②] 童明倡导的"飞散"并未得到广泛认同，没能替代已经流行的"流散"，但他对 diaspora 自由与超越性的概括却成为众多学者之共识。

我们不难发现，饶、刘等学者与王宁等学者对"diaspora"理解有着一致性——置入了全球化语境中，祛除了悲凉无助的情绪。但是，为什么台港澳暨海外华文文学界的研究者选择的是"离散"而非"流散、飞散"？一字之差意味着什么？

有人认为，离散与流散不过是翻译的差异，没有什么不同，而在实际写作中，这两个词语也被随意地置换。但是，我们注意到，在多数学者那里，流散相对应的是首字母大写的 Diaspora，而离散对应的是首字母小写的 diaspora，这种大小写的自觉区分，似乎暗示了一种归属关系——离散归属于流散。

某种意义上，它似乎就是海外华文华人文学研究与比较文学所属关系的隐喻。2004 年，针对流散文学是否应该归属于广义的国外华裔文学研究与台港澳暨海外华文文学研究的疑问，王宁认为，国外华裔文学研究与台港澳暨海外华文文学研究本来就是比较文学的组块，而流散文学涉及的是两种或两种以上的文化背景和文学传统，也属于比较文学的研究范围[③]，这种思路，为海外华文华人文学研究审定了一个清晰的身份，也为流散文学与海外华文华人文学的关系作出了鉴定，2005 年 8 月，在深圳举行的中国比较文学学会第八届年会暨学术研讨会上就设置了"流散文学与海外华人文学"的专题讨论组，海外华人文学被理解

---

① 王宁：《流散写作与中华文化的全球化特征》，《中国比较文学》2004 年第 4 期（总第 57 期），第 2—14 页。

② 同上。

③ 童明：《飞散》，《外国文学》2004 年第 4 期，第 52—59 页。

为隶属比较文学研究的流散文学的一种。

然而，尽管如此，内地台港澳暨海外华文文学研究者试图建构自身学科理论体系的努力从来没有停止过。作为前驱者，饶芃子先生在数次会议和论文中呼吁，应该重视台港澳暨海外华文文学的理论研究，要寻找这一领域特殊的诗学范畴与方法，以建构一门经典学科的理论基础。[①] 而刘登翰、刘小新、朱立立等学者也在孜孜不倦的反思以往的研究范式，寻找理论的突围与创新。[②]

在这一“寻寻觅觅”的历程中，“中国性（中华性）”可谓影响最为深刻与持久的理论话语。

早期的华侨文学和老一辈的留学生文学中弥漫的乡愁使得“中国性”曾经成为一个有效阐释的符码，也使得它一度成为台港澳暨海外华文文学研究的独特理论话语，如这一学科的先行者之一陈贤茂先生认为：“打开台港澳暨海外华文文学作品，扑面而来的是五千年文化的芬芳，诸如儒家文化的伦理亲情，道家文化的无欲无求，禅宗文化的顿悟妙悟，以及体现着中华传统文化的各种文化意象，如故乡、明月、长城、龙舟、粽子、筷子、茶，等等。正是这些浸透着中华文化的作品的存在，才使台港澳暨海外华文文学成为世界文学百花园中一道亮丽的风景线。”[③] 然而随着时空的流逝，海外的华文创作出现了新的主题与意象，这种过度的乡愁阐释不但受到海外创作者的抵制，内地学者内部也开始自我质疑，2003 年《文艺报》上几个年轻学者对“语种的华文文

---

① 饶芃子：《拓展台港澳暨海外华文文学的诗学研究》，《文学评论》2003 年第 1 期，第 176—179 页；《台港澳暨海外华文文学学科建设与方法论问题》，《文艺理论研究》1998 年第 1 期，第 35—38 页；《世纪之交：台港澳暨海外华文文学的回顾与展望》，《暨南学报》（哲学社会科学版）2000 年第 4 期，第 1—3 页。

② 刘登翰：《都是语种惹的祸》，《文艺报》2002 年 5 月 14 日；刘登翰：《华文文学研究的理论突围 - 命名、依据和学科定位——关于华文文学研究的几点思考》，《福建论坛》（社会科学版）2002 年第 5 期，第 31—39 页；刘登翰、刘小新：《关于华文文学几个概念的学术清理》，《文学评论》2004 年第 4 期，第 150—155 页；刘登翰：《华文文学研究的瓶颈及多元理论的建构》，《福建论坛》（社会科学版）2004 年第 11 期，第 35—37 页；刘小新：《从华文文学批评到华人文化诗学》，《福建论坛》（社会科学版）2004 年第 11 期，第 37—40 页；朱立立：《华文文学后殖民批评的可能性及限度》，《福建论坛》（社会科学版）2004 年第 11 期，第 40—43 页。

③ 陈贤茂：《评〈华文文学是一种独立自主的存在〉》，《华文文学》2002 年第 3 期，第 29 页。

学”的炮轰，也是对中国性阐释是否有效的追问与质疑。这场争论实际反映出台港澳暨海外华文文学研究目前的理论困境——尚未找到没有合适的理论话语来描述文本世界的变化。因此，饶芃子和刘登翰等对于离散的阐释与运用绝非偶然为之，而应视为海外华文华人文学诗学建构的一种尝试（自20世纪90年代中期至今，两人相继发表了有关华文文学诗学建设的若干论文，饶先生的论述是倡导式的，而刘先生的论述则是建构式的）。或许我们可以这样理解，尽管在他们的阐释中，离散与流散的界限并不明显，但却选择了小写字母的离散而非流散，并对此进行了理论梳理与建构，是否也由执着于独特性的理论冲动所激发？

正如钟晓毅在2005年世界华文文学高峰论坛中所指出的一样，“有必要检讨华文文学的创作与理论是否夸大了离散感，理论应有所超越，而不能只是跟着创作走”[①]。她的言下之意正是指向“离散”能否成为华文文学研究的独特理论话语这一问题，但她也看到，“离散”也是台港澳暨海外华文文学创作中表现出来的重要特征，不能抹杀之，于是她把希望寄托于“对理论的提升”。如曹惠民在该会议上便将离散梳理成三个层面：形体的离散、心灵的离散与离散的书写。[②] 但就算对离散进行理论提升，困境并没有马上消失。在笔者看来，“离散或者流散”的兴旺都是后殖民理论在中国旅行的独特风景，也如身份认同、多元主义、跨界与游牧等概念一样，来源于同样的思想资源（失语似乎是整个当代中国文论的命运。20世纪初至今，西方理论话语的不断流入与覆盖，已经在不断重复着这种宿命式的结论），在刘登翰和黎湘萍等人的理论诉求中，潜在参照系都是犹太人、黑人等的文化诗学体系。因此，在话语改造中，同样难以祛除这些理论的显在影响。如果不警惕其中可能蕴藏的追随性错误，这个舶来之词可能使台港澳暨海外华文文学研究陷入同样的困境。台湾学者张锦忠用离散理论剖析马华文学的起源、流变和发展趋向时，亦受到激烈的批判，认为他这种对犹太诗学理论的挪用与翻译，造成马华文学理论失去自我发展的可能性，陷入“黑洞”

① 陈玉珊：《台港澳暨海外华文文学研究的拓展——首届世界华文文学高峰论坛综述》，《华文文学》2006年第1期，第109页。

② 同上。

之中。[1]

钱超英在《流散文学与身份研究——兼论海外华人华文文学阐释空间的拓展》中提出走出困境的一种可能性构想，即“不把精力放在某种微言大义的挖掘上，而是利用西方话语提供的新视野，作出某种中国化的处理”[2]。但在具体操作上，钱提出的模式是“身份的焦虑以及可能涉及到的历史纬度、社群结构的纬度以及审美的纬度”，依然是硬币的同一面。

台港澳暨海外华文文学研究领域独特话语的建构是否可能？目前，台港澳暨海外华文文学具有高度同质性的观点已备受责问，那么面对缺乏一致性的文本与文学现象，我们将能寻觅到什么样的具有普适性的理论来阐释之呢？

或许，建构独特话语本就是特定研究领域自制的一个神话，又或许，在“离散之类的理论话语”的跨语际实践中，其新的理论意义将在内地研究者的叙述与建构中悄然生成；同时台港澳暨海外华文文学作为一名学科的理论基座也得以形成。这一切，都将在未来可见分晓。

三 中国内地“台港澳暨海外华文文学”研究中的“空间”维度

20世纪70年代末以来，从中国内地的汉语文学放眼香港、台湾，再到东南亚、北美、澳洲等区域或国家的汉语写作，有关“台港澳暨海外华文文学”的命名与研究都离不开“空间”维度的指引。有关“空间”维度的不同理解，不但关乎研究者的研究范式、研究实效，更关系到它作为学科的合法性问题，因此，有必要对这一问题进行反思。

（一）

从台港文学到台港澳暨海外华文文学，是研究疆域自然扩展的结

---

① 庄华兴：《描述、想象与翻译现代性：马华文学理论批评案例》，台湾《中外文学》第34卷第10期，总第406期，2006年3月。

② 钱超英：《流散文学与身份研究——兼论海外华人华文文学阐释空间的拓展》，《中国比较文学》2006年第2期（总第63期），第103—106页。

果。学科的创始人之一，饶芃子先生在一篇综述性文章中回忆道："1986年在深圳大学举行的第三届研讨会，由于海外前来参加的华人作家、学者较多，所以把会议的名称更改为'台港澳暨海外华文文学国际研讨会'……1991年在广东中山市举行的第五届研讨会，因为有澳门的五位代表参加，他们还提交了有关澳门文学的论文，会议又更名为'台港澳暨海外华文文学国际研讨会'至此，大陆以外的华文文学'空间'都被清晰地显现出来，并进入研究者的操作层面，成为这一学术领域的研究对象。"① 从这一拓展历史来看，在"台港澳暨海外华文文学"研究中，空间维度首先表现为一种自发的地域意识，在它尚未获得独特的学术内蕴之时，就自然成为研究的观照视野，这使得"台港澳暨海外华文文学"作为独立学科的合法性一开始就面临"理论基础"问题（其实，这也是许多新兴学科的共同症结，草创之初，都是边摸索边升华出理论）。

尽管这一问题尚未解决，研究者就已经依据这一简便标准进行了学科细分与划界。以此为标尺，划出了台湾文学，香港文学，北美、欧洲、澳洲、东南亚华文文学等大的板块，在板块内部，仍在继续细分，如东南亚又被分为印尼、马来西亚、泰国、老挝、新加坡华文文学。研究者在这样的划界中进行各自的专门研究，虽有呼应，但差异极大。20世纪90年代中期以后出现整合性研究，各种文学史相继出现，但仍延续着这种"地域空间"意识，先后出现了影响较大的《台湾文学史》《香港文学史》《澳门文学概观》《海外华文文学史》等研究成果，而《海外华文文学史》在其内部规划中，又始终贯通这种意识，再次细分为新加坡、马来西亚、印尼、菲律宾、美国、加拿大等地的文学小史。

如果说最初受到资料来源、意识形态等方面的局限，研究的盲目性不可避免，于是"有什么研究什么"，以"区域地理空间"为知识生产的理论基础和操作砝码还可以理解的话，那么后来一些研究者仍以地区（国家）+华文文学的话语方式寻找新的研究对象，研究疆域虽然在发生变化，但研究方法与研究成果却毫无新意，就使得这种海外华文文学

① 饶芃子：《大陆海外华文文学研究概说》，《广东教育学院学报》2002年第1期，第30页。

研究遭遇的不只是外部的质疑，也使得研究群体内部的“不同声音”日渐响亮。

早在1997年的福建中青年学者论坛上，有人就指出，“台港澳暨海外华文文学”这个空间的区域性的概念对于研究意义不大，它就跟“广东文学”“福建文学”“北京文学”一样，在学术层面上是不成立的，是一种取巧，研究要想取得成就，就必须超越这个空间，打破这个边界。[①] 他们的建议是以“文学维度”取代“空间”维度。如费勇等在20世纪90年代末指出，应该以文本有无可借鉴的美感经验作为标尺进行研究，以共同的汉语诗学代替支离的地域文学研究。[②] 如果说费勇感觉到“文学维度”应重于“空间维度”，从而对学科的存在提出理性质疑的话，那么朱崇科在《谁的东南亚华人华文文学——论命名的后殖民意味》中的观点就显得有些激愤，他甚至将一些研究者浅薄的“空间”意识定位为“后殖民”眼光。在他看来，为了研究的方便，一些研究者对研究对象进行了任意的定位、命名与阉割，缺乏对对象的尊重和深入理解，是典型的大中原心态的体现。[③] 这些来自内部的不同声音，夹杂着试图摆脱研究边缘地位的急切心态，表征了研究者开始反思作为学科存在基础的“空间”维度，试图通过不断阐释丰富其内蕴，以建构出独特的学术话语与理论范式，从而解决“台港澳暨海外华文文学”的合法性问题。

（二）

正是看到了地域区域空间的局限性，一些研究者借用20世纪90年代逐渐兴盛的“文化”一词，文化空间取代了地域空间，成为阐释“台港澳暨海外华文文学”的关键词。他们试图把外在空间（社会的、地域的、政治的）作为阐释内在空间（文学作为作家的心灵世界的折射与表征）的重要尺码。如在20世纪90年代末，饶芃子先生等提出从

① 余禺（整理）：《跨世纪的文学时空——世纪之交的“台港澳暨海外华文文学研究”青年学者座谈会综述》，《台港文学选刊》1997年第7期，总第128期。

② 饶芃子、费勇：《本土以外——论现代汉语文学》，中国社会科学出版社1998年版。

③ 朱崇科：《谁的东南亚华人/华文文学——命名的后殖民批判》，《学海》2006年第3期。

“文化”角度去观照海外华文文学，已经有了不少成果与实效。但从文化视角集中对“空间”维度进行理论阐释还是在新千年之后。2002年，吴奕锜等青年学者提出“文化的华文文学代替语种的华文文学[①]”可看作是费勇观点的延续与变异，他们试图树立学科的存在意义，但又看到了这种命名中的种族意味，所以试图借用“文化”与“异质性”来捍卫学科的存在合法性。随后，刘登翰等学者完善补充了他们的观点，提出了建构“华人文化诗学”的理想，在他们的论述中，华文文学的独特性是由他们生存的独特文化语境所造就的，而研究者理应从解读华人社会的文化开始去把握这种文学的特质与意义。[②] 但是，这种“文化空间”视角一旦处于文学研究实践中，就会出现两个问题。一种倾向是文学研究可能成为社会学研究，文学文本成为社会学理论的一个注脚与旁证。此外，一旦“地域地理空间”泛化成“文化语境”，“台港澳暨海外华文文学”原有的特殊性就可能消失。

曹惠民的探索值得关注，他的几篇文章都执着于“地理空间”维度合法性的论证，并试图升华这种“空间”意识。2002年在《华文文学》上，他提出在华文文学研究中应高度重视“人与地”的关系，借用著名学者金克木的“编年史”与“画地图”应该并重的论点，他对海外华文文学研究中的地域意识作出了肯定，并试图将之提升为一种“地缘诗学”，这种诗学涉及不同地域华文文学的比较研究，也可研究“华文文学创作与地域背景、创作主体与地域、创作文体与地域空间、创作风格与地域文化、创作文本中虚拟场域的空间考察以及文学传播与地域空间的关系等”方面，可以说为研究者提供了一张详尽的研究地图。[③] 但

---

① 2002年2月26日刊发在《文艺报》华馨版上的《华文文学是一种独立自足的存在》引发了一场台港澳与海外华文文学研究界的内部纷争。

② 刘登翰等有关文化诗学的观点，可散见于以下文章：刘登翰《都是语种惹的祸》，《文艺报》2002年5月14日；刘登翰《华文文学研究的理论突围命名、依据和学科定位——关于华文文学研究的几点思考》，《福建论坛》（社会科学版）2002年第5期；刘登翰、刘小新《关于华文文学几个概念的学术清理》，《文学评论》2004年第4期；刘登翰《华文文学研究的瓶颈及多元理论的建构》，《福建论坛》（社会科学版）2004年第11期；刘小新《从华文文学批评到华人文化诗学》，《福建论坛》（社会科学版）2004年第11期；刘小新、刘登翰《文化诗学与华文文学批评——关于文化诗学的构想》，《江苏大学学报》（社会科学版）2005年第3期等。

③ 曹惠民：《地缘诗学与华文文学研究》，《华文文学》2002年第1期，第14—17页。

这一具有可操作性的理论指引并未有可观的研究成果，曹对于“地域空间”的思索显然也还未圆熟，显得有些笼统宏大。因此，时过四年，他对自己的观点又做了适当的调整与深化，在2006年《文艺争鸣》上，他借用陈寅恪的动态概念“空间离合”代替了静止的“地域”观念，强调台港澳海外地区由于创作主体在不同空间游走而带上了独特性的印记，从而使这些地区的汉语文学具备了独立的存在价值，因此，最后他总结道：“某种空间的开拓，因其与本土、本族群的离合关系，进而衍生出许多课题，它无疑突破了既有的中国文学的框架，这也许是建构一门新的学科——华人文学的学科的必要性与历史合法性所在。”① 曹借用已有定论的大家观点来阐释“空间”对于文学研究的重要性，这一大前提自然没有问题，但当其移用到他所设定的华人文学时，仍无法为其学科的合法性提供了充分的论据，因为对“空间”维度的重视并不意味着台港澳与海外华文文学研究必然具备学科的合法性意义。因此，这种动态的空间观念只是说明了他受到了时下多元、变动的空间观念的影响。

其实在2004年，另一位学者刘俊已超越了静止的空间观念，提出了“跨区域华文文学的理论设想。在他看来，“台港澳暨海外华文文学”产生于特定的历史语境，但随着时代的变迁，特别是创作主体在不同地区与国家的流动变迁，使得这一术语已经无法描述定位现有的文学存在，因此，改用“跨区域华文文学”，不但仍可保留这种文学的独特存在，而且可以凸显这种文学的“跨疆域、跨文化和相互影响、牵制”的特点。然而对于这一理论构想，他仍显得不够自信，他的疑惑是：“在给予这一文学的动态性、互渗性以足够重视的时候，是否对固定区域的静态特征（如某一区域内从未流动的内容）强调不够？在把跨区域华文文学作为整体予以突出的时候，是否产生了削弱不同地区和国家华文文学特征的情形？在某种程度上它可能会导致不同区域、不同国别文学界限的模糊？”② 显然，他看到了动与静的辩证关系，担心过于

① 曹惠民：《从空间离合说起——陈寅恪的一个理念的启示》，《文艺争鸣》2006年第6期，第116页。

② 刘俊：《跨区域华文文学论——界定台港澳暨海外华文文学的新思路》，《江苏社会科学》2004年第4期，第93页。

流动的研究视野会抹杀研究对象的稳定特性。但其实“跨区域”的症结还不在动与静之平衡技术的难以掌控，而是如陈思和所言，它不应该只包括从台港澳到海外的这一部分文学景观，还应该有更广的外延，可以包括中国大陆文学与其他地区文学的流动与跨越也可包括华文与非华文写作之间的跨越。[①] 这样，对于台港澳暨海外华文文学而言。跨越疆界的“空间”阐释又遭遇了问题，在内涵转变时，学科原有的合法性仍旧悬而未决。因为在当前流动性大的时代，一切都可以用这个跨越疆界来比喻，这种文学的独特性又何在呢?

“离散”“流散”又是台港澳暨海外华文文学研究中对于“空间”维度的另一滑动理解，离散（流散）本指犹太人被逐出故土后的漂泊状态，它不但蕴涵着流动的空间观念，也可象征心灵的不稳定状态，与很多台港澳暨海外华文文学的文本表现也很吻合。于是，在国外有关“离散”的理论不断升温时，大陆研究者也开始重视“离散、流散”与台港澳暨海外华文文学研究融合的可能性。2004 年，黎湘萍在第 13 届世界华文文学学术研讨会上指出，世界华文文学以“离散”状态再现了海外华人的存在历史，但国内尚未有系统的探究，表现出以“离散”来建构学科理论根基的意向。[②] 2005 年，饶芃子与她的学生通过梳理美国华裔批评理论的变化指出，从本土性走向离散乃是华人文学创作的现实所致，为“离散”进入大陆的海外华文文学研究提供了理论指引。[③] 同年，钱超英以《流散文学与身份研究——兼论海外华人华文文学阐释空间的拓展》一文详尽展现了“流散”进入海华研究的可能性。[④] 但质疑的声音也开始响起，钟晓毅在同年 12 月的世界华文文学高峰论坛上提出，“有必要检讨华文文学的创作与理论是否夸大了离散感，理论应

① 陈思和：《学科命名的方法与意义——关于跨区域华文文学之我见》，《江苏社会科学》2004 年第 4 期，第 96 页。

② 黎湘萍：《经典化 · 文学史 · 文化政治》，2004 年 13 届世界华文文学国际研讨会上宣读的论文。

③ 饶芃子、蒲若茜：《从本土到离散——近三十年华裔美国文学批评理论评述》，《暨南学报》（哲学社会科学版）2005 年第 1 期。

④ 钱超英：《流散文学与身份研究——兼论海外华人华文文学阐释空间的拓展》，《中国比较文学》2006 年第 2 期。

有所超越，而不能只是跟着创作走。"[①] 此后，海外华文研究界对于"离散"的阐释热情递减，以"离散"作为学科独特理论话语的路仍似不通。

研究者对"空间"维度进行了各种滑动的阐释，他们不断移用与挖掘当下的理论资源，但仍然无法摆脱理论困境，有时，甚至使自己迷失在时尚的学术话语与潮流之中。那么症结是什么？

这些理论阐释都意图为学科找到一个稳固的起点，体现了某种本质主义的情结。但对于尚未经受时空考验的新兴学科，这种本质主义的定义模式终难见效，正如比较文学、文化研究等学科一样，也是众说纷纭难有定论。对此，一些学者干脆采取了更为睿智的态度，否定学科存在的必要性。如从事文化研究的霍尔·维克多·伯金等学者声称"文化研究不可能是一门学科也不需要是一门学科"。[②] 或许，"台港澳暨海外华文文学"也可采取同样的策略，与其竭尽全力进行学科合法性论述，声称其为学科或非学科，不如将这个问题保持在开放状态，把这种研究作为一种运动，一个过程，"和所有的运动一样，它或许不久会消亡，或许可能还会走一段很长且卓有成效的历程"。而它的合法性，最终依赖于研究对象的存在意义，必须充分重视"凸显"台港澳与海外华文文学的社会历史语境。在这种视野之下，再去理解"空间"维度与海外华文文学研究的联系，也许会更加深刻，更为全面。

（三）

台港澳暨海外的华文文学，作为一种客观存在，早就出现了，在各种区域文学史的追溯中，其历史悠久流长[③]；新中国成立初期也有为数不少的海外华侨在国内报刊上发表文学作品，如印尼的黄东平就在国内各大报刊媒体上发表诗歌散文。但备受关注，作为一门学科与研究对象，却只能起始于20世纪70年代末。关于研究起点，有两种看法，一

① 陈玉珊：《海外华文文学研究的新拓展——首届世界华文文学高峰论坛综述》，《华文文学》2006年第1期，第109页。

② 维克多·伯金：《在/差异的空间：导论》，吴琼译，选自雅克·拉康等著，吴琼编《视觉文化的奇观——视觉文化总论》，中国人民大学出版社2005年版，第188页。

③ 在刘登翰著的《台湾文学史》、《香港文学史》、《澳门文学概观》以及陈贤茂主编的《海外华文文学史》中，都表现出溯源的欲望，原点时间甚至直逼18世纪。

是认为1979年《当代》刊发《永远的尹雪艳》，标志台湾文学进入了内地研究者的视野①；二是把1982年在暨南大学召开的第一届全国台湾香港文学学术研讨会作为起点②。两者并无重大分歧，只不过后者选择了更富有学术性的标志，因而更为正式，但其思维方式却是一致的，即研究对象存在于研究者的陈述意识与客体属性交叉的时空，在此之前，它的存在意义并未彰显。所以，要考察它的意义，就必须从它被发现、被陈述的时空开始。

20世纪70年代末到90年代初，历经十年“文革”之后的中国内地，在经济、文化等领域都与台港澳与海外等地有相当的差距，在当局倡导的“尽快实现四个现代化”的理念与焦虑中，其潜在的参照系就是本土以外的空间，台港澳与海外作为真实存在的“差异之地”，既是这种焦虑的现实来源，也是这种焦虑的投射之地。正是在这种“地域空间”的距离感中，台港澳暨海外华文文学的“差异性”被确认，它的意义也得以存在，研究的价值也蕴藉于其中。从早期传播到内地的作品主题来看，乡愁与漂泊，异乡与故乡、自我与他者、文化冲突、财富梦境等较为常见，其蕴藉的诗学内涵可概括为“远方”，颇具备加斯东·巴什拉所言之“空间诗学”的意味。如“六个梦”、“雪山飞狐”、“我的故乡在远方”，“北京人在纽约”等，其中活跃的痴情女子、武林高手、异国风光、财富幻境全都是现实生活中所欠缺的，它们构成了一个充满了悬想的地理与心理空间——远方。而稍加回顾，不难发现，最初研究者热衷的“乡愁”阐释与“故乡”话语中也隐现出一种“身份焦虑”，一种以“远方”、“他者”作为参照系而得来的惶惑与确认自我的急切。由此可知，研究者初期的“地理空间”维度是与特定的历史时空一致的，它既在老一辈华人作家那里获取了“可靠文本”，又在中国的现实情境里获取了“实践意义”，其合理性是显然的。

---

① 刘俊在《十八年来台港澳暨海外华文文学研究的成就与不足》（《台港澳文学选刊》1997年第7期）、刘登翰在《走向学术语境——祖国大陆台湾文学研究二十年》（《台湾研究集刊》2000年第3期）、饶芃子在《大陆海外华文文学研究概说》（《广东教育学院学报》2002年第1期）等文章中都持这种看法。

② 余禺（整理）:《跨世纪的文学时空——世纪之交的“台港澳暨海外华文文学研究”青年学者座谈会综述》中提到一些青年学者以1982年的研讨会为起点。《台港澳文学选刊》1997年第7期，总第128期。

到20世纪90年代中期（1993年后）以后，商品化、全球化的趋势不可逆转，我们与远方的距离因为资讯、媒介、交通的便捷而趋向消解时，建立在“空间”维度上的台港澳暨海外华文文学也就出现了动荡感。诸如异国风情和财富幻象、中西冲突等主题已由奇观变成我们身受的日常生活经验，在内地作家笔下比比皆是，对于读者的震撼也不会太大，“万人空巷看‘纽约’”的时代已经过去了。正如张颐武所言，1999年在冯小刚的电视剧《不见不散》里呈现的洛杉矶不再是异国奇观，而是一个普通的城市，一个故事发生的背景，这说明，《北京人在纽约》里神话式的神秘西方，已经成为我们熟视无睹的日常生活经验，空间移动带来的震撼远没有往日那样强烈。① 而研究者若仍执着于“流动与离散”带来的心灵动荡，仍把“远方与距离”视为文学特殊性的由来与根基，就无法与《不见不散》这样的文本进行对话。此外，随着港澳地区的回归，以及台湾与内地联系的日趋密切，两岸三地的文学的差异性与隔膜感也逐渐消除。更为尴尬的是，新马等地的华文文学，已经具备强烈的本土性，就算没有成为华人所属国的国家文学，也逐渐摆脱中国中心的影响焦虑，其内容与形式与以往期待视野相距甚远，与那些旅居国外的新移民作家，如严歌苓、虹影等的作品也毫无可比性，它们的异质性使得建立一统标准的努力显得有些徒劳。因此，尽管研究者对于“空间”维度作出了种种变通与阐释，仍无法摆脱学科理论基础的危机，一部分睿智学者干脆采取了“悬置”的态度。②

事实上，当前的媒介与市场机制并不拒绝来自任何时空的作家作品，只要你是顺承者，而不是逆行者。从梁凤仪到虹影的变化轨迹，就充分说明了一点。1993年，梁凤仪的财经小说以“豪门恩怨、商海情愁”主题加上新颖独特的推销方式，在内地第一次掀起了作家明星化的热潮，其业绩显赫。2002年，虹影频频惹出官司，不断出现在各种公众场合，主动迎接媒体与市场的挑战，也带来了丰厚利润的回报。但是，对于这些文学作品，研究者进行区域的划分与定位又有什么意义呢？只要它顺应了市场与读者的需要，挑逗起某种阅读欲望，便可以成

① 张颐武：《全球化的文化挑战》，《文学评论》2002年第2期，第21页。

② 周海玲、张志强：《纷争、建构与悬置》，《广东广播电视大学学报》2005年第3期。

为大众文化消费市场中的胜出者。

在这样的主旋律中，有两种力量仍在凝固着台港澳暨海外华文文学及其研究的存在意义。一方面是“民族国家认同”的力量，作为在世界范围内弘扬中华文化的途径，它仍有着不可或缺的存在意义；另一方面，全球化进程尽管压缩了“空间”，但却并没有完全消除空间差异，正如旅美华裔学者刘康所言，全球化文化的悖论就是一面是同质化的趋势，一面又制造出新的分裂、差异与多样性。① 当下，在中国与第一世界的显著差异下，空间的焦虑依然存在，本土与异域之间还存在着空隙。漂泊与安定，故乡与异乡、自我与他者这些对立与分歧，仍是文学想象的主题，从“空间”维度出发阐释文学文本仍然是可能的选择。但是，对于研究者而言，从文本与创作出发，从变化的历史语境出发，使“空间”维度在时间中经受考问与论争，而不是预先设置有关“空间”的理论尺度，则是对文学价值的真正坚守。

四　学科之外：内地学者关于台港澳暨海外华文文学研究的一种思路

中国内地有关台港澳暨海外华文文学的研究，经过30多年的努力，已走上了体系化的道路。随着专业研究队伍的拓展，学术组织的完善、学位教育的细化，成为学科已不再是口号，而是事实。但在看到成绩斐然的学科内研究成果之时，不能忽视内地学界有关台港澳暨海外华文文学的另一种研究形态，那就是以较为随意、自在形式所进行的零散研究。这种始终与学科体制保持距离的研究形态，可称为学科之外的研究。在注重发展跨学科和交叉学科的发展路径的当下，学科之外的研究到底有何特色和意义呢？在此，以陈思和先生的相关研究为例，来探讨这种研究的意义。作为中国现当代文学研究界的大家，陈思和先生在该领域也留下了独特的印记。一方面，他的相关研究成果可谓丰硕，影响力不可谓不大，从20世纪80年代末至今他共撰写了专题论文以及随笔札记达70篇，指导硕博士及博士后完成“台港澳暨海外华文文学”的

① 刘康：《全球化/民族化》，天津人民出版社2002年版，第29页。

课题报告近20篇，与台湾合作出版各类丛书书籍总数达200本以上。另一方面，他又谦称自己的研究带有“偶尔为之”的性质，与世界华文文学这一学科体制保持了距离；从他灵动而又充满学术锋芒的文学批评之中，还可以察觉他对内地有关世界华文文学的学科定位、研究方法等问题的质疑和思考。这种不同于专门研究者的“游”的姿势以及带有反思性、探索性的研究，能给我们带来怎样的启示？是否敞开了内地台港澳暨海外华文文学研究的另一可能路径？

（一）材料第一、思行合一的研究基点

我们一直都认为，资料问题之所以曾困扰着中国内地的台港澳暨海外华文文学研究，是囿于早期不够开放的大环境；但在出版传播、文学交流已足够多元自由的今天，为什么早期形成的“有什么研究什么”的被动姿势仍在延续，为什么我们还在集中关注那些熟悉程度高、材料较齐全的作家作品而无法进一步拓展研究视野呢？这说明，资料问题的解决除需依赖大环境的改变之外，还需研究者自身的高度自觉。在此，陈思和的实践很值得借鉴，作为一个文学史家，他坚守材料第一的原则，但他深知材料不会自动出现，而需研究者自觉付诸行动。事实上，从20世纪80年代末开始，在台港澳暨海外华文文学研究领域，他做的首要工作是搜集第一手资料、引荐作家作品和推动两岸多地的文学交流。早在1988年，陈思和为了完成与贾植芳先生合作的国家项目“外来思潮流派理论对中国现代文学的影响”，特意前往香港搜集资料，为了了解20世纪四五十年代香港文学的发展情况，他不是翻阅一两本概述性的文学史，而是选择搜集整理当年比较有代表性的文学期刊，在四个月的时间里，从大学图书馆到私人书房，从书店到地摊，凡是有隙可寻的地方他都去过了。正是凭借深入文学现场打捞第一手资料的苦功夫，陈思和比其他内地学者更早地形成了对香港文学的清晰认识。如针对香港都市文学的消费功能，他最早提出了“现代读物”的概念；在清理香港现代主义风格的文学期刊与美元文化渊源的基础上，他指出美元文化对香港文学的影响并不全是负面的，客观上也刺激了香港文学的发展，为西西等新生代作家的崛起提供了发展空间。从1991年到1997年间，为了厘清从日据时期至今的台湾文学的发展概貌，他还前往日本

与台湾多次访学，访学期间复印了大量的文学期刊和文学作品，搜集回来的各类书籍资料将他的书房都堆满了，仅为做好这些资料的编目工作就耗掉了半年多的时间。但即便如此，当他在20世纪90年代末提笔撰述《中国当代文学史教程》时，仍未敢将港台部分纳入论述框架，原因何在？在他看来，还是资料问题。资料的获取是基础，但对资料进行整合消化就更需功力了，在没有弄清楚台港澳文学发展的全貌之前，在没有从思路上厘清内地文学与台港澳文学的关系之前，他是不敢随意下笔的。相比内地学者编撰的动辄数十万言的台港澳或海外华文文学史著作，我们不能不为他的这种"胆怯"而感叹！

如果说他前往港台及海外搜集资料主要是为了解决个人研究中的问题，那么引荐作家作品、着力推动两岸多地文学交流等活动则是为他人研究铺路搭桥，功莫大焉。从1989年到90年代中期，陈思和在"北上广"等地的文艺报刊上刊出了一系列短小有趣的读书随笔，主要推荐各类新书新著，陈先生谦称为"自己的书架"，但这些文章既是一个酷爱书本的读书人写的贴心感性的阅读札记，又是一个视野开阔的学者在浩渺书海中为普通读者所作的导游，其中有关港台及海外的引荐文章就有近30篇，这些书札都近乎作家的小传，所介绍的新锐作家和重要学者，如王桢和、林燿德、西西、龚鹏城、小思、郑明娳等在内地现已广为人知，当年人们却知之甚少，陈思和凭借先觉者的锐敏眼光，引荐其人其文并详细注明出版社，出版时间等信息，方便研究者查找，也附带做了资料整理的工作。而他关注推荐的台湾现代派文学先驱如王尚义、吉铮等，至今还未引起内地学者的重视。特别值得一提的是他对声势浩大的台湾《新世代小说大系》的着力引荐。《新世代小说大系》共12卷，由台湾作家黄凡、林耀德主编，希代出版社1989年出版，主要呈现了1949年之后的台湾新锐作家12类题材的代表作，从中可窥视当代台湾文学发展的趋势和全貌，但当时内地研究者并未注意到这一文学潮流，更谈不上研究了。陈思和与其弟子张新颖在《天津文学》、《文汇报》等刊物连续发出多篇文章，对这一套大系作了极为详尽的引荐和初步的评价，的确为其他研究者提供了可靠的线索和参照系。

陈思和从来不认为学问只在书斋里，他认为真正的学问最终要促成人与人的之间的互动和谐，他的台港澳暨海外华文文学研究是强调思行合一的，为此，不妨清理一下他在两岸多地文学交流中的独特姿势和重要贡献。陈思和先生所在的上海复旦具备得天独厚的地理位置，从20世纪70年代末开始，就陆续成为不少海外作家学者访问的第一站，有此平台，陈先生也有更多机会和不少一流的台港海外华人学者作家建立联系，但凭借人格的魅力，他与这些学者作家除了学术上的来往外，在生活中也建立了朋友般的深厚情谊，这也为复旦大学师生开展华文文学研究提供了人脉、资料获取等方面的便利。作为一个善于与人沟通合作的学者，还在80年代末，陈思和已尝试与港台海外学者在学术研究和出版传播领域展开广泛合作。1988年，他和台湾作家林燿德曾筹划联合建立一个两岸青年作家联谊会，虽然没有实现，却打通了两岸新锐作家的交流渠道；1989年他和香港中文大学教授周英雄合作撰写了《七十年外来思潮影响通论》一文，这篇由两人各取所长，分工合作而成的长篇论文首次将台港大陆作为整体来论述，显得视野开阔、丰厚扎实。1990年起，他又和台湾业强出版社总编辑陈信元开始了长达15年的亲密合作，两人策划主编了几套大型丛书，在台湾推出了约200本以上介绍中国现代文学的传记和文学著作。进入新世纪，作为在港台海外都很有影响的文学批评家，陈思和更加频繁地介入到了文学交流活动之中，积极参与了世界范围内一些重要的华文文学评奖活动。2002年起他和王安忆两人连任马来西亚星洲日报“花踪”世界华人文学大奖终身评委。2006年起，又成为香港浸会大学世界华文文学“长篇小说大奖·红楼梦奖”的决审评委。特别值得一提的是他主编《上海文学》期间对台港澳暨海外作家作品的重视，《上海文学》推出了不少专号专栏和新人新作，进一步激活了杂志作为两岸多地文学交流平台的功能。我想，对视学术如生命的陈先生而言，频繁参与这些文学活动，一定会缩减其著书立说的时间，却体现了其学术生涯中一以贯之的实践品格。

如果说学术重“立言”，交流重“立行”的话，那么教育则是既可立言又可立行。陈思和先生曾经坦言：“我就是喜欢教书、带学生。教育不是为现实服务的，而是为二十年后的现实服务的。……我在大学教书，做《上海文学》的编辑，都是出于自己的兴趣，不违背我的信仰和原则。"[①] 在台港澳暨海外华文文学研究领域，陈思和也注意扶掖后进，鼓励学生克服资料的困难，去研究他们感兴趣的作家。在他指导的已逾百计的学生论文中，约20篇是涉及台港澳暨海外华文文学的。但在指导学生进行具体研究时，陈思和要求他们信守"材料第一、思行合一"的基本原则。为了搜集资料和贴近研究对象，更为了真正以心和本土以外的世界交流，研究台湾的一定要去台湾走走，研究南洋的一定要去南洋走走。照他的话来说便是"我们的研究最终是为了促进交流，不是为了学术而学术"[②]。循此治学路径，他所指导的博士、博士后如张新颖、李娜、王小平、白杨、陈少华、庄伟杰等既成为该领域颇有影响的学者，又在两岸多地的文学交流中作出了贡献。

（二）学科之外、整体之中的独特视野

陈思和谦称自己在台港和海外华文文学研究领域是"偶尔为之"，但他对这一研究领域的诸多现象与问题，尤其是对其学科化趋势有着深刻的反思。在他看来，"所谓学科是教育系统人为制定的某种教育体制，涉及到资源和利益的分配，当然也涉及到学术的盛衰，但对于真正的学者或知识分子而言，并不会影响其理念的实践和学术的热情。"[③] 学科的出现最初是为了推动学术研究的进程，但因涉及资源和利益的分配，积习一久，就容易出现画地为牢、各自为政的封闭性思维，从台港、海外到世界华文文学的学科化进程之中，研究边界的划定和固守，某种程度上也使得其研究成果难以产生更大的影响。君子不器，真正的学者自能看出学科之类的制度局限，这当是陈思和与该学科保持距离的原因之一。但在我看来，更重要的原因还在于他看到了这一学科的研究对象和研究方法都处在摇摆不定的状态中，尚未形成学科应有的学理逻辑。在与该领域知名学者刘俊的一次对话中，他通过分析其双重归属对其学科性质进行了解构："从它（世界华文文学）所依附的二级学科来看，本

① 陈思和：《我的治学道路和当代学术的发展》，《中文自学指导》2006年第4期，总第188期，第13页。

② 陈思和、颜敏：《有行有思，境界乃大：陈思和与世界华文文学之访谈录》，《当代作家评论》2013年第5期。

③ 陈思和：《新世纪文学的学科意义》，《文艺争鸣》2007年第12期。

身就包含了两种不同性质的学科：从台湾文学、香港文学、澳门文学与中国大陆的文学之间关系而言，它理当是属于中国现当代文学的一部分，尤其在港澳回归以后，单列的香港文学、澳门文学已经完成了历史的意义；再者，国家之间的文学联系正在被越来越重视，如世界各国的华文文学，甚至华人、华裔的文学，这显然属于世界文学的范畴，就中文系的学科点而言，它属于比较文学及世界文学的学科点。世界华文文学的范畴内同时存在着两个学科的内涵是客观存在的，因此，它有着跨学科的性质和意义。”①

但对于该领域学科化的质疑是否意味着陈思和否定其重要价值呢？恰恰相反，在陈思和的整体观中，台港澳与海外华文文学是必不可少的。其重要性首先源于他拓展研究视野的自觉追求，他说：“二十世纪中国文学史是我的学术研究的经，当下文学的批评和研究是我的学术视野的纬，在这纬度上我尽力扩大研究领域，对台港文学、世界华文文学、中外文学比较，甚至外国文学等等，我都尽可能地去学习，逐渐扩大自己的研究领域。”② 其次则是解决文学问题的内在要求所致。面对各区域文学间勾连分和的复杂现实，我们已经不能仅从单一区域文学经验出发，必须充分注意到某一思潮或文学现象在不同时空中的流变轨迹。如对“现代主义在中国”这一问题的完整认识，就不能只关注当下的大陆经验，而要放眼两岸多地，厘清从“五四”时代的中国、20世纪50年代的香港、六七十年代的台湾，到80年代的大陆的完整过程。正因为整体观并非人为的设想，而是基于文学事实的理性认知与科学方法论，陈思和必然会重视台港澳暨海外华文文学的存在，承认其重要价值。

那么，“学科之外，整体之中”的视野下，陈思和的台港澳暨海外华文文学研究的独特性是什么呢？一方面，有了学科之外的游动视点，他的相关研究就祛除了建构宏大体系与话语的压力，呈现出更为灵动的个人叙事姿势。从研究对象的选择来看，他多以兴趣为指向，充分关注

① 陈思和：《学科命名的方式与意义——关于“跨区域华文文学”之我见》，《江苏社会科学》2004年第4期，第64页。

② 陈思和：《三十年治学生活回顾——陈思和三十年集序》，《当代作家评论》2009年第3期，第161页。

那些另类的、新奇一点的、具有先锋性的作家作品和文学现象。“春江水暖鸭先知”，凭借敏锐而准确的审美感觉，陈思和游走在台港澳暨海外华文文学的世界中时，便能率先采掘出一些“宝石”，让内地读者眼前一亮。早在20世纪80年代末90年代初，他便对西西、林燿德等自觉追求形式创新的作家加以关注；新世纪初主编《上海文学》期间，他又着力推荐虹影、童若雯、朱天心、朱天文、骆以军等擅长文体实验的新锐作家；他还是内地率先关注港台的自然写作、科幻小说、同性恋小说、现代读物、都市小说等文学现象的学者。而在表达形式方面，他也善于量体裁衣，根据对象和场景选取适合的体裁。纵观他有关台港澳暨海外华文文学研究的几十篇文章，其中既有短小精悍的序跋，轻松率性的通信，娓娓道来的阅读札记，也有气势恢宏、深入研析的专题论文，滴水成河的同时也蔚为大观。

另一方面，整体之中的宏观视野，则让陈思和善于在文学史框架中准确定位作家作品和文学现象的审美价值与历史地位；从方法论角度而言，作为在比较文学领域颇有建树的学者，他习惯在古今中外的参照系中提出观点和问题，因此，他有关台港澳暨海外华文文学的研究文章，即便是个性文字也能一语中的，发人深思。在对香港诗人羁魂的评述中，他从香港文化的冲突性出发，看到了诗人之于时代的意义：“香港是一个处处涌起文化急剧冲突的社会，个人，特别是知识分子，都会自觉地在这冲突中寻找一种位置，选取一种描述香港的角度，我们在羁魂的诗中看到，诗人所关注的正是这一种落后与先进，愚昧与进步，传统与现代，甚至东方与西方的冲突，他拾取着这冲突所爆出的火花，去点燃诗的灵感。”① 在研究台湾左翼作家陈映真时，他不回避作家对西方现代主义的横向接受，但更注重分析纵横交错的视野中作家对“五四”以来左翼文学的继承与创新：“如果我们把20世纪中国文学史在海峡两岸的演变过程视为一个整体，那么，要确认陈映真的文学史地位，标志性的高度就诞生在这个拐角上：在台湾文学的特殊环境下，‘五四’新文学向左翼文学的转轨，由后来者陈映真推向了一个高度：纵向发展

① 陈思和：《试论香港诗人羁魂的诗》，选自《鸡鸣风雨》，学林出版社1994年版，第244页。

上，陈映真是赖和、杨逵以来的台湾文学最优秀的左翼继承者，横向发展上，他是第一个通过自己的独特个性的艺术创作，把海峡对岸的鲁迅的生命气息透露出来，他与鲁迅的同构关系中，完成了他对鲁迅小说的呼应，也是向主流在大陆的"五四"新文学理想的呼应。"① 即便是面对全新的文学现象，陈思和也善于深挖其与各类文学传统的关联，从而指出作家创造性的基础与意义，如对张系国科幻小说的精辟论述就建立在这一参照视野上："从《星云组曲》到《城》三部曲，张系国科幻创作的当代意义主要表现在以下两个方面，一是他力图改变以西方高科技的资本主义文化为背景的科幻故事模式，尝试将科幻与中国文化背景结合起来，使威尔斯式的人文精神东方化了；二是他力图拒绝以恐怖、怪诞、机关布景等来刺激读者胃口的通俗手法的介入，努力将科幻小说的想象力同五四新文学的人文传统结合起来，在中国新文学的传统里开创了新的品种。"②

学科之外，整体之中的独特视野，使陈思和对于台港澳暨海外华文文学的思考与解读，往往能够深入肌理，发常人所未发，又有大的气场和视野，从而使他能准确把握到台港澳暨海外华文文学的总体特征及价值——诸如跨文化的视野、文化融合的意义，复合性的表达方式等。他在《上海文学》"海外华文文学专号"编后记里对此有清晰表述："在这里，时间与空间都被特殊处理了，换句话说，被一种文化的心理情结所克服与超越。所以，这两题小说之间似乎有一个过程，从单一的中国经验过渡到超越了时空隔离的跨国文化复合经验。"③

不可否认，台港澳与海外华文文学一旦成为整体观里的成分，也为他研究中国内地文学带来了足够丰富的参照系。仔细梳理其学术的轨迹，还能发现他早期不少思路观点受到港台海外作家学者及其论述的影响。在他写于20世纪八九十年代的论文中台港及海外著述已作为参考文献频繁出现，可见其学术活力的源头之一。1999年版的《当代文学

---

① 陈思和：《试论陈映真创作与五四新文学传统》，《文学评论》2011年第1期，第66页。

② 陈思和：《创意与可读性——试论台湾当代科幻与通俗文类的关系》，选自《鸡鸣风雨》，学林出版社1994年版，第219页。

③ 陈思和：《海外华文文学专号编后印象》，《上海文学》2005年第6期，第2页。

史教程》序言中则明确指出了台港文学的存在对当代中国文学研究的重要意义，还单列一节呈现海外新移民文学给当代文学带来的活力和启示。2003 年出版的评论集《不可一世论文学》的书名也含有对台湾同名丛书的借鉴和致敬。至于他最为核心的思想——整体观和世界性因素等论述体系的萌发与成熟，与他率先和台港海外建立常态的文学交流应是直接相关的。

（三）直面创作、温暖不隔的文本细读

在陈思和看来，既然台港澳暨海外华文文学作为独立学科的合法性悬而未决，学者们与其为建构学科体系而耗费太多口舌与精力，不如先做些个案研究和史料整理的工作，先将重要支点一一稳固之后再进行宏大的文学史叙事。这样的理念已经落实在他的研究之中，他的台港澳暨海外华文文学研究多为个案研究，常以文本细读的方式切入作品、发现问题、生成概念并对创作产生直接的推动力。

由于一些文本审美性的缺失，内地的台港澳与海外华文文学研究逐渐形成了文化诗学或文化研究的套路。这类研究不是说完全没有价值，但循此思路，很多作品就成为某种社会学理论的例证，远离了文学本身，也难以对创作起到推动作用。陈思和一向主张捍卫文学的自律性和审美性，反对将文学文本作为社会学的材料，也反对套用西方的各种时尚理论。他的台港澳暨海外华文文学研究以窥探艺术的奥秘和审美的独特性作为终极目标，由此避免了一些内地研究者缘于人情或意识形态考虑而出现的“捧杀”或“棒杀”思维，秉承了一种更为客观的学术态度去进行文学批评。或可说，陈思和的文本细读，是在理想的经典范式之下对作品进行的症候式阅读，在分析文本思想艺术成就的同时，也毫不保留它对作品瑕疵和问题的看法。但这种症候式的批评之所以不是简单的否定与肯定，重要原因在于他善于换位思考，能从作家的创作动机和技巧的角度去读文本，如同庖丁解牛一样，不是以先验性的概念理论强行植入，而是通过寻找文本已有的缝隙和路径慢慢敞开作品的内涵与形式之美，好比高明的剪纸者，创造了作品却并不破坏纸张本身的质地和完整性。正是在这种理解之同情的基础上，陈思和的文学批评才能给人淋漓尽致之畅快，既有力度，又不生硬。严歌苓是美国华文文学的翘

楚，也是内地研究者的关注重心，但不少论述都在所谓中西文化冲突、对话、融合的视野中去定位其小说的价值，陈思和也很欣赏她的小说，但数篇批评文章的着力点都是其小说的审美价值。他在剖析严歌苓小说叙事方式、情节构造、思想意识上的独特性时，往往指出了问题所在。如解读《人寰》时，从叙述者语言角色和身份意识的关联出发陈思和看到了小说弥散着阐释者的魅力：当叙事者“用她的西方式话语不知轻重地把这个故事重新叙述一遍时，终于使它面目全非时，人性的深刻袒露也就在这超越伦理的是非界线中完成了”[①]；但他同时指出，当严歌苓用西方式眼光来讲述这段中国男人间的精神史时，实际将之放在“以人性的快乐为宗旨”[②] 的后现代文化刀锋下进行简单化的解构，这样反而遮蔽了故事原本包含的复杂多义性。从情节构造来看，陈思和认为《人寰》的整体构造和结尾布局都是有缺陷的，以弗洛伊德理论作为线索来展开叙述，以女孩心理疾病的治愈作为完美结局，不但陷入好莱坞的思维俗套之中，而且叙述逻辑也显现不合情理之处。当陈思和以这样细腻深入的文本细读方式介入到作家的创作之中时，他的文学批评就不仅仅对同行学人有方法和思路上的启迪，也会对作家的创作直接产生影响。

陈思和对于批评和创作的关系，自己曾有过这样的评述：“批评的存在，作为一种创作的参照系，作为一种创作信息的反馈，对创作起着感应的功能。但从宗旨上说，它无求于创作。它只有在独立的自身系统中才能寻到自己的目标，确立起真正的自信来。”[③] 在他看来，批评虽然是创作的感应和参照，但绝不是创作的附庸，而是自成体系、自有目标，正是批评的独立性使得它可以对创作产生影响和推动。陈思和的文学批评一向直面创作，对当下的作家作品有及时迅敏的回应，在创作界已有较大的影响力，但必须指出的是，他的批评既有与作家角力的一面，又有惺惺相惜的一面，也就是说，他比一般高高在上的批评家更能够深入作品和作家的心灵世界，他的批评也更能够得到作家的认可，由此才可形成批评和创作互动的良好氛围。在台港澳及海外华文文学领

① 陈思和：《人性透视下的东方伦理》，《台湾文学选刊》1998 年第 8 期，第 25 页。
② 同上，第 26 页。
③ 陈思和：《文学批评的位置》，《当代作家评论》1985 年第 3 期，第 32 页。

域，陈思和这一温暖不隔的批评思维同样凸现出来。在对象选择上，如前所述，他倾向于选择自己特别感兴趣的作家作品，这种基于兴趣的选择说明研究主体和客体间有着内在的一致性，因而解读文本的过程便成为批评家洞察自身生存处境、释放自身生命能量的过程。台湾作家童若雯的小说《金枕头》是一篇颇为奇幻诡异、晦涩难懂的先锋小说，写了一个人到中年的落魄男人和母亲的亡灵在晚班公车上邂逅对谈后又黯然分手的奇遇，一般读者难懂其意，但陈思和联系自己的生存经验发掘出诸多情绪，敞开了小说的意旨："我自已人到中年，也属于疲惫不堪，臃肿痴肥的男人一族，但我从没有想象，也不敢想象我面对母亲的亡灵将作怎样的倾诉，因而读到此篇，真是心中之声与思念之泪齐飞，民间日常生活的艰辛被发挥得淋漓尽致，进而也使得结尾部分两人各携一只金枕头的象征意味深长。"① 这样的批评过程如他所总结的那样是"一步步探索下去，既探索文本的潜在意义，其实也在探索自身生命中的某种激情和奥秘"②。从表达形式来看，陈思和的批评文章也很有特色，他饱含深情的笔墨，流畅平实的表述，在批评界的影响可与晚清梁启超的性情文字媲美。试看他评述台湾作家吉铮的一段文字："因为'不是不快活'，所以她终究没有勇气否定世俗的生活方式，成为惊世骇俗的浪漫女人，又因为感到了'不是快活'，才使她心理上去掉了一层市侩的肮脏面纱，真诚地拿起笔来诉说内心的不满足。她的文学创作，多半是这种内心冲突及其苦闷的象征。……这种遗憾，其实是很普通的女人的遗憾，但在吉铮的笔底下却表现得那么浓烈，那么悲愤，以至于她称自己这种生活为'会哭的树'。已经生了根的树，指的是已经被婚姻、孩子、家庭束缚住了的女人，树生根了就无法再动弹，但是女人呢？女人还会哭。"③ 在这段深情款款又准确犀利的表述之中，可见陈思和批评文章里情感和思想的双重投入。无疑，文学批评并不拒绝情感的介入，只要不过于随意泛滥，情感就能成为动力并使得批评文字更有血有肉；而当前不少面对台港澳与海外华文文学的批评文章，正因缺少这种

---

① 陈思和：《食书的女人》，选自《献芹集》，复旦大学出版社2009年版，第7页。

② 陈思和：《文本细读与比较研究·主持人的话》，《当代作家评论》2007年第2期，第77页。

③ 陈思和：《吉铮和她的〈海那边〉》，《书城》1994年第3期，第45页。

近情、入情的思维而显得面目可憎，味同嚼蜡。

必须指出的是，陈思和这种情理兼至的文本细读并非与理论隔绝，它同样也能生成概念、初显理论的形态。那么文本、批评和理论如何建立关联呢？陈思和的思路是，因为每一作品都是有差异的存在，故不能机械套用西方的理论，而应根据作品的特点选择合适的研究思路，进而提出问题、生成理论。1992 年在对香港作家梁凤仪财经小说的解读中，他从出现在超级市场门口书架上的袖珍书谈起，通过分析梁凤仪小说的题材、人物形象、情节结构、思想立场、出售方式等特点而提出了“现代读物”这一新颖和富于概括力的概念，认为读物的功能是“帮助人们在现代社会更适宜的生存。这种帮助也是多方面的，它可以是实用性的生活指南，也可以是消闲性的精神消遣。它不乏真知灼见，能令人深思，令人感动，但其终极目标，是有利于自身及其对象在现代社会的生存”①。这一概念颇具概括力和解释力，对出现在文化消费市场上的形形色色的文学或泛文学文本的意义和地位作出了清晰鉴定。

当然，当陈思和将文本细读方法运用于本领域时，也让一些问题凸显出来。文本细读的方法，若如他所总结的那样，是“直面作品、寻找经典、寻找缝隙、寻找原型”四大原则的实践过程②，那我们首先要做的工作就是挑选精品，台港澳暨海外华文文学涉及面极广，延续时间达百年以上，这必然对批评家的知识结构提出了挑战，没有足够的了解，难免出现以偏概全的情况。其次，文本细读自然对作品的艺术水准提出了较高要求，但除了台湾文学外，其他区域华文文学的艺术水准都是偏低的，如此，由于审美技巧的缺失，台港澳暨海外华文文学也可能处在“整体”的边缘位置。

结　语

鉴于陈思和在中国现当代文学研究界的重要位置和突出成就，他对台港澳暨海外华文文学的关注与介入，无形中也提高了边缘华文文学的

① 陈思和：《现代社会与读物——致程乃珊，兼谈梁凤仪的作品》，《通俗文学评论》1993 年第 1 期，第 23 页。

② 陈思和：《文本细读在当代的意义及方法》，《河北学刊》第 24 卷第 2 期，2004 年 3 月，第 109—116 页。

影响力，让主流和边缘有了对话和整合的可能性。当他以细腻深情的笔调向读者传递这些作品的审美价值时，无疑为内地读者了解台港澳暨海外华文文学起到了很好的引导推荐作用。作为与作家坦诚交流的对话形式，他的文学批评能够快速到达作家面前，为作家所接受，从而对创作有直接的推动。作文如做人，陈先生温情宽容的人格魅力、独树一帜的论述成果、兼之复旦大学的资源优势，使其文学批评成为一种建设力量，为推动华文文学走向世界作出了贡献。

作为处在学科体系之外的学者，陈思和有关台港澳暨海外华文文学的研究立场可称之为边缘视角，虽说旁观者清这一表述用于学术研究领域未必完全妥切，但在新世纪走向越界和整合的学术潮流中，边缘视角已被认为是超越体制局限的有效位置之一，陈思和的相关研究也为我们反思该研究领域中存在的种种问题提供了鉴照。

五　传媒与海外华文文学的发生、发展及转型

传媒不但在一定程度上决定着文学生产的思维方式、传播方式和接受方式；同时，传媒要素的增加，还将使我们对文学活动要素之间的结构关系、存在态势的认识发生根本性变化。可以说，传媒作为文学的“第五要素”的观点已经打破了自艾布拉姆斯以来的围绕文学四要素而进行的文学研究范式，借助传媒视野重新思考有关文学的种种问题已经势在必行。在20世纪末到21世纪初，受到文学研究中传媒研究热度的影响，海外华文文学研究领域也出现了传媒转向，出现了不少研究论文与论著。然而，多数传媒研究仍停留在史料整理和传媒文本研究的实证阶段，对有关传媒与海外华文文学的关系命题仍未形成深入系统的理论论述。本文试图借助传媒作为第五要素的理论视野对此作出初步探索，以促进海外华文文学的发展。有关传媒的定位有广义与狭义之分，广义是指包括语言在内的所有传播文学信息的媒介，狭义的传媒则指的是报纸、杂志、网络等承载与传播文学作品的场域与手段。在本文的论述中，主要侧重从狭义传媒视角对上述问题进行探讨。

（一）

海外华文文学的出现与形成，与华人移民、华文教育与华文报刊关

系密切。早期华人移民大多是苦力和商人居多，自难以出现自觉意识的华文创作，铭刻在天使岛木屋中的华文诗歌不过是困境中的先民不自觉的控诉和宣泄。华文文学的真正发生还是要等待19世纪中期后知识分子群体的出现以及华文教育与华文报刊的蓬勃发展。近现代以来，在数量不断增生的海外华人移民群体中，正是华文报刊的存在促进了想象的共同体之形成。一些人通过华文报刊发表见解、关注现实、宣泄情感；另一部分人则通过华文报刊获取信息、解决问题和慰藉思乡之情，对华文报刊的持续阅读促成了共同的文化认同与身份意识的形成与稳固。因此，华文报刊不但提供了作品的发表园地，也培育和稳定了读者群体。从1881年薛有礼创办的《叻报》到以康有为、梁启超和孙中山为首的改良派和革命派以宣扬政治理念、弘扬民族精神为根基，在世界各地办起的一大批以海外华人为受众的现代意义上的报刊①，奠定了海外华文文学发生的社会氛围与受众基础。从早期的文言报到“五四”之后的白话报，附设文学副刊的海外华文报纸逐日兴盛，以报纸文学副刊为中心的海外华文文学生产机制开始形成。在很长一段时间内，依赖报纸副刊便成为海外华文文学基本的生存语境，副刊运作模式对海外华文文学发生期的语言选择、题材体裁以及表现手法等方面都有深刻的影响与限定。

海外华文文学在东南亚地区最早形成气候，也较具有代表性。在方修所编撰的《马华新文学史稿》以及《马华新文学大系》中，我们可以看到，滥觞时期马华新文学的整体面貌不但是通过整理副刊为主的报刊资料呈现出来的，同时，马华新文学的特色也是受制于副刊情境而被模塑出来的。李志认为“早期的南洋华文文坛，实际上就是指当时南洋各家报刊的文艺副刊”②。早期的副刊运作制度正在形成之中，作为人事因素的编辑往往成为影响其运作的关键所在。在方修的文学史著述中，便着重描摹出副刊的编辑构成与编辑方式对早期马华文学的决定性

① 世界上第一份华文期刊是1815年由外国传教士米怜主编的宗教刊物《察世俗每月统记传》，世界上第一份华文报纸是1854年在旧金山创刊的《金山日新录》，持续时间很短。从主体性生成和其影响力的角度来看，应从《叻报》开始。

② 李志：《海外华文报刊对滥觞期海外华文文学建设的贡献》，《学术研究》2002年第10期，第105—109页。

影响。李志也充分肯定了马华新文学滥觞时期副刊编辑们的作用："内行的评点与介绍，高屋建瓴的分析与评论，往往具有画龙点睛的艺术效力，有力地指引了早期南洋华文新文学的艺术发展方向及审美趣味的流向。"[①] 的确，进入文学生产活动流程中的现代媒体不仅是文学信息的传递者，也是文学价值二度创造者，而这一创造过程首先表现为编辑等"把关人"对文学作品的把关选择与内容加工，从而使得文学创作的特点与编辑个人的审美爱好、思想倾向等紧密地连接起来。早期的新马副刊编辑大多是中国南下新马的作家、编辑和文化人，他们将"五四"新文化运动的成果与思路带入新马地区，使新马地区的早期华文创作在形式与内容上都紧跟中国内地的风气。根据李志对南洋地区最早的新文学杂志《新国民日报》的副刊《新国民杂志》的研究，以该刊主编张叔耐为代表的南洋华文新文学倡导者们，积极倡导以白话文创作替代文言创作，刊载作品不但注重以"剪稿"名义发表的大量中国国内著名作家的小说及译作，而且凸显了反封建、平民情怀、社会改良等与内地新思潮相呼应的主题与思潮。[②] 不过，作为南洋本土的文学副刊，要面向的主要受众是南洋华人，因而这些南下的副刊编辑们，也入乡随俗以适应当地特殊的语境。从张叔耐、许杰、马宁到郁达夫，这些南下的著名编辑不但自觉发现和培养不少当地的文学新人、也多少注意到了文学中的南洋色彩问题，如当地方言土语的渗透、风土人情的描摹以及当地特殊经验与事件的文学再现等都可以在萌芽期的南洋新文学创作中找到大量例证。可以说，本土色彩与中国经验的交织并存也成为南洋新文学的总体特色。

其实，除了通过编辑环节对海外华文创作作出指引与规范外，副刊的出版特点和版面局限，也对海外华文文学的题材体裁、创作手法等产生了直接的影响。我们所能看到的早期海外华文创作多以短小篇制为主，这并非当时的作者没有创作长稿，而是因为副刊容量有限，一般情况之下很难刊载这些长稿。郁达夫 1939 年在主编《星洲日报》的《晨星》副刊时，曾一再向投稿者说明，"因为版面容量的问题得不舍弃长

① 李志：《海外华文报刊对滥觞期海外华文文学建设的贡献》《学术研究》2002 年第 10 期，第 105—109 页。

② 同上。

稿，至于连续刊载长篇的形式，也难以实现，故特别欢迎短小精悍的论文、随笔、小说和独幕剧。”① 在这种副刊运作模式中，短小篇制的作品被肯定、刊载与流播，进而促成作家调整自己的创作策略，致力于短篇创作，最终使之成为存留在文学历史中的主体样式。此外，作为报纸副刊的文学园地，受出版周期和主刊思路影响很大，同时具有新闻性和文学性的双重属性，因而所刊载的作品不免与现实问题形成或明或暗的呼应关系，甚至在表现手法和主题意旨方面接近于新闻，这样便促成了以现实主义为主的文学创作手法的繁盛。现在看来，早期新马文坛以现实主义为主的创作风格的形成，虽有多方面的成因，但也与其随副刊生成的特殊境遇是分不开的。

在东南亚以外的其他海外华人聚集地，当时在北美的夏威夷、旧金山，大洋洲的墨尔本、悉尼，法国的巴黎，日本的东京、神户、横滨等地，当华文文学萌芽时其主要的园地与载体都是当地的华文报刊。根据现有的研究，如陈贤茂等著的《海外华文文学史》的描述，它们基本上也呈现与东南亚华文文学相似的面貌，在整体风格、题材体裁、创作手法、语言表述上的总体特性都与副刊运作水乳交融。

（二）

进入20世纪70年代末，尤其是80年代之后，随着国际政治气候的变化、各国文化政策的变动以及世界文化交流的深化，海外华文文学进入了快速发展期。一方面，随着经济力量的介入，传媒商业化趋势的加剧与功能的转向改变了其文学运作的方式，海外华文文学与传媒的关系更加直接和复杂；另一方面，封闭、单一的本土传播模式被打破，本土和本土以外的华语传媒构成了互动性的传播场，它们共同介入到海外华文文学的生产之中，并使得这一流播过程成为重塑汉语文学观念的过程。此时，传媒深度介入海外华文文学的文体嬗变、思潮与经典制造之中，产生了全方位的影响。

微型小说在东南亚的崛起与兴盛说明了文体嬗变与传媒功能转向之间的关系。20世纪80年代以来，东南亚华文报刊的数量急剧下降，但

① 参见《郁达夫全集》第八卷《杂文下》，浙江大学出版社2007年版，第6、14页。

奖，极大地提升了作家及其作品在华人世界的影响力。在中国内地也设立了有关海外华文文学创作的专门奖项，如《四海》的“海峡情”征文与首届“台港澳暨海外华文文学游记征文徐霞客奖”活动、《世界华文文学》的“盘房杯”世界华文文学大赛、《海峡》的“故乡水”征文活动以及《台港文学选刊》的读者推荐奖活动等。通过这些评奖活动，一部分海外华文作家作品被凸显出来，获得了知名度。

世界华语文学传媒对海外华文文学生产的共同介入，营造了交流与碰撞的良好机遇，不但拓展了海外华文文学的生存空间，使其获得快速发展并缩减与主流汉语文学的距离；同时主流汉语文学也遭遇了一次自我反思与前进的绝好机遇，在不断容纳新鲜养分的过程中变得丰富多元。随着交流与传播的深入，单一封闭的主流汉语文学观逐渐转化为整合流动性的世界华文文学观念，边缘与中心界限森严的文学秩序和生态开始遭遇质疑。

(三)

20世纪90年代末以来，传统印刷媒介衰落，文学传播向以纸质文本、影像文本、网络文本交互的多元传播方式转变。如今并不只“读”文学，而是在一种由电视、报纸、互联网、移动网、电影、纸质书本等交织构成的泛媒介场中多方面地“体验”文学。这种泛媒介的传媒语境的出现，已经引发了文学发展模式的重新定位。文学单一的语言文本将更多地让位于影视文本和网络文本，文学被动的线性文本将更多地转化为互动的非线性超文本。对于海外华文文学来说，也正是影视和网络的强势力量推动着其发展模式的全面转型，影视化和网络化成为其主要的发展方向。

影视正成为力量强大的大众传播媒介，体现了视觉文化中美学感知方式的转变，它不但培育出了崇拜图像的新型文学消费者，也使得文学文本向数字影像文本转化，或是强化图像与文字的出版模式或是依靠影视改编来获得市场认可。海外华文文学正是借助影视而插上传播的翅膀，超越地域隔阂，从边缘走向中心，不断产生轰动性效应。从20世纪90年代开始，一些作品经过影视改编而风靡一时的现象陆续出现，从《北京人在纽约》到《一个女人的史诗》《玉卿嫂》，从《天浴》

《少女小渔》到《唐山大地震》《山楂树之恋》，曹桂林、严歌苓、张翎、艾米其人其文通过影视传播深入到了千家万户，屡屡成为内地文化领域的中心话题。

然而，更重要的是，由于影视思维的渗透，海外华文文学创作中还出现了跨媒介写作与间接写作等新型写作方式。所谓跨媒介写作，从直观层面来看，是指影视声、画、字同一的思维将渗透到写作之中，原有的单一线性的语言表述模式转换成为图片、符号和文字的多媒体写作形式。从深层影响来看，影视强烈的图像思维和蒙太奇手法将成为作家的前思维，其文学创作越来越具有影视性，形成影像性文本。跨媒介写作使得影视与文学两种艺术界限缩小，文学更容易改编成影视作品，这正是张翎、严歌苓等海外作家的文学作品屡屡被影视导演看好的原因之一。所谓间接写作是指文学写作与影视写作的主次关系的颠倒，文学不再是影视艺术之母，而是影视艺术的继子。在以影视传媒为前台和中心的传播语境中，为了追求轰动效应，海外华文写作可能逐渐演变成为隐藏在影视屏幕后的阴影，它的光芒与价值依附于影视传播的成功与否，从而可能催生一大批以屏幕为假想生存空间的文学写手，使得海外华文创作成为一种不与读者直接对话的间接写作。

随着技术的突飞猛进，影视、广播、报刊和互联网开始走向一体化，网络已经成为所有传媒的航空母舰。它以迅猛的传播速度，无阶梯的阅读与书写模式，强大的渗透力和穿越力量，极大地改写了传统时空观念与认知模式，重新塑造着我们的生活过程和模式。同样，对于海外华文文学而言，网络意味着前所未有的发展自由和广阔天地，不只是新的传播模式、作家读者结构的大洗牌，还催生了全新的语言风格、文体风格和写作模式。

我们看到，20 世纪 90 年代后，海外的华文网站如雨后春笋般出现，如北美早就在 90 年代初便涌现了《华夏文摘》《新语丝》《橄榄树》等第一批华文网站；一些传统华文报刊如新加坡《联合早报》、马来西亚的《星洲日报》和《南洋商报》、菲律宾的《世界日报》等也相继进入因特网。网络的巨大容量和流量改写了传统媒介的记录，极大地丰富了海外华文作家群体的数量与结构（从民间高手到自弹自唱的“街头艺人”，各形各色的作者应有尽有），造就了不受地域局限的全球性读者，海外华文文学第一次完全具有了大众化传播的模式。例如，1991年第一个华文网络文学园地《华夏文摘》在美国诞生时，盛况空前，“一天的点击量就有几万人”，聚集了五洲四海的华人与留学生，涌现了大量网络文学作者与作品。

依赖网络生存的海外华文文学创作在语言书写、内容表述、文体风格等方面也有独特性。由于很多海外网络平台都供了匿名写作的自由，从而孕育了网络写作坦诚、自白的血统，随意而生活化的语言，浅显直白的表述“幽默诙谐”调侃风格成为网络华文文学语言表述的重要特质。这也正是周腓力、吴玲瑶等幽默作家在网络时代持续走红的文化背景。网络无门槛进入机制、纯粹游戏化等特质，从而带来海外华文创作在表现内容上的自由度和多样化。北美地区的华文网络作家就凸显了于文化边际之上获得的自由与深刻，在调侃中实现了对社会全方位的审视，从政府黑幕的揭露、文化忌讳对象的观照到美国新移民的黑暗里程等无所不涉，在笔调和文化精神上明显区别于传统传播体制内的作家。文体风格也受到网络自由散漫性格的影响，走向拼贴化、碎片化，很少刻意经营结构与文风。

网络生存也催生了海外华文文学新的写作思维与写作模式。其一是互动式写作的出现。这是一种写作主体与受体界限消弭、文本处在未完成状态的开放式写作，它热衷于对写、戏拟、续写、仿作等带有集体性和交互性的写作手法，在娱乐和游戏精神共同完成某一主题或构思，带有狂欢和后现代色彩。其二是多媒体写作的风行，由于网络具备查找资料、建立连接、容量自由等特点，很多华文作家开始运用粘贴、复制、连接等手段将音乐、图片等多媒体元素与文字一道来完成文学叙述，产生了图像时代的视听文学。其三是“网纸两栖写作”。也就是说华文作家充分利用传媒联合传播的优势，首先在网络媒体上发表文学作品，迅速引起关注和获得知名度，然后再接受纸质媒体的策划编辑、出版发行与营销宣传，获得更丰厚的回报，形成从“虚拟到现实”的完整产业链”①。

① 参考王列耀、蒙星宇《北美华文网络文学的发展与网纸两栖写作》，《广东社会科学》2009年第6期。

泛媒介的传媒语境极大地拓展了海外华文文学的生存空间和发展空间，使得海外华文文学突破了本地生活的限制，走向一种全球性生存境界，这是一次前所未有的转型。在这样相对开放和自由的生存空间里，地域不再成为限制文学发展的界限，传统的中心与边缘对立的格局被彻底打破，一种有关汉语文学的整合性观念成为主流，海外华文文学也越来越深入地融入世界的文化与交流之中。

当然，新的媒介环境也意味着新的挑战，海外华文文学的发展也不可避免地面临新的命题与问题，如依赖影视网络传媒在获得巨大发展空间的同时，又如何在竞争性环境中异军突起？随着网络时代地域感的消失，海外华文文学个性如何保持？

结　语

传媒对海外华文文学的塑造贯穿了海外华文文学近百年的发展历程。从副刊、影视到网络、从幕后、前台到中心，从本土、本土以外到全球、从封闭、对话到开放，从单一、多元到整合，传媒类型、位置及其运作方式的变化，使得海外华文文学出现不同的发展阶段并在其发生、发展和转型时期呈现不同的特点与问题。对这一历史过程的梳理，目的在于引发我们对于当前处境的警觉与反思。传媒把“传播与文化凝聚成一个动力学过程，将每一个人裹挟其中”，在这样一种互相交织的动力学过程中，海外华文文学的创作者和批评者们，都必须树立反思意识，重建传媒与自身的关系，以促成文学创作、传播和研究的良性发展。

对大多数作家来说，拒绝大众文化传媒带来的现实诱惑是很艰难的，借助作品研讨会、书展、获奖、讲坛等包装、推销、炒作成为常态；但是，作家如何在与传媒的合作中保持良好的创作心态，创作出真正的好作品，将成为海外华文文学继续发展的基本前提。对于研究者而言，改变印刷媒介时代专家批评的姿势与思维，深入理解新的媒介条件文学思维与创作模式发生的巨大变化，才能使其研究真正成为推动海外华文文学发展的积极力量。

六　海外华文文学研究中的“传媒”问题：以中国内地为考察中心

海外华文文学作为学科命名至今存在争议，但作为流散在中国之外的汉语文学的总称，其有效性的论证与呈现过程也正是其成为一种引发关注的文学现象乃至一门新兴学科的过程。从20世纪70年代末期至今，中国内地有关海外华文文学的研究已有30多年的历史，大致可分为三个阶段。1979—1988年间为作家作品评介期，以作品鉴赏和文本批评为主，整体意识和理论意识都较为缺乏；1989—1997年间为整体研究和诗学建构初期，出现不少文学史著述及有关命名合法性的论证文章，在研究方法上也有所突破，但不少论述仍失之粗糙平面；1998年后至今为方法更新和理论突围期，研究者一面深入反思以往的研究局限，一面努力吸纳新的话语资源与理论方法，以求建立稳固的学术研究根基，扩大学术影响力度，进入文学研究前沿。正是在这一动向之下，世纪之交，受到国内日益兴盛的“传媒研究”的影响，海外华文文学研究领域也相应地出现了“媒介转向”（在这里媒介特指文学传媒，而非广义上的包括语言本身的媒介概念）。那么在海外华文文学研究中的“传媒”研究究竟获得了怎样的新经验？从这一问题出发，我们能否以此为起点建立起一种有关海外华文文学的诗学话语与研究范式？能否找到解决当前研究与创作困境的可能途径？

（一）重写文学史的可能性

正如陈平原在《现代文学与大众传媒》中指出的那样，中国学界业有的学术传统非常重视考据与材料的工夫，而熟读细寻文学传媒上承载的文学作品与文学事件，应该说是一条最基本与最重要的获取材料和考据考证的途径。通过整理、挖掘、阐释，一系列曾被遗忘或疏漏的传媒事实与文学文本被还原聚焦，最终完成建构或重写文学历史的宏大任务。因此，这种本着还原历史真实、重建文学现场的史料性研究试图将充满矛盾与断裂的传媒文本转叙成更为连贯清晰的历史事实。在海外华文文学研究领域，20世纪80年代以前的学术研究者，就是凭着这种实录精神，以文学史家的毅力和使命感，将深埋在地底下，面临毁绝的大批史料整理出来，呈现出可观可感的文学历史概貌。在这个意义上，方修所编著的《马华文学简史》及《马华新文学大系》功过千秋。这位深谙传媒之道的南洋报界老前辈，用最原始的和最辛苦的抄录方式在早期的华文报刊上成功地抢救出了新马地区的大批作家作品资料，新马地区新文学发展的历史脉络得以立此存照。同样，国内学者陈贤茂等在写作《海外华文文学史》这本作为学科确立标志的文学史著述时，也非常重视文学传媒的作用。在此书中，文学传媒不仅是作品的来源与平台，更是文学史重点梳理与研究的对象。同时，在写作文学史的过程中，为了获取足够充实的史料，陈先生等还创办了《华文文学》这一刊物，把传媒运作与文学史写作融为一体，刊物也成为海外华文文学史的潜文本。方修和陈贤茂等的研究实践，无疑正是有关海外华文文学的历史著述高度依赖传媒的鲜活例证。

应该说，资料的拓展和视野的开阔，对于海外华文文学研究来说仍是首要的和基础的，海外各国已成历史或正在运作的华文传媒正等待我们潜心整理与关注，史料性研究仍有不可取代的地位。然而，上述学者固然重视传媒，也非常清楚传媒与文学历史之间的密切联系，但对传媒的看法并没有超越媒介工具论。对于这一代学者而言，传媒始终是研究者接近文学事实的平台和桥梁，得鱼忘筌，他们所关注的焦点仍然是作家作品，并非传媒本身。但是，传播不是中介的现代传播学理念已经粉碎了这种美好的工具论。我们清楚地意识到，传播媒介与传播过程影响的不只是文学功能的纬度，也建构出不同的文学存在。媒介性是文学的内在因素之一，传媒本身应该成为我们研究的目标与对象，研究传媒就是研究文学的存在方式与特性。因此，自20世纪90年代以来，一种新的传媒研究思维出现在海外华文文学研究场域。借鉴从传播学与社会学角度业已获取的海外华文报刊研究成果，一些文学研究者对境外华文传媒的研究初见成效。如陈嵩杰的《独立前马来西亚报章对文化与文学本土化建设的贡献》[①]、李志的《海外华文报刊对滥觞期海外华文文学建

① 陈嵩杰：《独立前马来西亚报章对文化与文学本土化建设的贡献》，南京大学，硕士论文，2004年。

设的贡献》[1] 和《境外的新文学园地——五四时期南洋地区文艺副刊〈新国民杂志〉研究》[2]。其中，李志对《新国民杂志》的研究是颇有启迪意义的研究范例，他通过这一传媒文本把摸到了新马地区新文学生长的特点以及现代文学在东南亚的影响方式，可谓以大观小、深入浅出之举。因此，带着问题意识进入文学传媒的整理与重读之中，作为有关海外华文文学传媒研究的新路径，确实具有诱人的前景。

如果说李志的研究不过隐现海外华文文学与传媒这一命题的话，那么王列耀等人则在研究之始就非常自觉地确立了"传媒制造"的理论制高点。他重视传媒现场所呈现的历史细节的意义，但更关注的是传媒的具体运作，即传媒以怎样的方式介入到海外华文文学生产与历史之中。如新近的网络传媒与传统的纸质传媒、影视传媒有着怎样的功能差异，具体的传媒事件怎样进入文学历史之中等都进入了其研究视野。王列耀所在的暨南大学"海外华文文学与华语传媒"研究中心自 2007 年成立以来，已取得了一系列的研究成果，或可将"海外华文文学与传媒"的命题系统化、理论化。[3]

上述研究都可谓著述文学史的冲动与实践。在这里，文学传媒作为充满了暗流与偶然性的文学现场，成为文学史家自我言说的资源库。研究者们不但精心挑选也重新阐释，使文学历史和文学史观的重建成为可能。

当前已有的各种有关海外华文文学的区域或总体文学史所引发的彼此轻视与责难，不只出现在大陆学者和海外华裔学者之间，也出现在新马等地的代际话语中，除了各自把握的文学史料有所差异之外，更在于各自坚持的史料阐释原则的差异。因此，如果将来重写一部海外华文文学史或者世界华文文学史的话，应该以文学传媒作为文学历史的第一现

---

① 李志：《海外华文报刊对滥觞期海外华文文学建设的贡献》，《学术研究》2002 年第 10 期。

② 李志：《境外的新文学园地——五四时期南洋地区文艺副刊〈新国民杂志〉研究》，《中国现代文学研究丛刊》2004 年第 4 期。

③ 王列耀老师已指导数篇学位论文：如博士论文有周文萍的《当今美国电影里的中国资源与中国形象》（2009 年）；硕士论文有何华的《多重视域观照下的社会文化产儿——虹影现象研究》（2008 年），胡素珍的《论少君的创作观念和他的网络文学》（2008 年），杨柳的《〈华文文学〉与台港及海外华文文学在中国大陆的传播》（2007 年），孙雯雯的《新语丝华文网络文学研究》（2007 年）。

场，考察不同地区国家华文传媒所形成的传媒场之复杂性，着力于呈现“传播与交流”的过程及结果，如分析特定作家作品跨文化传播时的意义迁移与文化影响、分析某种文学思潮在汉语文学界的旅行经历等。这可谓海外华文文学中的“媒介”研究的第一种走向，也是当前成效最大的一种研究方向。

（二）研究范式更新的可能性

如果海外华文文学研究中的媒介转向只止于文学史重写这一目标的话，它还不能成为一个真正的问题。因为它尚未引发海外华文文学自身及其研究特殊矛盾的显现与解决，而是停留在中国现当代乃至古代文学研究所持媒介视角的同一层面。那么，“传媒”问题如何将海外华文文学的研究引入新的场域呢？在我看来，它首先让海外华文文学研究者意识到了自己所面临的理论绝境，开始重审自身的研究前提与研究基础。传媒制造意味着我们所命名和圈定的所谓“海外华文文学”也可能是一种想象与建构，我们的研究有可能不过在传播意识形态设置的篱笆之内徘徊。如果海外华文文学这一研究对象本身就是内地传播媒介及其传播意识形态的产物，是我们和文学传媒共谋制造了它，那么我们怎样面对这样一种动荡不安的幻觉呢？如何理性评价我们已有的研究思路与成果呢？我们还有没有必要反复强调海外华文文学的本质特征与独特诗学话语这样的命题呢？由此，在海外华文文学研究中提出媒介问题，其实是提供了一种自我批判和反思的可能性。它将引发的是一种研究思维的突破与创新，我们不再执着于它的诗学本质，而开始思考它的建构过程、方式及意义，即从是什么到怎么样和为什么？化文学文本诗学建构为文化语境和文学生态研究。

海外学界对大陆学者的海外华文文学研究早有质疑之声：但来自外部围追的功效远远不如自我怀疑的威力。事实上，上述自海德格尔以来认识论的转向，已经深深影响了海外华文文学研究者，或者说，海外华文文学研究中的自我怀疑与批判之声本身就是这一转向的体现与产物。当解构与自我否定的精神成为新一代学者的主要学术思维方式时，海外华文文学研究的自省就开始了。早在21世纪之初，吴奕锜等青年学者借助《文学报》的威力，树起了反思的大旗，尽管他们的口号也有不当之感，但“文化的华文文学，独立自足的华文文学”① 的提出却说明他们已经清醒地意识到海外华文文学在中国内地被建构的程度。显然，任何时空都不可能存在“独立自足的华文文学”，它总是被语境化，也就是被文化塑造的华文文学。而“文化的华文文学”这一命题本身尽管颇受争议，但从文化角度来理解海外华文文学的独特性却深入人心。正是在这一层面上，刘登翰先生从方法论的高度提出海外华文文学研究的“理论突围”问题时，就非常重视对业已辉煌的华人学知识与方法的借鉴，呼吁建立起有关海外华人的文化诗学。②

然而纯粹的文化转向是否可能改变海外华文文学的研究困境呢？事实上，鉴于一种海外华文文学缺乏审美性的潜在偏见，从文化角度去解读海外华文文学的研究不是少了而是太多。如东南亚华文文学研究的诗学话语与理论资源便高度依赖华人学，王赓武对华族整体性神话的解构可谓最时尚的理论话语，由此文学文本也往往变成演绎华族身份理论与事实的佐证材料。但是，如果文学文本仅仅作为同类问题的有效例证，这种研究的意义又在哪里？也就是说，如果海外华文文学研究仅仅反刍已经形成有关海外华人文化的历史社会结论，这种研究就是重复无效的。此外，在汹涌而来的文化研究潮流中，海外华文文学的文化转向也可能是迷失自我的表征与选择。传媒时代信息传播的广度与速度，使一向唯我独尊的学术空间也变成了一场时尚秀，不断变化的研究方法与理论话语使已有的研究范式不断被质疑与刷新，海外华文文学研究与当下学术走向的一致性虽在情理之中，但令人担忧的是，我们往往忙于追随也止于追随，从离散、空间诗学到传媒研究，直接挪用并未产生新的智慧，我们的研究瓶颈并未得以突破。

---

① 吴奕锜等：《华文文学是一种独立自足的存在》，《文艺报》（华馨版）2002 年 2 月 26 日。

② 刘登翰等有关文化诗学的观点，可散见于以下文章：刘登翰《都是语种惹的祸》，《文艺报》2002 年 5 月 14 日；刘登翰《华文文学研究的理论突围 - 命名、依据和学科定位——关于华文文学研究的几点思考》，《福建论坛》（社会科学版）2002 年第 5 期；刘登翰、刘小新《关于华文文学几个概念的学术清理》，《文学评论》2004 年第 4 期；刘登翰《华文文学研究的瓶颈及多元理论的建构》，《福建论坛》（社会科学版）2004 年 11 期；刘小新《从华文文学批评到华人文化诗学》，《福建论坛》（社会科学版）2004 年第 11 期；刘小新、刘登翰《文化诗学与华文文学批评——关于文化诗学的构想》，《江苏大学学报》（社会科学版）2005 年第 3 期等。

或许，饶芃子先生对跨文化与海外华文诗学的建构与探索以及朱崇科近来提出的华文比较文学之概念，应是解决海外华文文学研究困境的有益构想。饶先生早在20世纪90年代中期便倡导将“跨文化和比较方法”作为海外华文文学研究的基本方法[①]，这是符合海外华文文学生产的实际情况的，但如何落实和具体运作却仍需要有更多成功的研究实践。朱的华语比较文学概念无疑是王德威的整体观，王润华的跨界整合等理论资源的具体化，但他在强调新马华文文学本土性前提之下对汉语文学内部差异性与权力关系的解剖，可谓另类的研究思路。

上述理论尝试不妨将之定位为走向比较文化诗学（跨文化诗学）范式的探索之路。尽管各自的理论设想与研究尝试并不完美，却是新研究范式出现的强有力的前奏。因为其理论基点都已从理论预想回到文学现场，强调海外华文文学彼时彼刻、此时此刻的具体性和复杂性。这一研究思路应意味着海外华文文学研究的真正起始。正是在这一思路之下，传媒问题的意义显现出来。首先，文学传媒作为文学与社会交汇的一个动态场所，它本身就构成了复杂流变的文学现场，保留了更多富有阐释意义的历史细节，为我们把握文学的内部肌理提供了可能。其次，在全球文化交流中，传媒空间作为呈现精神冲突和文化对话的接触地带，可以呈现不同文化背景下的华文文学的差异性及其根源，为比较搭建了平台。由此传媒研究的意义不但可以在重建海外华文文学研究范式的认识高度上得以确认，也可以在如何将研究范式具体化的操作性可行性层面来确认。具体做法如不仅在文学文本研究中建立起行之可素的诗学话语，更着重考察诗学话语在不同语境下建构与传播的原因、变异及影响。如此，诸如中国性与世界性、华文后殖民文学，离散叙事，边缘与中心、父子冲突与家园主题等诗学话语就有了重新探究的可能性。

（三）创作的意义清理与突围

提出海外华文文学中的传媒问题，其意义归根到底应该与创作

---

① 散见饶芃子的以下文章：《九十年代海外华文文学研究的思考》，《香港文学》1994年第2期；《海外华文文学与比较文学》，《东南学术》1999年第6期；《拓展海外华文文学的诗学研究》，《文学评论》2003年第1期；《海外华文文学在中国学界的兴起及意义》，《华文文学》2008年第3期。

有关。

海外华文文学的存在意义，应该在于其所表现的与主流汉语文学抗衡的异质性，而不是共通的汉语美学。就算它只是小写的汉语文学与美学传统，若可不断流淌出清新另类的文学乳汁，其价值就是不可替代的。这样，海外华文文学的存在将不仅有利于汉语文学多样性的保持，更将对世界文学作出重要贡献。这种异质性自然是由作家创造和保持的。无疑，20 世纪 70 年代到 80 年代的海外华文文学具有独特性，在有关故乡情结、异国情调、文化冲突以及财富幻象的书写中，海外华文文学构筑了一种与主流汉语文学迥异的美学风景。然而 20 世纪 90 年代之后，海外华文文学独特性神话已遭遇挑战，随着地球村的时代来临，本土与离散、文化冲突与异国风情难以引发美学震撼，若作家仍执着于书写旧的题材与主题，则必定被快速刷新的传媒时代所遗忘。因而海外华文作家如何保持独创性的个人问题正是海外华文文学存在合法性的普遍问题。在此，传媒的重要性再次凸显出来，因为作家独创性的保持实际上是作家在个性书写与社会要求之间如何取得平衡的问题。作为一个读者与作者交流接触沟通的公共领域，作为作家作品最终自我实现和物质转化的重要链条，传媒的重要性正在于协调作家的个性书写与社会要求之间的矛盾，实现文学生产的运转。由于传媒意志对创作走向有着重要的规范与引导作用，作家与传媒的博弈过程与方式也将决定文学的意义走向及生产方式。

对于海外华文文学创作而言，市场与读者问题从来都是一个至关重要的问题。在东南亚地区，华文创作由于得不到政府强有力的支持，其生存空间极为狭窄，“出口”往往是其拓展影响的重要途径。欧美等地的汉语写作更是清晰流向汉语阅读密集的中国内地。鉴此，本节主要以海外华文创作与中国内地传媒的关系为例来探讨“媒介问题与创作”的关系。

纵向来看，从 20 世纪 70 年代末到 90 年代初，传媒主要代表国家意志和主流意识形态实现对创作的引导规范，其中隐含统战思路的专业性刊物发挥着重要作用。海外华文文学进入内地实经受了定位为“桥梁或窗口”的刊物之过滤；如《海峡》、《台港文学选刊》到《四海——世界华文文学》[1] 等正是通过删选稿件、栏目设置到征文评奖等一系列编辑手段建构出意识形态所能认同的海外华文文学。以《四海》的征文评奖活动为例可见一斑。该刊处在中国文联管辖之下，资源丰富，自1986年以丛刊形式面世以来，曾参与或举办过数次全球性的征文评奖活动，在世界范围内产生了广泛影响，有力地促进了海外华文文学的发展。但其征文评奖活动有鲜明和雷同的主题倾向，那就是“中国意识”。如1989年丛刊参与的“龙年征文比赛”主题为“我心目中的中国”；1996年举办的“四海华文笔汇”征文明确要求“以文学笔法反映当代华人的事业、追求和思想感情、眷念故土情怀和民族传统精神以及中国大陆的山光水色、民俗民情和建设开发”[2]；1998年承办了由中国文联举办的面向世界华人的“爱我中华”征文比赛；2000年主办的盘房杯世界华文小说奖以“弘扬中华文化”为出发点[3]；此外，期刊参与的由中央人民广播电台对台部与有关单位合办的第1—9届“海峡情”有奖征文也强调“民族团结、国家统一和文化亲缘”的主题。显然，《四海——世界华文文学》中的海外华文文学除具有地域分布上的世界性之外，还具有作为文化凝聚力的“中国性”特征。

如果说以往传媒代表国家意志而使得海外华文文学的意识形态意义得以凸现，作家个体往往表现出拒绝或合作两种态度的话；那么到了20世纪90年代中期后，由于市场与利润的介入，作家与传媒的关系变得更为复杂，有意与无意难辨，顺从与合谋兼有；从虹影、张翎与严歌苓等著名海外华文作家的个案中，我们不难看出传媒力量对创作影响的深广度。

虹影具有自我炒作意识与技法。她喜欢在镜头前“说话”：从报

---

① 《四海》与《世界华文文学》是同一刊物的先后两个名称，故视为一体。

② 《四海》编辑部：《“四海华文笔汇”征文》，《四海》1996年第3期。

③ 正如评奖活动的主要评委与组织者之一邓友梅先生所言：“如今世界几乎是有居民处就是华人，有华人处就有中华文化，其重要组成部分之一就是华文文学。”见《世界华文文学》2000年第1期，第5页。

刊、出版社到网络传媒[①]；从积极参与文学官司[②]、接受专访并发表惊人言论[③]到戏剧化自我[④]；她毫不避讳地迎合读者和媒体口味，以非常主动的方式与媒体形成了“共谋”与互动。而虹影文本逐渐凸显的故事性与可读性也使其大受传媒青睐。她早期的《玄机之桥》、《脏手指·瓶盖子》、《女子有行》等表现出晦涩、非常规、陌生化、玄秘性等先锋特质，不利于大众阅读，近几年《绿袖子》、《上海王》、《上海之死》、《上海魔术师》等颇受欢迎的小说则手法比较老实，文字简练澄净、结构紧凑自然，故事模式从单一到多重、从情节淡化到传奇加爱情，可读性大大增强。这无疑可看作是她靠拢、迎合市场和读者口味之举。总之，作家本人的戏剧化表演加之富含极强故事性与宗教、政治、情爱等刺激性元素的文学文本，使虹影及其文学作品被传媒打造成为具备娱乐性与炒作性的文学商品，最终作家和传媒都获得了丰厚回报，此类海外华文作品的娱乐与商业价值也超越了其审美价值。

虹影代表着深谙传媒之道主动出击的作家类型，但另一类作家是不自觉地进入了传媒意志的笼罩之中，其文学创作受到某种文学潮流的无形影响与规范。近几年间，加拿大华裔作家张翎在内地文学评奖和主流刊物的认可中崛起，被称为闯入当代中国文坛上的一匹黑马。其小说常出现在《收获》《十月》《钟山》《清明》《上海文学》等主流文学刊物

① 网络为展现自我建构了广阔空间。虹影在新浪网和人民网上都开设博客，在中华读书网拥有主页“虹影世纪”；她还经常上网更新博客，在博客上贴出一些未能出版的图片或文字，发表一些对社会现象及批评的见解，带有明显的炒作性。

② 从《饥饿的女儿》官司，到轰轰烈烈的《K》，再到沸沸扬扬的《绿袖子》，虹影始终积极应对，这显示出她维权到底的姿态，更有宣传文本的商业目的。

③ 虹影接受的各大报社、网站等媒体的访谈录达20多篇，在采访中，她敢于大胆发表自己的见解，回应他人的批评，如别人说她是“美女作家”时，她说：“我觉得我自己虽然年纪大了一点儿，但还是挺美的。据说，现在流行什么美女作家，如果要说美的话，在镜头面前我觉得我是中国女作家里最美的，在美丽这一点上我是决不让人的。”（《虹影：我是中国最美的女作家》，网易社区2003年3月3日）

④ 所谓戏剧化自我是指“作家将个人生活故事化、戏剧化，打造出自身极具传奇色彩的个人故事，强调自己小说的自传性等行为”。多数人认识虹影从一部《饥饿的女儿》开始，这部作品出版时在封面上打上“长篇自传体小说”的字样，当被问及是宣传还是实情，虹影回答说：“这是我18岁以前经历的事。包括事件发生的顺序、时间、地点，都是当年的真人真事。”（崔卫平访谈：《将一种幽暗带到光亮之中》，载《饥饿的女儿》，漓江出版社2001年版，第260页）。出版新书《上海王》时，她在一次读者见面会上谈到作品，直截了当地表示自己是一个“私生女”，并说《上海王》是她的虚拟自传（《我为爱写作》，见《K》，花山文艺出版社2002年版，第4页）。

之上，又多次被《小说月报》《作家文摘》《中篇小说选刊》等重要选刊文摘转载、并连续获得内地多项文学奖项与荣誉。[①] 但某种意义上来说，张翎的成功与荣誉正是内地传媒所要求与塑造的。她的小说细腻深情，以女性和个人化叙事代替了男性、大我的宏大叙事，显现出了肉质鲜活的人生与人性的深度，可谓雅俗共赏之作。作品的这种美学特质与自20世纪80年代以来渐成主流的海派文学风格颇为一致，正是通过日常生活的、情感的、个人的、新历史主义话语的认可与建构，海派文学引领了汉语文学的时尚与方向。张翎小说的主要市场与读者均在内地，她崛起之时（20世纪90年代末到21世纪初）又正是海派风格由先锋、小众走向主流、大众之时，故作家可能不知不觉地进入了潮流之中。但传媒对张翎的无意识牵引，还是与其对创作的自我定位有关。她曾强调自己的作品是“地地道道的中国小说”[②]，甚至有意避免了海外华人固有的叙事基调[③]。这种内在向心力是海外华文作家与内地传媒不自觉合谋的危险所在，若作品意义只能在中国文学之内得以确认，又怎能奢谈海外华文文学？

严歌苓已被称为是海外华文文学中的擎天大树，她的创作总是树立起一个个路标，让人惊喜和追随。这样的光芒不可能离开传媒的聚焦，她实际上也不是与传媒隔绝的人，频频接受各种报刊影视的专访，与出版社影视制作等传媒持续合作等恐怕也是其创作生活的一部分。但相对虹影的热和张翎的无意识，严歌苓显得冷静和理性，她明了传媒的威力，但又似乎与传媒保持适当的心理距离，给人的印象是安静的、甚至是有些孤寂的。她说：“我不是一个当众有话说的人。我的长处就是写作。”[④] 这种内在的沉静其实在于对艺术信念的执着坚守。严歌苓自我

---

① 如《女人四十》获得第七届“十月文学奖”、《尘世》被《新民晚报》列为2002年十大文学现象之首，《羊》跃居“2003年度中国小说排行榜”前十名；中篇小说《雁过藻溪》登上中国小说学会2005年度小说排行榜，中篇小说《空巢》获得2006年度“茅台杯”《人民文学》优秀中篇小说奖。

② 万沐：《开花结果在彼岸——〈北美时报〉记者对加拿大华裔女作家张翎的采访》，《世界华文文学论坛》2005年第2期。

③ 张翎小说对中西二元对立主题进行了有意化解与否定，对海外华人生存中的政治、种族、社会问题的处理方式倾向轻柔温情。

④ 严歌苓：《“寄居”在文学深处》，《中国新闻网》，www. chinanews. com，2009年4月9日。

评价道："我所处的这种位置使我不大容易随着一种潮流去走。中国和美国的文学里都有写一些东西时兴、好卖，也有时髦的思潮。而我会保持一种很冷静的、侧目而视的姿态和眼光，不大可能去追逐文学的'时尚'。"[①] "写小说要有一定的责任感和使命感，在动笔之前要想好是不是在每天出版的那么多书中，自己的书一定是必不可少的。如果不是，那无非就是一纸垃圾。"[②] 正因为不是有意无意迎合文学潮流，而是着力创造独特的文学叙事与风格，凸显文本的艺术性，此类作家作品反而有可能成为文学的立法者，传媒的追宠也随之而来。

作家与传媒的博弈过程与方式的多样化正显现了海外华文文学产生意义的过程与方式的复杂性。但要警惕的是，传媒有着无情多变的脸孔，从来都是作家作品被传媒遗忘，而不是相反。因此，创作的突围与海外华文文学独特性的保持，需要作家与传媒保持一种相对疏离的状态与心态。

结　语

在这个信息获取日益成为第一需要的时代，海外华文文学研究中的传媒问题之所以成为一个问题，不仅因为展现了通过梳理某些文学传媒而重写海外华文文学史的可能性，而是提醒研究者和创作者正视信息壁垒的存在，以更为理性的态度实现创作和研究的双重突围。对于研究者而言，应重视传播与流通环节中文学意义的增删过程，尽可能地拓展信息来源，加强与作者、编者等的多元对话，突破研究误区和研究瓶颈。对于创作者而言，应该充分注意到"评奖、征文、专栏开设"等传媒运作形式对创作的直接影响，警惕人缘、地缘和亲缘等传播语境因素对创作的潜在引导，力求在传媒意志与个人独创性之间保持张力状态。

---

① 严歌苓：《给好莱坞编剧的中国女人》，www. sina. com. cn，2006 年 3 月 27 日。

② 同上。

第二辑　传播现象及个案

一　台港澳暨海外华文文学内地传播的基本阶段与流变趋势——以文学期刊为中心

20世纪70年代末以来，内地有关"台港澳暨海外华文文学"的传播已有30多年的历史，它在内地文学场中的变化是值得关注的。文学期刊具有时间上的连续性与空间上的杂生性，构成了鲜活流变、杂语共生的文学现场，能够呈现文学历史的复杂多变性。因此，这里以"文学期刊"为中心，尝试梳理从1979年至今"台港澳暨海外华文文学"内地传播的基本阶段与流变趋势，以求对当前的相关研究有所借鉴。

（一）窗口期（1979—1984）

从1979年《上海文学》率先刊载聂华苓的《爱国奖券》到1984年《台港文学选刊》明确提出"瞭望台港社会的文学窗口、联系海峡两岸的文化桥梁"的创刊口号，内地对"台港澳暨海外华文文学"的传播可定位为"窗口"阶段。

1. 作家作品的单一零散

20世纪70年代末80年代初，国家对出版市场控制严格，国外图书杂志无法直接进入内地市场，文学期刊只能有什么传播什么，因而所刊载的华文作品在主题、创作手法和体裁等方面很单一，作家作品总量也相对有限。

作品主题倾向凸显"爱国思乡情绪"和揭露"资本主义黑暗面"两大方向，如1979年6月《当代》创刊号上刊发的《永远的尹雪艳》能引起轰动，除了作品审美价值的高度以外，也因其在思乡怀旧、批判蒋家王朝等多个维度具备理解的可能性。王拓、杨青矗、王祯和等侧重反映台湾社会“劳工”生活的乡土派小说家和陶然、白洛、陈浩泉、阮朗等揭露香港社会黑暗面的作品，则因与内地奉行的现实主义或革命的现实主义颇为接近而成为刊载重心。作品的体裁结构也很单一，以小说和诗歌为主。据不完全统计，在内地主要文学期刊中，1979 年到 1984 年刊载华文作品共 399 篇（诗歌以作家出现次数为准），其中，小说 181 篇，诗歌 121 篇，散文 64 篇，文学评论 30 篇。

20 世纪 70 年代末只有极少数作家被关注，80 年代初开始作家数量不断增加，但视野仍受局限。除增加云鹤（菲律宾）和高虹（马来西亚）等个别东南亚华文作家之外，台湾乡土派小说家、台湾旅美作家和香港南来作家是主要阵营。这些作家在作品主题倾向与创作风格上较能被主流意识容纳，且多与内地有着较为密切的人际联系，因而其作品得以优先传播。

2. “特殊化”策略与“台港澳暨海外华文文学”整体感的隐现

所谓的“特殊化”策略，指用期刊语言将文本或文本群标记出来，在众声喧哗的文学期刊中形成一个相对独立的意义空间。20 世纪 70 年代末 80 年代初，文学期刊多采取这一策略来凸显“台港澳暨海外华文文学”作品。

最简洁的“特殊化”策略是标记作者所属的国家与地区，引导读者在文本内容与空间差异之间建立联系。其二是以编者按语的形式对作家作品简略评说，凸显编者的特殊视角。三是附加评介文章以帮助读者深入理解其背景。四是设置专栏。专栏是大于文章、图片、背景材料等单个构成要素的有一定的内容与形式意义的构成单位，构成了相对独立的传播空间。从《当代》的［台湾省文学作品选］、［港台文学作品选］、［海外诗情］到《花城》的［香港作品选载］等，“台港澳暨海外华文文学”内地传播开始专栏化。

采用“特殊化”的刊载策略，目的是帮助读者加深对陌生的“华文作家作品”的了解，遵循了认识上的“差异性”原则。相对高度政治化、一体化的内地文学，它们具备了艺术与思想上的独特性与新鲜感，因而被划入差异性的意义空间，由此，本来分歧纷繁的“台湾、香港、澳门及海外华文文学”便产生了朦胧的整体感。这种整体意识并非纯粹的文学与学术想象（当时采纳了“港台文学”的学术命名），因为对当时的内地读者而言，外面的世界，无论台湾、香港、澳门还有海外都是“奇观”，是我们的“他者”，从而具有了同一性。

3. 文学传播的政治与文化功能

“窗口”隐喻了特定时期“我与世界”的关系。如同深圳等特区作为“改革开放”的窗口，提供了“我与世界”的接触地带一样，文学期刊也通过传播“台港澳暨海外华文文学”建构出了文学特区，打开了一扇海内外文学交流的窗口。但文学传播此时还有政治与文化功用。

1981 年《海峡》杂志在创刊词中阐明其宗旨是“努力展现海峡风貌，成为内地、台湾以及港澳、东南亚、欧美等海外华侨作家百花争妍的园地”，但又说“台湾是祖国不可分割的神圣领土，台湾回归祖国是两岸人民的心声”，文化统战之意跃显于纸面。其他文学传播活动，未必有如此直截了当的表白，但鲜有超越总体氛围的。这种强烈的政治意识造就了“台港澳暨海外华文文学”内地传播的重要历史机遇。

20 世纪 70 年代末 80 年代初，内地文学具有强烈的新闻性，文学的认识功能远远超过了美学功能，文学期刊也充当了新闻传媒的作用，人们通过阅读期刊上的文学作品，了解现实、参与现实。如此，“台港澳暨海外华文文学”作品也不是纯粹的文学文本，而是内地人眼中的“世界”。正如《台港文学选刊》的读者所言：“我从文章中了解台港社会，它们的繁华程度、以及一切是从何而来的；从文章中了解生活在台港的人们，他们的喜怒哀乐，他们想什么、追求什么，日常生活是怎么过的等等。”① 透过这扇文学的窗口，内地人看到了一个五彩斑斓、摇曳多姿的外部世界。无论是物欲横流、犬马声色的资本主义世界，还是思乡怀旧、颠沛流离的离散经验，都成为躁动不安的“远方”意象，吻合了处于长期禁锢中的人们的内在欲望，主流意识诉求与大众诉求得到了暂时的统一。

（二）高峰期（1985—1988）

20 世纪 80 年代中期，随着改革开放步伐的加快，邓小平一国两制

① 《读者来信五封》，《台港文学选刊》1988 年第 6 期，第 89 页。

构想的形成，国家政策有了较大松动，期刊运作与政治的关系也日渐松散与隐匿；由于可以与台港海外等地的媒介组织、文学团体建立直接联系，文学期刊获取稿件的途径、速度与数量也超越了过去。这样，期刊在传播“台港澳暨海外华文文学”时自主性大大增强，走向了个性化与系统化。

1. 台港通俗文学的凸显

这一阶段，从传播的作家作品来看，无论是从区域、手法、题材、体裁、篇幅、性别等角度观之，都呈开放多元的趋势。但最为突出的是台港通俗文学。

随着都市化进程的加速，台港地区早在20世纪70年代就酝酿出了成熟发达的通俗文学，进入了文学娱乐化、商品化的时代。但80年代中期之前，在政治化文学的主流中，内地是不可能容纳这些通俗文学作品的。80年代中期开始，随着内地社会与文化的转型，消遣娱乐性的大众文学，逐渐成为读者的第一需要，而内地通俗文学尚不成气候，故台港通俗文学就具有了优势，成为出版市场的“宠儿”。从期刊来看，《台港文学选刊》、《海峡》等专业性期刊在紧跟市场热点之时，还有意识地推出新人新作，试图制造消费热点。如廖辉英、曹幼兰、李月仪等言情小说新秀便由它们率先推出。《花城》、《特区文学》、《当代》等期刊上刊载的华文作家作品也与阅读热点紧密契合。连当时高举纯文学旗帜的《收获》也无法对此充耳不闻，对红极一时的三毛等作家作了专题介绍（1987年第4期）。此一阶段，台港通俗文学作品门类之多、作家之众、影响之大是严肃文学作品所难以比拟的。但这些门类多样、内容手法不一的文本都呈现了相似的审美趣味——远离政治宣教、面向世俗人生，化压抑紧张为柔情柔和，散发出了暖烘烘的人间气息，满足了特定时期内地读者的需要。

2. 专门化策略与“台港澳暨海外华文文学”整体感的强化

专门化策略是期刊分类意识的体现，它是为了帮助读者了解某一特定领域的文学作品而采取的编辑手段，必须建立在对创作动态与文本属性的准确把握和深入了解之上。而20世纪80年代中到末期，内地期刊传播“台港澳暨海外华文文学”时最突出的策略便是“专门化”。

专栏是运作专门化策略的基本形式。之前虽已有相关专栏，多因稿源不稳定，刊载时间与作品数量常发生变化，专栏名称也根据作品来源随意更改，其专门化程度是不够的。但80年代中期后，相关专栏在命名、栏目宗旨、刊载思路等方面相对清晰明确。如《当代》1985—1986年的专栏［台港作品］与《花城》的［港台文学］，以台、港两字的先后排序强调了各自的重心。专门性期刊相继面世则是“专门化”策略的集中体现。1984年9月，《台港文学选刊》创刊，所介绍的区域，除了台港还涵盖海外是内地第一本专门性刊物。1985年4月《华文文学》试刊，从1986年起刊物副题为“台港及海外”，侧重传播海外华文文学，也顾及台港文学，是第二本专门性刊物。1986年《四海》丛刊在北京面世，全称为“四海：港台海外华文文学”，关注面广泛，为第三本专门性的刊物。《海峡》从1984年开始，进一步强化“港台海外”特色，不定期推出“台港文学专号”，可称为半专门性刊物。由人民文学出版社主办，于1986年和1988年相继创刊的《华人世界》与《海内外文学》，均用一半以上的篇幅刊载“台港澳及海外华文文学”，也可称为半专门化刊物。“专门化与半专门化刊物”的相继出现，强化了“台港澳暨海外华文文学”的整体想象。

期刊对文本更为专门化的细腻处理，还体现在各种专题专辑专号及理论评述的出现。如《收获》的［朝花夕拾］下有“极短篇小说十一篇”（1986年第1期）、“陈映真小说专题”（1988年第1期）、“台湾少数民族作家专题”（1989年第3期）等。《台港文学选刊》中，既有整体性的专号——如女作家专号、新生代专号、文学夫妻专号、幽默文学专号等；也有专栏之下的各种专辑专题——如梁实秋、吕伦等作家专题以及东南亚小说界、台湾首奖作品选等专辑。这些“专栏”之中的专题专辑，既是编辑者策划意识的初步显现，又意味着理论意识和学术规训的渗透与起始：当编者将文学文本以某种框架、理念组装起来，并辅以评述性的文字时，特定文本就被融入了某些宏大的整体想象中，获取了新的意义。

“专门化策略”的出现意味着“台港澳暨海外华文文学”独立传播空间的出现，是其传播走向系统化、学术化的标志。

3. *文学传播的多重效应*

20世纪80年代中到末期，“台港澳暨海外华文文学”的内地传播产生了多重效应。

其一，文学传播仍在“文化统战”的视野之中，作为文化交流的“窗子或桥梁”，发挥着政治的功能。其二，台港通俗文学的内地传播促成了文学观念的更新和大众文化的流行。如果说，西方现代派小说的流播孕育出了“先锋小说”及纯文学观念的话，那么80年代以来的“台港通俗文学”的传播则对内地纯文学观念进行了解构。通俗文学的盛行引发了文学的雅俗之争，两者由势不两立、界限分明转向和平共处、界限模糊。而对于尚未发育完全的内地大众文化而言，台港文学也具有哺育和刺激作用。如孟繁华所言：“邓丽君在内地的成功引发了港台文化反哺现象的规模展开，金庸、温瑞安、古龙的武侠小说，琼瑶的爱情小说，三毛的温情散文，席慕蓉的纯情诗歌以及大量港台、新加坡的华语电视剧迅速的流行，这一现象几乎全面改写了内地的文化生活和民族的文化消费趣味，被人们经常以蔑视的态度喻为文化沙漠的港台文化轻易地占据了内地的文化市场。”① 其三，此时“台港澳暨海外华文文学”也被视为吸引读者的商业手段。《收获》、《上海文学》、《花城》等非专门性期刊以之为特色，不无经济上的考虑；专门性文学期刊则取得了最好的经济效益。如《台港文学选刊》从1985年到1988年间月发行量平均超过10万册，最高达40多万份；《华文文学》的印数在1986曾达到20万册左右，还出现被盗印的现象。其四，由于专门性学术期刊缺失，内地有关“台港澳暨海外华文文学”的文学期刊还成为研究者了解创作动态、展现研究成果的重要平台，文学传播活动成为专业研究与不可或缺的链条。

从社会影响来看，20世纪80年代中到末期，借助政治、文化、商业和学术等多重合力，“台港澳暨海外华文文学”的内地传播达到高峰期，显现其在内地文学场中已有一席之地。

（三）转型期（1989—1993）

20世纪80年代末开始，一方面，由于经济效应的衰减和出版市场

① 孟繁华：《“伤寒玛丽”与文化带菌者》，选自朱大可、张闳主编《21世纪中国文化地图》第二卷，广西师范大学出版社2004年版，第22页。

的竞争以及国家财政支持力度的减弱等诸多原因，内地文学期刊出现生存困境，很多期刊处在重新定位、不断改版的混乱状态之中，这都影响“台港澳暨海外华文文学”的内地传播。另一方面，由于所在地区与国家华文媒体和文学创作都处在转变之中，也使得其与内地传媒的关系发生变化，这一阶段可称为转型时期。

1. 留学生文学与东南亚华文文学的突出

此时内地对“台港澳暨海外华文文学”的传播在面和量上仍呈拓展趋势，不过，从区域构成来看，海外华文文学作品所占比例明显上升，其中，留学生文学与东南亚华文文学成为刊载重心。

20 世纪 80 年代初中期，中国内地涌现的新留学移民潮催生了留学生文学这一潮流，如 1982 年第 6 期《十月》上留美学生史咏、陈冲的电影剧本《大洋彼岸的思念》，从题材与作者身份来看，可归属于留学生文学；但零星出现的这些作品，尚未产生足够的社会回响。直到 80 年代末 90 年代初，随着创作群体的扩展与创作实绩的提升，经由《小说界》树立旗帜与自觉倡导，留学生文学才热了起来。如曹桂林的《北京人在纽约》（《十月》1991 年第 4 期）、刘观德的《我的财富在澳洲》（《小说界》1991 年第 3 期）、周励的《曼哈顿的中国女人》（《十月》1992 年第 1 期）、王周生的《陪读夫人》（《小说界》1992 年第 6 期，1993 年第 1 期）等都产生了轰动效应。而查建英、蒋濮、于濛等作家作品在《人民文学》、《收获》、《花城》等重要文学期刊的出现，则凸显了留学生文学的精英性。

另一个传播亮点是东南亚华文文学。除传播作品数量大为提升之外，范围从新马拓展到其他各国；传播视角也从零散走向了系统化，专栏专辑形式已很常见。如《华文文学》推出了泰国专辑（1989 年第 1 期）、印尼专辑（1989 年第 2 期）等多个国别专辑。《台港文学选刊》的［东南亚小说界］在东南亚的整体视野中刊载相关作品。《小说界》在其“微型小说”栏中也多次推出东南亚作家专题和国别专辑。

2. 刊载策略的多元多变和“台港澳暨海外华文文学”的分化趋势

20 世纪 80 年代末到 90 年代初，文学期刊的刊载策略处在多元分化与不稳定状态。

在非专门性期刊中，强化与弱化并存。《小说界》和《特区文学》

开始加强传播力度。1988 年，《小说界》打出了“世界性”的鲜明旗帜，设置了［港台文学］、［海外华人文学］与［留学生文学］三个专栏，“台港澳暨海外华文文学”作品成为刊物重心。《特区文学》减少了总容量，［港台海外作品］专栏却更为厚重，密度也更大，每期都有 2 篇以上作品。但《花城》、《上海文学》与《收获》的有关专栏在 80 年代末密度递减，到 90 年代初期均被取缔。而在《当代》、《十月》、《福建文学》、《人民文学》、《诗刊》中，相关作品也成零散状态，特色不再凸显。

受到市场冲击与学术力量的双重影响，专门性期刊也处在不稳定状态。《海峡》、《台港文学选刊》在雅俗之间挣扎，刊载策略摇摆不定。《台港文学选刊》不断调整刊物版式，其刊物版式与文本内容受读者需求影响起伏不定。1988 年《华文文学》实现了第一次转型，评论赏析文章与作品兼半。由于受到纸张价格上涨以及编辑人事纠纷的影响，半专门性期刊《华人世界》在 1988 年停刊；出了 7 期的《海内外文学》也在 1989 年全国性的期刊整顿运动中被取缔，这两本刊物在刊载风格上处于求索游移状态，规律性不强。

文学期刊刊载策略的多元流变，无疑受到市场等多重因素影响，同时也是内地定位“台港澳暨海外华文文学”时存有分歧的表征。与内地学界相一致，多数文学期刊不再将台港澳与海外混为一体，也注意到了区域华文文学的差异性。如《华文文学》分设［台港文学］］与［海外华文文学］两个研究专栏，以示区别；《台港文学选刊》注意到海外华文文学的多元性，分设［东南亚小说界］与［欧美小说林］两个专栏；《四海》推出了“菲律宾华文诗束”（1991 年第 1 期）、“欧洲华文作协会员作品选”（1992 年第 4 期）等区域专辑。

随着国别与地区意识成为重要视野，80 年代初中期刚凸显的“台港澳暨海外华文文学”整体感又暧昧不清了。

3. 从引荐平台到生长园地

如果说一开始传播还在尾随追赶创作的话；那么从 80 年代末开始，传播与创作趋向同步，内地传媒的功能也开始发生变化。

20 世纪 80 年代中期以前，期刊以转载为主，原创性作品极少，由于知识产权意识淡薄，有时作品被反复转载作者却毫不知情，文学期刊与作者鲜有对话；80年代末开始，原创性作品所占比例越来越大，作家们从被动“出镜”到主动“亮相”，内地文学期刊成为首选发表空间，每一本文学期刊都逐渐形成一批出现频率很高、异常活跃的“华文作者”群。如《台港文学选刊》的余光中、洛夫、三毛、张大春、席慕蓉等；《小说界》的查建英、坚妮、夏云（王渝）、严力、於梨华等；《人民文学》的蓬丹、虹影等；《收获》的蒋濮等；《花城》的赵毅衡、黄傲云、严力等。由于作者与期刊都变得积极主动，两者之间产生了持续的能量交换，作家通过其作品影响刊物风格与走向，刊物通过专栏设置，征文约稿指引作家的创作。随着策划意识的增强，文学期刊甚至成为制造文学思潮，引领创作走向的关键性力量。如前所述的“留学生文学”，就与《小说界》的大力倡导密不可分。

内地期刊与“台港澳暨海外华文文学”关系的重建，原因是多方面的，既与海内外对话与交流进一步深入开放有关，又与文学期刊的角色转换有关，更直接与重要的原因却是以下两方面。一方面是“台港澳暨海外华文文学”在原生地的生存空间与存在方式面临巨变与考验。20世纪80年代中期以来，在商业化与娱乐化的双重冲击下，“台港澳暨海外华文文学”的几大传播中心——台湾，香港与东南亚等地的汉语传媒都面临功能转换与重新定位。在台湾，报纸文学副刊和文学期刊引领文艺思潮的风光不再，纯文学阵地不断萎缩；在最大的海外华文传媒中心东南亚地区，华文报刊数目也呈直线下降，剩下的大多朝经济民生方向发展，；欧美与澳洲等地华文报刊虽呈上升趋势，但经济性与时尚性内容成为主打版面；相比之下，尽管面临“断奶”危机却尚未“断奶”的内地文学期刊，仍为文学的发展留下了一定空间。正是在这一背景之下，内地文学传媒开始备受台港澳与海外作家的青睐。另一方面，从文学生产与消费的角度来看，中国内地已成为最重要的“台港澳暨海外华文文学”的消费市场，对华文创作的反作用力日益凸显。从被动到主动，从载体到结构性因素，内地传媒直接参与到“台港澳暨海外华文文学”的生产过程中，逐渐实现了从引荐平台到生长园地的功能转换。

（四）整合期（1994年至今）

1992年邓小平南方讲话之后，改革开放的步伐更加坚定与迅速，传媒也被吸入了改制断奶的大趋势之中，其生产性质和经营者身份逐步强化，整体发展格局始终处在变动与不确定状态之中；同时，在泛文学的潮流之中，文学与其他艺术与媒介融合发展的趋势增强；在这一语境之下，90 年代中期后内地对于“台港澳暨海外华文文学”的传播也进入新的阶段。

1. 新移民文学与“名家名作”的凸显

1998—1999 年间，内地期刊刊载的“台港澳暨海外华文文学”作品数量有过快速的增长，但新世纪开始呈下滑趋势，其刊载重心主要是新移民文学与名家名作。

对新移民文学的定位，吴奕锜的说法具有代表性，它“特指自 20 世纪 80 年代初以来，处于各种目的（如留学、打工、经商、投资等等），由中国内地移居国外的人士，用华文作为表达工具而创作的、反映其移居国外期间生活境遇、心态诸方面状况的文学作品”[①]。按这一标准，1994—2002 年间，非专门性期刊刊载的相关作品中，新移民文学占有较大比例，在笔者所考察的 10 种期刊中，有 6 种新移民文学作品数量超过了一半。专门性期刊则较为系统地呈现“新移民文学”的发展脉络。从 1994 年第 2 期《四海》开辟［新移民文学］专栏到 2000 年《世界华文文学》停刊，该刊共推出 80 多位新移民作家，成为新移民文学的试验田。《台港文学选刊》将重点关注与广泛扫描相结合，在对严歌苓、虹影等作家以专题形式重点推荐时，将高行健、哈金、欧阳昱等较为敏感的作家也网罗其中。《华文文学》则从 1995 年始设有澳大利亚、荷兰、法国等多国的新移民文学专题专辑。

作为新生血液，新移民文学以其艺术水准的高度和思想内容的丰厚性逐渐取得了与内地文学对话的资本，其面向中国的写作姿态也使得它在内地语境下获得了意义。然而，它的身份非常暧昧，是将之视为“海外华文文学”收编还是作为“中国文学”的延伸，不同传媒的立场是有距离的。

20 世纪 90 年代中期后，一些已有知名度的作家作品，重新活跃于

① 陈贤茂、吴奕锜、陈剑晖等：《海外华文文学史》第四卷，鹭江出版社 1999 年版，第 638 页。

期刊之中。如《台港文学选刊》的［名家名作回顾展］（1996—1998）、［名家案卷］（1999）与［名家新作］（1999—2002）共推出近50位老作家的作品。《四海》的［《世界华文文学精品库》入选作家作品选］（1994）、［佳作赏析］（1995）、［名篇赏读］（1995—1996）和《世界华文文学》的［名作回眸］（1999—2000）等推出了刘以鬯、赵淑侠、彦火、戴小华、林耀德、张爱玲等多个作家。在非专门性期刊之中，老作家及其作品的出现频率也很高，如《收获》在［人生采访］（2000）中重新介绍了白先勇、金庸与余光中三位作家及相关作品。

“名家名作”的重复出现，似乎是内地出于意识形态偏见，只传播少数作家作品。但这种现象的出现，有更实际的原因。首先，“名家名作”是作为吸引读者的商业策略出现的，有些未必是公认度高的名家与名作。其次，此举与文学期刊的稿源危机直接相关。自90年代以来，受到泛文化、消费化、影视化的潮流影响，华文创作走向低迷，文学期刊都不同程度地感受到了稿源压力，期刊之内与期刊之间作品的重复率与重叠现象增剧，重现名家名作成为其稳定稿源质量、提升期刊品味的重要策略。

2. “整合”策略与“台港澳暨海外华文文学”整体感的消隐

所谓的“整合”策略则是指期刊对“台港澳暨海外华文文学”与内地文学作品采取相同的编辑手段，从而使其独特性不再凸显的策略。非专门性期刊中专栏的取消、国籍与地区意识的淡化和专门性期刊不专等倾向都是“整合策略”的具体体现。

在非专门性期刊中，坚持较久的《小说界》的［台港文学］栏和《特区文学》的［港台海外作品］栏也分别在1994年和1997年取缔。《收获》《上海文学》《当代》《十月》在刊载严歌苓、张翎、黎紫书、钟怡雯等作家作品时，都没有标记出其所属国籍或地区。在作品主义的视阈中，“台港澳暨海外华文文学”以个别、零散状态杂居于这些文学期刊之中，同内地文学界限模糊。

在20世纪80年代，专门性期刊都拒绝刊载内地文学作品，以强化其专门性与纯粹性；但90年代中期后，这些期刊中内地作品的数量不断增加，“专门性期刊不专”的现象日趋明显。《四海》和《台港文学选刊》在90年代初中期开始刊载内地作家的作品，到2003年初，《台港文学选刊》明确指出“稿源不再有区域局限，台港、海外与内地作家均可”①。

整合策略使得作品的区域特征变得无关紧要，作品本位原则成为首要原则。然而，文本个体性原则的强化与区域特性的弱化，使得有关“台港澳暨海外华文文学”以及区域华文文学的整体想象遭遇了挑战，随着界限的消弭，逐渐清晰的是有关世界华文文学的想象。

3. 传播危机及走向

新的传媒语境使得“台港澳暨海外华文文学”内地传播的方式及其意义发生改变。其一，随着海外图书进口比率的逐年增加、内地大学等科研机构与海外学术团体、文学团体的联系更加自如，台湾的《联合文学》、香港的《香港作家》、新加坡的《新华文学》和印尼的《印尼文友》等杂志也进入了高校图书馆，全球性的华文文学网站如新语丝、华夏文摘、橄榄树等相继建立，内地期刊作为发表园地或资料库的局限日见明显。其二，随着电视、网络的出现以及交通的日益便捷，瞭望世界的窗子被行走世界的大门取代，中外文化交流达到了前所未有的广度与深度，文学传播的“文化交流”作用也远不如前。其三，20 世纪 90 年代中期后，内地文学传媒自身面临生存压力，有关“台港澳暨海外华文文学”的专门性刊物更始陷入了危机之中。1998 年起，《世界华文文学》与出版社在经济上脱钩，主要靠企业赞助来维持，发行量不过几千册，最终在 2000 年宣布停刊。《海峡》从 90 年代中期开始依靠与企业、文学团体合作来填补经济不足，发行量也逐年下滑，最终导致 2003 年的全面改版，不再凸显港台特色。《华文文学》虽然坚守了专门性，但自 1995 年起赏析研究文章超过了作品，2000 年则改换为学术刊物，不再刊载文学作品。《台港文学选刊》从 90 年代中期开始，发行量急剧下滑，到 90 年代末不足一万份，难以维持生计；2002 走向时尚读物类，淡化专门化色彩。专门性文学期刊的走向与转变，显现了“台港澳暨海外华文文学”的内地传播进入危机与调整期。

未来，在多种媒体的整合传播中，内地将仍以“文学本位”观念对文本优择劣汰，呈现更为动态化的文学景观；但“台港澳暨海外华文文

① 刊物广告，《台港文学选刊》2003 年第 5 期，封底。

学”作为边缘汉语文学景观的位置不会有根本改变。

结　语

20 世纪 70 年代末到 21 世纪初期，受到内地语境变化的影响，“台港澳海外华文文学”的内地传播大体可分为窗口期、高峰期，转型期和整合期四个阶段，不同阶段的传播重心、传播策略与传播效应都有所差异，但其作为边缘汉语文学景观的位置并没有改变。传播不是中介，研究者有必要对“台港澳海外华文文学”的内地传播现象作出进一步的反思。第一，以内地需求为出发点的传播思路是否合适？有利于形成多元开放的汉语文学景观吗？会形成研究与创作的信息壁垒吗？第二，在文学日益边缘化的全媒体时代，如何考量影视网络等新型传播媒介的出现将对华文创作的影响？第三，传播的危机是否不过是整个文学发展危机的症候？研究者、创作者和传媒如何产生良性互动？对上述问题的清理和回答，不仅有利于“台港澳海外华文文学”的发展，也将为我们这个时代文学的走向作出指引。

二　内地文学传媒与台港澳暨海外华文文学的大众化、经典化及学科化——以文学期刊为中心

台湾、香港、澳门与海外各国的华文文学，在各种区域文学史的追溯中，其存在历史悠久流长；但它真正发生广泛影响甚至成为一门新兴学科的研究对象，则是从 20 世纪 70 年代末期在中国内地的流播开始的。通过各种文学传媒的引荐和传播，这一陌生的文学景观才逐渐被国人所熟悉、认识与研究。然而，传播不是中介，这一现代传播学的标志性口号，已经成为文学研究者重审文学存在的理论视野。传播媒介与传播过程影响的不只是文学功能的纬度，也建构出不同的文学存在。同样，在内地语境中，台港澳暨海外华文文学并非独立自足的存在，而是一种受制于各种传播机制与传播意识形态的文学存在。

事实上，经由传播媒介的选择与过滤，一种内地视野中的台港澳暨海外华文文学不可避免地出现与形成。自 20 世纪 70 年代末以来，内地

有关台港澳暨海外华文文学的想象与建构主要遵循以下路径。一是以通俗文学的形象出现，从80年代的琼瑶热、金庸热、三毛热、席慕蓉热到90年代的尤今热、梁凤仪热、“北京人在纽约”热，部分文本逐渐成为大众文学文化的重要组成。二是以潜在的文学经典的面貌出现，因其深邃的思想、精湛的技艺或影响的广度等，一些作家如金庸、白先勇、余光中等被主流文学界容纳与认可，其作品逐渐成为汉语文学的精粹。三是以研究对象的形式存在，不少文本进入学科的规训体系之中获取了经典意义与学术价值。三种想象常处在重叠交错之中，共同呈现出内地语境下台港澳暨海外华文文学的三种存在方式：大众化、经典化与学科化。[①] 显然，不同传媒类型在这一过程中的作用是有所区别的，在此，本文尝试以文学期刊为中心来管窥这一问题的复杂性与流变性。

（一）“大众化”：影响渐微

台港澳暨海外华文文学在大众化过程中，影视网络等电子媒介显然有着更大的威力；书籍出版等环节亦是关键因素，但作为具备时间上有连续性的传播媒介，文学期刊始终参与了这一进程，但其影响却日渐微弱。

20世纪70年代末至80年代初的前媒体时代，文学的影响力绝不逊于新闻，甚至超过了新闻，文学期刊也充当了新闻媒体的角色，其影响力之强和辐射面之广，常让今天处于边缘状态的文学期刊界嘘唏不已。据有关资料显示，这一时期各地文学期刊如雨后春笋般涌现，从1976年到1980年短短几年间，文学期刊种类就达到了100多种。[②] 某些文学期刊的订量在这几年达到了历史最高点：《人民文学》达150万份，《收获》达120万份，《作品》也超过了100万份。[③] 在20世纪80年代初，能把诗发表在《诗刊》杂志上，是一件极大的事，是千千万万文学青年出人头地、改变命运的捷径。因为《诗刊》，他们由普通工人变

---

① 尽管大众化、经典化、学科化凸显的时间段有所不同，大众化偏于20世纪80年代到90年代初，学科化贯穿始终，经典意识凸显在90年代中期到21世纪初，但本书考察的是“化”的动态过程，故并未以时间先后为标准来论述三者。

② 《中国期刊年鉴》编辑部：《1949—2000年期刊出版记事》，《中国期刊年鉴》2002年卷，创刊号。

③ 田志凌：《〈花城〉杂志：以先锋的姿态守望文学高地》，《南方都市报》网络版。

成名满天下的诗人。[1] 在全民皆看文学期刊的时代，文学期刊在社会传播学上的意义也由此显现。因此，在对外文学文化交流中，文学期刊作为前沿阵地，成为台港澳暨海外华文文学进入大众视野的重要平台。

1978 年元旦叶剑英的《告台湾同胞书》发表后，出现了一股台港与海外华人的回乡潮，这一股回乡热潮，使得一些华文作家能出访大陆，并与内地文学界进行交流对话，台港澳暨海外华文文学作品由此能够正式流入内地。1979 年 3 月，《上海文学》刊载了聂华苓的小说《爱国奖券》，创下了台湾文学在内地（也可说是海外华文文学）之先，新华社和中国新闻社都刊发消息报道了这一事件。[2] 1979 年 4 月《花城》创刊，创刊号一出来就创造了三次再版的奇迹，第一次印刷的十来万份很快被抢购一空，经过两次加印后创刊号最终卖出了 30 多万份。[3] 其中香港作家阮朗的小说《爱情的俯冲》与曾敏之的《港澳及东南亚汉语文学一瞥》一文也随着刊物的热销进入大众视野。1979 年 6 月《当代》创刊号刊发了《永远的尹雪艳》，由于作家身份的敏感性（作者白先勇作为国民党大将白崇禧之后）、作品自身审美价值的高度以及《当代》所占据的特殊地理位置，使得该文的刊载成为出版界的一个新闻事件，得到了普遍关注。《当代》创刊号印行 7 万份，很快销售一空，人们广为传阅，反响强烈。1981 年，内地第一份带有专门性质的期刊《海峡》的创刊，更是使一大批作家作品被源源不断地介绍进来，影响进一步拓展。可以说，在 20 世纪 70 年代末 80 年代初，以文学期刊为首，内地掀起了一阵传播台港澳暨海外华文文学的热潮。据笔者统计，1979 年有《当代》《上海文学》《长江》《清明》《十月》《收获》《新苑》《安徽文学》《作品》《花城》《长江文艺》《边疆文艺》《榕树文学丛刊》《广西文艺》《广州文艺》《西湖》《福建文艺》等 18 种文学期刊刊载相关作品共计 55 篇，作家 20 多位；而时至 1984 年，相关刊物增加到近 80 种，引荐作家达 180 多位，以港台文学为主的台港澳暨海外华文文学在内地以“奇观”的形式出现，渐入人心。

20 世纪 80 年代中期到 90 年代初，由于国家财政支持力度的减弱和

---

① 韩雨亭：《〈诗刊〉：一本诗歌杂志的甜蜜记忆》，http：Mcolumn. bokee. Com。

② 张葆莘：《聂华苓二三事》选自聂华苓《台湾轶事》，北京出版社 1980 年版。

③ 田志凌：《〈花城〉杂志：以先锋的姿态守望文学高地》，《南方都市报》网络版。

出版市场的竞争等诸多原因，内地文学期刊出现生存困境，总体传播效应有所减弱，但《海峡》等的持续发展、《台港文学选刊》《华文文学》《四海》等专门性期刊的相继创刊，使之在台港澳暨海外华文文学的大众化中仍发挥一定的作用，或者说想借用大众化的视野来保持期刊的发展势头。从1984年开始，《海峡》结合出版社的图书出版议题，大量刊载中长篇的言情婚恋小说，以吸引更多的读者，发行量保持在6万至8万份之间。《华文文学》在1985年创刊后到1987年左右，一度向大众刊物倾斜，介绍了较多港台地区的言情小说，赢得了读者市场，其印数在1986年间曾达到20万册左右，同年还出现被盗印的现象。《四海》在1990年获得正式刊号后，非常重视各个层次读者的需要，给通俗文学如尤今等人的游记散文、梁凤仪的财经小说以及一些新创作的武侠小说留出较大空间，欲达到雅俗共赏的目标。特别值得重视的是《台港文学选刊》的作用。该刊自1984年创刊以来，一直有自觉的大众定位与强烈的读者意识；其作品有较强的可读性和当下性，其读者包括学者、大中学生、政府公务员、解放军战士、普通工人，还有不少农村读者①，具备了大众的典型结构。1985年到1988年间该刊一直保持很好的发行量，年发行量平均超过10万册，最高达40多万份，产生了广泛的社会影响。为了让更多的人关注本土以外的文学，从80年代末到1994年间，《台港文学选刊》举办的4次《选刊之友》活动，可视作大众参与台港澳暨海外华文文学传播与研究的力举。这一活动发动了来自不同阶层与职业的读者对刊物及其所刊载作品进行赏鉴与评论，收到的征文大多短小、灵活、直抒胸臆、个人化（很多文章都是以第一人称的叙述形式，把个人的生活感知和阅读过程的灵动思绪融入评论之中）、形式多样（有信函、随感、评论、日记体、对话体，诗还有以文释文的诗歌、散文诗等，毫无凝滞呆板之感）。显然，通过这一活动，《台港文学选刊》培育发掘了一种媒体化、大众化批评模式，引领出一支潜在的大众化研究队伍，有利于台港澳暨海外华文文学超越学院与学术的小圈子，广泛撒播影响。

① 楚楚：《相期相勉，千里同行》，《台港文学选刊》1987年第5—6期，第168—170页。

20世纪90年代中期后，在市场与商业因素的深度介入下，不少文学期刊大众意识更为凸显，读者定位更为宽泛，其传播的文本带有更强的可读性与娱乐性，有意促成台港澳暨海外华文文学的大众化。然而，在思想和文化日趋多元的时代里，试图在不同人群中寻找最大公约数并不容易，尽管不少期刊尤其是专门性期刊不断自我调适，试图赢得市场与更多的读者，形势仍不容乐观。《世界华文文学》《海峡》在新世纪的相继停刊，《台港文学选刊》等的生存困境等都预示着这样一个事实：在电子媒介尤其是网络日盛的时代，包括文学期刊在内的纸质传媒日益蜕变成小众传媒，在台港澳暨海外华文文学大众化传播中的作用日渐微弱，取而代之的是影视和网络。

（二）经典化：积极介入

对于文学经典的理解，众说纷纭，未有定论。不同时代、不同民族与不同人群心目中的经典都可能不同，我国封建社会并未登大雅之堂的《红楼梦》《西厢记》，一跃成为当前时代的不朽经典，美国学者哈罗德·布鲁姆心中的某些西方现行经典被亨利·路易斯·盖茨看作是体现性别与种族歧视的低劣之作。之所以会出现种种差异的声音，原因在于经典本就是建构的结果（经典化），各种力量交织碰撞，才形成了文学经典。不管是美学意义上的，还是文学史意义上的，都随着时空的变迁，处于解构和重新认可的状态之中，在具体文化语境和历史语境中建构的经典一旦溢出了其得以建构的相应语境，它的合法性将会重新接受审查，它的地位也因此会产生动摇和变化。① 于是，经典化中的权力关系和权力机构逐渐成为人们考察经典的重要视角。随着大众传媒的日益发展，作为文化机构的某些文学期刊也逐渐掌握了经典化的巨大权力，它们通过引导文学思潮、参与文学评奖、推出知名作家等方式介入了时代文学的经典化过程。台港澳暨海外华文文学内地流播的过程，也是一些文本在大浪淘沙中被凸显出来，获取可能的经典地位的过程，或者说是台港澳暨海外华文文学被经典化的过程。其中一些文学期刊以其位置

---

① 刘晗：《文本分层理论与经典建构问题》，《新疆大学学报》（哲学社会科学版）2007年第2期，第115—119页。

的独特性与重要性，主动介入这一进程。

应该说，某些台港澳暨海外华文文学作品在内地被称为经典，当是20世纪90年代末至21世纪初才逐渐浮出的结论，但其经典化的过程，则贯穿了自20世纪70年代以降的整个传播历史，因为经典化的过程，从来都不是一蹴而就的。70年代末到90年代中期，非专门性期刊在台港澳暨海外华文文学经典化中有着不容忽视的作用。如《人民文学》《十月》《当代》、《收获》《花城》《上海文学》等期刊不但在内地文坛具备某种权威性，在台港与海外也有一定影响力；它们对台港澳暨海外华文文学的选择性传播，为某些作家作品在内地主流文学评价系统中得到认可，进而成为可能的文学经典作出了重要贡献。其中《收获》的作用尤为凸显。《收获》是20世纪70年代末以来内地传播台港澳暨海外华文文学时间最早、力度较大的期刊之一。这本创办于1958年由巴金主编的老牌文学期刊，在内地文坛有着重要地位，被称为中国当代文学史的简写本；因此，它对台港澳暨海外华文文学的传播策略与效应影响深远。如1986年到1990年间《收获》在引荐台港澳暨海外华文文学的专栏《朝花夕拾》中对艺术技巧的重视，在内地文坛树立和强化了有关台港澳暨海外华文文学的一种主流评价标准——艺术标准，有利于美学经典的凸显，一部分作家作品跨越意识形态和国家区域界限，凭借艺术技巧的魅力，在汉语文学中获得广泛认可，走向经典化里程，如白先勇、余光中、严歌苓等就是在这一选择标准之下逐渐被大陆文坛认可，已经或有望成为汉语文学的美学经典。

然而，随着20世纪90年代中期文学期刊的自我裂变与外部语境的变化，非专门性期刊的权威性已经受到挑战，其在经典化中的领军地位也已动摇。此时，一批专门性文学期刊取代了它们的位置，以更为自觉的姿势介入了台港澳暨海外华文文学的经典化进程，其作用逐渐超越了非专门性期刊。专门性期刊介入经典化的方式有三种。

一是设立［名家名作］专栏，突出某些作家作品的重要性，对之加以重点推荐和反复评述，为这些文本进入主流文学评价体系中，成为汉语文学经典制造声势。《台港文学选刊》的［名家名作回顾展］［名家新作］［名家案卷］等专栏与“20世纪台港及海外华文经典专号”（1999年第12期）推出了近60个作家的相关作品。《四海》的［名篇赏读］与《世界华文文学》的［名作回眸］推出了近10名作家的相关作品。《海峡》的［名家特稿］［两岸名人］栏目也不定期地推出了10多名作家的代表作品。尽管各期刊所设定的名家名作名单不尽相同，但白先勇、余光中、陈映真等是出现频率最高的作家，这些作家的经典性也渐渐得到了凸显和确认。

二是通过设立文学奖项来突出某些作家作品。如《四海》的“海峡情”征文与首届“台港澳暨海外华文文学游记征文徐霞客奖”活动、《世界华文文学》的“盘房杯”世界华文文学大赛、《海峡》的“故乡水”征文活动以及《台港文学选刊》的读者推荐奖活动等。通过这些评奖活动，一部分作家作品被凸显出来，获得了一定范围内的知名度。不过，上述运作方式多为调动作者和读者对期刊的关注热度，有一定的局限性，在经典化中的作用不能无限夸大；对于专门性期刊而言，更重要的途径是通过参与文学历史的书写，确定作家作品在文学发展历史中的地位，奠定出一类文学史意义上的经典。在这些刊物的编辑群体中，有不少是台港澳暨海外华文文学研究领域的知名学者，如《华文文学》的陈贤茂、吴奕锜等人，曾是汕头大学海外华文文学研究中心的科研人员，他们或是负责或者直接参与了《海外华文文学史》的撰写，《台港文学选刊》主编杨际岚、《海峡》“台港文学”的责任编辑林承璜参与了《台湾文学史》部分章节的写作。编辑学者化的倾向使得期刊在运作中贯穿了强烈的文学史意识，他们在编辑过程中对某些作家作品的青睐与选择，为其进入文学史作出了铺垫和指引。

20世纪70年代末至80年代初，内地传媒凸显的主要是引荐平台的作用，尽管介绍了不少作家作品，但作家与传媒之间的互动关系尚未建立。然而，80年代中期以降，特别是90年代中期后，随着传媒主体性的增强，内地出版机构通过文学评奖、文艺批评和参与文学史撰写等方式既增强了其在台港澳暨海外华文文学经典化过程中的影响度，又进一步确立了其在台港澳暨海外华文文学发展中的积极作用，逐渐成为不少台港澳暨海外华文文学作品首选的出版园地，作家与媒体也建立了更为频繁密切的交流；由此，文学传媒实现了从引荐平台到生长园地的功能转换。从文学期刊的层面来看，经典化的传播模式，使它深度介入台港澳暨海外华文文学的再生产过程。

在台港澳暨海外华文文学内地传播过程中，部分作家作品的经典化，不仅逐渐建立起台港澳暨海外华文文学在内地文坛的影响力，拓展了汉语文学的可能疆域，丰富了汉语文学的美学含量；更显现了内地文学传媒与台港澳暨海外华文文学关系的内在化。不过，文学经典化是一个纷争、游弋与变化的场域，其中涉及的不只是文学传媒，还包括了多方面的合力，是处于杂文化系统之内的运动，也需在较长的时间流程中才能得到确认，因此，文学期刊虽始终积极介入文学经典化过程，其效果只是部分地显现出来。

（三）学科化：深度卷入

台港澳暨海外华文文学在内地的学科化，是在文学史料的积淀与文学史著述的出现、学科理论基础的成熟与学术成果的凸显、学术团体的建立与学术会议的召开等一系列的制度建设中逐渐成形的，而文学期刊与这些活动交织在一起，成为学科化的重要力量。

从学者们有关学科历史的概述中，文学期刊早期的传播活动已被认定为各种学术研究或学科建设的起点。李娜将1979年第3期《上海文学》发表的张葆莘的《聂华苓二三事》看作内地台湾女性文学研究的发轫之作[①]；刘登翰把《当代》创刊号刊发的《永远的尹雪艳》作为内地台湾文学研究中的第一只报春的燕子[②]；钱虹认为《花城》及其［香港文学作品选载］专栏是香港文学受到内地研究者关注的开始[③]；《花城》创刊号上曾敏之的《港澳及东南亚汉语文学一瞥》被认为是内地海外华文文学研究[④]和世界华文文学研究的滥觞之作[⑤]；吴奕锜也把《当代》刊载《永远的尹雪艳》和《花城》刊载《港澳与东南亚汉语

① 李娜：《大陆近二十年台湾女性文学研究述评》，《河南教育学院学报》（哲学社会科学版）2000年第1期，第32页。

② 刘登翰：《走向学术语境：祖国大陆台湾文学研究二十年》，《台湾研究集刊》2000年第3期，第84页。

③ 钱虹：《香港文学研究纵横谈（1979－2003）》，《华文文学》2006年第6期，第54页。

④ 饶芃子：《大陆海外华文文学研究概说》，《广东教育学院学报》2002年第1期，第29页。

⑤ 古远清：《中国15年来世界华文文学研究的走向》，《南方文坛》1999年第6期，第52页。

文学一瞥》两大事件作为台港澳暨海外华文文学进入了内地现当代文学研究者视阈的标记①。正如 2005 年版的《二十世纪中国社会科学文学卷》中提出，台港澳与海外华文文学研究与 20 世纪中国文学其他一些学科（指二级学科）不同的是，“中国大陆学者对此文学新领域进行接触进而加以研究和论述，几乎是与 20 世纪 70 年代末文学期刊发表生活在海外或台港澳地区的作家及其作品同时起步的，这构成了 20 世纪中国文学其他一些学科所从未有过的奇特景象”②。

文学期刊除了最早引荐文学作品，开启一个新的学术研究领域之外，还在学科的发展历程中持续发挥作用。首先，文学期刊在文学史料的积淀与整理方面有着重要地位。20 世纪 80 年代中期以前，因读者对于台港澳暨海外华文文学的陌生，几乎所有文学期刊都注重文学史料的发掘。如果说《收获》、《当代》、《上海文学》等是在刊载作品时通过附加作家作品简介、标明作品出处，保存了形式简略的大量史料的话；另一些期刊则以作家作品论或专栏形式更为系统地积淀着史料。如《海峡》的［作家之页］与［文学论坛］栏的作家作品评介以及从 1982 年第 3 期一直持续到 2002 年的［台湾文讯］栏；《花城》在 1979 年至 1984 年间的区域华文文学综论和作家论；《特区文学》的作家作品论以及在 1983 年到 1984 年间由香港评论家彦火主持的［海外华裔作家掠影］专栏等。80 年代中期后，文学史料的整理工作主要由专门性期刊来承担。其中《华文文学》的［文讯］，《台港文学选刊》的［信息窗］［文坛春秋］［作家素描］、［人间行履］，《华人世界》的［海外华人动态］［作家作品］，《四海》的［四海播音］［作家传记］、［艺海掠影］［文坛资料］，《世界华文文学》的［世华沙龙］［文坛佳话］［香港文苑］［华文社团瞭望］等栏目，成为文学史料的重要集装点。

其次，不少文学期刊特别是专门性期刊设置了刊载研究性论文的专栏，积极参与了文学批评和学术论争、展现学术成果，推进了学科建设的进程。如《海峡》的［海峡论坛］、《台港文学选刊》的［文苑纵

---

① 吴奕锜：《近 20 年来台港澳及海外华文文学研究述评：以历届学术年会及其论文集为例》，《汕头大学学报》（人文社会科学版）2001 年第 2 期，第 89 页。

② 王铁仙：《二十世纪中国社会科学·文学卷》，上海人民出版社 2005 年版，第 313—314 页。

横］与［争鸣台］、《华文文学》的［海外华文文学研究］与［台港文学述评］、《四海》的［理论评介］与［海上文存］、《世界华文文学》的［百家言论］与［四海笔会］等栏目，都成为重要的学术话语空间。不少论文涉及学科建设各阶段的热点、难点问题，具有较高的学术价值。如《海峡》有林承璜的《论80年代台湾小说的新的格局与特点——兼与叶石涛先生商榷》（1989年第6期）、刘登翰等的《台湾文学研究之价值尺度》（1990年第4期）；《华文文学》有黄维樑的《研究香港文学的态度与步骤》（试刊号）、韩萌的《"马华文艺独特性"的争论及其他》（1986年第4期）、林文锦的《南洋为何没有伟大作品产生》、《回忆战前新马文坛的一次文艺论争》（1988年第1期）、"华夏诗报的报道"（1996年第3期，6篇）和"大陆的台湾诗学"的争鸣（1995年第1期、1997年第1期、1999年第2期，13篇）等；《台港文学选刊》有刘登翰的《中国文学的分流和整合》（1993年第7期）、依闻的《两岸诗评家关于"大陆的台湾诗学"的论争综述》（1994年第12期）、张炯等的《世界华文文学研究现状七人谈》（1993年第10期）等。其中《四海——世界华文文学》组织的几次笔会和话题探讨与学科建设关系甚大，值得一书。一是《四海》丛刊第五辑的"海外作家的本土性"，《四海》发动邀请了数名海外知名作家畅谈本土性（中国性）与文学创作的关系，切中了学科建设初期的基础理论问题，影响很大。二是1994年第1期由《四海》策划的热门话题"在京部分专家笔谈——世界华文文学的概念与定义"，此次讨论基本厘清了这一概念的内涵及使用规范，该命名的合理可行性得到了认可。三是1999年第4期《世界华文文学》所策划组织的［百家言论］栏的话题——"海外华文文学是否是中国文学的延伸和中华文学的组成部分"。虽有不同意见，但基本达成了"东南亚华文文学不可视为中华文学和中国文学，而北美等地的文学则需要进行区分"的共识。

刊以文传，文学期刊所载作品是期刊价值的集中体现，文学期刊的生命在于所刊载作品的内在含量。[①] 期刊中文学史料的丰富多样与学术

---

① 李频：《真善美，从个人出版转向市场》，载《大众期刊运作》，中国大百科全书出版社2003年版，第328页。

论文的价值决定了文学期刊在学科建设中不可或缺的地位与影响。而期刊学术性的强度，也是由编辑者来保证的，编辑们多是各地乃至全国性的“台港澳暨海外华文文学”学术团体的成员，主持或频繁参与本专业领域的学术会议及其他活动，这样，通过编辑的中介环节就把期刊与“华文文学”的学科化进程紧密地联系在一起。更重要的是，一些专门性文学期刊所传播的“台港澳与海外华文文学”的内容及其策略的变化，本身就是学术历史的另一种版本，清晰显现了这一学科的发展脉络。如《华文文学》的运作进程与学科发展就有一致性。首先，它作为《海外华文文学史》的潜文本，在文学史写作的视野中对边缘区域与国家的华文文学进行了着力关注，开拓和建构出“海外华文文学”这一新的文学景观，从而使台港澳暨海外华文文学得以较为完整地呈现。其次，它以“文学批评与文学论争”等深度传播方式影响和引领着学术研究的路径与走向——从具体作家作品的赏析整理到宏观整体性的诗学问题的探讨，台港澳暨海外华文文学作为学科的合法性与合理性便逐渐凸显出来。

台港澳暨海外华文文学在内地流播过程中的学科化，使得原本零散自在的文学存在成为一门新生学科的研究对象，一些在主流汉语文学标准下难以被发现和研究的作家作品得到了前所未有的重视，由此，台港澳暨海外华文文学拥有了重要的生长空间与存在方式。但是，我们也要看到，学术传播模式的局限性在于它的自闭性和边缘性，由于从研究者、学术刊物到受众基本上是专业领域的同一群人，无法也未能向大众扩散，造成了孤芳自赏的尴尬局面。有关台港暨海外华文文学的专门性期刊在新世纪的生存困境，与其或强或弱的学术定位也有一定无关系。仅仅依赖这种文学传播模式，作为整体的台港澳暨海外华文文学似将成为一种自言自语的学术构想。

结　语

自20世纪70年代末以来，仅从文学期刊的视角来看，中国内地传媒在台港澳暨海外华文文学的大众化、经典化及学科化中的作用，已表现出了复杂多变的性质，但鉴于传媒作为社会关系纽带的定位，上述复杂流变性，正显现了有关台港澳暨海外华文文学的想象与建构，与意义建构和文化语境间的密切联系，并非纯粹的文学问题。

三 “世界性”的差异表述——20世纪70年代末以来中国内地、新马和香港文学期刊的华文文学传播

20世纪70年代末以来，随着冷战思维的逐渐解体，交流和对话成为主题，世界各地的文学文化交流开始启动，三大华文中心——中国内地、新马和港台等地的文学期刊也逐渐打破各自的壁垒，将视线延伸到本土以外，形成了世界性视野，华文文学（汉语文学）① 的世界图景也得以在各区域语境中被呈现出来。在此，期刊的“世界性”视野可理解为其作为交流平台的开放性与包容度，它会集中体现在办刊理念与刊物格调品味等高屋建瓴的层面，也会具体显现在作品选择与刊载形式等细节层面。然而，如果不将期刊看成是纯粹的客体，而是作为熔铸了人之生命气息的物我融合体，那么，每一期刊在吐纳共通的时代气息之时，又将受制于此时此地之人事影响，极力彰显各自的个性与风貌。从这个意义上来说，虽然“世界性”视野逐渐成为70年代末以来各区域华文期刊的共同理念，其演绎“世界性”视野的策略与程度却未必相同，势必受到多种因素的制约影响。那么，其中最为重要的区域语境因素是如何限定其演绎“世界性”的方式，又如何在有关华文文学的传播策略与整体定位这一层面上体现出来？本文试图以个案研究的方式分析在世界性视野中，中国内地、新马和香港等地期刊有关华文文学的传播策略与整体定位的差异及其对华文文学发展的影响。

（一）中国内地文学期刊：中心意识制约下的世界性

20世纪70年代末80年代初，中国内地在解放思想、改革开放的大潮中开始关注本土以外的文学文化。鉴于当时电子媒介的不发达不普及，文学期刊仍是本雅明意义上的文学生活的中心，是最为积极和迅捷

① 为避免中心与边缘之争，中国内地学者自觉选择规避汉语文学一词，但我认为，这不过是言语的歧途而已，不必过于执着于词语本身。

的文学传媒，文学期刊在文化交流中作为“前沿阵地”，成为了对外开放的“窗口”。一些文学期刊在积极译介外国文学作品之外，也零散地刊载本土以外的华文文学作品。最初由于获取稿源不易，又难免文化统战思路的影响，刊载作品在主题体裁、创作手法和作家作品数量上都捉襟见肘，有时宣传意义多过文学影响。如聂华苓的《爱国奖券——台湾佚事》1979年3月在《上海文学》刊载后，新华社和中国新闻社都向海外发布消息，已有宣传的性质；然而其影响远不如同年6月《当代》创刊号刊发的白先勇《永远的尹雪艳》一文，甚至研究者在追溯源头时也以《永远的尹雪艳》为起点。原因何在？据该文责任编辑，当时《当代》的副主编孟伟哉回忆，由于作家身份的敏感性——作者白先勇作为国民党大将白崇禧之后，以及《当代》所占据的特殊地理位置，此举被认为是“中共在文艺方面的新动向，海内外反响相当强烈”[①]，可见最初华文文学（主要是港台文学）在中国内地传播的政治意味等于文学意义，社会价值胜过审美价值，这自然会带来种种局限，但正因此，本土以外的华文创作得以被持续关注和认可。

从20世纪80年代中期到90年代初，内地传播过程中的意识形态压力被商业标准和纯文学标准所化解，世界性视野进一步凸显，从台港文学到海外华文文学，本土以外的华文文学空间被一一展现出来，但其位置依然是微妙而尴尬的。一方面，台港通俗文学以其世俗性和趣味性瓦解着内地风行已久的政治文学，开始占据出版市场的很大份额，这诱使《华文文学》《台港文学选刊》《海峡》《华人世界》等一批专门性期刊相继出现并获得可观的经济效益[②]；同时，这些专业性期刊将台港澳与海外华文文学并置的刊载策略强化了内地有关“台港澳暨海外华文文学”的整体想象[③]。另一方面，《收获》、《花城》等主流期刊（文学

① 孟伟哉：《白先勇〈永远的尹雪艳〉刊出始末——关于〈当代〉答博士生颜敏问》，《出版史料》2007年第4期，第21页。

② 《海峡》《台港文学选刊》和《华文文学》分别在1981、1984、1985年相继创刊。

③ 专门性或半专门性的期刊，不管是刊物口号还是刊载文本的实际构成，都涵盖了台湾、香港、澳门文学及海外华文文学，如《海峡》海峡创刊词：“它将成为大陆、台湾以及港澳、东南亚、欧美等海外华侨作家百花争妍的园地。”此外，非专门性刊物也在强化这样的想象，如《特区文学》的港澳及海外作品，《收获》的“朝花夕拾”宣称主要刊载台港与海外华文文学作品等。

场中被认为具有话语权和象征资本的期刊）开始以纯文学标准对“台港澳暨海外华文文学”进行整体的排斥和否定。《收获》是内地的老牌期刊，被认为是“当代文学的简史”，当1985年《收获》树立“纯文学”理念时，它开设了“文苑纵横”和“朝花夕拾”两个专栏[①]引荐了“台港暨海外华文文学”作品，这些作品的艺术创新程度比内地先锋作家的作品有过之而无不及；但1990年《收获》却以“台港与海外缺乏优秀之作，横行通俗文艺”为由结束了这一专栏，“台港澳暨海外华文文学”被定位为与高雅文学对峙的他者形象。另一本新锐杂志《花城》最先以“海洋特色”为特色，较多地刊载台港澳作品，当80年代中期它逐渐倾向于“先锋”性，“纯文学”立场鲜明起来之后，也同样以“审美性”问题将“台港暨海外华文文学”放逐到了边缘。[②] 商业价值提升之时文学价值下跌，内地对“台港澳暨海外华文文学”这种定位，似乎演绎了布尔迪厄有关文学场的“输者为赢”的颠倒经济学逻辑：文学作品在商业市场越是火爆，它越是在主流文学评价体系内缺乏价值，因为文学价值的体现除了依赖经济资本之外，更重要的是象征资本。[③] 然而，如果审美性之高确可成为文学作品之象征资本的话，那么，为何是几年之后内地才得出“台港澳暨海外华文文学”缺乏审美性的结论呢？是内地文学发展迅猛而“台港澳暨海外华文文学”停滞不前，还是这类观感本身就是自我中心的反映呢？80年代中期到90年代初是内地文学文化的转型期，当时文学的雅俗之争颇为热烈，可想而知，“台港澳暨海外华文文学”作为通俗文学被接纳的同时也被排斥，是因为当时的主流话语之中，高雅文学依然占据着道德高地，在与市场的对抗中保持着悲怆的英雄形象，可见，主流文学期刊的“台港澳暨海外华文文学”的价值评判虽然无意中形塑了中心与边缘的话语模式，但未必是中心主义的直接反应。

---

① “文苑纵横”1985年第3期（6月）推出，1986年被“朝花夕拾”所替代。

② 1980年元旦前后，《花城》在北京和广州两地召开座谈会，座谈会上不少作家和批评家们对台港澳文学的审美性表示了怀疑，认为过多地刊载这类作品，将影响杂志的品位。会议之后，《花城》的《香港文学选载》专栏由第2栏移到第6栏，刊载量和刊载密度也有所减弱。

③ ［法］布尔迪厄：《艺术的法则——文学场的生成与结构》，刘晖译，中央编译出版社2011年版，第99页。

20世纪90年代中期后，内地改革开放的力度增大，文学传播领域的开放程度提升，网络等新型媒介的兴起也使得地域意识淡化，世界意识强化。内地文学期刊对“台港澳暨海外华文文学”的传播也进一步强化了世界性视野。专门性文学期刊在意识形态、文学和商业需求之间小心翼翼地寻求支撑点，关注视野不断拓展，尽可能地展现全球华文创作的状况。如1990年创刊的《四海》（1998年更名为《世界华文文学》，被称为“台港澳暨海外华文文学”领域的四大名旦之一）便打出了“世界性”的鲜明旗帜，强调文本在地理空间分布上的广泛性，力求各区域华文文学在数量与地位上求得均衡。为了给某些区域的海外华文作家提供创作动力和发表园地，该刊还经常刊载一些质量偏低的学生习作，举办各类针对全球华人的征文评奖活动，有意构造出世界华文文学的整体图景。显然，这种培养性的传播使得《四海——世界华文文学》上刊载的文本可读性和艺术性都不强，在内地文坛无法获得广泛认可，也难以产生经济效应，失去政府支持后刊物日见艰难，2000年宣告休刊。与之相反的是，内地主流文学期刊则淡化了地理空间逻辑，突出作品中心原则，以可读性或艺术性标准选择性刊载“台港澳暨海外华文文学”作品。虽然也有一部分作家如白先勇、余光中、严歌苓、张翎、钟怡雯等其作品在《收获》《人民文学》《当代》等影响较大的期刊中常见流播，获得了相当大的知名度，但他们往往不是作为“差异的成分”而是作为“回归的同类”被认可和容纳，被整合在中国文学之内或作为中国当地文学的延伸而被关注。在这种作品主义原则中“台港澳暨海外华文文学”还是边缘的存在。

应该说，内地文学期刊在华文文学传播中的世界性，受到意识形态、文学性和商业性的多重规整。当初期的意识形态需求很快转换为商业性和文学性标准时，其传播视野也越来越开放与多元，也显现出了某种局限。专业性期刊坚持地理空间的拓展原则，为世界各地华文创作提供了重要的发表园地，却无意中形成了“台港澳暨海外华文文学”的固化结构，形成了中心与边缘的对立。与此同时，主流文学期刊以纯文学观念和经典意识等为核心的选择意识，又仅仅关注少数作家作品，忽略了多数别具特色与意义的区域华文作品，强化了主流汉语文学标准，同样形成了排斥机制。可见，中国内地文学期刊的“世界性”视野兼顾了地理空间的广度和文学性至上等普遍主义价值标准，却有意无意间呈现了中心对边缘的挤压，未能为汉语文学的多元发展提供更大的舞台与可能。

（二）《蕉风》：本土性焦虑中的世界性

在新、马地区，《蕉风》是历史最为悠久和影响较大的一本期刊，也是特别注重世界性的文学期刊。1955 年，脱胎于香港友联出版社的新加坡友联出版社创办了《蕉风》半月刊，另一香港出版社高原出版社社长则是创办人之一[①]，创刊初期编辑也主要由香港来的方天、姚拓、彭子敏、黄思骋、黄崖等担任。可以说，《蕉风》作为马来亚化了的香港式期刊，一开始就有跨越本土放眼世界的视野。然而，马来西亚华裔作为少数族群的特殊境遇始终影响着《蕉风》走向世界的方式与步伐，这集中体现为本土性的焦虑与困扰。

强调“纯马来亚化”是早期《蕉风》的坐标，“蕉风”之名，即意味着椰风蕉雨的本土特质。应该说，在马来亚独立前后，面对波涛汹涌的独立之潮，面临单一国籍的现实选择，华族为适应本土生存必然作出某种文化选择，以求进入国家之内并求得文化身份的合法性，《蕉风》的本土化定位是有其积极意义的。不过几年过后，《蕉风》逐渐发现，仅仅在题材内容层面本土化是远远不够的，因为其文学本土化的实质是要建立马华文学的主体性，而这必然应对作品的艺术水准提出更高要求，如何提升本土华文创作的水平呢？那就是“引进来”。在 20 世纪 50 年代末从新加坡移入吉隆坡之后，对中国现代文学、港台当代文学和西方现当代文学的持续关注与传播成为刊物的重要特色。[②] 不过，中国内地文坛的当下创作则因政治隔阂等原因无法被广泛关注，直到 20 世纪 70 年代末 80 年代后，随着中马建交后两国文化交流的深入，才慢慢进入了刊物视野中。

进入 80 年代后，《蕉风》在形式内容上的诸多变动，都显现了

① 《蕉风》初期为吸引订户，以高原出版社的文学书籍为赠品，以至于订购《蕉风》的读者手中都有高原版的书籍。

② 1957 年 6 月 10 日起设置“文讯”（后改为“文坛杂话”）栏目，介绍香港、台湾、中国内地的文学事件，也没有突出纯马来西亚化的口号了。

《蕉风》世界性立场的清晰凸显。从版式文字的选择来看，《蕉风》早期深受香港文坛影响，以竖排和繁体字为标志，但从1982年6月开始以横排为主，并最终过渡到均为横排，以符合国际通行的阅读习惯。从内容来看，期刊中区域华文文学的结构与位置发生了很大变化。由于编辑张锦忠等人的旅台背景，台湾文学的分量逐渐超越了以往占主导地位的香港文学，刊物的台湾色彩愈见浓烈。而中国内地的文学也渐见影响，如对内地文坛新秀贾平凹、顾城等的及时引荐显现了刊物对内地文学变动的敏感（如1987年总第400期迈克的《贾平凹：不描白不描》，总第401期苏旗华的《月朦胧，鸟朦胧》有关顾城的引荐文章以及403期的《顾城的诗歌》）。有意思的是，《蕉风》对80年代的马来西亚的时局动荡[①]并无直接反应，仍坚持着它多元引入的文学传播思路，这种谨慎沉默或许正是其在国家体系之内失语的症状？

20世纪90年代以后，《蕉风》与世界华文文坛的互动日见频繁，在持续关注港台和新加坡印尼等地华文文学之外，还强化了对中国内地和欧美地区华文文学的传播。首先是中国内地影响力的上升。历届主编从小黑、朵拉到后来的林春美都积极参与内地组织的文学活动，在各种研讨会上踊跃发言。同时，在转载中国内地文学作品之外，还盛邀一些作家如王安忆和莫言等前往新马访问，促进互动。而刊物对来自中国内地马华文学批评也是积极接纳的，出现了如潘亚墩的《从〈蕉风〉看马华作品的风味》（1989年总第433期）和《一部浸润民族文化精神的佳作——喜读傅承得的散文集〈第一株树〉》（1992年总第450期）、王振科的《痛苦的美——宋子衡小说集〈冷场〉》（1992年总第451期）、余秋雨的《陈瑞献印象》（1990年总第442期）、钦鸿的《略论中国大陆文坛对马华文学的研究》（1991年总第460期）、黄万华的《论马来西亚华文文学的本土特色》（1995年总第465期）等大量评论文章。其次是随着本土留学群体的增加，对欧美地区华文文学的引荐也成为一大特色，亦如中国内地一样，这些作品也被称为留学生文学或海外华文文学，虽与本土文学相区别却无主次之分。《蕉风》“喜新又恋

---

① 对于马来西亚华人而言，80年代是一个令人困惑尴尬的时代，1986年的合作社风暴使得华社经济遭遇浩劫，1987年的茅草行动则对华文报刊形成致命打压，马华文学进入国家文学的希望几乎破灭。

旧”，“没有围墙，谁都可以踏进来”[①]，从而型构了更加多元丰富的世界华文文学版图。

然而，90 年代《蕉风》的开放性思路中，仍纠缠着强烈的本土诉求。一方面，《蕉风》在世界华文文坛的有所作为，不妨看成是整个马华文学的一种挣扎，它被排斥在国家文学之外，不得不寻找新的出路，融入世界华文文坛也是另一种可能性。《蕉风》在90 年代表现出的交流意识以及从单向的“引进来”转变为双向“出入”的传播思路，正是要拓展马华文学的世界影响。正如刊物所宣示那样，是希望《蕉风》“能流传得更广，接触更多人”[②]。而为了增强马华文学与其他区域华文文学的竞争优势，刊物必须坚持对文学质量的高标准。诚如 90 年代末，面临重重危机之时主编林春美所言：“作家的背景、文学观和作品的内容与形式都不是问题，文学性才是我们最重要的考量。”[③] 另一方面，当《蕉风》中海外作品的质与量都胜于本土作者时，那种失去自我的焦虑又卷土重来，编者开始对海外色彩过于浓烈的现象表示了无奈和惶惑，呼吁“本土”作者积极投稿，让刊物得以保持地方色彩[④]。可见，《蕉风》的海外与本土之争与中国内地文学期刊恰好形成了鲜明对比。在内地，海外华文是边缘，难以对本土中心形成挑战。在马来西亚，海外军团构成了对本土作家的强大压力。若联系 90 年代马华文坛去“中国性”的思潮，马来西亚华人文化主体性建构左右为难，无论在国家文学之内还是在世界华文文学体系之中，他们都有一种难以消除的身份焦虑。这必然影响《蕉风》世界性的实践过程。

实际上，《蕉风》在确立世界性理念时，和中国内地一样涉及多元的复杂关系，如“两岸三地关系”（“两岸”：新加坡与马来西亚，“三地”：中国台湾、内地和马来西亚），“本土与海外关系”（移民文学，留学生文学）。但不同之处在于，《蕉风》虽然也想营造一个世界性的华文传播中心，但始终有画地为牢的紧张感。在本土性焦虑之下，一方面它具备决心崛起的前进意识，故大力引荐世界各地的文学作品以促进

① 编者：《喜新恋旧》，马来西亚《蕉风》1997 年第 7、8 合集，总第 443 期，第 2 页。

② 同上。

③ 编者：《编辑室报告》，《蕉风》1997 年第 12 期，总第 483 期，第 1 页。

④ 编者：《本地色彩》，《蕉风》1995 年第 12 期，总第 472 期，第 1 页。

本土文学的发展以确立起主体性；另一方面当海外的华文写作超越了本土时，又不由自主地产生了新的焦虑，这种鉴于文化位置的执着寻找而形成的世界性，总带有某种扭曲的意味，不过印证了弱势族裔在政治/文化夹缝中觉醒、突围的艰难过程。

（三）《香港文学》：去中心化的世界性

香港常被认为是具有边缘、越界等特殊属性的文化空间，作为相对宽松自由的文学港口，它成了世界各地华文文学出版与流播的公共空间，各种倾向和流派的文学均可占一席之地。但在香港众多华文传媒中，1985 年创刊的《香港文学》应是对这一“交流使命”有着自觉追求的刊物之一，它一面世，便宣称自己是“世界性的中文文艺期刊”，并以促进“世界华文文学的交流与创作”为己任。虽然有人强调它与中国内地的情缘，在其对华文文学的传播中却显现了香港语境的特殊性所在。刘登翰先生曾认为，守住“边缘”是《香港文学》的特殊魅力所在。[①] 但准确地说，《香港文学》的特殊魅力与其说是其游离的边缘位置不如说是它借助这种边缘性而形成的世界性视野。在带有香港特色的世界性视野中，《香港文学》扮演了与中国内地及新马文学期刊截然不同的角色，为华文文学生态的重建提供了另类的思路。

《香港文学》至今已有近 30 年的历史，2000 年，鉴于主编变动等原因进行了改版，改版之前与之后，其“世界性”立场的内涵与运作方式有所变化，但始终反映了香港的主体性诉求。而刊物这种主体性的诉求，正是 20 世纪 80 年代以来随着“中英谈判以及《联合声明》的签订，香港文学的本土身份意识越来越强烈”[②] 的折射与反映。

从《香港文学》的首任主编刘以鬯在发刊词中基本勾勒出了刊物演绎世界性的基本思路。一方面，他强调利用香港作为国际城市的地理优势沟通世界各地的华文创作，推动文学的发展；另一方面，则强调在高度商品化的香港要为严肃文学提供发表园地，促进文学的发展。[③] 可

① 刘登翰：《守住“边缘”》，香港《香港文学》2003 年第 1 期，总第 219 期，第 19 页。

② 计红芳：《从大陆性到香港性——香港文学理论批评的发展演变》，《广东教育范学院学报》2007 年第 1 期，第 44 页。

③ 刘以鬯：《香港文学发刊词》，《香港文学》1985 年第 1 期，总第 1 期，第 1 页。

见，其世界性首先体现为作品空间分布的全球性，推出了诸如马来西亚华文作品特辑（总第1期）、加拿大华文作品特辑（总第2期）、新加坡华文作品特辑（总第3期）、美国华文作品特辑（总第4期）、菲律宾华文文学作品特辑（总第11期）、泰国华文文学作品特辑（总第36期）、沙捞越华文文学作品专辑（总第64期）、泰国华文文学作品特辑（总第84期）、印度尼西亚华文文学作品专辑（总第87期）等区域华文文学的专辑，显现出它与同期内地文学期刊相似的立场和思维。但它的世界性也显现为捍卫文学性而特有的非意识形态氛围，如刊载作品时倾心于艺术技巧，在文体创新、史料整理和研究评介等方面持续耕耘，一些在内地还是禁区或尚未领略的文学现象与作品总能在《香港文学》之上一睹为快，由此，刊物将世界性演绎成了一种开放性的人文关怀意识。当然，在对文学本体价值的坚守和对各区域华文文学的广泛关注之间似乎也难免矛盾，毕竟并不是所有的区域华文文学都能经得起“纯文学”的技术考量。

耐人寻味的是，作为香港的一本文学期刊，它并未将香港文学作为中心来传播，外来作家的比例明显高于本土作家，这是否如某些本土作家所质疑的那样，是大中华意识之下对香港文学主体性的压制呢？对此，《香港文学》在创刊词中早有阐述：“香港文学与各地华文文学源于同一根源，都是中国文学组成部分，存在着不能摆脱也不会中断的血缘关系。对于这种情形，最好将每一地区的华文文学喻作一个单环，环环相扣，就是一条拆不开的‘文学链’。”① 既然各区域华文文学之间是“环环相扣”的关系，并无主次之分，那么，《香港文学》就不必拘泥于中心或边缘的思路，可以在文学的名义下尽可能地拓展传播的视野，包括对同期西方文学的大力引荐。② 因此，虽然刊物最初的“世界性”视野中隐含着大中华意识③，其具体运作却无意中凸显了“去中心化”

① 刘以鬯：《香港文学发刊词》，《香港文学》1985年第1期，总第1期，第1页。

② 《香港文学》不但引进介绍国外的流派、作家、作品（第6期的《薛非特专辑》，第12期《克罗德·西蒙特辑》，第14期《西蒙研究特辑》，第16期《麦思·弗里施特辑》，第35期《玛格丽特·尤瑟娜特辑》），而且引进海外学者同人对中国现当代文学的前沿性的研究成果。

③ 当然，在香港即将回归的过渡时期，一本渗透着人文情怀和国家意识的华文期刊在香港也是有其位置的。

的传播策略，在以交流和对话[①]促进区域文学之间的互动共进的过程中，改变了包括香港文学在内的各区域华文文学相对封闭的发展路径。

《香港文学》改版之时，已是香港回归三年之后，在新的语境下，刊物就如何演绎香港性与保持世界性作出了新的探索。首先，从版式到内容，刊物都更适应时代需要，如文字由竖排变横排；栏目设置突出文体与主题线索而淡化区域意识等。在陶然主编期间，虽然也不断推出各区域专辑，如新西兰华文文学作品特辑（总第172期）、异性时空中的灵魂守望—透视“旅居法国华文作家作品展”（总第242期）等。但总体而言，其专题策划更注重世界各地华文文学的对话与整合，显现全球意识。如《香港文学》（2001年8月）200期纪念之际，推出了“全球华人作家作品大展”。作者来源包括了大陆、香港、台湾地区及美国、加拿大、法国、英国、日本、新加坡、马来西亚等国，但这次作品展并不强调区域代表性，而是张显灵动的艺术视野，所选作品都能体现刊物所追求的水准。这种以艺术为起点的全球视野在陶编期间是基本的，如2002年7月《香港文学》（总第211期）又一次以“全球华人作家散文大展”为主题，共刊登25篇来自各地著名华人作家的散文作品。包括白先勇的《人间重晚情——李欧梵与李玉莹的“倾城之恋”》、李欧梵的《音乐的往事追忆：听舒伯特》、余光中的《新大陆·旧大陆》、钟玲的《落水狗》、苏童的《南方是什么?》、舒婷的《台风留白》、金依的《出门》、杨炼的《那些一》等，自然也有香港作家的作品，如王良和的《F日光下》、蒋芸的《蝶啊蝶》、胡燕青的《太子道上》、陈惠英的《夏色浮动》、叶辉的《黄南镜器》及黄仁逵的《人间烟火》等。从这样的作品选集过程中，《香港文学》的文学视野既不是香港中心也不是大陆中心，去中心化的原则被进一步突出，由此，世界华文文学的版

---

① 《香港文学》特别注意利用香港作为海峡两岸作家最适宜在此进行联谊交流聚会的方便条件，广泛地开展海峡两岸多种形式的文学对话。这种对话主要有三种形式：一是作家专访，二是相互评述，三是开展比较研究。在作家专访上，《香港文学》做得最多，其中重要的作家专访有：第1期的《林海音、何凡访问记》，第20期的《与邓友梅谈小说创作》，第25期的《白先勇谈对海峡两岸中国文学的看法和期望》，第26期的《访丛延》，第27期的《王安忆访问记》，第29期的《与五位中国作家谈中国当代文学》，第33期的《丛维熙访问记》。这些专访谈及内容广泛，议题众多，提供了许多从未披露的有关作家生平思想和创作的第一手材料和文坛最新信息，非常有价值。

图也不再是简单的区域拼接，而是灵动地融合在专题与体裁之中的文学氛围与意境。

一些研究者常以刊载作品的都会色彩作为《香港文学》改版后强化本土意识的表征，其实不甘以边缘自居的姿势才是它突出的主体标记。主编陶然承接叶辉等人在《香港当代作家作品合集选·小说卷》中对香港文学的定位，提出了《香港文学》也应该具有“中间性”的位置。[①] 所谓“中间性”自然令人联想到刊物一向以来的桥梁作用，其次是不妨当成是其淡化意识形态的中正立场，但我觉得，其潜台词应该是强调自身在世界华文文坛的重要性。事实上，当改版后的《香港文学》将香港性理解为开放性与多元性而不是狭隘的本土保护主义时，即当地方性等同于世界性之时，不但香港有望成为世界华人文化与文学的传播中心，便是香港文学自身也有了融入世界的信心与姿势，所以陶然相信：“文学没有疆界，香港作家的作品和其他地方华文作家的作品甚至外国作家的译文置放于同一个平台上，绝对有相互参考与促进的作用。”[②] 在去中心化的持续努力中，《香港文学》不但有效地化解了大陆中心意识和香港本土主义，同时还试图促成华文文学与其他语种文学的交流与融合。

香港特殊的社会历史条件，特殊的经济文化地位，使它在文学交流上具有“优越性”，《香港文学》正是得益于这样的空间优势，选择了淡化意识形态的视角，专心于经营文学性，纵观《香港文学》，其文学作品或以情意真切的美文娱人心怀；或致力人性善恶的开掘以张显人文关怀，或以实验性的叙事形式开拓文学空间，都在宣示追求文学发展的本体意识，其世界性由此也演变成一种更具有深度的诗学意识和人文关怀意识。不过，令人遗憾的是，《香港文学》的运作也具有香港特有的随意性和个性化趋势，实际影响力非常有限。一方面是刊物仅仅依靠主编的个人影响和交际网络组稿，随意性很强，缺乏评奖征文等当代文学传媒的运作意识，自然难以积累象征资本，产生名刊效应；另一方面是

① 陶然：《“中间状态”的香港短篇小说》，《香港文学》2012 年第 1 期，总第 325 期，第 1 页。

② 陶然：《香港文学选集系列·第二辑·前言》，见《香港文学选集系列·第二辑》，香港文学出版社有限公司 2005 版，第 1 页。

身处网络时代还固守印刷思维，缺乏网络版，缺少与读者互动的渠道，读者群体日益狭隘与人缘化，这些都将其开放的世界性推向了未知的困境之中。

结　语

对于文学期刊而言，如何践行世界性的传播理念，既要看其传播策略又要看其传播效果。自20世纪70年代末以来，世界各地的华文期刊在淡化意识形态，注重区域互动，推行文学至上理念等方面已经形成共识，促成了各区域华文文学的共同发展。然而，区域语境对期刊传播效应的影响仍不可低估。中国内地文学期刊，从早期简单的地理逻辑到近来的文学性标准，以带有普遍性的传播理念提升了影响力，为各区域华文文学留下了广阔的发展空间；但依然难以避免中心对边缘有意无意的挤压。如何化解这种中心逻辑，是内地华文文学传播需要解决的问题。《蕉风》对世界华文文坛的持续关注，显现出了一如既往的开放视野，但在少数族裔文化主体性建构的困境之中，它既将海外华文文学（包括中国内地文学）看成推动本土文学发展的源泉，又视为影响的焦虑，本土与海外华文文学在张力中共存，地方性形成了对世界性的压制。《香港文学》则追求香港性和世界性之互动契合，在去中心化的策略中重组了各区域华文文学，形塑了流动随意的世界华文文学画卷。但其随意灵动的个人化运作机制，影响了其实际效果，形成了演绎世界性的现实瓶颈。

当然，在总结各地文学期刊对世界性的差异表述之余，我们还能发现必须面对的共同问题。第一，从传播媒介的角度而言，文学期刊要更好地实践世界性理念，必须面对网络时代的新考验。一味以捍卫人文理想为立足点，在与市场的疏离和小众化策略中传播文学是不够的，各地文学期刊都应实现纸质传媒与网络传媒的融合互补，才能开拓出真正有利于世界华文文学发展的交流空间。[①] 第二，从创作的角度来看，在世界性视野之下，“本土以外”已成为华文作家的重要生存方式，这既是

① 在这一点上，21世纪以来《蕉风》在数字化、网络化方面的努力与效应，颇值得其他华文期刊借鉴。

机遇，也是挑战。有马华作家曾戏言在马来西亚只要会写那么几笔就可以成为作家；但在本土以外，面对诸多竞争对手其高低优劣就显现出来了。如何发挥本土的优势与个性，冲击既定的创作模式，促成文学的多元化生态，将成为每个华文作家所要面对的现实问题。第三，对研究者而言，我们不但需要形成一种超越性和整合性的研究思维，而且要对所获取的文学资料进行语境性反思，以研究促成世界华文文学的良性发展。

四 从余光中现象看台港澳暨海外华文文学典型主题的内地生成

中国内地对台港澳暨海外华文文学的传播与接受，至今已有30多年的历史。对其接受与研究，渐见纷繁分歧；但乡愁作为最为基本和重要的主题是较为一致的共识，乃至于面对作家泛滥的乡愁书写和学者过度的乡愁解读，一些研究者不无忧虑和批判之语。那么，如此重要和普遍的乡愁主题，是否可以成为台港澳暨海外华文文学的本质内涵？其重要性的凸显是否是中国内地特定语境使然？在此，我试图通过具体个案呈现“台港澳暨海外华文文学”在内地传播中乡愁主题被凸显的过程和规律，进而对与之相关的主题神话和固化解读模式做出更深入的反思。

余光中以一首《乡愁》而风靡中国内地，在各种力量和契机的推动渲染之下，被符号化为乡愁诗人。如今，《乡愁》这首诗，就像是他的名片，虽把他整张脸遮住了，却也给他带来了源源不断的荣誉和光环，这便是所谓余光中现象，简而论之，余光中现象指代了文学作品在跨语境传播与接受中所产生的聚焦、放大、固化和持续发热效应。通过余光中现象来分析台港澳暨海外华文文学典型主题的内地生成过程与规律应该是可行的，也必将为相关的文学创作、欣赏和研究提供有益的借鉴。

（一）聚焦与选择：合适的时空，适合的主题

1972年，余光中在台北家中写成《乡愁》一诗，不久该诗在台湾、香港等地传播并受到关注，1975年被谱曲并收录进入台湾的《中国现

代民歌集》唱片集之中，广为流唱；但其影响力和重要性的最终确定与完成，却是在20世纪80年代初期被传入中国内地之后。在中国内地，经过各种传播媒介和传播方式的反复聚焦，《乡愁》已从余光中数量庞大的作品群中脱颖而出，成为作家的名片和符号。为什么是《乡愁》而不是其他诗歌被传媒选择并凸显出来呢？原因或许是复杂的，但简要梳理其传播过程，则能发现这种选择主要趋向主题层面的考虑，因主题往往与文学作品的社会价值直接关联，当文学作品能够在思想内容层面与特定社会需要相契合时，则比较容易被选择并凸显出来。

20世纪80年代初期，文学报刊不仅是中国内地文学生活的中心，也是社会生活的重心之一，《星星》诗刊、《当代文坛》等传媒在《乡愁》的第一次聚焦中至关重要。诗人流沙河既是内地最早评述余光中作品的人，又是较早与余光中建立私人联系的作家，在结束了“文革”的流困生活，回到成都重新开始诗歌创作和编辑工作之后，流沙河感应到了改革开放的时代气息，迅速与港台诗界建立了联系。1980年夏因其诗歌集《告别火星》在香港《天天日报》副刊开辟专栏连载，便与编辑刘济昆（也是作家）有了书信往来，刘在通信中多次提及余光中，并给他邮寄包括余光中在内的台湾诗歌集《当代十大诗人选集》（《乡愁》也在这本诗集里）。在众多现代派诗人中，已回归传统、诗风相对简朴的余光中诗歌引发了流沙河的强烈兴趣。1982至1983年间，他先后在《星星》和《当代文坛》杂志上发表8篇有关余光中的引荐评述文章，其中，《乡愁》是他重点推荐的“浅易”之作。他既将之作为艰深抽象的现代诗的对比之物，也将之作为对内地刚刚崛起的朦胧诗之讽喻劝诫，意在为当时方兴未艾的内地诗歌变革提供借鉴。流沙河对台湾现代诗的引荐文章引发热议，不久便结集出版[①]，在内地文坛造成了很大的影响。在这一次对《乡愁》的选择性聚焦中，流沙河侧重诗艺层面的细读，对主题一笔带过，只作了“故国故乡故园之思”的简略表述。[②] 显然，在众多晦涩难懂的台湾现代诗中，《乡愁》明朗的主题让这位老诗人（也包括内地许多尚未习惯现代诗的读者）倍感亲切；但

① 流沙河的《台湾十二家诗》由重庆出版社1983年出版；《隔海说诗》由三联书店1985出版。

② 流沙河：《溶哀愁于物象》，《当代文坛》1982年第10期，第45页。

他直接简单地表述主题的方式也正好说明，在中国内地，人们将《乡愁》理解为家国情怀是不言而喻、无须赘言的。

流沙河的影响还是在文坛之内，而具有意识形态意义和力量的党报、国家电视台电台等，则不但在对文学作品的选择聚焦中占据优势，也能在主题解读与引导层面形成权威性意见。《乡愁》后来的数次聚焦便由这些权威传媒完成，并产生大众效应。20世纪80年代初期，《乡愁》被《人民日报》转载并在中央人民广播电台多次播出，以至家喻户晓。黄维樑先生曾在《余光中〈乡愁〉的故事》一文中提到：1984年夏天他前往北京拜访钱钟书先生，钱氏对曾在《人民日报》读到的《乡愁》印象非常深刻。著名作家袁可嘉在介绍余光中先生的文章中也特别指出《乡愁》一诗在中央人民广播电台播出后的普及效应。[①] 1992年，在电视取代广播成为内地生活的中心时，《乡愁》又被谱成歌曲在中央电视台春节联欢晚会上演唱，再次形成聚焦效应。十年之后，2003年12月8日温家宝总理访美，在纽约与侨界代表晤谈时再次化用《乡愁》最后两句，以“这一湾浅浅的海峡，确实是我们最大的国殇、最深的乡愁”完成了他对统一台湾问题的深情表白。温家宝这一席话，又一次将《乡愁》的重要性凸显出来，一时世界各地华人传媒都在报道此事此诗。于是乎，《乡愁》似乎成为两岸渴求和平统一的宣言与宣传，以至于引发了台湾岛内一些不同主张的文人对余光中的非议。可见，带着明显的现实目的，又满足彼时的政治需要，这种带有意识形态性质的选择聚焦是作品主题意义得以放大并凝固的重要途径与标志。

在跨语境文学传播中，选择总是最大公约数的选择，是文学的内在要求与现实的直接要求之间的交集，体现了文学的普适性与地方性要求之间的协同程度与方式。自20世纪70年代末至今，民族复兴和国家统一是中国内地在持续推动的头等大事，在这样的时代氛围中，华人世界在文学文化层面的交流互动至关重要，它是推动中华民族和平崛起的重要力量。我们也能够看到，在两岸三地的文学交流中，中国内地文坛采取了相当主动积极的姿态，但在传播对象的选择上表现出了很强的目的性和针对性。文学作品若既对内地文学创作有所借鉴和推动，又有利于

① 黄维樑：《余光中〈乡愁〉的故事》，《大学时代》2006年第9期，第32页。

两岸统一与民族和解，才有可能得到重视和凸显。《乡愁》之所以在中国内地被反复聚焦与选择，正是无论从意识形态的角度还是从文学交流的角度，其主题都是适合的，所谓“文逢其时”。

（二）强化与延续：从文坛政坛到学术界与课堂

传播过程中的聚焦与选择往往形成的是一种即时效应，它可以在短时间内凸显对象，形成昙花一现的热点效应；但若想让现象变成本质，瞬间变成“永恒”则必须通过一系列行之有效的深层机制的运作。对于文学作品而言，文坛政坛的聚焦选择只能称为引荐刊载的印象传播阶段（方式），若想经典化并在文学历史中获得一席之地，还需借助更多强化手段以产生持续深远的影响。其中，学术研究和文学教育的规训力量，起到至关重要的作用。同样，《乡愁》虽然通过文坛政坛的聚焦吸引了众多内地读者的眼球，但被符号化的过程却是在学术界与语文课堂上完成的。

学术研究是一种深度传播，它不但具有聚焦凸显的选择性，还具有由此及彼的拓展性，通过比较、分析、综合，个别作品便逐渐蜕变成典型性主题的表征符号。乡愁主题在台港澳暨海外华文文学中的典型性正是通过持续的学术生产，才被凸显并固定下来，变成一般常识与普遍判断。

诗人流沙河对余光中《乡愁》的引荐不过是就诗论诗的印象式观感，还不能称之为严谨的学术研究；当评论家李元洛从余光中的《乡愁》和《乡愁四韵》两诗的分析中提炼出了“乡愁诗”这样的类别概念，并将这类诗的主题进行价值定位时，《乡愁》便开始了被符号化的关键一步。在《海外游子的恋歌》（1982）一文中，李元洛从两个层面肯定了乡愁主题的价值，一是在现实层面所能引发的回归统一之情：“一湾天然的海峡，一道人造的鸿沟，三十多年来锁住了台湾回归祖国怀抱的脚步，却锁不住海外游子们怀恋母亲的心，和他们驾着云彩飞来的望乡的歌声。在那众多的思乡之歌里，诗人余光中的《乡愁》与

《乡愁四韵》，是情深意长、音调动人的两曲。”[①] 二是在文学传统层面与古代诗歌主题的一致性与继承性：“余光中的乡愁诗是我国民族传统的乡愁诗在新的时代和特殊地理条件下的变奏，他的乡愁诗概括了相当长的一个历史时期内具有普遍意义的民族感情，而艺术地表现了他个人的也是为许多人所共有的具有强烈时代感的民族感情，正是《乡愁》和《乡愁四韵》的主旋律，是这两首一诗能激起人们心海的波涛的原因。”[②] 李文从一首诗到一类诗，从一个诗人到一群诗人，通过在归类概括中延伸而来的价值定位，确定了乡愁主题的普及性和重要性。

这种由此及彼的概括延伸并非此人此文仅有，而是一种普遍的解读技巧和规则，诸如刘学工的《余光中乡愁诗的民族意识感断议》（《学术研究》1986 年第 1 期）、李元洛的《一阕动人的乡愁变奏曲——读洛夫〈边界望乡〉》（《名作欣赏》1986 年第 5 期）、李旦初的《一代诗人尽望乡——三首台湾乡愁诗比较鉴赏》（《名作欣赏》1988 年第 1 期）、陈海的《台湾的乡愁诗》（《当代文坛》1990 年第 4 期）、古继堂的《从乡愁到回归——谈台湾诗歌题材的演变》（《写作》1994 年第 5 期）、罗马的《永恒的乡恋——台湾诗人的乡愁之作》（《贵州文史丛刊》1997 年第 4 期）、王泉的《“乡愁”的嬗变与家园意识——关于台湾几首同题“乡愁诗”的思考》（《华文文学》1999 年第 2 期）、江少川的《乡愁母题、诗美建构及超越——论余光中诗歌的“中国情结”》（《华中师范大学学报》2001 年第 2 期）、《说文化乡愁》（《海南师范学院学报》2003 年第 6 期）、丘峰的《台湾文学中的乡愁诗》（四川大学，硕士论文，2007 年）、彭裕丹的《在诗雨密织的情境中感受浓浓的乡国愁——论余光中散文〈听听那冷雨〉所具有的影视审美意蕴》（《电影评介》2008 年第 7 期）、马璐瑶的《从余光中看台湾现代乡愁诗的文化自觉性——台湾现代乡愁诗研究》（《学理论》2009 年第 10 期）、黄芬的《浅议白先勇和余光中乡愁创作的情感共性》（《琼州学院学报》2011 年第 3 期）等都是如此，由此，在中国内地的台港澳暨海

---

① 李元洛：《海外游子的恋歌——读余光中的〈乡愁〉与〈乡愁四韵〉》，《名作欣赏》1982 年第 6 期，总第 15 期，第 4 页。

② 李元洛：《海外游子的恋歌——读余光中的〈乡愁〉与〈乡愁四韵〉》，《名作欣赏》1982 年第 6 期，总第 15 期，第 5 页。

外华文文学研究中，几十年来围绕着乡愁主题不断积淀和拓展，形成了数量庞大但思路稳定的论述体系。一些论文在切入视角、评述对象和具体表述上略有不同，但结论和基本思路都与李文相差不远，从而凝固并扩大了乡愁主题的重要性及意义。

有意思的是，中国内地对余光中的否定批判并未减弱《乡愁》的重要性。20 世纪 80 年代中期，余光中对朱自清、戴望舒等现代文学大家的批评引发了内地学者的围攻，在这场论争中，除了学术见解的分歧之外，更重要的还是因熟悉了《乡愁》的主旋律之后，内地学者很难从感情上接受如此离经叛道的余光中，作出了太多的情感判断而非学术判断。2004 年以《中国图书商报》为阵地对余光中的批判[①]，同样针对其人格形象而非文学成就发难。诗人在 20 世纪 70 年代出卖左翼朋友，辱骂共产主义的中国大陆，种种令人“不寒而栗”的行径一一进入内地读者的视线之内，但经过了一番风雨后，内地读者心中的余光中依然是正面的乡愁诗人形象，继续在各种场合闪烁着耀眼的光芒，接受各种荣誉称号；那些陈年老事还是被选择性地遗忘了。这看似匪夷所思，但道理很简单，因为中国内地针对余光中的此类“学术研究”，无论是否定还是肯定的，都遵循着“爱国爱乡”的内在逻辑，因而我们所反对的不过强化和延续了我们所肯定的。

在学术界的强化机制之外，文学教育作为普及传播阶段（方式）也作用重大。自 1991 年人教版初中试验教材选用《乡愁》后，余光中若干乡愁主题的其他文章（包括《乡愁四韵》、《当我死时》、《听听那冷雨》等）也被相继选入中国内地的中学语文教材、各种课外辅助读物

① 这次针对余光中人格的大批判由中国社会科学院文学所研究员赵稀方掀起，参与者众多，在学界引起轰动。相关文章如下：赵稀方《视线之外的余光中》（《中国图书商报·图评周刊》2004 年 5 月 21 日）；赵稀方《答〈中国图书商报记者问〉》（《中国图书商报·图评周刊》2004 年 5 月 21 日）；吕正惠《“余光中热”让人难以接受》（《中国图书商报·图评周刊》2004 年 5 月 21 日）；陈漱渝《求全并非求全》（《中国图书商报·图评周刊》2004 年 6 月 18 日）；陈子善《这样的批评是个提醒》（《文学报》2004 年 7 月 29 日）；杨若萍《何必多翻老账》（《文学报》2004 年 7 月 29 日）；钱虹《不能因“恶名”否定文学成就》（《文学报》2004 年 7 月 29 日）；刘心武《穿透遮蔽》（《中华读书报》2004 年 8 月 18 日）；薛永辰《视线之内的余光中》（《文汇读书周报》2004 年 8 月 20 日）；黄维樑《抑扬余光中》（《羊城晚报》2004 年 8 月 28 日）；赵稀方《就余光中文答黄维樑诸先生》（《羊城晚报》2004 年 8 月 28 日）；赵稀方《答〈羊城晚报〉记者问》（《羊城晚报》2004 年 8 月 28 日）。

和青少年的阅读刊物。这一选择不排除诗艺借鉴方面的考量，但这些作品的主题契合主流意识要求显然是更重要的原因。按理说，进入中学语文课堂后，我们的年轻一代能为作品解读开辟更多创新和想象性的空间；但遗憾的是，由于中国内地受应试教育模式影响，在作品主题的解读方面往往要形成模式化的固定答案，因此，《乡愁》的教学也不过重复着家国情怀的既定结论。即便是在有关余光中的《乡愁》教学的大量研究文章中，语文教师们探讨的主要也是写作技巧或教学策略，鲜有论及主题的新思路。诸如黄舒广的《一曲〈乡愁〉两岸情》（《语文教学与研究》1992 年第 1 期）、蔡伟的《融诗情画意乐美于一体——我用多媒体教〈乡愁〉》（《浙江现代教育技术》2001 年第 4 期）、黄吉庆的《诵读是开启现代诗歌之门的一把金钥匙——〈乡愁〉教学札记》（《教育革新》2005 年第 3 期）、张承明的《温度与厚度：诗歌教学的双翼——评〈乡愁〉教学实录》（《语文建设》2009 年第 5 期）、马伟平的《“两类结构”尝试教学法在阅读教学中的运用—以余光中〈乡愁〉教学为例》（《人民教育》2011 年 Z2 期）、郑逸农的《〈乡愁〉“非指示性”教学设计》（《语文建设》2012 年第 1 期）等教研论文中，论及教学技巧时千变万化，而表述主题却千篇一律。于是乎，语文课堂也成为一种制度化的解读机制，乡愁主题在被拓展和强化的同时也被凝固了。

作为深度传播方式的学术研究与作为普及传播方式的文学教育能将一时的热点经典化，制度化，逐渐变成普遍性的知识，久而久之，这种知识反过来会内化于知识谱系之中，成为不证自明的东西，语境的历史的变迁就会被抹平。在此类知识生产过程中，乡愁主题作为台港澳暨海外华文文学中的典型主题的观点就变成了常识。

（三）期待与导向：李白、余光中与郑愁予们

乡愁主题得以强化与延续，学术研究和文学教育不过是外在机制，读者内心的期待才是内在的调试机制。如前所述，意识形态化的现实需求使得中国内地选择了《乡愁》并通过持续的强化机制使之经典化。但在变动频繁、人心浮躁、灵魂无所归宿的改革开放时代，那种对家园的渴望之情，漂泊异乡思归故土的游子情怀又是普遍的。正是这种期待作为更为强大的力量，以乡愁为线索形成清晰的导向，将过去、现在和

未来的诗歌创作整合起来，建构出更为稳定的文学话语谱系。黄维樑对《乡愁》内地传播的整体效应有所察觉，他意识到，对于作家本人而言，经由这一番经典化的传播过程，“二十世纪中华文学的《乡愁》，其名气似乎已直追李白写于八世纪那低头思故乡的《静夜思》了，余光中难以避免地还要乡愁下去。连他自己也淡化不了”[①]。但这种影响其实不限于余光中本人，而是弥散到了整个文学场域。笔者认为，最为突出的影响有以下两个方面，一是对包括古典和当代作家作品在内的导向性解读效应，二是对当代作家文学创作的导向作用。

无论是学术研究还是语文教育，都特别重视比较和关联，在对《乡愁》的解读中，基本思路是与其他诗人诗歌联系起来，从而使得众多作家作品进入了乡愁视野之中。第一步是将现代的乡愁与古典诗歌联系起来，如李元洛在评价余光中洛夫等人的乡愁诗时的观点便是：“在中国诗歌发展的历程中，乡愁早就回响在《诗经》中那一支古朴的横笛里，在后代诗人的作品中荡起不绝的回音。”[②] 其实乡愁主题的现代性是不言而喻的，怎可与古典诗词中的怀乡思归完全等同？然而，当古典诗歌被乡愁化和现代化之时，现当代的乡愁诗也被纳入了传统文化的宏大体系之中。当这种思路成为针对边缘文学作品的常识性手段时，围绕乡愁主题，我们就能将台港澳暨海外华文作家结构成五千年文学传统的一分子，民族传统的力量也被强化、放大并赋予了现代性价值。在这种文化传统的加固工程中，对于个别作品的解读就一定是导向性的，而非飞散性的。这一现象正如学者杨匡汉先生在其新作《海外华文文学与中华文化母题》中所陈述的那样，为了先验地将海外华文文学整体化，“对于呈现为散存结构状态的华人族群书写，不妨将发散性思维以为‘收敛性思维’，即集中到中华文化母题如何在海外华文文学中得到特殊的审美处理，以及这些基本母题又发生何种变奏，重点研讨现当代华文作家对母语文化传统所实践的意义范式”[③]。其实杨匡汉所言之母题的变奏现象，不仅存在于创作之中，更存在于作品的解读之中。为了将散存的作

① 黄维樑：《余光中〈乡愁〉的故事》，《大学时代》2006年第9期，第33页。

② 李元洛：《一阕动人的乡愁变奏曲——读洛夫〈边界望乡〉》，《名作欣赏》1986年第5期，总第38期，第15页。

③ 杨匡汉：《中华文化母题与海外华文文学》，长江文艺出版社2008年版，第3页。

品整体化，中国内地对台港澳暨海外华文文学作品的主题解读也基本遵循了以下三大变奏方式。一是由小变大，将个人的家园的思想情感将之拓展为我们的、传统的。如在《乡愁》的解读中，个人的自我情感被缩小或忽略，着力提取家国情怀的大境界；强调其与中国传统诗歌的关联，减弱其与西方现代诗歌的深厚渊源。二是化虚为实；将文化的抽象的变成政治的具体的。余光中《乡愁》中的大陆，更多意义上只能作为抽象层面的文化中国的表征，但我们往往将之与现实的地理意义上的大陆等同，并与爱国主义相关联，对此，余光中本人在80年代反驳道："我所怀念的大陆的三样东西是：山川、人民及历史文化，第四样奉承与政权则是另一回事。……因为我所怀念的，是抗战时在四川的生活和童年的日子，一九四九以后的中国，我也不认识，所以也无从怀念。加上我听到的文革情况，我也不怀念了，反而庆幸自己不在大陆。"[①] 三是去繁就简，将多元的、丰富的主题内涵变成单一的、集中的意义，甚至还有牵强附会的解读。如《乡愁》的主题虽然明朗，但并不浅白，我们却在民族国家意义上对《乡愁》主题进行限制，将其可无限解读的丰富性蜕变成单一性。在这种解读思维中，还有一些作品被扭曲误解，如郑愁予《错误》一诗在中国内地一度被解读成游子对祖国的眷念，也是爱国思乡之情。但在台湾和海外，这首诗却被认为是典型的情诗。以上变奏方式，均以一种客观的普遍逻辑出现，从而使得我们内心的期待变成对文学生产的导向性力量，对整个文学场都产生强烈而持续的影响。

在对文学创作的导向作用中，影响最为直接重大的是征文评奖活动，它也体现了文学传播与生产中的收敛性思维。中国内地面向全球华文作家设立的征文评奖比赛越来越多，其隐含的主题倾向线索分明，乡愁是最基本的导向性主题。如1988—1997年中央人民广播电台对台部与有关单位合办了第一至九届"海峡情"有奖征文，强调的正是"民族团结、国家统一和文化亲缘"的主题。1989年文联主办的"龙年征文比赛"，主题为"我心目中的中国"，其获奖作品的来源涵盖了世界各地，但其中缠绵不尽的都是思乡念国之情。正如《四海》期刊在选

① 蔡桐：《访余光中》，《蕉风》1982年第7期，总第351期，第10页。

登其中8篇作品时所作按语中表述的那样："龙在奔腾。四海之内，皆有龙的传人，无论是鬓染霜雪、历尽沧桑的老者还是生长在异国他乡的青年才俊，他们无不怀念龙的故乡。她的锦山秀水、她的改革开放后的新貌，都在他们深深的热爱与关切之中。"[①] 1992年《四海》期刊与国务院侨办和新加坡文艺协会举办的"首届台港暨海外华文文学徐霞客游记有奖征文"活动，获奖作者也遍及8个国家2个地区，但多数作品的主题线索仍是"思家念国"，从文章的题目可略知一二，如美国许以淇的《乡情的联想》、新加坡陈美华的《大理的风花雪》、台湾郑明俐的《把我的根种在九寨沟》、瑞士赵淑侠的《当我万水千山走遍》、泰国梦莉的《人道洛阳花似锦》、马来西亚戴小华《松花江的神奇》、香港曾敏之的《诗情画意记阳朔》、菲律宾柯清淡的《离骚又添一新页》等。1996年中国文联举办"四海华文笔汇"征文，明确要求"以文学笔法反映当代华人的事业、追求和思想感情、眷念故土情怀和民族传统精神以及中国大陆的山光水色、民俗民情和建设开发"[②]。1998年《世界华文文学》期刊承办了由中国文联举办的面向世界华人的"爱我中华"征文比赛，主题的设定，已限制了作品所能涉及的范围与话语方式。2000年，《世界华文文学》主办的盘房杯世界华文小说奖拉下帷幕，来自7个国家3个地区的15篇作品获奖，涉及面较广，这一次评奖也以"弘扬中华文化"为出发点。新世纪以来，中国内地设立了更多面向全球华人的文学文化大奖，如中山华侨文学奖，华语传媒大奖等，其导向性虽然不如上述征文比赛那样明显，但仍然只有进入内地之中的作家作品才可能被选择，我们只能选择我们所熟悉的。

一些华文作家对这些征文活动的自觉参与配合，增强了他们在内地的影响力，但也强化了对台港澳暨海外华文作家的固化理解，凭借视线之内的这些思乡怀国的作品，研究者往往不假思索地得出以下结论；台港澳暨海外华文作家作品主题大同小异，如书写怀旧、思乡、相思、离愁；而在新土上的适应、自我再造、求学、求职、求偶等问题，其中的主轴还是对文化中国不同程度上的眷恋。

---

① 编者按语：《"我心目中的中国"龙年征文选登》，《四海》丛刊第十辑，1990年，第174页。

② 编者：《"四海华文笔汇"征文》，《四海》1996年第3期，第128页.

结　语

传播过程的固化和窄性理解现象，是接受者基于某种现实需要和期待视野而形成的刻板化思维的结果。中国内地在对台港澳暨海外华文文学的传播接受中，便出现了这种固化思维，使得乡愁主题被拓展强化，成为一种不证自明的诗学现象，影响了我们在更广阔的视野和灵活的方法中去理解某些作家作品。但在跨语境传播过程中，误读是难以避免的。对于处在源头的语境来说，变异很可能是误读，但对处在引进方的语境而言，则需要自己的接受方式，这一过程事实上就是文化整合的过程。对于研究者而言，必须加强跨语境跨文化的诠释能力，从而能对台港澳暨海外华文文学的已有诗学话语作语境性分析鉴定，避免将一时一地的误读与偏见看成是本然性的知识。

五　海外华文文学在内地影视化传播的语境适应——以《北京人在纽约》为例

海外的华文创作，一直以其边缘的活力不断焕发出独特的魅力，涌现过众多优秀的作家作品。但真正在中国内地泛起涟漪，获得较大影响，则是通过影视化的传播方式才得以实现。20 世纪 80 年代以来，从白先勇、聂华苓到严歌苓、曹桂林、张翎、艾米，影视化已经成为其作品融入主流的重要传播方式，这一海外华文文学影视化的内地流播过程，其实也是其独特性被修改、被整合，进而融入内地文化圈的过程，本文尝试以较早在内地引起轰动的《北京人在纽约》的影视改编为例，对海外华文文学在内地影视化传播的语境适应现象进行解读。

（一）从异域生活到情感传奇：情节变化与接受语境的关系

对于美国华裔作家曹桂林而言，小说《北京人在纽约》呈现了改革开放初闯荡美国的第一代移民（包括他自己）的经历和体验，故虽有一定的故事性，却还有笔法散漫、抒情性浓的一面，夹混着自传的种种笔调和细节，在此，我们不妨称之为带有素描性质的异域生活录。但当它改编成电视剧时，调整的不仅是情节散漫的一面，个人生活的点滴痕迹也被完全剔除了，在遵循流行的戏剧化情节构造模式的基础上，刻意为之的重重矛盾，使得有关异域生活的个人反思录变成了异域的大众传奇。从小说到电视剧在情节设置上的此类变化，自然涉及不同媒介的艺术运作规律，但深入剖析《北京人在纽约》中矛盾冲突，却发现冲突的性质与内容正反映着此时中国内地的特殊审美口味。

20世纪90年代，是文学与政治分道而行的时代，也是文学自身分裂发展的时代，它一面走向世俗大众，一面倡导艺术自主，各自开辟或固守一片天地。影视作为大众艺术的重要形式，自不再标举国家意识形态之类的旗帜，而是谋求走向民众当下的日常生活，以家庭情感为主线的电视连续剧《渴望》（1990）便由此而获得了极大的成功，因此，当小说《北京人在纽约》以个人海外经历为中心的叙事线索转换为同名电视剧中以家庭矛盾为中心的情节构造时，电视剧《北京人在纽约》也就成为《渴望》的海外版，它对小说的修改挪移，首先就体现在以凸显家庭内外的悲欢离合这一主线来增删情节和人物。

为了让情感戏变得更加多元复杂，电视剧《北京人在纽约》对小说情节做了大幅的增删，不但虚构了洋人大卫介入王起明家庭的诸多戏份，还为婚姻情况不甚明了的阿春设计了与儿子和前夫的复杂纠葛，实际上，整个电视剧围绕着王起明、郭燕、阿春、宁宁和大卫这几个人，不断地制造情感的冲突和矛盾，经济和生意方面的变动不过是情感纠葛的副线。最终，电视剧的情节发展主线可如下表述：王起明到餐馆打工遇见阿春，郭燕在工厂打工遇见大卫—大卫宣战、阿春示爱—王起明与郭燕离婚，成立新公司，与阿春同居，大卫与郭燕结婚—女儿宁宁到来，阿春与宁宁产生矛盾，王起明公司经营不善，面临破产。可以说，经过改编后的电视剧，跌宕起伏的情感生活成为异域传奇的主要内容，在与内地观众忙着过小日子的现实情境相得益彰的同时，曹桂林小说对异域奋斗的痛苦反思或多或少被忽略了。

南野在《电视：影响的重述世界》中对这种以几个人物为核心的情节编织模式有更深刻的剖析，他说："用心于编制有限的几个人物内部间的内部交叉和纠缠不清的关系，有意将诸如亲情、友情和爱情压挤进冲突的正反角色的关系之中，形成一个封闭的结构。”[①] 也就是说，这种内向繁衍的情节发展模式已经接近肥皂剧，其情节结构的特点正如威莉娜·格莱斯纳所言：“在肥皂剧中，随着一系列矛盾的解决，另一系列的矛盾应运而生。”[②] 但在封闭的圆环之内，情节虽然出现无限延伸的可能性，却始终处在圆环之内，触及不了现实的全面性和复杂性。由此，电视剧《北京人在纽约》借助这一看似戏剧化，实则封闭的情节套路，在不断激发观众的追剧欲望，形成了万人空巷看纽约的效应的同时，也让我们忽略了异域生活更为复杂和现实的一面，与曹桂林小说中表现的“地狱与天堂”混杂的异域体验相比，实在是过于美丽了。

（二）人物的调和策略：人物形象变化与接受语境的关系

鉴于曹桂林小说的粗粝和素描性质，小说中的几个人物性格并不饱满，但却个性凸显，甚至有些类型化。王启明的妻子郭燕是比较贤惠的，任劳任怨，顺从丈夫，但显得有些面貌模糊、呆滞。但在电视剧里作为成了洋人大卫的情人的她，却有了鲜活的时代特色，作为一位非常有主见的新女性，她不但有自己独特的想法和见解，在婚姻恋爱的选择上显得大胆了很多，凸显了足够的个人魅力。如她一进入美国人的工厂，就让洋人爱上了她，洋人对她的爱如此热烈大胆，竟声称要向王起明宣战。虽然郭燕是被动回应，但却欲拒还迎，显现了时代女性对爱和婚姻的自觉态度：在几经曲折之后，她毅然选择留在美国，与王起明离婚，和大卫步入婚姻的殿堂。

小说中的阿春，作为一个比王起明更早的华人移民，在经历了诸多磨难之后，已深谙美国的文化及其潜在规则，她做事干脆利索，将利益与情感截然分开，即便与王起明有缠绵的两性关系，也不阻碍对自身利益的捍卫，因而被作者曹桂林看成是冷酷无情的西方文化之化身，如此，她显得过于理性，有些不近人情，不可捉摸。但在电视剧里，阿春却保留了东方的女性与母性特质，她和王起明之间产生了真挚和深厚的感情，愿意和他共同承担生意上的风险与危机，在王起明身处困境时不

① 南野：《电视：影像的重述世界》，中国传媒大学出版社 2005 年版，第 144 页.

② ［英］安德鲁·古德温、加里·惠内尔编著：《电视的真相》，中央编译出版社 2001 年版，第 101 页。

离不弃，表现出传统女性的忠贞不渝。作为母亲的她，对儿子杰米无微不至地照顾，作为继母，她对宁宁也全力付出，体现了母性温柔的一面，总之，阿春将东方女性的贤惠与西方女性的干练、冷静融合在一起，变成了电视剧中最光彩的“人”的形象。

少女宁宁在小说和电视剧中的形象也有很大变化。小说中的宁宁处在恶和堕落的深渊，联合外人向父母勒索钱财、与母亲反目成仇、酗酒、吸毒，最终死于非命；而电视剧里的宁宁却一直守护着道德的底线，仍在正义的呵护之中。如她宁愿在街上行乞，也不向父母要一分钱；她虽行为出格，却没有犯下吸毒、堕胎等不伦行为；虽与继母磕磕碰碰，却只源于对亲生母亲的捍卫与不舍。电视剧里的宁宁，不过是个青春期的叛逆女孩而已。

无论是郭燕、阿春还是宁宁，电视剧对其加以改造的原则都有相似之处，那就是既表现其受西方文化影响的另类性，也保留了中国传统文化的某些特质。这种在中西之间调和的塑形策略，使得人物形象处在“中间地带”，不至于走向极端的恶与好，看似张扬了“塑造圆形人物”的审美新原则，实则体现了对保守与自由的矛盾态度。故深入分析，则可发现这一调和策略的原动力，便蕴涵在20世纪90年代内地文化思潮的特殊结构之内。如汪晖所言，中国内地“九十年代的基调是新自由主义和新保守主义思潮”①。作为人们生活态度之理论化的社会思潮，其根基也是时代人们的生活态度与价值选择。具体而言，在改革开放已过十年的90年代，人们既明了自由抉择、个性追求的重要性，对新的事物、现象和思想能够欣然接受；但同时，人们仍保留着浓烈的本土文化情结，在某些思想和习俗上还不能作出过于彻底的改变，因而采取了调和策略。如果说电视剧对郭燕的改造体现了电视剧对于新自由主义下的女性解放意识的回应，那么对阿春和宁宁的改造，则体现了90年代新保守主义对异端的保留态度。事实上，无论是郭燕、阿春还是宁宁，电视剧对其加以改造的原则都正处在新自由主义和新保守主义的张力之间，既有出格另类的一面却未能跨越传统的门槛。由于电视剧对人物的

---

① 文韬：《对话汪晖：创造独立思考的批判空间——〈读书〉杂志与中国思想十年》，《二十一世纪经济报道》2007年7月，总第31期，第31页。

改造原则吻合90年代内地的文化思潮和生活观念，自然比小说塑造了更多深得观众喜爱的“时代人物”，阿春应是最为耀眼的一个。

（三）从回归到寻梦：主题变化与接受语境的关系

《北京人在纽约》从小说和电视剧的转换中，主题也发生了逆转，小说痛苦地回望北京人在纽约的坎坷历程，唱响了回归的旋律。在小说的结尾的，有几段话可谓点睛之笔。一是郭燕在失子的痛苦中的喃喃自语：“妈妈想家了，想老家。可怎么把你带回去呢？”[①] 二是宁宁弥留之际发出的痛苦呻吟：“……我要回……回家。回……回老家。”[②] 郭燕和宁宁“回老家”的选择凸显了小说的回归主题：对于漂泊异乡、伤痕累累的游子而言，回归故乡故土是最好的选择。但电视剧所要表达的却是“追梦”者的执着，无论是失败还是成功，在纽约拼搏的北京人都显现出了勃勃生机和旺盛的生命力，他们现身说法，向观众昭显了异域生活的足够魅力，回归绝不是他们的结局，出走才是。故电视剧中的郭燕，一直处在选择和寻求的矛盾中，而不是沉浸在回家的执念里；宁宁不是死在回家的幻觉里，而是与异族男人结婚，登上了更为遥远的漂泊之旅。

为了表现这种异域追梦的美好，电视剧拒绝了小说平实朴素的描摹风格，处处以唯美镜头展现异域的蛊惑力量。从小说和电视剧在开头结尾上的差异即可见一斑。小说开端描述了一幅幅晦涩阴冷的画面，先是一对衣着朴素的中国夫妇（王起明夫妇）骑着单车在路上走着，与北京街上无数的行人毫无二致，再是他们到达美国机场时，因语言不通，面相痴呆，连行李都被人盗走，显得十分落魄，如此灰暗的开场白，无疑奠定了小说阴冷的色调。但电视剧中的王起明夫妇，一出场就是一副人中龙凤的派头，衣着光鲜，穿着时尚的舶来品，显现艺术家不同于众的气质，在美国机场虽手足无措，但遇到好心人主动搭讪，还回几句酸不溜秋的英语，显得可爱之极；当他们坐上姨妈的车时，电视便有意呈现灯火辉煌的纽约夜景和两人手舞足蹈的兴奋劲，从开场可见电视剧的

---

① 曹桂林：《北京人在纽约》，朝华出版社2003年版，第246页。

② 同上书，第257页。

基本格调是昂扬和缤纷的，具有非凡的热度，与小说形成了鲜明对比。同样，小说和电视剧的结局处理也显现了色调风格上的差异，小说以宁宁被绑架，最后被枪杀在皇后坟场了结全文，文末有意凸显了阴森朦胧的墓地环境，并以黑暗和残月来衬托人物内心的压抑、痛苦和无路可走；但电视剧却以叙述者的画外音和一系列的大自然美景展现宁宁出走后的广阔天地：女孩或在一艘驶往异国的游船上，面朝大海；或在攀登高高的雪山，身影矫健。无疑，小说到电视剧的格调差异，正是为了凸显各自不同的主题，格调积极、色彩缤纷的电视剧正昭显了此时中国内地对异域的美好向往。

的确，20 世纪 90 年代初，正是出国热方兴未艾之时，人们在试图了解异域的同时，对异域仍抱着憧憬和神秘化的态度，美国尤其是国人的璀璨梦想。影视原本就比小说能更敏锐地传达时代的感觉，既然异域追梦才是这个时代的主旋律，那么，电视剧就必然遵循特定语境的需要，张扬这种出走的梦幻意识，而不是复制小说的回归主题，否则，不但有悖于时代的期待，也无法被观众关注与认可。于是乎，小说里回荡的美国民间音乐“天堂和地狱”的低吟就转变成电视剧里深情华丽的呐喊：“千万里我追寻着你，可是你却并不在意，你不像是在我梦里，在梦里你是我的唯一”，电视剧的主题曲所唱响的旋律，正说明电视剧《北京人在纽约》，活现了此时中国人浪漫的美国梦，一个苦苦追寻的虚幻之境，自然远离了同名小说要呈现的异域生活之暗淡痛苦。

结　语

进入 20 世纪 90 年代，影视等电子媒介逐渐成为中国内地百姓生活的主导。由于影视媒介传播范围广，信息容量大且能及时反映生活时尚和当下思潮，故而海外文学的影视化也就成为其融入内地的重要方式。但名气不大的华裔作家曹桂林和他尚未在内地正式出版的小说要变成引发轰动的电视剧，还需编剧和导演、演员对时代之风的感应与介入。换句话说，而从小说到电视剧的种种改变，除了遵循不同艺术媒介转换的基本规律外，也必须迎合、适应内地大众的消费心理和审美需要。

电视剧《北京人在纽约》在情节安排，人物设计和主题探讨上所发生的种种变化，都与中国内地 90 年代初期的文化氛围与时代需求密切有关。可以说，是特殊的语境和导演、演员及观众打造了90年代初的一个电视剧收视神话，让曹桂林和他的小说搭上了时代的顺风车，似乎具有了某种经典的性质，而更多海外华文作家的创作，因没能引起内地文化圈的关注，便在时间之尘中被遗忘了。从这个意义上讲，所谓海外华文文学，乃是语境适应原则的催生之物，它的存在及其意义，无不处在中心与边缘的张力之间。

六　马来西亚华文文学网络传播现象略析

在全球化语境下，区域文学如何在世界范围内拓展影响？一般来说，除了提升自身的创作水准之外，还需重视文学传播的策略与力度。马来西亚华文文学作为所在国的少数族裔文学，在国家文学内长期得不到认同，在此困境之下，转而向外拓展，向外拓展的主要形式有频繁参与各类跨语境的文学活动、创设全球性华文大奖——花踪文学奖、尝试在港台大陆刊载出版作品等，这些传统传播策略为马华文学赢得了一定影响，并没有让马华文坛满足。20世纪90年代后，随着网络的兴起，一些有着强烈责任感、又熟悉新媒体技术的马来西亚华文作家与研究者开始在网络空间寻找持续发展的动力。如尼葛洛庞帝（Negroponte）在《数字化生存》中所言，网络时代“媒介不再是讯息，它是讯息的化身”[①]，对文学而言，网络不仅是新的传播方式，新的生存空间，也可能促成文学形态乃至定义的更新。那么，从传统传播方式转向网络传播的马华文学将面临怎样的挑战？是否需要重新定位？这里主要立足于内地的观察视角，尝试对之进行初步探析，兼及网络时代区域华文文学的互动现象。

（一）马华文学网络化与网络马华文学

马华文学网络化，是将已在纸质传媒上发表出版的文学作品作数字化处理后上传到网络空间的行为。此时，网络充当了纸媒时代的“博物

① ［美］尼葛洛庞帝：《数字化生存》，胡泳、范海燕译，海南出版社1997年版，第90页。

馆、图书馆和阅览室”，收藏、整理和陈列各类文学信息，展现马华文学成就；这其实就是网络时代的文学史料收集整理工作。相对新加坡，马华文坛在史料整理方面做的工作，起步较晚，直到1998年南方学院着手建设的马华文学馆开始，才有些影响，但南方学院偏处新山，本国读者前往一趟已很艰难，更不用说境外研究者了，网络却不同，它可以跨越地理疆域、容量大、传播速度快，是当下收藏文学史料、拓展文学影响的最佳途径。对此，马华人应该是深以为然，故马华文学网络化不只是随意自发的个人行为，也有组织化的集体行为。成立于1999年的“犀鸟天地”网站，由婆罗洲华文文学协会创建，该网站将《星洲日报》的文学副刊《新月》、《马来西亚日报》的《文苑》副刊、《犀鸟文艺》等传统文学报刊逐年逐期上传，还网罗了其他文学研究资料，视野开阔，史料意识清晰。由马华作家协会在2008年创建的“世界华文作家网”以“世界性”为口号，定期上传其主办电子刊物《马华文学》、收集了近百名马华作家的生平资料、并与50多位马华作家的博客和200多个世界各地华文网站建立了链接，试图打造马华文学的网络航母。2003年上网的“有人部落”由一群马华文坛最为活跃的中青年作家创建，是同名马华文学纸质出版社的一个宣传平台，其链接的作家博客以张贴作家已发表的近作为主，凸显史料价值和先锋意识。作为有着悠久历史的知名杂志，《蕉风》于2000年复刊后开始利用网络进行宣传，除重建杂志自20世纪60年代至今的办刊历史和相关史料之外，也建立了与各类文学研究网站和作家博客的链接。2011年依托拉曼大学中文系建立的马华文学电子图书馆则勾勒出马华文学数字化的宏大蓝图。粗略统计，该电子图书馆已上传了120多名作家的300多本书籍，涉及文学创作、文学评论、文学研究、文艺期刊、文学史料、马华儿童文学、马华亲子文学、马华古典文学、马来西亚华人研究等多个领域。总体来看，着力于建设免费的公共文学资源，是马华文学网络化的共同目标和最大亮点。耗费了大量财力、人力转化而成的电子资料，全都可以在上述网站免费阅读和下载。这种自觉的史料意识和强烈的责任感，也构成了理解马华作家的博客以及相关讨论组、主题论坛的重要线索。在博客日记中，多数作家有意识地将自己的人生印记、近期作品、创作动向和相关文学研究资料整理上传；而论坛如新浪豆瓣组“马华文学组”等则将自己所能搜集的研究资料、文坛消息等转载上传，形成了有关马华文学研究的主题效应。

纸质文学的网络化，是需要一定的技术、人力和经济成本的，要想完整呈现有近百年历史的马华文学全貌，更是难上加难，但无论是学院协会，出版机构还是作家个人，都努力投入，一直在搜集、整理、扫描和上传各种文学史料，这又一次验证了马华文学对马来西亚华族所具有的特别意义，它不仅仅是文学本身，还是承载了马华人的历史记忆、文化身份等多种意义的符号体系，因此，马华文学的网络化，其实是马华人重建文学历史、修补族群文化记忆的新路径，凭借具备便捷开放等特性的网络传播，他们试图将数代马华人所创造的文学资源打造成具有互文性的整体景观，流播到全世界，在世界范围内对族群的文化身份进行确证。

当马华文学的作者构成、出版形式、作品内容与形式等方面都受到网络媒介特性影响时，网络马华文学就初步形成了。从作者构成来看，熟谙新媒体的网络新生代——1980 年后出生、正处于求学成长阶段的年轻人——崭露头角。按照尼葛洛庞帝的观点，人类的每一代都会比上一代更加数字化。[①] 比起六七十年代出生、业已成名的陈大为、林育龙、黄锦树、黎紫书等中青年作家，网络新生代对网络的适应程度更高、思想和语言 E 化，自然成为网络马华文学的生力军，也将成为马华文学的未来。从出版形式来看，在网络上直接张贴、首次发表的模式开始流行。对那些有一定名气的作家，尤其是中年作家而言，他们一般会首选在纸质传媒上刊载作品，之后再上传到网络空间；但对尚未被认可的新一代马华写作者而言，传统纸媒既难以给他们提供足够的机会，也无法满足他们率性随意的上传需要，所以网络就成为他们刊发作品的首要选择。从作品的形式来看，依赖纸质传媒的马华文学，容易受到定期出版、版面容量等因素的限制，不能自由发挥，而网络的海量空间，却给马华作家提供了试验各种体裁和表达方式的足够空间。如 2012 年 9 月创办的“书香居原创小说网站”站长宣称，他是利用业余时间管理

① ［美］尼葛洛庞帝：《数字化生存》，胡泳、范海燕译，海南出版社 1997 年版，第 335 页。

网站，只负责技术问题[①]，因此，这个文学网站，既不限制更新速度，也不限制体裁和长度，甚至也没有审读者，写手们完全可以根据自己的意愿进行各种试验。网站上既有短至几百字的随笔，也有长达10万字以上的长篇小说，既有海阔天空的穿越类幻想小说，也有逼真再现的现实主义小说。

特别要指出的是，在讯息更为充盈、思想更为多元的新媒介语境下成长的网络新生代，能迅速感应全球正在流行的文学影视潮流并在其创作中留下印记，从而使网络马华文学具备时尚感和跨疆域性，显现出与世界文学同步的开放性发展趋势。如“书香居原创小说网站”的作者以在校学生为主体，从它推出的“校园爱情、侦探推理、科幻小说、武侠世界、仙侠小说、历史军事、灵异恐怖、异世魔幻、都市文化、网游动漫、耽美同人、穿越小说”等类型文学专栏来看，可以清晰感受到他们的创作与中国内地及港澳台地区流行的网络小说、热播电影电视之间的互文关系，体现了网络时代区域文学发展的相互影响和趋同效应。

马华文学网络化以整理史料、保存传统为主要目标，在此视野下，网络仅被视为一个更大更方便的容器，与文学观念的变革无关。而网络马华文学的视角则凸显了网络媒介对马华文学的内在影响，敞开了马华文学在网络语境下出现的断裂与变革。两者虽有交集，但其中隐含了截然不同的理解“文学与媒介”问题的思维模式，显然，要深入探讨马华文学网络传播问题，应以“网络马华文学”立足的思维为出发点。

（二）“文学性”弥散的境遇

鉴于传媒在文学发展中的重要性，我们不妨以各自依存的媒介类型作为划分马华文学发展阶段的依据，若将依赖纸质传媒（报纸副刊、文学杂志等为主）的马华文学称为传统马华文学，网络马华文学就是一种能与之对话的新的文学形态。自19世纪中期马华文学诞生以来，其题材、体裁和风格等特点一直深受文学副刊运作模式的影响，即便在20世纪90年代也是如此，如通过支持文学论争等议程设置手段，文学副

① 《站长的话》，书香居原创小说网站，2012年9月16日，http://www.mynovel4u.com/v1/index.php?route=common/announcement/view_announcement&id=4.

刊促成了马华文学从现实主义到现代主义的范式转移和世代更新。但更重要的是，由于依附报纸的文学副刊具备文学性和新闻性的双重属性，附丽其上的传统马华文学与当时的社会变革产生了直接而复杂的纠葛，文学创作和文学论争都离不开文学与社会的关系维度，最终体现出很强的意识形态性。马华文学作为所在国少数族裔文学的弱势地位，更是加剧了这种意识形态情结。相比之下，由于网络特有的弥散性、包容性和多元化倾向，网络马华文学所栖生的语境宽阔了很多，焦点透视转变为散点透视，文学与社会、政治的主要维度被打散，变换为更为多元零散的视角。由此，在网络环境中，马华文学的意识形态情结得到弱化，面临的是“文学性”弥散甚至失落的新境遇。

文学性的弥散，可能有基于不同视角的诸多论述，但在网络环境中，却突出表现为“文字受到图像等其他表达形式的压制，文学处在越来越边缘的位置”，马华文学的网络生存中，这种转变开始出现。作家博客是马华文学的重要网络空间，保持了较纯粹的文学性，多属于马华文学网络化的空间，作家们将已经发表的作品，选择性地上传，日积月累，蔚为大观，类似史料整理。这与中国内地已走向网络狂欢、文学性消失殆尽的博客文学是差异甚大的。[①] 但博客特有的影像为主、文字为辅的叙事原则，已经影响了其中文学的位置；一打开这些作家博客的页面，跃于眼前的是大幅的图片，少量的文字。即便我们将图像、音乐和文字表达的结合作为文学表述的新形式，那也与传统的文学观念有很远的距离。另一些作家博客则以自身兴趣为指向，其呈现内容早已超越了文学界限，具有更为驳杂的景观。如“有人部落”的作家博客上有大量谈论音乐、电影、绘画等其他艺术的帖子，还混杂了对各类社会热点问题的热评热议。另一些作家如朵拉等人的博客更为随意，多围绕个人的社会活动、日常生活配发照片、发表言论，文学是淡淡的影子。

如果说网络的多媒介、跨媒介趋势对马华文学的影响还刚刚显现的话，那么，网络对马华文学特有精英立场的影响可能更明显一些。作为马华知识者的心灵史诗，传统马华文学带有强烈的精英性，与商业化运

---

① 如有研究者认为，内地博客文学中，“文学历来所推崇的崇高、深沉、美德、正义、人情等价值已经被逼到最不起眼的地方，许多‘重感性’、‘求刺激’、‘伤风化’的作品大行其道，在传统意义上的文学性几乎被消解殆尽，导致文学的沦落”。

作距离甚远，进入网络时代，仍有不少马华作家坚守这种信念，并试图利用网络来守护、延续文学的原有价值，所谓马华文学的网络化工程正是一种试图经典化马华文学的行为，在网上张贴的多是那些经过选择的、已被传统媒介接纳、具有一定认可度的作品。若考察以网络为原创天地的新生代，情况就有所不同。从“书香居原创小说网站”来看，该网站发表的多数文学作品，显现了注重轻松和时尚的网络文化对年青一代的深刻影响，其写作在形式、题材和思想内涵上所能达到的高度也是流行和时尚所能给予的。他们的写作，有题材上的类型化、情节上的传奇化、表达上的随意化、体裁上的流行化等特点。从创作动机来看，多为游戏心态和宣泄心理，并没有过于严谨系统的思考。写作水平也参差不齐，处在比较粗粝的原生态。可以说，网络马华文学推崇的是一种个人化和非专业化的写作模式。在这种写作模式中，自由性必将超越文学性，由此，网络马华文学逐渐偏离了原有的纯文学发展轨道，走向了泛文学的通俗表达。一句话，网络写作所推崇的个性化、非专业性准则对传统马华文学的精英立场是一种解构。如果说马华文学的网络化是在重建文学历史、修补族群文化记忆的话，网络马华文学的游戏化方式则可能使文学在族群的身份重建和记忆存留中所占的分量逐渐减轻，其抗争意味也逐渐消失。有谁会把作者“灵异恐怖”在“书香居原创小说网站”上写的《终结于无限的轮回世界》看成是马华族群的整体寓言呢？它的确是一个孩子以游戏的心态在恣意幻想而已。[1]

不过，网络语境中，马华文学在面临文学性弥散的境遇的同时，也获得了一种写作上的解放，由此可能形成与传统马华文学不同的发展路径。研究者需对网络时代的马华文学作出重新定义。

（三）马华文学作为跨语境交流的媒介

重新定义网络时代的马华文学，可从网络交流所呈现的“自得和分享”两大结果谈起。所谓自得指的是“网络对于个人表达和自我释放的保证”。传统媒介存在业已成熟的重重过滤机制，经过编辑人和审查

① 灵异恐怖：《终结于无限的轮回世界》，书香居原创小说网站，http：//www. mynovel4u. com/v1/index. php？route = common/book/info&bid = 64。

机构的删选，个人的声音会变腔、变调，甚至烙上权力的深深印记。而网络这种新媒体则改变了自上而下的传播机制，将线性规律转化为网状播散，给个人表达留下了技术的空隙，呈现相对清晰的个性痕迹和自我意识。同时，网络又促成了分享意识，这是因为所有的“自言自语”一旦进入网络的互文性空间，就不再是个人的，而是公共的，存在被点击、阅读和复制的可能性。那么，如何定位网络马华文学所获得的自由和所得到的回应呢？

网络马华文学所获得的自由首先是表达形式上的。博客写作率性随意、文图音合一的新风格，文学网站上体裁篇幅不限的自我狂欢，BBS论坛、主题讨论组特有的日常谈话风格，都是网络马华文学的表现特征。但这种表达形式的自由是否必然开拓无疆的思想领域？带来文学创作的繁荣？一些新媒体的观察者们不无忧虑地指出在这类写作中“宏大叙事变成日志式的私人化叙事，反映时代/主旋律变为演绎个人琐屑小事”①；倘若网络文学本身就需要重新定义，注定和传统文学分庭抗礼的话，那么，网络文学“远离文学的政治命题，关注个体作为主体的生命空间，表现任性自然的情感心灵”② 的特点就成为其突出的表征优势。显然，网络马华文学就体现了这样的倾向，在率性随意的个人书写中逐渐远离沉重的历史重荷和族群记忆，进入恣意想象的个人空间。虽然部分马华作家不过是将纸质媒介发表的作品粘贴在论坛、博客和网站上，网络是工具性的；但网络世界所特有的便捷随意，已让他们获取了更多传播与互动的自由。一些文学网站只需注册成功就可以上传作品，博客更是近乎零门槛的网上个人出版形式，只要懂得最简单的文字处理，就可以发帖。对于马华写作人而言，它所带来的创造力如何，尚待观察，但这种自由会让文学更贴近其本然的使命——言志抒情，从而敞开了定义马华文学的另一种视角。可以说，在网络生存中，马华文学不再以族群文化身份的整体重建为诉求，族群将在网络中被放散成更为具体鲜活的个人，各自寻找心灵归依、社会交往的新天地。

近几十年来，马华文学虽然也通过出版、通信、学术会议、访学等

① 陈登报：《论博客文学中的狂欢精神》，《郑州大学学报》（哲学社会科学版）2008年第4期，第152页。

② 同上。

方式频繁与外界互动，但相对网络公开多样便捷的E式联系，那由邮局、电话电报和交通工具链接起来的传统互动方式，不过是潮湿阴暗的地下隧道而已。比起纸质媒介主宰的时代，网络马华文学所能得到的回应在范围、速度等层面发生了很大变化。网络不但让本地的马华作家、评论家和出版人有了及时多样的对话通道，更让马华文学进入到世界华文网络中接受考验，寻找位置。在线发表的马华文学作品、即刻可被全球读者阅读、评论和转载，其浏览量和点击率之高，是纸质阅读方式所难以抵达的。有人不免怀疑，相对知名网站的频繁互动、马华文学的网络互动实在是太小众了。但即便互动范围有限，这种建立在志同道合基础上的小众性交流，由于倾向于精神融汇和思想碰撞，具有具体和直接的对话意味，与纸质传媒时代有距离感和时间差的评论相比，自然更为鲜活有效。

那么，马华文学的网络人气圈是否是传统关系的再现呢？如有人认为，对于中国内地的读者而言，马来西亚华文文学进入视野首先有赖于知识背景的建立、人际关系的熟悉，绝大部分网络读者不过是网下读者的化身，仍在圈子之内。我的看法是，网络文学社群的互动会建构出新的身份意识，而不是旧的圈子意识。自愿成为网络马华文学的互动和分享者，无论其起初的动因和背景如何，都将进入了一种新的对话关系中。以匿名方式浏览马华文学网站及其作品的读者，未必是国籍、族群、组织的代言人，多以个体形式进入到了网络空间。如马华文学豆瓣讨论组，聚集了不同国籍、年龄和性别的人，其中既有异域的马华研究者，也有本土的马华作家，既有持久关注的常驻代表，也有瞬间转身的观光客。由讨论组成员栲燃发起的“为什么加入这一小组”的话题中，组员们提供了五花八门的答案，有的因为喜欢马来西亚华人，有的想通过马华文学想象远方，有的因曾经去过马来西亚，有的想了解华人在海外如何延续自己的文化，有的想知道华语文学在东南亚的延伸情况，有的因为自己是马来西亚人，当然也有马华文学研究者。[1] 组员们动机不一、身份“神秘”，但又有共同之处，那就是“他们参加这个讨论组，

① 栲燃：《请问大家为什么会加入这个小组?》，http：//www. douban. com/group/topic/6357511。

纯粹是兴趣使然，仅仅代表他们自己”。在讨论组中，虽然彼此并不熟悉，却又能像老朋友一样在这里无拘无束地交流意见和思想；这时，“马华文学”就像“糖果”、“美国”、“波西米亚风”这类标签一样，成为汇聚拥有共同兴趣人群的符号，并不必然承担政治和身份认同的使命。这是否意味着，一旦卸掉族群认同的狭隘标示，马华文学更容易成为跨语境交往的有利媒介，以文学特有的情感性和想象性来建构一种温馨的网络社交关系呢？

当然，分享的持续性仍建立在文学自身的魅力之上，马华文学需要具备更多闪耀的艺术和思想特质，才能引发更多的回应。毕竟，网络上的文学邂逅若要变成持久关注，倚重的是具有影响力的作家作品的持续出现。

结　语

按照媒介思想家保罗·莱文森的看法，媒介的发展有三个阶段，玩具、镜子与艺术。[①] 一种新的媒介在初始阶段往往被当成是玩具，人们因好奇而发明并使用它；第二个阶段，媒介成为工具，人们将它作为再现的手段，对它的特殊性并不敏感。而第三个阶段，媒介的特性可能被凸显，并形成重大影响，甚至催生某种新的艺术形式，如电影这种媒介最终成为新的艺术形式。从当下的形势而言，网络对于马华文学而言，仍带有玩具性和工具性，未能在文学的形式和思想内涵层面产生足够大的冲击力。但我相信，未来网络会对马华文学产生更深刻的影响。

七　《特区文学》中的台港澳暨海外华文文学

广东省在传播“台港澳暨海外华文文学”时具备天然的地缘优势，它既是改革开放的前沿阵地，又是我国华侨华人人数最多、分布地域最广的省区之一（我国华侨华人约 3000 万，其中三分之二原籍是广东[②]），再加之与香港、澳门毗邻，使得该区域成为海内外文化交流的

---

① ［美］保罗·莱文森：《莱文森精粹》，何道宽译，中国人民大学出版社 2007 版。

② 许桂林、司徒尚纪：《广东华侨文化景观及其地域分异》，《地理研究》2004 年第 3 期，第 412 页。

中心地带，广东文学期刊也成为传播“台港澳暨海外华文文学”的领头羊与重要阵地。从20世纪70年代末开始，《作品》、《花城》、《广州文艺》等已开始刊载一些“台港澳暨海外华文文学”文本，并产生了一定影响，如《花城》创刊号上曾敏之先生的评论性文章《港澳与东南亚汉语文学一瞥》，被认为是大陆海外华文文学研究意识的萌发；《作品》1979年9月号上白先勇的小说《思旧赋》也引出广泛关注。20世纪80年代，广东还先后诞生了两本与“华文文学”流播密切相关的文学期刊——深圳的《特区文学》与汕头的《华文文学》，影响力和传播面进一步拓展。

在广东众多文学期刊中，《花城》、《特区文学》与《华文文学》传播“台港澳暨海外华文文学”的影响更为广泛，其传播策略与效应也各有特色。在20世纪70年代末到80年代初，《花城》强调“海洋特色与南国花香”，有着鲜明的地缘印记与本土视野，香港文学成为关注重心；从80年代末开始，《花城》地方色彩不断淡化，先锋色彩不断突出，成为具有全国性影响力的知名刊物，从90年代初期开始，《花城》不再以“台港澳暨海外华文文学”作为刊物的旗帜与特色，偶见为数极少的“台港澳暨海外华文文学”文本也更注重“艺术性”标准而不论区域来源。受潮汕地区作为东南亚华侨华裔的集中地带这一地缘因素的影响，《华文文学》侧重对东南亚华文文学进行传播，但由于带有明显的学术色彩，受到学术活动及进程的影响，地缘意识相对处在隐蔽状态。相比之下，《特区文学》作为一本地方性刊物，地缘意识十分凸显，鲜明地体现了广东与深圳视角，本文尝试探讨其强烈的地缘意识对“台港澳暨海外华文文学”传播的影响。

（一）《特区文学》之特及其对台港澳暨海外华文文学的传播

1979年，大陆第一个经济特区在广东深圳崛起，两年之后，深圳市召开了第一次文代会并产生了文联及其领导下的文学组，紧接着，深圳市文联准备筹划深圳自己的文学刊物与新闻媒体，在不达半年的筹办时间之后，《特区文学》在1982年5月1日创刊，比《深圳特区报》正式创刊还早了20多天，这本由深圳市文联主管主办，且带着地方文化建设使命的文学期刊成为“特区文学”这一新形态文学的积极建设者，刊物的特色与定位也以发现与演绎“特区文学”之“特”为起点。

在创刊号编后记中刊物的个性得到了这样的阐释：“由于特区的经济建设、体制改革的急剧变化，因而引起这里的人民在精神生活上的变化，往往比之特区之外是有很大程度上的不同的。这里又是紧挨着港九新界的边境，或可隔海相望，或同饮一江深圳河水，或紧连着一道双重的铁丝网；至于沙头角一地，人们同居一条街，却又俨然分属于两种制度，两个世界，所以这些，都会使得人们的生活习惯，人际间的关系，尤其是同港澳及海外的关系，都与内地有很大的差异。如果承认文学是人学之说，这，不正是主要特点的一个很重要的方面吗？”①

在编者看来，特区文学之“特”在于其所反映生活的独特性，而这种独特性的重要表现之一就在于其地缘优势——与香港的毗邻，与港澳海外形成的特殊关系。正因此，特区就构成了一个特殊的文化接触地带，不只是经济上改革开放的窗口，也是文学文化上对外交流的窗口。和改革开放之初的多数文学期刊一样，“窗口”的定位与意象使得《特区文学》自觉承担了传播“华文文学”的历史使命，在创刊号上就显现出其强烈的“港台海外特色”，以多种形式较大规模地刊载相关作品。既设有［香江诗叶］专栏，刊载了原甸、叶维廉、秦岭雪、黄河浪等香港诗人的7篇新作，转载了台湾作家陈映真的小说《山路》，并由大陆台湾文学的开拓者之一封祖盛对之进行评介，同时，在散文栏和评论栏中还出现了零散的香港作家作品，此外，在消息动态栏中，还刊载了相关香港影视文艺界的若干消息。作为一本非专门性刊物，《特区文学》对“台港澳暨海外华文文学”的传播能一开始便专栏与零装并存，转载与原创并具，体裁涉及小说，诗歌、散文、文学评论等多种样式，足以说明其传播力度，但编者仍觉得准备不足，在编后记中特意加以补充说明：

“香港、澳门、台湾以及居处海外的中国作家、华裔作家，我们今后将为他们提供相应的篇幅。由于准备工作仓促，第一期还来不及逐一约稿，今后我们将更努力地作好这一方面的工作，在此，我们谨向港澳

① 《特区文学》编辑部：《编后记》，《特区文学》1982年第1期，第163页。

台以及海外的作家们表达一点心愿：祖国怀念你们，大陆怀念你们，我们这片小小的园地盼望着你们参与施肥、浇水。"①

显然，在特定的时代氛围中，《特区文学》一开始是站在政治的高度，带着使命感和责任感对"台港澳暨海外华文文学"作出重点关注的；但作为一本新生刊物，《特区文学》的风格与特性是一个不断自我寻觅与自我超越的过程，自创刊以来，随着生存语境和编辑人员的变动，它亦呈现动态变化的一面。然而有两种倾向却相对稳定：一是作为特区文学的生长园地和建设力量，有着强烈的特区气息和地方色彩，二是作为文化交流的一扇窗口，具备世界性的视野与目光，对本土以外的"华文文学"进行了持续关注。据笔者统计，自1982年至2002年该期刊共刊载相关作品333篇，评介性文章30篇，在非专门性的文学期刊中首屈一指。

特区的文学与"台湾澳暨海外华文文学"的同存，逐渐构成了《特区文学》的旗帜与特色所在。正如编者在创刊十周年时所强调的一样："《特区文学》创办以来，一直把自己的立足点牢牢地站在经济特区这块土地上，始终把反映改革开放、反映特区生活的作品作为刊物的重要内容。我们觉得，特区的文学刊物反映特区生活是义不容辞的，立足特区反映特区生活是自己的优势，也是刊物的特色所在"；同时，"《特区文学》十分重视介绍世界各地各地区的作品，开辟了'港台海外作品'专栏，刊登了为数不少的文章，既开拓了读者的视野，进一步了解了外部世界，也给国内作者在创作上提供了借鉴、切磋的条件。我们认为这也是《特区文学》的一个特色"。②

文学期刊不同于书籍的独特性在于，它作为动态变化的文学现场，是各类文学作品杂生共存的文化空间，在这样一个文化意义空间里，不同文学作品既相互区别又互相呼应，彼此之间存在着深层的互文关系，这便是它作为同一传媒形式却有"期刊"与"杂志"两种命名的原因。那么，在《特区文学》中，特区的文学与"台港澳暨海外华文文学"之间构成了怎样的互动与交织状态呢？这里尝试以此为个案来探讨"台

① 《特区文学》编辑部：《编后记》，《特区文学》1982年第1期，第163页。

② 《特区文学》编辑部：《十年天地几番新——写在创刊十周年》，《特区文学》1992年第1期。

港澳暨海外华文文学”的内地传播中，语境因素如何介入并产生影响。

（二）政治化的地缘意识与片面的香港文学图景

1. 香港文学为传播重心

由于稿源获取颇受限制，相当长的一段时间在传播“台湾澳暨海外华文文学”时，很多文学期刊倾向于选择与本地区有深厚渊源和直接联系的作家作品，从而形成了与地缘因素有关的不同传播特色。福建的《海峡》、《台港文学选刊》与《福建文学》都以“台湾文学”为重心，对“福建籍”作家更为关注；广东的《花城》、《作品》、《广州文艺》等文学期刊都表现出向香港文学倾斜的趋势。对于位于深圳的《特区文学》而言，它同样遵循了这一地缘传播逻辑，把香港文学作为了传播重心。

《特区文学》先后设有“台湾澳暨海外华文文学”的多个专栏，如［港澳作家之页］（1982年2月），［港澳海外作家之页］（1982年3月—1995）、［港台海外文学］（1987—1988）、［港台及海外作品］（1989），［港台海外作品］（1990—1997），从专栏命名方式来看，香港文学位于术语的最前面，与学术界和期刊界流行的命名方式“台港与海外华文文学”逆向而行，显然是为了突出香港文学的优先地位。为了对香港文学作出集中关注，还推出多个专栏专辑。专栏有［香江诗叶］（1982）、［港岛霓虹］（1986）、［香港作家］（1986）（其他区域华文文学并未特设专栏）；专辑有“香港青年作者协会专辑”（1984年第4期）、“香港青年作家协会专辑”（1985年第1期）、“香港回归专辑”（1997年第4期）、“香港青年诗作专辑”（2002年第2期），远远超出了其他区域华文文学的专辑数（其中澳门一次，新加坡2次，泰国1次）。从作家作品数量来看，尽管在不同阶段，《特区文学》中各区域华文文学的比例出现微妙变化，如20世纪80年代末到90年代初中期的凸显“东南亚”，90年代末期倾向新移民文学，但香港文学作品总量所占比率超过了一半，相关数据见下表：

深圳与香港临界，隔河相望，山水相连，渊源深远，1979年以前的政治封锁也未能阻止两地的交流互渗，自改革开放以来，两地之间的互渗趋势更加明显，文学艺术界的交往活动频繁，一些香港作家还同时

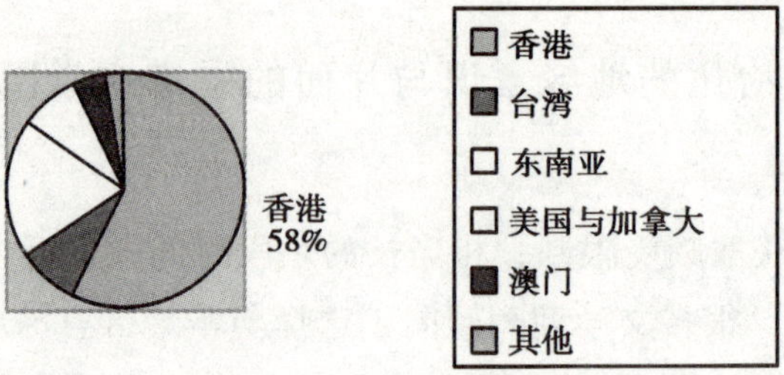

是深圳作家学会的会员①，因而《特区文学》中香港文学所占比率之重，也在情理之中。然而《特区文学》中的香港文学，与其他文学期刊或媒介相比，还有一定的独特性，这种独特性，也需从期刊所在区域地缘意识的独特性去阐释。

（二）主旋律化的香港文学

陈咏红在《近几年广东小说创作的三个错位现象透析》一文中认为，新时期以来的广东文学过于贴近现实和主流意识形态的诉求，并未与全国范围内的数次美学变迁产生呼应。② 新时期广东文学这种政治化的特点，在深圳及《特区文学》之中有集中体现，期刊的特色栏目［报告文学］与［诗歌］栏便张扬着鲜明的意识形态诉求。

报告文学在迅速反映社会生活、直接传达主流社会价值等方面具有其他文体无法比拟的自由度。作为一种审美意识形态，它比其他艺术形式能更直接更方便地传递国家意志，承载意识形态，实现政治理想。在崇尚“时间就是金钱，效率就是生命”的深圳，作家们急切地想把发掘到的社会现象展示给大众看，报告文学的文体特征极大地满足了这种表达诉求。日新月异的深圳社会提供了大量可感、可读、可写的素材，记者型作家迅速赶赴现场、捕捉线索、整理成文，以求发表后产生即时

① 20世纪90年代初，深圳市作家协会会员达300人，其中中国作家协会会员20多人，广东省作家协会会员100多人，香港会员30多人，从这一结构可看出，深圳与香港之间的文学文化交往有一定的互渗性与深度

② 陈咏红：《近几年广东小说创作的三个错位现象透析》，《学术研究》2006年第7期，第130页。

性反响，引导社会舆论，按照这种文学生产模式，报告文学很快发展成为深圳文学的拳头产品和《特区文学》的特色栏目。在《特区文学》中，从1982年的［报告文学］栏到1985年的［特区的报告］、［特写篇］，到90年代末的［纪实文学］，“报告文学”一直都属于“深圳形象建构工程”的组成，这些报告文学或挖掘剖析深圳社会的新生事物与独特现象，或讴歌各行各业的创业者，歌颂敢为天下先的深圳人的拼搏奋斗精神，塑造出充满活力积极向上的深圳形象，畅响着清晰昂扬的主旋律。①

深圳也是一座充满歌咏激情的城市，盛产讴歌时代、赞美生活、催人进取的主旋律颂歌。遇到重大的社会政治事件发生（比如香港港回归）或者重大历史时刻到来（比如中共十五大召开、党的生日等），作家们迫不及待地将充溢心间的激情一吐为快，于是便出现了大量政治抒情诗，这种直抒胸臆的文体主观上满足了创作主体的抒情需要，客观上呈现了深圳紧跟时代主潮、充满进取精神的政治文化生态。②《特区文学》的第一任主编韦丘是诗人，擅长于创作政治抒情诗，他的《边城赋》通过描摹界河两岸的今昔变化，歌颂了党的改革开放政策，可谓广东政治抒情诗的代表作。在他的影响之下，诗歌栏逐渐成为《特区文学》比较重视的板块和特色所在，其间活跃着一批深圳与广东的本土诗人，如韦丘、冯永杰、郭洪仪、尚建国、韩笑、郑莹、关飞、林晓东、晓籁、程学源等，他们在《特区文学》之上也发表了不少歌颂改革开放和深圳精神的诗歌，这些饱含政治激情、饱蘸时代风云的长歌短章，同样是浸染上了主旋律的深情吟咏。

主旋律文学一直是深圳多年来引以为自豪的旗帜，它往往是领导圈定基调或在文联策划之下被有序地生产出来。在这种富含政治气息的地缘文化与地缘意识之中，作为文联统帅之下的文学杂志，《特区文学》自难以逃脱这一整体的氛围，出现了“主旋律化”的文学导向。这种文学导向深刻影响了期刊对香港文学作品的选择标准与策略，从而造就了一种与期刊整体氛围相当一致的香港文学景观。

① 此外，《特区文学》中有不少小说也是典型的主旋律文学，详论可参见黄玉蓉《政治文化的文学投射》，《当代文坛》2007年第4期，第103页。

② 同上。

从作品主题与题材角度来看，除了早期梁羽生的几篇武侠小说外，《特区文学》中香港文学作品的整一程度很高，集中在以下主题与题材上。

第一类是反映“声色香港与黑暗香港”的现实主义作品，刊载时间集中在20世纪80年代初中期，90年代初期也有不少作品。其中包括东瑞、海辛、夏马、王方等“生活在底层”的小人物画卷，陈连心、白洛、巴桐、冯湘湘等有关黑社会、赌场、股市、娱乐界和房地产黑幕的中长篇小说，陈娟、冯湘红（冯湘湘）、陶然、夏婕等的“大陆人在香港失意徘徊”的伤感叙事，李男的舞女系列小说，这些文本遵循朴实的现实主义原则，在艺术上并无创新超越之处，但其对于光怪陆离的香港社会的形象临摹与作者对之保持的鲜明一致的批判态度，吻合了特定时期（1993年以前）中国内地对于香港作为资本主义社会的意识形态想象。

第二类是直抒胸臆的爱国爱乡之作，主要集中在诗歌和散文之中，时间跨度很大。有碧沛的《深圳诗叶》组诗（1982年第1期）、巴桐的《魂兮归来》（1985年第4期）、陈娟的《大海的萦念》、曾敏之的《望云楼诗钞》（1988年第3期）与深圳放歌（组诗）（2000年第4期）、晓帆的《天涯诗草》（1991年第1期）与《七月属于我们》（1997年第4期）、曾聪的《这一夜，我在海边》（1991年第2期）、张诗剑的《春天，在深圳》（1995年第3期）、梅子的《请开始用微笑去认识你的祖国》（1997年第4期）、汉闻的《土地与根》（1992年第2期）与《钟楼情思》（1996年第3期）等。这些诗歌和散文风格略有差异，但其中洋溢的情感却极为相似——对祖国的眷念与深情，对家乡的热爱或怀念，它们不变的情感基调构成了《特区文学》所特有的颂歌旋律中一个个动人的音符。

第三类是以“香港移民热潮”为题材的小说，时间集中在20世纪80年代后期至1997年止，所涉及的作家作品数量较多，包括兰心、冯湘湘、陶然，汉闻、东瑞等数人的20多篇小说。在这些文本中，“移民”往往成为叙事的重要契机与主要线索，因为移民，美满的婚姻出现裂缝，相爱的情侣劳燕分飞，积极幸福的人生变得黯淡苦难，从而敷衍出一个个悲欢离合的故事。受即将“回归”的影响，香港移民潮在

1984 年后开始汹涌，文学创作相应出现了种种变化，这些文本无疑也是对这一社会浪潮的积极回应。不过，有趣的是，所有作者对“移民”行为都持鲜明一致的“批判态度”，在他们的小说里，移民成了一条不归路，移居异国的人失去了故土与安逸，处在动荡不安之中，留守香港的亲人也由此遭受着骨肉分离、感情失意的痛苦，于是，“移民与幸福生活背道而驰，留守则是爱国爱港的体现”这一情感倾向在这些文本中喷薄而出。在汉闻有名的中篇小说《太平山之恋》中，作者干脆把宁愿放弃爱情也不离开香港的男主人公取名为李爱华，从而树立起一种对待香港回归的积极态度，强调对香港与祖国的挚爱之情。到 1997 年的香港回归专辑中海辛、陶然与东瑞的三篇移民题材的小说更是主题先行的应景之作，三个普通香港家庭在移民潮的冲击下四处漂泊、历经坎坷，可最终发现安居乐业之地仍然是香港，欣然回到了九七前夕的香港。尽管基于现实主义的创作方式，这些小说客观上也呈现了回归之前香港社会的人心波动，但主观上却是为“香港回归”制造有利的舆论导向，安定人心。这些小说其实都可称为是对重大历史事件的政治合法性进行文学阐释的作品，是主旋律化的文学。

上述作品的创作者有一些共同特性，他们基本上都是南来作家，或籍贯故乡在内地，或出生成长在内地，有相当一部分是同一文学团体（香港作家联会）的成员。如冯湘湘（刊载作品 13 篇）、曾敏之（11 篇）、陶然（10 篇）、东瑞（10 篇）、汉闻（10 篇）、彦火（9 篇）、陈娟（8 篇）、张诗剑（5 篇）、白洛（5 篇）、李男（3 篇）巴桐（3 篇）、夏马（3 篇）等期刊的基本作者，不但与大陆有着密切和持久的联系，其思想倾向与创作方法也比较接近，因而形成了一种面向大陆的创作姿势，这是其作品与《特区文学》的整体语境产生呼应的重要原因。

然而，与刘以鬯、黄碧云、董启章、西西、也斯、辛其氏、钟晓阳等香港作家的作品相比，《特区文学》中的香港文学作品在艺术技巧方面还停留在较低的层面之上，难以代表香港文学的成就与艺术特性，它所呈现的不过是零碎和片面的香港文学图景。可见，《特区文学》的地缘传播逻辑是相当有限的，它只反映特定区域的意识形态需求，既不遵循美学逻辑，也不承诺对“台湾澳暨海外华文文学”的创作情况作出整体性反映。然而，选取对象世界的碎片进行重新整合是文学期刊的重要媒介特性，这些看似非零散的文本一经《特区文学》特有语境的重新整合，一种新的整体幻象——主旋律化的香港文学——就被想象和建构出来，有着混淆读者视听的可能，它无疑建构与加深了内地读者心目中香港文学“艺术水准低下”的刻板印象。

当然，作为一本杂志，同其他文学期刊一样，《特区文学》对于“台湾澳暨海外华文文学”的传播，既有主导的一面，也有变动流移的碎片，80 年代初期梁羽生的武侠小说，80 年代中后期亦舒、廖辉英、光泰、王幼华等的言情小说，以及 90 年代初中期尤今、黄孟文、朵拉等新马作家的微型小说，在主旋律之外，仍流溢出日常生活的散漫气息。但这样的日常生活旋律，尚未构成对“主旋律化”的特区文学的威胁，相反，它以无伤大碍的闲情逸调对其起到了烘托与渲染作用。

（三）期刊转型与台港澳暨海外华文文学的隐退

1993 年之后，市场经济的介入使得期刊生存变得更加艰难，很多文学期刊不断调整办刊思路、进行改版实验以寻找新的出路，《特区文学》也在 1994 年第 1 期郑重地举出了“新都市文学”的旗帜，期刊转型之路正式启动。

“新都市文学”是一个召唤性、导向性的口号，并非是对现有的文学现象和创作实践的总结提炼，《特区文学》提出这一口号时，对其边界与理论内涵也未有清晰的理解与界定，正如编者所言“只是一种构想，一种尝试，效果如何，有赖于实践的检验”①。为了使之产生社会反响，并对文学创作起到引导作用，《特区文学》从 1994 起到 1997 年间，特设立“新都市文学论坛”，广泛征求社会意见，并多次组织知名学者和作家进行探讨与论证，试图使这一口号的合法性得以确立，从而增强期刊的知名度与影响力。

从“特区文学之特”到“新都市文学”，显现了期刊更为宏阔的视野与野心。正如胡滨所言：“新都市文学在提出方看来，是对地域色彩过浓的固有提法（例如特区文学、打工文学）的置换与消解，它的实

① 《特区文学》编辑部：《卷首语》，《特区文学》1994 年第 1 期。

质内核是要打破一个固步自封的天井盖下的中心，激活它与外围主流文学空间的联络和对话，从而也打破以某种社会经济区域的分别简单划分写作类别的幼稚想法；其次，也适度地保留自身的话语权，以设问的方式（而不是推销策略）带动某种新的文学质的产生。”① 在这样一个更为开放性的口号下，《特区文学》开始逐步调整办刊思路，从立足广东与深圳到面向全国，以提升期刊的影响力。1994 年以前，期刊上主要活跃着深圳作家为主体的岭南作家群，如刘西鸿、陈国凯、谭日超、杨干华、刘兰妮、王小妮、林雨纯、燕子等，为了培养和凸显本土作家，期刊还设置［岭南作家］和［雏凤新声］栏以提供专门发表园地，有一段时间，凡是广东籍作家还在目录上特意标记其所属地区，强化《特区文学》作为地方性刊物的表现特性。但 1994 年后，《特区文学》地方特色不断淡化，两个地方性专栏被取缔，本地作家的区域标识不再凸显，作者覆盖面不断拓展——苏童、方方、周梅森、张欣、韩小蕙、肖复兴、谈歌等全国知名作家作品也占了一定比例，刊物整体质量也有所提升。

在期刊过渡转型之时，“台港澳暨海外华文文学”的位置与重要性也开始发生变化。

1994 到 1997 年间，《特区文学》处在摸索过渡阶段，并没有大幅度的改版动作，目录上方虽然打出了“这里是新都市文学的天地，这里是文学新都市”的口号，但封面背景仍是一个巨大的“特”字，可见其定位在“特”和“新”之间徘徊。因此，这一阶段，《特区文学》中“华文文学”的位置虽然没有根本的撼动，但采取不再配发相关作品的评介文章和调整［港台海外文学］专栏设置密度（1993 年前几乎期期都设置，而到 1994 年后则逐年递减——1994 年：4 期；1995 年：3 期；1996 年：1 期；1997 年：0 期）等编辑手段，传播力度大大减弱了。

1998 年《特区文学》全面改版，“新都市文学”理念取得了主导地位，封面上的“特”字被装饰性图案取代，海内外文学交流的特色也随之消失，“台港澳暨海外华文文学”则被进一步边缘化。［港台海外作品］专栏取缔之后，在期刊中刊载的“台港澳暨海外华文文学”作

① 胡滨：《“新都市文学”的设问与追问》，《特区文学》1995 年第 3 期，第 159 页。

品越来越少，如1997年有17篇作品，1998年1篇也没有，总体看来，作品数量开始呈下降趋势，前后变化可参见下表：

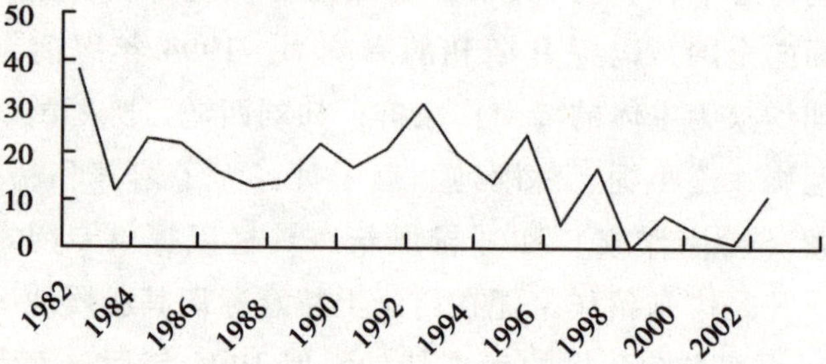

然而，值得思考的是，“新都市文学”这样一个开放性的口号为什么不能涵盖香港、台湾地区及新加坡等地的文学呢？实际上，这些地区与国家的华文文学，多带有强烈的都市文学特征，与“新都市文学”的理念基本吻合，那么“台港澳暨海外华文文学”何以淡出期刊的关注视野呢？

由于受到读者与市场需求的影响，从20世纪80年代末期开始，内地不少文学期刊中的“台港澳暨海外华文文学”都呈弱化趋势，但《特区文学》并未受到市场因素的影响，相反，在90年代初还加强了对“台港澳暨海外华文文学”的传播。那么除了商业因素之外，应该有更直接的原因。

20世纪90年代中后期，广东（包括深圳）在经济领先之后都明确了文化提升的区域目标，打造本地的文化品牌被纳入政府的行动纲领之中，在“断奶”的大趋势之下，某些具有全国影响力的传媒如《花城》等仍得到政府包括财政方面的大力支持。同样，当全国各地的文学期刊都在“断奶”的恐慌中承受着市场介入的巨大压力时，《特区文学》仍得到深圳市政府每年高达200万元的财政支持，暂时可无茶米之忧；但政府也对期刊也有了更高定位与期待，《特区文学》被作为“广东知名文化品牌”来打造与扶持[①]，要求实现自我超越。然而，在90年代中期以前，作为一本地方性的文学期刊，《特区文学》的作品艺术水准偏低，转载率不高，在大陆文坛影响甚微，离“文化品牌”距离甚远。如何迅速产生全国性的影响，已经成为《特区文学》迫在眉睫的工作议程；在没有创作实践和充分地理论探求之下提出“新都市文学”的口号，就反映了《特区文学》急于树品牌求影响的心态。实际上，打造“新都市文学”行动一开始就是政府文化行为，相关的数次研讨会都是在深圳宣传部的领导与组织下进行的，其核心目标是提升深圳的文化影响力。

可见，“新都市文学”的提出只是期刊运作的技巧与策略，对于《特区文学》而言，它最根本的问题在于快速提升期刊的整体质量，跻身于主流刊物之中。因此，在90年代中期后，《特区文学》从一本注重主旋律文学、艺术水准不高的地方性期刊逐渐向重视艺术技巧的带有先锋色彩的文学期刊转换。就是在日渐清晰的“纯文学”立场之下，台港澳暨海外华文文学的艺术水准遭遇了质疑与否定，进而淡出了期刊的关注视野。正如《特区文学》的老编辑，主编宫瑞华所言，之所以不刊载“台港澳暨海外华文文学”，一是历史任务已经完成，二是那些作品艺术性实在太差，根本不符合期刊的刊载标准。

结　语

从文学交流的窗口到地方文化品牌的制造者，《特区文学》对“台港澳暨海外华文文学”从重点关注到日渐疏远，都基于地方意识形态的逻辑，它所凸现的和它所忽略的，都是特定传播语境所需要的。正是传播语境对于文学传播的这种决定性影响，使得“台港澳暨海外华文文学”的跨语境传播中，“差异的成分”被过滤与稀释，“他者”最终成为“自我”的影子。由此，《特区文学》中的“台港澳暨海外华文文学”始终是特区文学的和谐分子。

① 江强：《全力扶持业余作家创作——深圳市文联主席董小明接受本报专访》，《南方日报》网络版，2004年7月29日.

八 文学的现场印记——《小说界》中的留学生文学

有关文学期刊的研究已经成为洞察文学的重要入口，但如何定位文学期刊仍是众说纷纭，其中，作为文学史料的仓库还是作为文学潮流的创造者是处在对立之中的两种典型思维路径。在我看来，超越这种对立的方式是把文学期刊作为流动的社会语境来看待，既关注它如何与特定时空交换能量以缔造一个文学存在的特定语境，又探究这一语境之下的文学存在具备怎样的特性；也就是说当“文学期刊与文学”的关系命题转换为“文学期刊中的文学存在”，这一类研究或许能够有新的突破。

《小说界》是一本有一定知名度但并非声名显赫的期刊，不过，在时代的风云突变中，《小说界》并非无所作为，从留学生文学到20世纪70年代作家群，它也积极主动地介入了文学生产，产生了一定影响。对它的探索，就如写普通人的传记一样，不会神化文学期刊在当代中国文学发展中的作用与位置。这里尝试运用上述视野研究《小说界》与留学生文学的关系，在考察文学期刊介入文学生产的过程的同时，也借此敞开内地语境下“海外华文文学”的融入与生长姿势。

（一）期刊转型中的留学生文学

1988年的《小说界》为留学生文学在中国内地的整体凸显提供了机遇。在此之前，内地文学期刊上零星刊载的一些留学题材作品，既没有得到编者的特别关注，也没有引出读者和批评家的回响。当1988年1月《小说界》特辟［留学生文学］专栏，并全文登载了纽约留学生组织“晨边社”的《“留学生文学”座谈纪要》时，这一文学潮流在内地便得到了正式命名和初步定位。此后，《小说界》一直以留学生文学为特色，不断刊载相关作品和进行理论建树。从1988到2006年间，仅［留学生文学］专栏就刊载了作品100多篇，相关引荐与理论文章10余篇，有意识地推出和培养了不少新作者。毫无疑问，在当代文学期刊中，《小说界》是留学生文学最重要的倡导者、建设者和支持者。

《小说界》之所以在1988年积极介入留学生文学，与期刊的整体转向与角色转换直接相关。1988 年是内地文学期刊发展的转型时期，一方面是文学创作失去了先前的轰动效应，出现了所谓“疲软”现象；另一方面是国家对于书刊业的财政支持减少，文学期刊开始直面经济压力与市场竞争。由上海文艺出版社主管主办的《小说界》，处在十足的商业化环境之中，不难体验到这种迫近的危机感。与那些引领潮流、历史悠久、占据了有力位置的文学期刊相比，1981 年才创刊的《小说界》显然缺乏品牌优势与政策保护优势，面临着更大的生存压力。因此，1987 年前后，它开始酝酿变革，重新定位期刊个性以寻求发展。可以说，留学生文学不但是其角色转换的有力武器，也是其转换过程所历经的种种曲折的表征。

留学生文学的凸显，第一与《小说界》开始重视“可读性”有关。《小说界》的最初定位处于纯文学与通俗文学之间（或谓“严肃文学杂志”），注重刊载贴近现实的作品。但 80 年代末后，为了适应变化了的阅读市场，他们进行了一定程度的革新与改变。编者提出“从题材风格论，着重反映现实、着重现实主义，但而对其他题材、其他风格流派者，只要有新意、有鲜味，皆受欢迎”①。所谓“有新意、有鲜味”其重心都指向作品的“可读性”。显然，在编者看来，作为“拓展小说题材”尝试而出现的留学生文学具备了可读性。作品中常有的“中西文化的冲突，异国风情与财富幻象”等情节元素，对于内地读者来说自不无新鲜之感；而在留学热方兴未艾的 80 年代末，留学生文学尚有“西游指南”的实用色彩和新闻价值，能引发潜在留学群体的热情关注，也有利于增强刊物的销量与影响力。但正出于对“可读性”的重视，《小说界》在选择留学生文学时表现出策略性，文本尽可能在题材情节的新颖性、主题寓意的独创性及出国欲望的激发力等方面追求平衡，以求刺激读者的胃口。某种程度上，这也使得《小说界》忽视过于深涩实验的文本，倾向于纪实性与情节性强的作品。如李金发、吴民民、于濛等的报告式文学和夏云、易丹等人的爱情叙事成为早期的代表作品。

第二，留学生文学的出现还与《小说界》强化世界性的立场有关。

---

① 《小说界》编辑部：《编后记》，《小说界》，1995 年第 1 期，第 208 页。

20 世纪 80 年代中期大陆文学界兴起了中国文学“走向世界”的潮流[1]，素有包容性和开放性的海派期刊也不甘落后。从 1987 年开始，《小说界》进一步强化海派期刊的“海纳百川”的形象，“世界性立场”日渐清晰。《小说界》不但在每期刊物后增加了英文题录，而且倾向选择具有“世界因素”的文学作品。继 1987 年设置［海外华人作品］和［台港文学］两个专栏之后，留学生文学也作为世界性的直接体现进入了期刊视野。正如《小说界》前期的重要编辑，第一任主编江曾培先生在着力推出“留学生文学”时说道：“留学生题材的作品，往往站得高，有一种世界意识或者叫全球意识。”[2] 所谓的“世界意识”或“全球意识”，编者并未有深入阐释，但从其选择文本来看，显然指向了空间变迁和跨国经验所带来的开阔视野与多重文化体验。于是，《小说界》中的“留学生文学”一开始就被纳入“中国走向世界”的文学想象之中，作品思想与文化内涵的重要性超越了艺术技巧。

第三，留学生文学的凸显，与《小说界》在文学生产中的角色转换密切相关。80 年代初期，《十月》、《花城》等文学期刊中，早已刊载了一些留美学生的作品[3]，1988 年前，《小说界》也刊载了 8 篇涉及留学生活的作品。然而，零星出现的这些作品，并未有意识地作为“留学生文学”来整体引荐与传播，这虽与创作状况有关，但更重要的原因在于，计划经济下的文学期刊缺乏策划意识和制作意识，没有积极介入文学生产之中。而《小说界》对“留学生文学”的传播，从设置专栏，约稿、专访、开文学座谈会，继而批评造势与理论建树的一系列行动来看，初具“制造事件”的意识，传媒主体性得到了凸显。可以说，《小说界》抢先一步，在全国范围内首创有关“留学生文学”的专栏，类似新闻记者的“独家报道”，试图以时效性与新颖度赢得冲击力与知名

---

① 根据陈思和的认定，20 世纪 80 年代中期文学界正兴起积极倡导中国文学“走向世界”之潮流；曾小逸主编《走向世界文学》，由湖南人民出版社 1985 年出版，在当时是一项很重要的成果，反响很大。参见陈思和《20 世界中外文学关系中“世界性因素”的几点思考》，《中国比较文学》2001 年第 1 期，第 8—39 页。

② 江曾培等：《留学生文学座谈纪要》，《小说界》1989 年第 1 期，第 181 页。

③ 如 1982 年第 6 期《十月》上留美学生史咏、陈冲的电影剧本《大洋彼岸的思念》与 1983 年第 5 期《花城》上留美学生顾月华的短篇小说《三个女人的公寓及其他——留美生活剪影》等。

度，因而“留学生文学”的“新闻性”及其所能引发的“轰动效应”成为关键。但运作之始，编者对此举能否引发效应尚存疑义，似有些缩手缩脚，举棋不定。1988 年第 1 期首次推出该专栏时，刊载了两篇留学题材的小说和长达数页的留学生会议纪要，所占空间之大足见其重视程度；但在代表编者立场的卷首语中却对之轻描淡写，一笔带过，与对《巴金传》的浓墨点染相比，似乎并非宣传重点。在长达一年的尝试中，得到多方的热烈反映，《小说界》才在 1989 年第 1 期宣布这一专栏已是期刊的特色栏目，坚定了继续办下去的决心。① 这种边走边看的传播心态，使得留学生文学的新闻性在传播过程中被进一步彰显。

无疑，《小说界》对“留学生文学”的传播是期刊转型的重要举措与具体表现，是期刊为立足文化市场所作的成功尝试。而对刚冒出嫩芽，趋向不清的留学生文学创作而言，《小说界》的转型是其生长的重要契机，在编者的有意建构中，松散流动的作者与多样杂乱的文本逐渐被整合，以其可读性、世界性和新闻性迎合了特定时期的内地文化与阅读市场的需要，成为汉语文学中不容忽视的文学景观。

（二）“文学上海”中的留学生文学

“文学上海”不仅包括以上海为对象的文学表述，也包括了上海的作家作品、海派美学的影响与流布等有关上海的一切文学资源。新时期以来，“文学上海”逐渐成为有关上海的意识形态幻觉的重要来源，影响着人们对上海的现实观感。而与声名远扬的《收获》和《上海文学》相比，《小说界》的地缘意识更为明显与坚定。《收获》被称为“当代中国文学历史的简写本”，其地位自不可轻视，《上海文学》也在 20 世纪 80 年代引导文学潮流，产生了全国性的影响，奠定了某种权威地位；但正因此，它们的编辑视角反而不能过于拘泥于上海本地，而是有意无意间与“地方情结”保持距离。作为新秀的《小说界》既不可与大家争锋，似乎也少了些拘束，打出了“立足上海”的鲜明旗帜，表现出自觉的地缘意识，成为“文学上海”的积极建构者。《小说界》对留学生文学的选择与建构，也汇入了 20 世纪 80 年代以来浩然成势的“文学

① 《小说界》编辑部：《编者的话》，《小说界》1989 年第 1 期，第 1 页。

上海”之潮中。

从作家群体的构成来看，《小说界》中留学生文学的作者多可定位为上海作家。有上海出生的王周生、刘观德、潘向黎、黄惟群、郑芸、蒋濮、薛海翔、张浩音、吴民民、戴舫、严歌苓、於梨华等，有在上海华中师范大学与复旦大学等高等学府求过学的朱慧玲、于红远、寿文颖、袁玮、刘珏、邬峭峰、欧阳昱等。他们的文学创作被纳入“文学上海”的想象体系之中，自有理有据。王安忆在定位出生成长在香港、90年代再次移民于香港的程乃珊时，认为她“在上海成就作家事业、又在上海具有影响力，可算作是上海作家”①。按照这一标准，那些活跃于上海出版界的留学生文学作者，如小楂、王渝、于仁秋、林火、严力、易丹、叶冠南、小草、坚妮等未尝不可说是“文学上海”之构成呢？

新时期以来，上海从落后落寞、奋起直追到巍然屹立的国际大都市的想象进程，《小说界》中不同时期的留学生文学作出了形象表征，同时，那些有着异域视野观照的都市想象经验，进一步拓展了文学上海的想象内容与方式。80年代中后期，文本集中展现了前往欧美日本等发达地区的留学者所遭遇的感情震荡与生活波折，充斥着文化失落感与自卑感、边缘心态、无家园感等情绪，空间焦虑成为主题。如小楂的留美故事系列（1984—1986）、易丹的《天路历程—— 一个留学的故事》（1987年第6期）与《卜琳》（1988年第4期），吴民民的《他山攻玉——中国留日学生心态》（1989年第1—3期）。90年代初中期，文本中空间的焦虑感趋向缓和；题材呈现多样性形态，既有在生活重压下的挣扎、愁苦，也有从容反观自身与环境的自在与镇定；幽默、戏谑、感慨等多种元素并杂，从中呈现的是趋向多元、接近和谐的“我与世界”的关系。如于濛的《啤酒肚文明》（1990年第1期）；叶冠南的《我拨错了电话》（1992年第2期）、蒋濮的《东京恋》（1991年第4期）、刘观德的《我的财富在澳洲》（1991年第3期）、严力的《趣味的抽象》（1991年第5期）、王周生的《陪读夫人》（1992年第6期，1993年第1期）、林火的《幸福追寻记》（1992年第1期）。90年代后期到21世纪初，“异域空间”往往不再是叙事核心和心灵动荡的起点，

① 王安忆：《我看98、99上海作家小说》，《小说界》2001年第6期，第154页。

而仅是人物的寻常经历和故事开展的背景因素，叙事开始超越中西二元对立的框架，回归到心灵世界和生存本身的复杂性之上，同时一种对自身文化与空间的自豪与自信开始流淌出来。在郑芸的《眺望上海》（2001 年第 2 期）中，主人公丽文是一个在日本求学工作、结婚生子过了大半辈子的上海人，安逸却孤寂的生活让她不时沉浸在对上海往事的追忆与想象中；在思乡情绪的背后，沸腾的却是上海的过去、现在与未来，文本充溢着当代上海人对上海的归属意识和自豪感，与上海日兴的怀旧潮相得益彰。而朱晓琳的《法国男孩尼克尔》（2004 年第 1 期）中，一反以往留学生文学的叙事结构——中国人在西方——展现了法国少年尼克尔在上海的留学生活。文本中的上海是一个吸引并感化西方人的文化磁场，自私、蛮横、不求进取的、孤独的“坏男孩”尼克尔在上海语境的感召之下（特别是说着一口流利的法语与英语的上海女孩萧依依的帮助）变成了一个善良的、合群的、富有进取心的“好孩子”，一种有关上海的优越性想象游荡在字里行间——开放但却恪守传统，优雅而具有包容性的上海精神成为叙述的真正主题。

从表述风格来看，《小说界》中的留学生文学也有一些共同特色。这与作为海派期刊的《小说界》在定位留学生文学时的独特取向与话语方式分不开。与同期某些传媒如《四海》注重爱国主义与政治宣传①相反，《小说界》以个人的具体存在作为考察视角来定位留学生文学，在一些理论指引性文章中将那些出国求学者定位为边缘人②，强调留学

① 《四海》在 1990 年第 2 期首次推出［中国留学生纪实文学专辑］时，在《海外学子献给母亲的歌》的编者文章中写道：“从莱茵河航船上飘扬的五星红旗，到富士山麓篝火晚会上齐声高唱的中华人民共和国国歌；从牛津学子们大声疾呼‘黄土地、我爱你’到纽约街头美国青少年学雷锋做好事，我们何等强烈地感受到中华民族优秀子孙眷念故土、矢志报国的热诚……这组纪实文学的篇章还生动描绘了海外留学的艰难、异邦的风光情调，在浓厚的思亲、思乡的情怀中浸透着自尊、自强、自信以及对生活的热爱，对理想的追求和对未来的向往。留学生虽远赴重洋、原离家国和故人，但他们无时不刻不在用无尽的情思所编织的歌，献给我们伟大的母亲——祖国！”显然，《四海》强调留学生文学与爱国主义的关系，文学传播与政治导向紧密结合。

② 1988 年第 5 期的《小说界》中，小楂、唐翼明、于仁秋等的通信被编者组题为《关于边缘人的通信》；1989 年第 1 期的《小说界》中，曾镇南在《“边缘人”的视界和心音——关于留学生文学的通信》一文中以边缘作为关键阐释术语；直到 2004 年，主编郑宗培在有关留学生文学的理论文章《夹缝中生长的留学生文学》中，也强调“边缘”是留学生文学的重要特征（参见《文学自由谈》2000 年第 4 期，第 108—111 页）。

生身处中西文化的夹缝中，作为个体在情感、事业等方面所遭遇的困惑与痛苦，成功与失败，从而给人以鲜活真实的人生体验和生命感受。如小楂的《水床》（1988 年第 1 期）、易丹的《卜琳》（1988 年第 4 期）、蒋濮的《东京梦》（1993 年第 4 期）、王周生的《陪读夫人》（1992 年第 6 期，1993 年第 1 期）、严歌苓的《抢劫犯查理和我》（1994 年第 3 期）、潘向荣的《恋人日记》（1995 年第 4 期）、陈谦《硅谷丽人》（2001 年第 6 期）等文本重视从感情变异与生活纠葛的层面展现中西文化冲突融合的重大话题，具有从风月看风云的特点，集中展现了海派文学的美学倾向。总体而言，非政治化的视角，情感生活的主题，个人意识的凸显，乃至消费通俗性的品格等共同风貌，使得《小说界》的留学生文学基本融合在上海自 20 世纪 80 年代末日盛的日常生活叙事之流中，与海派文学传统一脉相承。其中还有不少作品获取大奖，成为上海文学的经典之作。如刘观德的《我的财富在澳洲》、王周生的《陪读夫人》分别获得上海第一、二届中长篇小说优秀作品二等奖与三等奖。

值得重视的是，自 20 世纪 80 年代以来，游荡在宏大叙事之外，保持着对日常生活的、情感的、个人的、新历史主义话语的认可与建构的海派美学正不断侵袭整个汉语文学的审美阵地，起到了指引方向的作用。如郜元宝所言，在有关上海的制度性想象之下，一种相对独立于中国文学同时又在某种程度上引领整体的随它一起发生变革新的上海文学正在形成。① 留学生文学也以它日常生活的旋律与中西文化交汇的主题成为当代中国文学的和谐成分。

留学生文学对于都市经验与跨国经验的表述，丰富了文学上海的想象内容与方式，稳固了《小说界》作为海派文学期刊的形象与位置。同时，“留学生文学”被整合进入了以日常生活叙事为主导的海派文学传统中，获取了相应的位置与继续发展的空间。

（三）专栏内外的留学生文学

《小说界》中，留学生文学在题材风格上呈现的上述特点，与学界

---

① 郜元宝：《一种新的上海文学的产生——以〈慢船去中国〉为例》，《文艺争鸣》2004 年第 1 期，第 77 页。

对留学生文学的总体认知是一致的，显现出媒介话语对学术话语的积极影响与介入。但《小说界》中有关留学生文学的定位与运作也有含混歧异的层面，以至于难以形成有关“留学生文学”的整体感知和清晰印象。

在学界，对于什么是留学生文学有两种观点。一种观点主张从作者和题材两个纬度去考虑，认为从严格意义上讲，“留学生文学最好作者是留学生，取材是写留学生生活的”①；另一种观点则只关注题材，认为留学生文学“是那些以描写求学的中国人在国外的故事为主要内容，着力反映留学生群体的文化心态、价值观念、思想意识和情感表现的文学作品”②，作者是否为留学生并不重要。前一种观点自过于狭窄，而后一观点更符合留学生文学的写作实践，广为人们所接受。但《小说界》对留学生文学的定义更为宽泛随意。从专栏中的文本来看，除了留学生写的留学生活外，还有以下三种情况：一是非留学生写的留学生活，如《小说界》编辑孙颙写的《此岸·彼岸》（1989 年第 3 期）；二是留学生写的非留学生活，如朱慧玲的《山形县的哭声》（1993 年第 5 期）写了在中日跨国婚介中被欺骗、被凌辱的中国女性的遭遇；三是非留学生写的非留学生活，如王渝（夏云）的《底牌》、《朋友的丈夫》、《归人》等表述的是海外华人感情世界的琐碎经验，与有关“留学生文学”的想象和典型主题相距很远，作者也早已不是留学生身份。可见，《小说界》中的“留学生文学”的刊载并没有根据统一逻辑进行，因而难以对其刊载的作品做出概括梳理，更不用说下严格定义了。如果一定要总结的话，笔者认为他们唯一的相似处在于文本中流溢的“跨国经验”，但在改革开放以来中西经济与文化交流频繁的语境中，内地的汉语文学创作也频频传递这种经验，这样定位已经过于宽泛，毫无边界可言。

《小说界》中留学生文学定义的开放性，导致了“专栏不专”的有趣现象。除了［留学生文学］专栏外，《小说界》还设立了［海外华人作家作品］、［台港文学］两专栏引荐大陆之外的汉语文学，但三专栏

---

① 王富荣：《留学生文学会谈纪要》《小说界》1989 年第 1 期，第 191 页。

② 李东芳：《寓言化写作——中国当代大陆留学生文学思潮的现代性价值》，《河北师范大学学报》（哲学社会科学版）2006 年第 3 期，第 116 页。

间的作品常可相互替换。在［海外华人作家作品］栏中，有不少以留学生活为题材的作品，甚至更接近人们对于留学生文学的直观认定。於梨华的《姐妹吟》(1988年第4期)、《回头不是岸》(1999年第6期)都以留学生活为背景；而木马的《红手》可谓不折不扣的留学故事，小说展现的是大陆留学生林振所经历的异域求学噩梦。专栏的差异命名根本不具备对作品的相应约束力，相反，由于作者身份的多重性与作品题材主题的形似性，所有专栏都由此产生了形同虚设的观感。同样，在［留学生文学］等专栏之外，《小说界》中还流散了大量海外学子或华裔作家的汉语文学创作，在《小说界》开放的视野中，均可进入［留学生文学］栏中。如罗英、薛海翔、董红婴、彭小莲等华裔作家的作品，成为解构［留学生文学］栏的鲜活文本。而［留学生文学］栏的基本作者王渝、严力、於梨华、叶仁秋、易丹、严歌苓等专栏内外作品的相似性也造成了［留学生文学］栏的逻辑困境。

20世纪90年代中期后，《小说界》中留学生文学在专栏内外徘徊的趋势愈加明显。随着中西文化交流的日益深入，留学生文学也不再具有先锋性和新闻性，从题材、作者等维度来鉴定作品的意义已经不大，专栏内外的作品在题材选择与创作风格方面日趋一致，［留学生文学］专栏的设置显得有些尴尬。在诸如柳岩的《金戒指》、唐颖的《糜烂》(1995年第4期)、薛海翔的《情感签证》(1998年第5期)、禾家的《去是朝云无觅处》(2001年第2期)等大量存在的“泛留学生文学”的冲击下，《小说界》中的［留学生文学］栏在90年代中期后逐渐弱化，从1996开始，该专栏的出现频率和作品数量都呈下降趋势，2005年则被取缔。

《小说界》有关“留学生文学”的运作中出现“定义含混”、“专栏不专”、“非连续性”等现象，与其说是编辑者缺乏思量、不够严谨而造成的，不如说这些运作本身就不是学术建构行为，不需严格遵循学术规范。在期刊“为我所用”的传播策略中，作品选择和编排设计都有自己的变化轨迹。对于《小说界》而言，“留学生文学”的运作一方面服务于期刊转型的内在需要，出于“引人注目”的策略和即时编排作品的方便；另一方面则试图展现海派期刊的个性，在“留学生文学”的整体定位、作家作品选择以及刊载形式方面与变迁中的上海语境产生呼应。此外，作为出版社的平台，它的运作还将受到某时期出版议题的直接制约。因此，它的运作与专业期刊和专业研究领域之间必然存在一定距离。除了忽视“留学生文学”的定义与运作的严谨性与稳定性之外，《小说界》对最新的学术走向也不亦步亦趋。如1993年左右，当偏重“大陆学留群体创作”的新移民文学呼之欲出替代留学生文学成为考察话语时，《世界华文文学》、《华文文学》等专业性期刊迅速随之更改，取缔了留学生文学专栏，而《小说界》的［留学生文学］栏依然故我，未做调整与改变。正是由于媒介话语与学术话语之间存在着差异，《小说界》虽然率先举出“留学生文学”的旗帜，却未着力建构出有关“留学生文学”的理性认知与整体观感，在学术话语体系中也未取得足够的主动权与发言权。

然而，媒介话语的不稳定性与含混性，正可谓文学期刊与多种语境力量交换能量的过程与结果。《小说界》中有关留学生文学的破碎印象，某种意义上，就成了内地语境下有关“留学生文学”的纷争与歧义的折射。在学界，留学生活的题材或作者的留学生身份作为“留学生文学”的核心内涵，能否具有更高意义上的涵盖力，成为一种重要的文学潮流，一直有着不同的观点。有的认为“留学生文学”只是海外华文文学或移民文学的一个过渡现象①而已；有的认为“留学生文学”就是中国文学的一部分，无须另划入海外华文文学②之中；还有论者则强调“留学生文学”自有历史脉络与发展规律，甚至已编撰出《留学生文学史》之类的宏大叙事。③ 而《小说界》中，在设置［留学生文学］专栏的同时，又无视定义规则，常与海外华人文学、内地文学、上海文

① 李仲：《新“移民文学”的兴起》，《世界华文文学论坛》1998年第1期，第20页。

② 杨匡汉等的《二十世纪中国文学经验》（东方出版中心2006年版）中将留学生文学作为中国文学来研究；郑宗培在《夹缝中生长的留学生文学》一文中也将留学生文学放在中国当代文学史的视野中（《文学自由谈》2000年第4期，第111页）。

③ 《中国留学生文学大系》由上海文艺出版社2000年出版。该大系费时近6年，收录了近现代149位留学生、访问学者撰写的留学生题材作品约300万字，大系共6卷，分为小说卷4册和散文、纪实文学卷2册。收录的均是不同历史时期留学生文学的代表作，从近代陈天华的《狮子吼》、郁达夫的《沉沦》《银灰色的死》、张资平的《木马》，到当代王周生的《陪读夫人》、刘观德的《我的财富在澳洲》、顾城的《英儿》等，清晰地记载了中国留学生文学近现代以来的发展轨迹与重要成就。此外还有王少杰、范琳的《二十世纪中国留学生文学（文学史）》，中国文联出版社2005年版。

学等重叠混杂的现象，不正是对上述立场的同时展现吗?

作为当代文坛的反映器，文学期刊呈现各种力量的交织与冲突，构成的是杂语共生、鲜活流变的文学现场，带有鲜明的时代感和新闻性，能够充分显现文学现象与文学潮流的复杂流变性。《小说界》有关留学生文学的紊乱感知和话语歧异，为研究者反思简单化与线条化的研究思路提供了重要参照。

结 语

《小说界》是留学生文学的重要倡导者和建设者。然而，由于它并非当代文学期刊中的权威，没有足够的话语权；加之一些影响较大的留学生文学作品如查建英的《丛林下的冰河》，曹桂林的《北京人在纽约》与周励的《曼哈顿的中国女人》等并未刊载于其中，因而一向被研究者所忽视，更谈不上对它进行专门研究。但是，有关“传媒与文学”的关系命题若要深入，就不能忽视媒介群中的任何一个关节点。《小说界》应是具有“关节点”意义的有关“留学生文学”的媒介空间。从上文论述来看，《小说界》为留学生文学的研究保存了鲜活的文学现场，有利于呈现和解决一些以往所未能关注的重要问题。第一，有关留学生文学的兴盛与内地文学传媒转型及阅读走向的关系。正是作为《小说界》转型的有力武器，“留学生文学”才被整体凸显，因而一开始就被定格在“可读性、世界性和新闻性”的视野之中，迎合内地读者的阅读期待。第二，是留学生文学与都市想象及海派文学的关系，由于《小说界》是一本具有海派风格的文学期刊，留学生文学被整合进入文学上海的秩序之中，凸显了都市想象的主题和日常生活的叙事风格，成为海派文学的重要支流，显现出留学生文学整体审美风格的特点与走向。第三，呈现了有关“留学生文学”的定义与定位走向的混杂性。由于媒介话语的不稳定性和含混性，《小说界》未能形成有关“留学生文学”的理性认知与整体观感，和学术话语体系保持了张力关系，大陆语境下有关“留学生文学”的纷争与歧义得到展现。总之，作为留学生文学的鲜活现场，《小说界》的研究视角敞开了以往所未能关注的现象与问题，对它的深入探究，将有利于避免简单化与线条化的研究思路。

第三辑 文本解读及史论

一 从陈映真小说的“父性权威”看其叙事的“尴尬”及其意义

陈映真是台湾文学界的一面推崇人道主义的旗帜。他的小说始终贯穿着对本土语境下的人们精神生存的关注和焦虑。其中不乏救赎的勇气，更见建构的激情。同时，作为一个立意在中国文化中寻找“心灵的故乡”的作家，他的作品中有强烈的家国情结。因此，一个文化意义上的家成为人物生存的根基，而人物的家庭身份也成为发掘人物现世的生存状况和生命价值的纽带，在此之上作者心仪的人生乌托邦就形成了。本文从人物的家庭身份出发，选取陈映真建构的“父性权威”为介入点，来探究陈映真在这一建构过程中反映出的叙事的尴尬及其意义。

（一）父性权威的“他者”式构造

陈映真的小说描写了众多的家庭，其中的父亲形象都试图象征一种强大的父性权威。但父亲往往不是主要人物，而是隐藏在叙事主旋律之后的背景，或者是在主人公记忆里一闪而过。而他笔下的儿子和女性形象则浓抹重彩，笔墨较多。但作家以节省的笔墨来呈现的父亲形象，在其小说中是否就是毫无意义的呢？在我看来，这一模糊的父亲形象，恰恰是我们需要认真解读的“空白”之处。因为父亲的复杂性已经通过母性形象和儿辈形象得以言说。这种“背面傅粉”的形象建构策略，是对自我身份的“他者式”建构，正如萨义德在《东方学》一书中所言：“自我身份的建构，最终都牵涉到与自己相反的他者身份的建构，而且总是牵涉对与我们不同的特质的不断阐释和再阐释。”① 陈映真虽然没有正面描绘一个个坚不可摧的父亲形象，可他一再阐释的依附丈夫（情人）的女性形象和服从、敬畏或崇拜/父亲的儿子形象，正好形成他建构父性威权的两个他者。

女性他者的特质正好符合陈映真“父性权威”的建构要求。第一，她们都具有夸大的繁衍本能特征。一例都是“肥厚的唇、丰腴的臀、坚实的乳房、短而丰腴的手”，孩子就是她们的全部。《夜行货车》里的刘小玲说：“我有孩子，你却什么也没有。”孩子是她和男性对抗的强大武器，同时也成了唯一的特征：母性特征的象征。第二，她们把自己捆绑在家庭里，《山路》里女革命者蔡千惠也只能选择投身一个家庭，充当一个“老嫂子”的方式来赎罪。第三，她们是弱者，总是“流着眼泪”。从《面摊》里簌簌流泪的妈妈到《唐倩的喜剧》里像个“恶俗的母亲一样流泪”的失子的唐倩，全都是处于弱者地位的母亲形象。第四，她们是没有表述能力的，只有永久的沉默和等待。在《某一个日午》里房处长记忆中的妻子“静默仿佛家乡荒山里的古刹”；时代知识分子唐倩不时流露出“大地般母性的沉默”。《第一件差事》里的林碧珍等待着一个像“航海人”一样的男人，时刻应他的召唤而去。而《夜行货车》里刘小玲“守着，忧伤地守着一个男人的伤痕，却是她所渴望的何等的幸福啊！”等待和守候的女人成了一个被启蒙者，她留下了所有的空间，等待男性来书写自己的历史。这样，陈映真通过建构一个个没有表述能力的女性形象，打造了他父性威权的“华盛顿大楼”的基脚。

儿子形象也是陈映真构建的父性权威的一个他者。首先，陈映真笔下的一些儿子是刻意以父亲的精神力量为成长支柱的。《赵南栋》里的赵尔平是这样成长的：在极为贫困的师范生年代，只是受了贫困和囹圄中的父亲每次为少年时代的他带来悲伤情结的家信的激励，他曾立志磨砺人格人品，立业济世、答恩报德。同时，很多时候，父亲又成了儿子寻找崇拜对象时不可逃避的化身。《某一个日午》里的房恭行一直向往着崇高的革命时代，于是经历过革命时代的父亲，就成了他的崇拜对

① ［美］爱德华·萨义德：《东方学》，王宇根译，三联书店1995年版，第425页。

象，他说：“我极向往您年少时代所宣告的新人类的诞生以及他们的世界，我崇拜您。”在陈映真的笔下，就是有反叛性的儿子都在努力听从父亲的教导，在父亲面前保持沉默。正如《夜行货车》里的詹奕宏所体验的一样，父亲的话是指引前行的方向。当他父亲说“孩子，走哇，往那个地方走，那个我们这一辈子想到却无法抵达的地方。望你努力，出人头地”时，他只有拼命地读书，拼命地往上爬，他的内心虽无比寂寞，却不愿违背父亲的旨意，在父亲面前保持沉默。同样被父亲强大的精神压力压抑的是《永恒的大地》里的儿子，他虽然发出了诅咒父亲的声音：“他的日子，我的日子都不长了”，可又在内心深处害怕失去了这种父性力量的笼罩，时刻表现出空虚和恐惧。又如《故乡》里的大哥在父亲死后堕落成一个魔鬼，而“我”也在哥哥的精神死亡前莫名地伤痛和迷惘。事实上，后一辈的儿子们，逐渐被舶来资本异化，已经完全没有了自主的精神力量，他们不想也无力承担占据精神支柱的重任，如赵南栋、莫莉们更是选择了“纯物”的生活方式：他们按自己的感官生活，他们是让身体带着过活的。这群不断迷失自我的台湾儿子们，就把“自我表述”的权利也出让给了父辈。

这样，陈映真通过这种侧面的叙事策略，在文本中建构了一个隐形却强悍的“父权乌托邦”镜像。但必须看到，他所认同的父权，和一般意义的父权观念有所差异。他的重心不在宣扬“男尊女卑”的观念，而是重建一个稳定的家庭中心——父亲；在此基础上，再建立起一个稳定的社会中心——家庭，在家庭的基础上再建立起一个稳定的社会模式——农业社会的父权制社会模式，从而企图给人们一个安定、幸福的桃花源。因此，在作品中他无意贬低女性，相反，他赞美女性对爱的执着和勇敢，欣赏她们在经济上的独立。借一些人物之口，陈映真意识到：“中国的男人，都是三流 Lover。在爱情上，女人比男人要诚实，比男人勇敢多了。”（《夜行货车》）。女性往往自己赚钱，养活全家。《上班族的一天》里的酒女 Rose 不但勇敢地爱着，而且掏出了 10 万元给懦弱的情人黄静雄买房。陈映真的作品一次一次呼唤着有象征意义的原野、家园和故乡，而这他梦想的桃花源，成为受伤灵魂的休养所和最后归宿。于是，他的“父权乌托邦”与儒家所礼仪的父权制模式有了相通之处。儒家的父亲是一个家庭、一个家族的统治中心，他的威力就在于在精神上绝对的权威。他的声音代表家族的声音。女性必须有“三从四德”，服从男性的精神统治，儿子必须孝顺，在精神上顺从父亲。陈映真塑造的女性正是一个生殖化、软弱、沉默、等待启蒙的母亲形象，他塑造的儿子是一个软弱、忧郁、迷惘甚至物欲化的小知识分子形象，这两个他者形象，和儒家父权制里的女性和儿子相似，即都强调女人和儿子对父亲的依附性。他们都仅是父亲身上某种东西的一个符号，当父权需要压制这种东西时，就将他们逐出他自身之外，驱赶到他自己明确的范围之外的一个安全区域——他者的位置。

（二）无力表述的父亲

陈映真笔下承担着表述功能的父亲在台湾社会又有什么样的生存状况呢？他们能承担陈映真为之设计的表述重任吗？

陈映真笔下的父亲形象虽然不是笔墨的重点，但必然在一个温馨角落闪烁。他们的存在状况虽然没有得到叙事者主观的重视，但是作者对现实的尊重，让我们能搜索到他们的真实面貌。陈映真的小说中的父亲大多是指在20世纪50年代已步入中年的人群。他们成长于为民族的生死存亡斗争的风云激荡的时代，多少得到了崇高的神话熏陶，他们身上也残留着中国半封建半殖民社会的许多痕迹（优点和弱点）。而50年代后，台湾社会形态的性质，已是新殖民主义、边陲资本主义的性质一览无遗了①，这时父辈中的许多人不得不从农村向城市进军，以谋求生存权。但是工商社会的“狡诈欺骗”和“残酷竞争”，往往使这些依然保留着农业文明的勤劳、奋勉、善良的“乡下人”走进了生活的深渊。《面摊》里的父亲尽管流尽了汗水，却被迫在城市边缘流浪，眼看自己的儿子死于“无能救治”的病痛中。《我的弟弟康雄》里的父亲凭着毕生的奋勉和知识没有摆脱贫困，他的第二代却以秀丽的姿色为交易品摆脱了。《故乡》里的父亲因生意失败而被债务逼得“咽了气”，《夜行货车》里的詹奕宏的父亲因金融的波动而沦为失败者。这是陈映真在早期小说（1959—1965）中描绘最多的父亲形象。他们反映的正是父辈中

① 陈映真：《七十年代黄春明小说中的新殖民主义批判意识》，《文艺理论与研究》1992年第2期。

有着浓厚传统文化特征的农业人，其失败表现了在五六十年代台湾社会性质转变时父亲们的第一种失落：经济上丧失了表述权。

20 世纪 70 年代中期，美日资本联合进入台湾，资本主义的意识形态已经深深浸入台湾人的精神肌体，以往有着崇高信念和伟大行动的时代已成为少数人的记忆，一个平面、平庸的时代开始了。在这种转变中，一些曾经具有支配力和行动力的父亲被推向历史的边缘，他们不能不孤独和寂寞。《永恒的大地》里的父亲一个人孤独地躺在与世隔绝的阁楼上，欲维持他的精神统治已是心有余、力不足，他警惕着自己的儿子的反叛，自制着虚幻的谎言安慰自己荒芜的心灵世界。《某一个日午》里的父亲房处长在儿子死后觉得“自己的世界，他的一向那样坚固、那样强大的世界，竟已这般无助地令人有着想要呕吐的感觉而摇摇欲坠了”。《第一件差事》里的父亲胡心保曾经放弃富裕的家庭，跟着往南边跑，可在此时却成为一个失去生活目的的精神漂泊者。连《赵南栋》里的革命父亲赵庆云也在孤独和忧愁中寂寞地死去了。这是陈映真在中后期的小说中着力描绘的父亲形象。这时，父亲们的精神饥荒使他们在逐渐消失表述的意志和信念。

然而真正的危机在于，父亲们在家庭的稳固位置也在逐渐破碎，连基本的存在感也被破坏了，他们由家中的精神支柱沦为多余的废物或寄生虫。这类父亲形象主要出现在陈映真的中后期小说中（1975 年以后）。《贺大哥》里的同名主人公被“小曹”如父亲般崇拜着，却已经出现记忆障碍和个人身份意识的残破，他不得不逃离社会规定的“不能发言”的位置，虚构一个自我身份。《夜行货车》里的曾经叱咤风云的刘小玲之父“越发成了一个破旧、多余的人”，最后孤独地病死在病房里。《赵南栋》里的莫莉之父，干脆捅出一大堆债务留给莫莉的母亲去收拾，然后又专找年轻女人鬼混，他在现实中找不到自我，甘愿成为寄生在女人身上的寄生虫。到《忠孝公园》里的父亲林标，则直接呐喊出“我是谁？我到底是谁?”他，已成了一个找不到儿子，也找不到生存位置的“空中飞人”。

陈映真笔下的父亲，终于演化成了孤独、无力的父性寓言。他们生不逢时，注定没有《白鹿原》里的白嘉轩那样的“硬骨头”，不能手执“父权”之鞭，对淫荡进行惩罚；《死者》里的祖父面对媳妇的淫荡极为痛苦，却已无力说出“媳妇啊，可千万不要为我们家做难看的事”的祖训，他的“嘴唇失去了统御，兀自紧紧地抿着”。父亲已无法主宰家庭，统治儿子，逃离和放逐成了儿子们反抗父性权威的方式。《苹果树》里的林武治难以忍受父亲的不完美选择了逃离，《赵南栋》里的赵南栋不愿面对父亲，选择了自我放逐，《忠孝公园》里的林标之子远离父亲的召唤，选择了浪迹天涯。父亲们丧失了表述能力，承担不了陈映真为之设计的大任，这一事实使陈映真小说的“父性权威”建构变成自我否定的利刃，敞开了其精神求索的尴尬。

（三）两难处境中的尴尬叙事

陈映真一面建构父性权威，一面解构着它。那么这种尴尬叙事的原因何在？

陈映真的文学创作，受着西方和东方文化的双重影响，但作为求索精神和现实出路的文学行为，直面本土现实才是其创作的最终动力，陈映真的尴尬叙事，也应在这样的一个情意结中去确定其意义。作为一个生长在后殖民社会的知识分子，陈映真受到西方文化的全面熏陶，他毕业于淡江文理学院外语系，对外国文学和文化十分熟稔，其语言和叙事手法都受西方影响极大。西方的人道主义、批判精神是他的理论武器；基督教的原罪意识、普救思想等宗教情结是他的思想资源。他的早期小说试图在西方文化中寻找精神之光。如《故乡》、《我的弟弟康雄》、《兀自照着的太阳》里充斥着死亡和爱的救赎，闪烁着人道主义的光芒。但这种救赎一方面由于得不到大众的理解而不可避免地走向颓废和悲苦，另一方面也因没有现实的批判力量而成为空中楼阁。相反，就是在这一寻觅中，他发现了西方文化对人的巨大腐蚀力。它塑造了异化的下一代，塑造了“无梦、无力、无性的人种”①。造成“大众消费社会的形成和消费人的登场，造成一个思想贫困、人情淡薄、趣味庸俗的社会”，人们“失去了思想、创造、同情、爱和愤怒的功能”②。他对西方文化由希望逐步走向失望。

① 陈映真：《陈映真文集·杂文卷》，中国友谊出版公司 1998 年版，第 109 页。
② 同上书，第 110 页。

作为一个生活在台湾本土的作家，他深受传统文化的影响。童年时代，陈映真生活在开满芬芳的小野花、飞跃着翠绿色的蚱蜢的田园风光里，他的父亲和同胞哥哥，以及邻居家善良的姐姐给了他人生中最纯最真的回忆。[①] 中学时代，他受过传统的教育，从鲁迅等人的小说中学到关于民族和国家的感性知识。可见，他不但沐浴着乡村背景下传统家庭亲情的温暖，而且培养出一种对祖国民族的深厚感情。但也许更重要的是，在台湾，为了和殖民主义篡改破坏本土文化的企图相对抗，几代本土知识分子都力求重建中国传统文化；他们都倾向于选择儒家文化来确认民族文化在世界文化中的地位。如徐复观先生就以自己的实践，努力重建台湾知识分子在权利面前，坚持良知、真理、为民请命、褒贬时政的传统精神。他是“不向权力俯首，却一心想在中国的民众、历史、和文化中找思想的出路，寻找心灵的故乡的人”[②]。陈映真对徐复观先生是十分赞赏的，他在徐死后所写的纪念文章中表达了“惺惺相惜”的感觉。或者，基于对传统文化的这种信念，他的价值倾向最终倾向良莠夹杂的儒家文化。“父权乌托邦”便成为他建构的民族的“华盛顿大楼”。

在他后期的小说可以看到回归传统的倾向得到了强化。如《迷雾》、《归乡》、《忠孝公园》中失去以死亡、恒爱为救赎的宗教色彩，分析起民族的历史和现实来。然而，作为一个有理性的现实主义者，陈映真还感觉到西方文化为主的现代文化对他的父权乌托邦的冲击。比如西方女权运动，它促使女性位置的改换及其觉醒，在美国 20 世纪 60 年代就出现了高潮。台湾作为一个与美国有着十分密切关系的地区，早在 70 年代初就出现了新女性主义运动，80 年代，又有以李元贞为发行人的《妇女新知》杂志，继续推进女性解放运动，从而带动了众多女性为女权运动和女性主义文学而努力。女作家李昂甚至写了《她们的眼泪》中的云阿姨作为启蒙者来解构《贺大哥》中类似的男性启蒙者[③]。陈映真作为一个敏锐关注现实的作家，他无法回避事实。尽管他有意突出女性的依附性，后期小说《赵南栋》里却有莫莉母亲这样的女性权

---

① 陈映真：《陈映真文集 · 杂文卷》，中国友谊出版公司 1998 年版，第 177—182 页。

② 同上书，第 45—46 页。

③ 李昂：《爱情实验》，人民文学出版社 1988 年版。

威存在于他的视野。

此外，西方文化铸造的新一代的异化了的人物也冲击着他的梦想家园。父性权威存在于新一代的记忆中，却完全失去影响力。《赵南栋》里的赵尔平虽然曾以父亲的崇高激励过自己，但是还是“步步为营地，滑进了一个富裕、贪嗜、腐败的世界，对金钱、居所、器皿、服饰和各种财货的嗜欲，像一个活物一样，寄住在他的心中，不断的肥大”。这些形象宣告了父权乌托邦的破灭。当然，父权制社会模式，本非现代人的桃花源；农业社会的生存模式，也不是儒家文化的精华。在它之中无法确定一个现代中国人的身份，像陈映真这样的文化双栖者更不用说了。陈映真的小说深层的悲愁和不知何处去的迷惘可能与此相关。可见，陈映真企图为台湾人和自己寻找家园，却走向了不归路。法侬说：“那些决定要弘扬民族真实的艺术家却反过来面向过去，远离真正的现实，他们最终欲拥抱的实际上是废弃的思想，它的外壳或僵尸，一种已被束之高阁而且永远封存起来的知识。”① 陈映真确认的这种民族文化正是如此。

民族文化的这种两难状态让陈映真的叙事陷入了尴尬。从美学意义来看，这种尴尬也许是作品解读张力的开始，而从文化建构的意义来看，这种尴尬叙事的积极意义在于它体现的不是作家文化身份的尴尬，而是敞开了作家寻找民族出路的坎坷历程。陈映真不是像萨义德、斯皮瓦克、霍米·巴巴这些生活在西方的东方人，没有遭遇与之类似的尴尬处境。这些理论建构者的尴尬在于，他们的文本一面为后殖民地人们疾呼，一面却又渴求被西方中心认可。他们自居为后殖民地人民的精神实体，其话语和策略又离不开西方的语境。他们的尴尬最终源于寄居的软弱性。而生活在本土的陈映真，一个有强烈使命感的中国知识分子，对民族文化的这种认可，是为了对抗强大的西方异文化，捍卫民族的尊严，重建精神家园。所以，陈映真的“父权乌托邦”虽然是一种尴尬叙事，却有着无限的精神力量。

① ［法］弗朗兹·法依：《论民族文化》，选自《后殖民批评》，毛荣运译，北京大学出版社 2001 年版，第 171—172 页。

二 叙事者的形象：剖析葛亮小说的一种视角

葛亮已陆续写出了很多好的作品，笔者手上只有他早期的小说集《相忘江湖的鱼》①。在这本集子里，叙事者是一个都市男孩，他忧郁的目光扫视之处，总在都市的边缘——那些残留着冲突和苦涩的裂缝，他也是小说中的角色——个性鲜明、不可或缺。两者浑然一体，难以区别。我想，不妨将这身兼叙事和角色双重功能的叙事者，作为剖析葛亮早期小说的一个视角，并借此瞭望他后来的写作境界。

（一）柔弱的身躯感伤的心

《相忘江湖的鱼》这一集子中，叙事者毛果和小说人物毛果的视角是重叠的，他们之间不存在矛盾和张力，因此，人物的情绪个性也奠定了故事的基调。虽然毛果在小说中有时是孩子，有时是天真好玩的学生，有时是大学校园的才子，其共同之处却是清晰的：他们都不是雄赳赳气昂昂的斗士，而是带点女性气质的怯弱男孩。由这样一个柔弱的身体来叙述和历验都市的异度空间以及挣扎其中的异类生命，自有些特别的意味。

《洪才》中充当叙事者的孩子毛果出场时，正遭遇一场恶战，他从乡下刚转到城里的重点小学，乡气未去，孤立无援，遭到同学欺负。同样被排斥的留级生洪才仗着五大三粗的个头，挺身而出，保护了他。由此，借助毛果的眼睛，洪才和他的家庭成为叙事的重心——他们在自家院子里种植麦苗、收割庄稼、圈养家禽，还有打青，硬是重现了一派生机勃勃的田园景象。率性、勇猛的自然之子洪才与怯弱、胆小、寂寞的都市男孩毛果处处形成对比，但又相得益彰，共同寻找着都市的非经典景观。然而在都市的拆迁计划中，田园连同洪才一起被放逐在都市地图之外，毛果又陷入了孤独之中。虽然小说因叙事者时而冒出的孩子腔调而略显幽默，但朝花夕拾的总体叙事格局淡化了笑声，只剩下蓦然回首时的寂寥与哀伤。

《相忘江湖的鱼》的叙事者毛果已是N大学的新生，可依旧被刻画

---

① 葛亮：《相忘江湖的鱼》，香港汇智出版社2006年版。

为有点木讷的文秀才：脸红、哭泣、埋头苦干、不善交际等。正是在这样的怯弱男孩眼里，挥洒自如、生气勃勃甚至带点霸气凶气的女主人公安才显现出别样的魅力，也只有这样的视角中，安起落沉浮、不拘一格的生命之旅及她的悲剧结局才显得惊心动魄。小说有意设置了毛毛和安的情感联系，以便深入安躁动不安的暴风雨一般的心灵世界，但软弱的毛毛只能目睹安寻求突围的挣扎，却无法伸出援助之手，最终，安的出走和堕落也是顺理成章了。这篇以倒叙手法写的“忏悔录”，依借柔软的叙事声音，弥漫着“此情可待成追忆，只是当时已惘然”的伤感和怅惘。

葛亮小说中叙事者的柔弱反衬出其所着力表现的都市边缘人所具有强悍而原始的生命力，但边缘人被都市放逐或异化的结局却是悲剧性的。由此，一种我们似曾相识的思维模式开始清晰起来：过去——现在、自然——文明、都市——田园的二元对比。这种古典的现代性，使得小说的叙事者只能立足于千疮百孔的都市现在时，回望已经消失的过去，就像沈从文来到京城才诗意化了湘西一样，也是距离，让葛亮的都市图景成了感伤的梦。这种感伤的基调借助一个柔弱的男孩来呈现是合适的，但吊诡的是，那种感伤的基调又让这孩子不像孩子，更像一个沧桑的老人。

笔者以为，柔弱的身躯感伤的心——叙事者的这一形象奠定了葛亮小说的基本风格。在柔柔的海派风格中试图渲染出历史的厚度来，其着力点自然只能在心灵而非社会风云，是优美而非壮美。

（二）入戏的观众

叙事者，在小说中到底是冷眼相看的观众，他小心翼翼地保持着与故事的距离，才能获得一种审美的观照。但葛亮的叙事者毛果是小说中的一个角色，有时还是举足轻重的角色，当叙事者用第一人称“我”来叙述时，我的情感、我的经验就深入其中，移情机制也成为推动情节发展的奥秘之一。

移情在葛亮小说中有时会蜕变成一种力比多的动力结构，在情节构造上留下明显的痕迹。尤其是涉及女性主角时，不免出现一种臆想性的牵扯；但显然没落俗到金庸小说“寻找妹妹式”的套路上，而是迅速地转换，刻意地制造距离。最常见的是，在情节构造上，“我”往往会以一种游离模糊的心态来处理细腻的情爱纠纷，有些不了了之的意味；而从叙事的节奏来看，就是“青春萌动、情感主导”的介入叙事升华成“因为懂得，所以慈悲”的旁观视角。

《阿霞》中，来餐馆实习的大学生毛毛作为有知识的人得到了阿霞的崇拜与爱，他也不知不觉对这个另类的乡村姑娘有了特别关心，但只需有同情和怜悯之心，毛毛就能充当着一个合格的叙事者，完成讲述阿霞苦命人生的使命。因而随着叙事的进行，毛毛对阿霞尚未明了的青春冲动很快就只剩下同情、怜悯，阿霞对毛毛的感情也像断了线的风筝，淹没在一堆杂事之中。《相忘江湖的鱼》的毛果与女主人公的情感更为深刻一些，但毛果那种缺乏力量和自信的生命状况，不可能满足安的精神需求，安何以爱上他？从事理逻辑来看这是一大败笔，但若从推动叙事进行的现实需要出发，则可能需要这样的设置，因为剖析这样一个狂澜反叛的女子，只有移情机制才能承担，换句话说，与对象产生爱恨交织的情感纠葛或者是深入对象心灵世界的唯一方式。更有趣的是，小说中对这段情爱有意的延宕和模糊的表述又凸显了毛毛与安的遥远距离——毛毛注定无法真正理解安躁动不安的灵魂，他充当的只能是旁观的叙事者，目睹悲剧的上演和落幕。

这种入戏的观众作为叙事者，既增强了小说的情感力量和真实性，也开拓了叙事所能达到的心理深度。但局限依然存在。因为入戏的观众也是观众，这样的叙事者必然限制作者笔力所能抵达的空间，我想，这可能就是葛亮笔下那些边缘人物面目模糊，过于戏剧化的原因。饱含感情的叙事往往给我们传递感受和感动，却未必形成真正的换位思考。对于那个世界，葛亮的确是有些隔阂的。这大概也是出生在20世纪70年代的都市写作者的局限——毕竟，很多风浪我们不是已经错过，就是擦肩而过，他们最熟悉的只能是跟自己有关的那一部分人生。当他们试图通过小说呈现“异”的时空经验和心灵遭遇时，就有些隔岸看花的感觉。葛亮是忠于自己的经验的，在他极为坦率和自然地选择了这样一个叙事者时，已经意识到了自己所在的位置。所以，这种不得已的选择也自有其价值吧。

笔者相信，移情和静观之间存在的张力，尚且年轻的葛亮正细细琢磨，期待他能经受岁月的考验。

（三）混血儿

这本小说集中的叙事者，兼有导游和导演的双重妙处。若将若干小说联系起来看，不难发现叙事者“我”是灵气十足的导游，他移步换景，用着不经意的散点透视，将淡出人们记忆中的都市边缘一一圈点，足现中国古典绘画与园林建筑闲而不散的魅力。再细看其单篇布局，则觉得叙事者像一流的好莱坞导演，用了引人入胜的叙事技巧。只见他先用短镜头掀开生活的某个角落，再一点点地拉远距离、拉开场面，使故事和人物逐渐复杂多元起来，最终达到惊心动魄的高潮部分，偶尔还有绕梁三日的尾声。这种情节结构的艺术我称之为步步通“幽”。所以葛亮小说的叙事者是混血儿，是中西美学融汇的产物。

这部小说集里，反复出现的叙事者毛果、篇目秩序上的有意安排，已经让这些看似飞散的短篇有了连续性和整体感。从《琴瑟》的家族史记忆，到年幼的玩伴洪才、匠人于叔叔、在酒店邂逅的乡村姑娘阿霞、大学校园里特立独行的安，叙事者既讲述了一个都市男孩的成长故事，也逐渐拓展了这座城市的生活空间：家—田园—社会—世界。随着空间的不断拓展，放逐也成为现代都市人的必然命运。所以，在最后一个安的故事里，出走居然成了她悲剧性宿命的缘由——那个璀璨的美国梦中这座城市完全丧失了价值，成为伤心的记忆之城，连毛毛自己也离开了。然而，移步换景呈现的依然是点和碎片，如果葛亮要呈现一种更为宏大和整体的城市记忆的话，仅仅依赖这个游散的叙事者是远远不够的。我想，葛亮早已不满足于这种碎片式的观看了；在后来的《朱雀》中，他开始书写如清明上河图那样的民俗长卷，不过，这个作为叙事者的男孩不会真的死去，他会寻找替身。

叙事者讲某个特定故事的方式总让我想起美国大导演斯皮尔伯格。都是从一个不起眼的画面开始，一点点地推进，在生活的自然进程中，最终还是要渗进一点点戏剧性成分——杀人、暴力、伤害、堕落。在这本小说集里，《洪才》的姐姐洪芸自由恋爱也会引发家庭暴力、于叔叔的儿子一定要杀死于叔叔的情人，自己因此丧命；阿霞居然砍掉了和姐老公的双耳，安还是要堕落成“妓女”，这些戏剧性成分让人有些诧异，但庆幸的是，它依然是通“幽”之手段，而非目的。的确，葛亮小说的叙事者因多了中国古典的灵气，小说所通之“幽”，便绝非好莱坞式的中庸结局，而是有点“含蓄”的“空荡”。或者，葛亮的小说，更像《老残游记》中大明湖听鼓书的那段，在层层铺垫之后，留下的是绕梁三日的音乐，而不是黑妞和白妞。当然也不免让人生惑，是叙事者过于年轻，不愿在故事中增添识见？还是为增强审美魅力，有意留下余地呢？

笔者认为，葛亮已意识到老老实实讲故事的重要性，回归故事的中国传统是他正在努力的，但当下文化的感觉结构也渗入到了其血肉之中，故其叙事者所通之“幽”，总有些摇曳不定的混合性质。

结　语

葛亮早期小说的魅力与这个说故事的年轻男孩相关，但年轻男孩自打进入故事就已经老了，他没有经历成长的蜕变期，就直接化身成为略显沧桑和失望的现代人，他回眸历史、织补岁月、重构个人尚未褪色的青春印记。即便如此，我在这些小说所传递的宿命般的忧伤中，已经感受到了一种试图腾飞的张力，男孩将挣脱旧茧，奔向更宽广的生活深处。似乎就在《朱雀》中，叙事者已经学会了分身术，在轻与重之间寻找新的身份标识。

三　论《金山》的“传奇”及其意义

加拿大华文作家张翎的《金山》问世，曾引发了众多争议，但因其对百年加拿大华侨华人史的成功书写，在中国内地得到了不少正面的评价。2009 年，该小说获得中山杯华侨文学奖的评委会特别奖，同年作家凭借这一小说获得第八届华语传媒大奖的年度小说家奖，成为获此奖项的首位海外华人作家。之后相关的文学批评和学术研究，都将之作为一种历史书写的独特范例进行分析阐释，充分肯定了作家的艺术努力和成就。然而，这部将宏大历史镶嵌在世俗生活里的“历史小说”，却从一种特殊的策略完成了对百年华人史的解构和建构。这种策略，我称之为“传奇”。那么，什么是传奇，作为一种叙事策略的传奇如何介入历史书写之中？传奇在海外华文文学的历史书写潮流中如何定位？本文尝试以张翎的《金山》为个案，检视“传奇”在华文文学创作中留下的印记。

（一）什么是传奇？

无论是在西方还是中国，传奇都曾是叙事性文体的一种命名。传奇在英语中为 romaunt 或 saga（可以指长篇连续的英雄故事，情节曲折，然而又不特别离奇，讲述人或团体的历史或传说），或指充满浪漫冒险色彩的中世纪的骑士故事，或指激荡人心、经历坎坷的英雄传说。在中国，唐代以传奇指代作意好奇、具有神话色彩的短篇小说，而明清时期的传奇则指充满悲欢离合的长篇戏曲。以传奇为这些文类命名，无非突出了这一类文学作品所具有的虚构想象、夸饰突兀等情节构造的特点及其相应的审美特征。在本文中，“传奇”作为一种叙事策略与审美效应，也是根据文本所呈现的不同于日常生活的突变与戏剧性效果。此外，作为叙事策略和审美效应的“传奇”还是一个聚焦点，它将阅读者的审美体验与写作者的写作姿态紧密地联系起来，为整体上探究小说的叙事特色提供了便利。

20 世纪 80 年代以来，对历史的特别关注和另类叙述一直是海外华文创作的一大特点。与正统的历史叙事相比，海外华文作家擅长以日常生活维度来解构宏大叙事，在鲜活的人性视角和开阔的跨文化视野中建构小人物的生存史。表面看来，“传奇”作为一种不同于日常生活的戏剧性构造手法，突兀而奇特，似乎与海外华文创作的历史叙事原则无法直接联系。但在以情爱为线索的叙事主流中，“传奇”用另一种更为隐蔽的方式潜入了小说文本中，哪怕书写的是无名者的生活史，也在编织、省略和阐释中变得有些离奇震撼，此时，传奇已不再是一种叙事策略，而是升腾为一种叙事伦理，甚至变成基本的创作原则。

如果说 80 年代严歌苓的《扶桑》已经以妓女的异域传奇建构了北美华人移民史轮廓的话，那么张翎的《金山》则有意识地将无名者引入历史场景之中，从家族的兴衰沉浮去重现北美华人移民史的另一种复杂性。虽然这部小说的宏大历史场景时隐时现，但作者立意要书写的却是普通人的生活史。如何书写这样的小历史，对于张翎而言，虽有细节处理上的难度，但没有偏离华文文学历史书写的整体路径，她依然借助“传奇”的叙事原则重建了加拿大的华侨华人史。有意思的是，她的《金山》，甚至比严歌苓的《扶桑》更为清晰地凸显了“传奇”在海外华文创作中的独特位置。下面，让我们借助对《金山》中“传奇”因素的深入解读，更加清晰地把握海外华文文学的历史书写中的“传奇”问题。

（二）怎样传奇？

1. 巧遇、意外、偶然等情节构造方式

《金山》中，巧遇、意外、偶然等屡屡成为构造情节的基本方式。所谓无巧不成书，故事的起点就是开平一个普通屠户方元昌的奇遇，他偶然之间得到了一包沉甸甸的金元宝，“从此，他简单清贫的屠夫生活，在那个下午画上了一个巨大的句号。而他的家人，也将随着他从低贱的泥尘瞬间攀上富贵的巅峰”①。但方元昌的好日子只维持了六年，六年之后。他因吸食过量鸦片而死在烟榻上，而那也可能是他的最后一口烟了。方家的田产，那时早卖完了。家里几样值钱的家私首饰，都已送进了当铺。只剩下一座青砖大院，也早有债主排队等候着了。② 在这样的起落中，主人公阿法尘埃落定。暴富使其父亲有余力让阿法接受教育成了一个有知识储备的人，而暴穷使得这个知识者为了生存不得不沦为远涉重洋的金山劳工，于是，作为知识者的劳工得以在一群海外金山伯中书写了自己的传奇——与众不同的人生际遇。接下来，在阿法的人生中不断地出现意外与偶然，使他陷入得金失金悲喜交替的大起大落之中，如太平洋铁路修筑中阿法以身体为代价得到的银票而后变成了一张废纸，失业后流离失所、走投无路的他又从红毛的胡琴里淘出了意外的一块金子得以建立起自己的竹喧洗衣房；偶然一次碰到了老师欧阳先生听了一次讲座便捐出自己的所有心血，重归于赤贫。再有竹喧洗衣房的三起三落，农场的得而复失等都可称之为具有传奇色彩的人生际遇。从阿法的人生际遇中，我们不难把握第一代金山华工铸造充满奋斗色彩和英

① 张翎：《金山》，北京十月文艺出版社2009年版，第15页。

② 张翎：《金山》，北京十月文艺出版社2009年版，第20页。

雄意味的人生传奇的过程。

除了阿法之外，第二代金山华工的人生际遇也常被偶然和意外所牵扯。如锦山的人生就是一连串的意外。他在温哥华偶然进入了孙中山的演讲会堂，又身不由己地加入洪门，再莫名其妙地被抛尸河中，却又绝处逢生，被本地红番救出，再引出了一段“痴情女子负心汉”的故事，正是这一连串的意外与偶然，使尚未有自觉意识的少年锦山拥有难以把握的人生异轨。锦山如此，锦河也是。这个未谙世事的小男孩锦河，突然被放进了一个畸形的西方家庭之内，接受了一次次情感和心理上的阉割，被迫走上不正常的情爱之轨。在第四章《金山乱》中，第二代金山人的人生传奇是平庸的但却是放浪的，在天涯浪子的传奇中传递了异常的颓废与沉沦感。

作者正是通过偶然、意外、奇遇等叙事方式制造出了与日常生活的距离，形成突兀、离奇、夸饰的感觉，造成传奇的审美效应。但是这种偶然与意外，奇迹与奇遇，显现作者对第一二代金山人无法把握自己命运的悲叹与怜悯。

2. 预叙的使用

预叙是将即将发生之事预先展现出来的一种叙述手法。它在中国古典小说中极为常见，实际是一种悬念设置的方式，通过以半遮半掩的方式将后继情节敞开，为故事的开展埋下伏笔，当然也导致了阅读上的期待感和紧张性，具有传奇的审美效应。但张翎笔下的预叙在风格和用意上也接近拉丁美洲的魔幻现实主义。如《百年孤独》里开头的那一句“多年以后，奥雷连诺上校站在行刑队面前，准会想起父亲带他去参观冰块的那个遥远的下午”，这种带有巫术色彩的预叙话语所造成的某种紧张的宿命感，在《金山》中是可以感应到的。如第一章中方元昌挑着卖肉担子走上赶圩之路时，小说写道：“当时他绝对没有想到从这里拐出去，他将拐入一条他完全没有预料到的歧路。他简单清贫的屠夫生活，将在那个上午画上一个巨大的句号。而他的家人，也将随着他从低贱的泥尘里瞬间攀上富贵的巅峰。”① 这种叙事方式显示，农民方元昌没有想到自己的命运即将发生转机，因为这位朴实农民的生活从来都是

① 张翎：《金山》，北京十月文艺出版社2009年版，第15页。

凭本能生活的，得过且过的，他完全没有想过怎样自觉与命运抗争。因此在得到金钱之后他过的日子与别的有钱人并无二样，买田建屋、送孩子读个私塾，然后吸鸦片、卖地卖屋、直到病死，他是那个时代里的庸庸大众，活得迷糊、死也迷糊。

第四章《金山乱》中阿法和金云的原本是看客和戏子相逢一笑的故事，可小说却有意将之纳入传奇的帷幕之中，以预叙形式暗示他们将有一段苦恋——“然而阿法当时并不知道，他和金山云的故事，在经历了一段长久的沉积之后，还将意外地绽出一条新枝。”① 阿法算是《金山》中的强悍人物，多读了几句书，时刻想做出一番大事业来，且立下誓言要把妻子接到金山过上幸福的日子，可有着坚强意志敢干实干的他，也无法预料命运的最终安排，最终在感情上出现了变故，此时的预叙恰构成上帝的慈悲之怀，悲叹着人物在情感上的不由自主。

可见，小说屡屡以叙事者的先知先觉来反衬小说人物对命运的茫然蒙昧以及个人在生活风浪中的无助和痛苦，于是，在表层的传奇基调中传递了作家的悲悯情怀。

3. 人与历史事件的正面冲突

《金山》的传奇事件，往往是人与历史事件正面冲突的结果。这些平凡的人物，被命运卷入了时代的旋涡之中，从而产生了不能承受之轻，其人生遭遇也有了荒谬异常之感，即所谓传奇的独特审美效应。

小说涉及了一百多年的加拿大华侨华人历史，其情节发展是围绕重大历史事件而展开的。但叙事的具体开展却采取纯粹普通人的视点，这些普通劳工的遭遇构成了作者考察历史事件的视点。如在太平洋铁路的修筑之中，红毛等人悲惨地死去，阿法负伤；在响应保皇党人的海外政治号召之时，阿法苦心经营洗衣店转卖，重归于赤贫；在加拿大的排华浪潮之中，阿法的洗衣店被劫，再次陷入困境；而孙中山的辛亥革命海外游说中，锦山被保皇党人暗算；第二次世界大战爆发之时，锦河献身战场。这一系列的遭遇与其说是历史对个人施以重压，不如说是个人与历史的冲撞，半是茫然半是自觉。他们绝不像张爱玲笔下的小人物，与

① 张翎：《金山》，北京十月文艺出版社2009年版，第153页。

时代风云总是擦身而过。然而，不管怎样，当渺小的个人与重大的历史事件直接碰撞时，就有了一种不堪重负的压力感和突兀感，由此产生了一种不同于日常生活的戏剧性和突变，出现了人生的传奇和传奇的人生旋律。

这样的传奇叙述中，个人的遭遇成为显现历史场景的策略，历史场景也成为个人遭遇的内在原因。《金山》产生了深沉的历史感与沧桑感正源于这种互为前提的建构策略。

4. 参差对照下的传奇叙事

可以说，金山是作家有意以风月写风云的再次尝试，张翎一向擅长的是对微妙感情的真实细描，但写乱世中的情感，对作者来说却是一种挑战。因为乱世中的情感往往受到外在环境的强烈影响，充满了变数与异数，更容易品味到痛苦与尴尬。但张翎却有自己独特的书写方式。她对乱世男女的背叛与动摇给予了宽容和理解，而且无论他们怎样被情感与环境左右而做出违背礼俗的举动，在小说中都是自然真实的，毫无做作矫饰之感。老年的阿法因无脸回乡竟沉溺在与戏子金云的爱情之中，家乡苦等的贤妻在他心目中逐渐淡去；贞洁的六指在孤寂中对下人墨斗也产生了强烈的依恋与爱慕；锦山因种族的偏见狠心舍弃了爱他的红番女子却娶了一个来历不明的风尘少女；锦河与女主人渐生情意、彼此有了相濡以沫的感觉；这些乱世中的情感遭遇令人感慨惊叹，但确是认真沉稳的，并非浮花浪蕊的故事。

于是传奇人生与朴实情感之间产生了一种参差的对照，人生的起落沉浮与感情上的粘连混沌，外部的突兀变化与感情上的含混苦涩相辅相成。事实上，正是前者作为动力与压力使得感情领域变得摇曳多姿，因此，一部华人历史的传奇，终于幻成一首日常生活的情爱之歌，历史记忆由此得以顺利地与现代人的心灵与身体融合，虽远尤近。

（三）为什么传奇？

1. 叙事节奏的把握、叙事脉络的确立

《金山》写了近200年的加拿大华裔的历史，不无用意地点出这段历史时空中的重大事件，是一次时空跨度极大的叙事行动。但小说《金山》却惜墨如金，在篇幅和表达上极为节约。之所以能够将冗长的历史时空和历史变迁融入其中，就在于小说用了传奇这一叙事策略。

首先，传奇是一种日常生活的减法，可以加快叙事的节奏与速度。当日常生活遭遇突变时，故事就可以出现异乎常规的转折，从而给叙事的起承转接带来便利。如方元昌“得金与失金”的奇遇顺利地拉开了金山传奇的大幕，诸如阿法与白人亨德森的巧遇除了显示华人与白人的友谊之外，更是他屡次解决经济问题的契机。而阿法儿子锦山卷入政治角斗中的偶然遭遇等较小的传奇场景，则为整个传奇的大厦增添了通道和门径。

其次，借助传奇，日常生活被抽离出无关紧要的细节，形成一个个叙事的关节点，同时，传奇也使得这些关节点串联起来，小说的叙事脉络由此变得清晰可感。这样，漫长的历史跨度与复杂的生活事件就在聚焦性的突变点上被牵揽在一切，变得容易把握。

2. 作家介入历史的意识与方式

《金山》中的传奇之所以重要，还因为它是作家借以体验和解释历史的视野与原则。作为一部有关加拿大华人历史的小说，《金山》的作者必须处理好自己和历史的关系。对此，张翎是有过困惑的。从其构思和酝酿过程来看，20 多年前在她踏上加拿大国土的那一瞬间，就有了创作的意愿，但却一再耽搁了下来，为什么？除了生活的压力和困扰之外，更重要的是作者当时并没有找到介入历史的切实方式。张翎自己曾说一直没有找到创作切入的可能视角，直到 2003 年的某一天，她看到开平那座碉楼里的女夹袄以及袖筒里藏着的长筒玻璃丝袜，就有了创作的冲动。于是张翎选择了以普通人与历史事件碰撞后产生的戏剧人生来阐释其独特的历史观与历史意识。一方面，无论怎样宏伟的历史图卷上活动的始终是普通的个人，正是这些不被人知的普通人塑造了历史；另一方面，个人所遭遇的痛苦与尴尬却总是处在历史记忆的机制之外，显现出了历史的无情和人生的荒谬。这正是张翎作为一个有宗教情怀的作家所特有的悲悯情怀的体现。

传奇还是张翎书写历史的具体策略与方式。因为传奇将生活的某些链条加以跳跃式的组合，它为作者减少细节的困扰提供了可能。张翎在找到切入历史的大体路径之后仍有很长时间的挣扎与困惑，她说：“在这样一段尘封多年且被人遮掩涂抹过的历史里寻找突破口，如同在坚硬的岩石表层凿开一个洞眼一样困难，借助口述资料、图书馆资料和档案文献仍难以完全凸显文学的具体路径，因为细节的问题。”① 的确，她为了写《金山》查阅了大量的历史资料和尘封的档案、几度前往开平碉楼和加拿大的温哥华、维多利亚实地考察，但在实际创作时仍遭遇了细节塑造的艰难，“有时为了两三行字的叙述，必须在网上书本和电话上耗费几个晚上的时间”②。归根到底，作家对于这段生活已经有了时空的隔阂，正如她在序言中所说的一样：“这本书和现代都市小说的书写方式有着极大的不同，它所涵盖的故事发生在一个历史的框架里，而且它所牵涉到的每一个细节都很难从现代生活里简单地找到依据。”③

作家在重建历史细节的困境中，其实应该意识到了现代人重现历史的限度。一切历史都是当代的历史，何况最富有个性与创造性的文学创作呢？现代人处在日益狭小的生活圈子，难以体验到另一种生活细节，我们所能呈现的，只能是现代人好奇之镜中的历史影像。于是，历史的细节之网就变成了想象、夸张、省略等驰骋的场域，从而导致了历史被传奇化的命运。前人《史记》笔法也早已暴露类似问题——汉代本朝之事则屡有动人的细节，有关远古的历史记载近乎神话，荒诞不经。那么，当代作家就算也有着重现历史的庄重态度，也难免滑入传奇的框架之中。

3. 传奇对现代读者的亲和力

从读者的角度来看，传奇也必然是它们理解和把握历史之道。现代人生活在日趋平静安稳的生活节奏中，反而对那种突兀与剧变有着更持久的兴趣，细节固然重要，起落沉浮的传奇框架更有吸引力。传奇给我们日趋平庸的生活提供了玄想和刺激，也让我们更容易浮想联翩。由此，传奇反而比庄重的史料性呈现更能缩短时空的距离，得到读者的青睐。另一方面，传奇也留给了读者更多想象的空间和体验的可能性，如果说，传奇在叙事上是一种减法，在阅读体验上则是一种加法，它以突兀和闪电般的速度给读者留下了很多空白与余地。这也正是当下恐怖电

① 江少川：《攀登华文文学创作的高山——张翎访谈录》、《世界文学评论》2010 年第 1 期，第 2 页。

② 张翎：《〈金山〉序》，《金山》，北京十月文艺出版社 2009 年版，第 6 页。

③ 同上书，第 4 页。

影、间谍片等类型的电影与电视剧流行的接受心理。

总之，传奇迎合了现代读者对历史的窥视方式与欲望，形成了与现实的疏离感，从而产生了强烈的审美需要。也许，现代读者是多疑的，我们渴望了解历史真相，却又不甘于发现一个与我们毫无差异的过去，正像张爱玲在她的《传奇》封面中所描绘的那样，一个模糊不清的现代人，在孜孜不倦地窥视着已经成为古董的旧式生活。窥视的动力乃在于过去的一切已经成为传奇，或者说，带有传奇性的历史叙述更能引发我们对历史的兴趣。

因此，由于传奇策略的成功运用，《金山》是好读的。读时的感觉是温暖的、肉感的、亲切的，轻灵处还有些调皮，一种生命的活力弥漫在字里行间，阅读时能够产生不隔的审美体验。

结　语

就张翎所创作的《金山》而言，“传奇”具有的意义是清晰的，首先它对作者和读者而言都是一种克服历史异己感的策略。当然，单靠“传奇”我们仍不能与历史心心相印，“传奇”之下的情感生活（情欲历史）才是真正意义上的磁铁石，它让现代生活与金山传奇融为一体，决不隔绝。然而，过分重视“传奇”，《金山》中某些人物的性格就被跌宕不安的情节所左右，个性反而模糊了起来，如麦氏、锦河、锦山的性格就在传奇的叙事套路中变得模糊暗淡。诸如个性人物和历史传奇之间的缝隙如何被抹平的问题，或许可以在未来创作中作进一步的探索，但只要作家依然试图用情感本位来阐释和再现历史，“传奇”的位置就不会在海外华文创作中发生改变。那么，值得进一步深思的问题是，是否可以将“传奇”化的历史叙事作为海外华文历史书写的特性？如果是，我们可能会联系海外华文创作语境的特殊性作出各种解释，甚至将之作为海外华文文学独特性的标签，然而，如果这种书写范式是早已在主流汉语文学之中蔓延了的，甚至可能是一个已长在世界华文文学肌体之内的肿瘤，那么，海外华文历史书写对传奇的倚重，是否也衍变成疾病的症候了呢？

四 第三种空间”的美学建构：试论张翎小说的叙事策略及其定位

现在，加拿大华裔作家张翎的小说已引起广泛关注。她的小说不断出现在《收获》、《十月》、《钟山》、《清明》、《上海文学》等主流文学刊物之上，又多次被《小说月报》、《作家文摘》、《中篇小说选刊》等报章杂志转载、并连续获得不少文学奖项与荣誉，可谓闯入中国内地文坛上的一匹黑马。很多研究者宣称张翎小说显现了海外汉语写作的新突破、新动向，但未对其小说的美学特质进行准确定位；在此，笔者尝试借用后殖民理论家霍米·巴巴提出的“第三种空间”所具备的意义隐喻来定位张翎小说的叙事特质，并试图追问其成因及内在悖论。

（一）“第三种空间”的美学建构

从思维方式的特征来看，后殖民理论中的“第三种空间”是对二元对立思维的一种超越和反动，它与含混、暧昧、私密、复杂等名词联系在一起，意味着一种亦此亦彼、非此非彼的思维与存在方式。而在张翎小说中，无论是语言的叙述、情境的渲染、人物的谱画还是情节的设置，处处都显现出超越二元对立的中和之美，活生生地演绎了“第三种空间”这一理论话语的隐喻意义以及其所能指向的美学境界。

1. 首先，张翎小说通过特定的语言表述模式不断模糊、改写、忽略对立事物的界限，超越“二元对立”的惯性思维，呈现出了躁动中见和谐的“第三种空间”。

张翎偏爱运用“既……又”、“虽……也”、“看似……实质”等关联词语将反义词并列对举，使传摹的事物或人物超越矛盾与极端，处在和谐的中间状态。如《尘世》中的亚德莱街，“白天它潜伏在大都市固有的节拍里，既不矜持，也不招摇。它发出的声响只是硕大的尘世交响曲里的一个小音部，让人听了虽不至于立时忘却，也决不会刻骨铭心”①。而生活在亚德莱街的女招待塔米则“看似颓废实质纯净……虽

① 张翎：《尘世》，广西人民出版社 2004 年版，第 1 页。

然口无遮拦，却心纯如水，竟不懂得在男人面前扭捏作态”[①]。

张翎还常选用联合句式兼反义词组，描摹出人物心理与情感状态的复杂、含混与暧昧。如《尘世》中用“少走了一步她就会被留在山巅上，和这个大千世界清醒又遥远地隔阂着；多走了一步她就会坠入万丈深渊，与这个世界污泥浊水地搅拌在一起，不知身在何处”[②] 来表现主人公江涓涓遭遇变故后的百感交集；《羊》中以“单身、已婚、分居、寡居、离婚，这五种状况至少有三种与她有些关联，但又没有一种可以准确地描述她目前的生活状态”[③] 来活现主人公羊阳暧昧的身份与内心的迷茫。

而张翎小说中的“A 与非 A 之间”，“既非 A 又非负 A，而是 C”等固定句式更是直接显现出“亦此亦彼或非此非彼”的话语方式。如“男人处在老和不老之间的那个年纪上……早晨的阳光带着漫舞的细尘轻轻落在男人身上，将男人的脸劈成两半，一半在光里，一半在暗里，那光里的一半很是祥和安宁，那暗里的一半也是如此”[④]。“多伦多是个喧哗的城市……在一种介乎现代与古典，清晰与模糊之间的状态中生衍维持着。”[⑤] “不知窗开的时候是真的你？还是窗关的时候是真的你？抑或两个都不是真的你，还有第三个你？。”[⑥] “我不知道我的结局是爆发还是死亡，其实这两种结局都不是我的愿望，我渴望第三种更为平和的结局。”[⑦] 在上述语言表述模式下，张翎小说中处处充满了对立与矛盾成分；但这些对立成分虽黑白分明，却往往在同一事物、人物与场景中和谐一致。这看似张爱玲所谓“葱绿配桃红”的直观感受，有了“乍惊却艳”之美感；骨子里却有思辨哲理的张力，表现出“不同而和”的中国式智慧——有意突出矛盾又化解矛盾，制造界限又消融界限，呈现古典式的中和之美。

2. 在张翎小说中，我们很少能看到大庭广众之下人声喧动的场景，

---

① 张翎：《尘世》，广西人民出版社 2004 年版，第 20 页。

② 同上书，第 24 页。

③ 张翎：《羊》，选自《尘世》，广西人民出版社 2004 年版，第 47 页。

④ 同上书，第 48 页。

⑤ 张翎：《交错的彼岸》，百花文艺出版社 2001 年版，第 2 页。

⑥ 同上书，第 4 页。

⑦ 同上书，第 61 页。

更多的是演绎心灵密径的情感拐角；看似日常生活的庸凡之地和崇高静穆的神圣之地都化为爱情悄悄绽放的私密空间。

局促狭窄的厨房电梯，虽是不经意的角落，却是上演日常生活的主要空间，小说中的人物往往在此相逢，擦出爱情之火。如《陪读爹娘》里，孙妈妈和李伯伯忙碌在厨房和电梯之间，由此相逢相识相知。本是人来人往的消费场所——饭馆、咖啡馆、酒吧，在张翎笔下也变得冷清寥落适合遭遇纯净的爱情。《羊》中，羊阳在咖啡馆邂逅了牧师威尔逊，结出一段情缘；咖啡馆就在她心里永远保留了梦幻温暖的气息："那种门脸儿不大却干干净净的咖啡屋。桌上摆着鲜花，暖气开得十足。让人一走进去，就忘了今生来世，只想捧着咖啡杯子，打一个温暖的、昏昏沉沉的盹。"[①] 景仰神灵的教堂也成为凡世爱情的生长空间；无论是《交错的彼岸》还是《邮购新娘》中，牧师触动爱念、坦露自我、改写角色都是在沐浴着上帝威严神圣之光的教堂中。

作为相悦相知的情爱空间，小说赋予这些场所都有同样的氛围——处在光明与黑暗之间；那儿没有强烈的阳光与耀眼的灯光，只有忽明忽暗、半明半暗的烛光或隐约投射的光线。《交错的彼岸》里，汉娜与牧师安德鲁在昏暗烛光下缔结真心、彼此交融的一幕颇具代表性："烛光里的汉娜与阳光里的汉娜是如此的不同，阳光里的汉娜是一具快乐的属于世界的躯体，阳光里他们的交流是以整个世界为背景的，阳光将他们遥远地分隔开来。烛光里的汉娜是一个忧伤的超乎世界之外的幽灵。烛光里他们的交流是互为背景的，世界已经远远地隐去，烛光使他们彼此贴得很近，他伸手去拭她的眼泪，她却抓住他的手，将脸埋了上去。他感到他的手里捧着熊熊的一团烈火，久远的关于女人的短暂回忆刹那间清晰地涌了上来。他忍不住拥住了汉娜……他漂泊多年的灵魂忽然找到了一片栖息之地。"[②] 最细腻最暧昧的情感领域，自然与昏暗的氛围相得益彰，如同身处洞穴中的两个人，凭借依稀闪烁的光线，感觉到了相依为命的幸福与希望。这种爱情生发的私密空间所具有的幸福与安全感，也是人类所企求的梦幻空间的表征，给人以诗意家园的美感。

---

① 张翎：《羊》，选自《尘世》，第86页。

② 张翎：《交错的彼岸》，百花文艺出版社2001年版，第173页。

透过爱情之眼，借助昏暗的光线，张翎小说中的场景消解了彼此之间的差异。圣境因情感的流溢而变得接近凡俗，俗世因纯净的爱情而变得接近崇高，与极端状态有关却回避了极端的情爱空间，由此远离了早期留学生文学辛苦恣肆的基调，成为弥漫着“小资情调”的诗意空间；其中贯彻流动的仍然是作者对二元对立思维的超越视角与策略性处理。

3. 张翎小说中的人物既无英雄，也无小人，有的都是认真活着偶然脱轨的平常人。而这种脱轨或者“坏”往往也是人性的自然流露，并未让人对他们产生谴责和痛恨之意；相反，只是让我们感觉到生存压力中人性的尴尬与复杂。《望月》中，孙家三姐妹的父亲尽管年轻时“抛弃”了她们母女，但他对前妻的关爱依然存在，对女儿的爱依然是那么热烈。黄胖子尽管做了对不起妻子卷帘的事，与女雇员洋洋有隐情，但对并非亲生骨肉的彼得却关爱有加。李方舟对踏青敷衍冷漠，在她死后却陷入了悔恨、痛苦与怀想之中。《邮购新娘》中的林颉明虽然选择了更为知心的女招待塔米，却没有对前未婚妻江涓涓不管不顾。

在策略上，小说往往通过人物的行为心理展现其性格的多个侧面，既不遮蔽人物性格中的美好纯净，也不回避人性的种种弱点，而是着力展现在人生长途中辗转跋涉者的复杂斑驳，丑陋与美丽，善良与邪恶在某些瞬间不断转换与混杂，从而使小说超越了黑白分明的两元人物刻画方式，渲染出中间色调的人物谱系。由于色调模糊的人物更接近日常生活中人的存在状况，小说人物也成为真实肉质的个性存在，他们因自身的缺陷或环境的压力所造就的痛苦与不幸，便更能引发我们的深刻同情与认可。如《邮购新娘》中，那些为追求更好的生活而积极努力的人们，都有着善良而淳朴的心灵，却屡屡犯下不可弥补的错误，遭遇了人生的种种不幸，这就使得其悲剧具有格外震撼人心的力量，集中体现了小说的美学力量。

4. 张翎小说的情节，不能说没有传奇性。小说人物常被无由地抛入一个陌生的环境或独特的位置，遭遇生活中的不幸与幸运，带有明显的传奇色彩。但张翎又将人物的传奇又转换成生活本身的平淡从容。这种从奇到不奇的叙事策略可谓“于惊雷处听无声”。

在结局的设计上，张翎小说总避免激烈悲壮的色彩，以最后的轻柔代替了过程中的暴力与哀怨。如《尘世》中的刘颉明，懵懂之间跟着妻子漂洋过海，却被一场突来的车祸改变了人生轨迹；《羊》中羊阳在新婚之夜痛失丈夫、被孤零零抛入了全然陌生的多伦多，《交错的彼岸》中惠宁神秘失踪，生死未明……然而无论经历过怎样的伤痛与不幸，这些人仍回归了生活的常轨，演绎自己平实的生活。刘颉明很快融进了加拿大，成为生活的主角；羊阳靠自食其力，开始了自己的生活；而惠宁并未死在房东的暴力或萎缩在爱情的失落之中，而是暂时离开加拿大，回到故乡。这样的结局，化传奇为不奇，消融了故事中大喜大悲的情绪，洋溢着一种典雅舒缓的情绪，给人以中和之美感。

在呈现人物的传奇经历的同时，却显现其内心世界的常态与平实。在此可与严歌苓某些小说做一对比。本来，拥有意想不到的人生际遇，是张翎小说和严歌苓某些小说情节的共通之处；但严歌苓总是在这种环境压力中让人性经受拷问与考验，以求思考人生的意义。其中，达到了燃点的人性，沸腾升华；故事于是接近心灵的传奇，可谓于无声处听惊雷。张翎小说则是让人物在陌生的环境中面对生活的多种可能性，让他们在喜与悲、奇与不奇间不断转换，但由于不平常的事都被融化在人物的平常心里，动魄的人生经历也就被点染成一种无可无不可的遭遇，人物也多了一种坚持不懈的生活意志与安天乐命的温和，故事则接近了温馨肉质的真实人生。《羊》中，主人公羊阳在瞬间的失去与得到，都被她善良坚强的心灵化解了，她把这些当成生活的原貌去承受，它既非圣境也非绝境，人生似乎没有非如此不可的执拗也没有痛后余生的疯狂。由于用生活世俗的本来存在化解了古典式的悲剧感受，便呈现一种散淡而从容的美感与诗意。

张翎小说的情节铺展，总是在历史与现实、中国与西方之间不断穿越，富有传奇性。但即使充满了时空的变迁与对照，小说所呈现的情节依然是琐碎而具体的，仍是通过日常生活的徐徐铺展来叙述故事。在她笔下，历史隐退到故事中心情节的背后，变成一种感觉、一种氛围、一个背景. 如《望月》情结上突出的特点就是“始终贯穿着历史交叉的线索”，但过去的一切都融合在现实生活的描写之中，不过是洞察人物生存状态的对照之物，小说并非要感叹历史沧桑。同样东西方的疆界，也不过是人物变动的活动场景而已。《羊》中，羊阳和牧师威尔逊的爱情阻力并非中西文化的冲突，而源于人类共通的责任与道德感，空间的变动并未成为叙事的动力。因此，时空元素的强化与其说体现了作者对历史重量的自觉承受与深切关怀，不如说是一种便捷了当的美学策略。流动深远的历史时空和文化时空扩展了小说的容量，丰富了人物的内涵、小说读起来便像时空酿就的美酒，醇厚悠长。

（二）“第三种空间”的诗学定位

作为一种“想象”的策略，“第三种空间”更重要的意义还在于它表征了边缘人群获得自我认同与身份拓展的话语实践，它常与越界、游走、寻觅这些动词联系在一起，意味着一种方向感和行动策略。在张翎小说中，作为美感现象的“第三空间”是否也是某种行动策略的文学表征？

1. 若将张翎放在海外华文文学的视野之中，我们发现她的小说比早期的留学生文学和晚近的新移民文学走得更远，就是和严歌苓、虹影等近来名声鹊起的海外作家相比，她也有自己的独特性。严歌苓等作家正视与重视移民生活中的文化冲突问题，在表现文化种族之“异”对于生存构成的挑战的同时，也达成了美学形式的突破。而张翎却试图跳过差异与冲突的话题，去“努力寻找跨越文化、种族、地域的人类共性”，在共通人性的基础上表现艺术自身的魅力。这应是她与很多新移民作家的差异所在。张翎在解释她的创作时说：“从老一代移民到他们的后代，观念已经发生了很大的变化，最初是落叶归根，后来是落地生根，到现在，应该是开花结果的时候了，所以，我要在‘文化冲突’的这个旧瓶里装上新酒，让读者从作品中感受到中西文化中共通的东西。”[①] 如果说她早期小说多少还可以看见“乡愁和文化冲突”的影子的话，后期的小说却逐渐跳出了移民文学的窠臼，着意淡化种族与空间的概念。预示这种转变的长篇小说《交错的彼岸》中，无论是华人还是洋人，都表现出对爱情同样的执着追寻。加拿大女孩马姬的爱含蓄而深沉，她对彼得一见钟情，尽管彼得自始至终爱的都不是她，她却执着付出、无怨无悔，她对爱情的执着比起华人涓涓与筱丹凤来毫不逊色。

① 《华裔女作家张翎：写出落地生根的情怀》，http：//chinese. people. com. cn/GB/42316/3091959. html。

但书写共通人性并不是张翎小说的最终目标，其更重要更基本的母题是寻找家园。张翎说："不管东西南北，觉得哪里好哪里就是家，任他黑白黄棕，觉得什么人好就找什么人。"① 这里的"好"意味着人们对于更美好生活的向往，这种更具有终极性的对人未来的诗性关怀，是张翎小说的终点。的确，张翎小说中的人物有的从中国走出去，去寻找西方乐土的中国人，也有的从西方走入中国，试图去理解中华文化传统的西方人，但他们都是在寻梦，寻找自己的诗意家园。《望月》中孙家三姐妹先后来到加拿大，都怀着改变现状的朦胧意想。《交错的彼岸》中，主人公惠宁的加拿大之行则完全是寻找自我与超越自我的精神漫游之旅；而加拿大人彼得历尽千辛万苦来到中国，也是试图找回现实生活中所缺失的梦想与理想。无论是西方还是东方，张翎小说中的人物都在寻找与失落中书写自己的人生征途："我一直在写、或者所要写的是一种状态，即'寻找'。我的场景有时在藻溪，有时在温州，有时在多伦多，有时在加州，就是说一个人的精神永远'在路上'；是寻找一种理想的精神家园的状况。"② 这种跨越种族，时空的寻找，体现了张翎对精神世界的形而上的追问与关怀。正是出于演绎诗意家园的自觉努力，"第三种空间"的建构才没有停留在思维和表述层面，而上升到了美学和哲学境界，这就是张翎小说的价值所在。

这种新的美学趋势与叙事策略，使得我们不得不重审有关张翎小说的批评话语和诗学定位。正如前文所述，很多论者都认为她的小说是新移民文学的崭新突破，但其评价标准仍是中西二元视野与相关话语。虽然直接沿用中西冲突之类套话的人较少，但将她的文学想象作为一种表征着海外华人在所在国"建构新的文化身份"的行为或已达到的"中西对话"新高度的文化行为却占多数。如洪柱国认为她的小说反映了移民文学从"人生单一经验的表达到东西方两种文化交融"的发展轨迹③。一些更为敏锐的论者虽用"第三空间"之类的后殖民话语资源来

① 《华裔女作家张翎：写出落地生根的情怀》，http：//chinese. people. com. cn/GB/42316/3091959. html。

② 南航：《十年积累的喷发——张翎访谈录》，《文化交流》2007 年第 4 期，第 20 页。

③ 洪天国：《告别边缘文学——从张翎〈交错的彼岸〉说起》，《全国新书目》2001 年第 4 期，第 17 页。

定位张翎小说的文化价值，但其着眼点仍是海外华人与西方主流社会如何重建关系的命题。如饶芃子等认为，张翎作为“第三空间”的世界人，她的越界写作“体现了海外华人作家的世界视野和开放心态，体现了他们在文学想象中建构新的文化身份的努力”[①]。这些论述无疑准确把握了张翎小说所能引发的客观效应，却未能真正领悟其自觉的叙事诉求。按照巴赫金的理解，表述的结构是纯粹的社会结构，表述存在于说者和听者之间，是双方关系的产物，也就是社会关系与意识形态的产物[②]。要透析张翎小说的叙事策略，应该首先追问其文学表述的“听者”是谁。那么对于张翎而言，其文学叙事是否是面向西方主流社会的呢？

显然，国籍所在地的安逸生活与逐渐融入并不意味着张翎等人的写作也能进入居住国的主流文学体系，文学语言成为最大局限。尽管是外语系出身，张翎却坦言在英语写作时总“找不到那种在母语中信手拈来、游弋玩味的绝对自由传神的感觉”[③]，只能选择汉语写作来寄托心灵之梦。任何文学作品都需要通过接受消费等环节最终实现自我价值，语言的选择意味着张翎必然与汉语文学界建立广泛深入的联系，其“听者”也转向作为汉语文学最大传播市场的中国内地。尽管张翎等人的作品因国籍、政治等因素被纳入“海外华文文学”之中而得到了盛赞，但这种划界也可能是被主流汉语文学边缘化的符号表征。几代旅居海外的作家设置对诸如海外华文文学之类的命名都表示否定。20 世纪 70 年代末到 80 年代初，陈若曦、於梨华、聂华苓等作家曾十分抗拒这一命名，认为他们的文学是理所当然的中国文学。新一代中的佼佼者严歌苓声称“有中国人的地方，就应该发生正宗的、主流的中国文学”[④]；“哪篇作品最有文学质量，最能代表当代汉语水平，它就是文学主流”[⑤]。

---

① 饶芃子、蒲若茜：《新移民文学的崭新突破——评华人作家张翎“跨越边界”的写作》，《暨南学报》（人文社科版）2004 年第 4 期，第 70 页。

② ［苏联］巴赫金：《马克思主义与语言哲学》，选自《巴赫金全集》第二卷，河北教育出版社 1998 年版，第 452 页。

③ 万沐：《开花结果在彼岸——〈北美时报〉记者对加拿大华裔女作家张翎的采访》，《世界华文文学论坛》2005 年第 2 期，第 73 页。

④ 严歌苓：《主流与边缘（代序）》，《扶桑》，上海文艺出版社 2002 年版，第 3 页。

⑤ 波斯蜗牛：《严歌苓采访录》，http：//dy133. blogbus. com/logs/7668345. html。

和这些作家一样，张翎也将自己的小说定位为“地地道道的中国小说”，同样试图凭借自己的创作实绩和美学成就进入汉语文学的主流。她的小说对移民文学的典型主题——中西文化的二元冲突——的超越，其实就体现了她改写套话与刻板印象的自觉努力与行动策略。当有人认为其小说中仍存在文化对照时，她策略性地表示了否定：“也许对照是在故事的进展中不知不觉地进行的，主观上我固执地拒绝进入文化比较的时髦框架，却更愿意把我的小说看成是地地道道的中国小说，尽管部分场景发生在西方。”[①] 因此，与其说张翎小说着力建构“第三种空间”的动力源于西方，止于西方；不如说源于中国内地，是几代海外汉语写作者对于边缘地位的不满与抗争策略的美学呈现。

国内研究者有意无意间对于汉语文学圈内权力关系的忽略，使得他们拒绝正视这种美学建构的真正用意，从而对文本进行了种种误读。然而，由此衍生的大量颠倒错置的后殖民批评话语，却显现出中西方权力关系对我们的文学研究投下了阴影。

2. 尽管存在着误读与挪用，张翎小说毕竟得到了主流汉语文学的关注与初步认可。那么若将她放在中国当代文坛的坐标系上，她的美学尝试，究竟走了多远呢？

毫无疑问，张翎小说带有鲜明的海派风格（如莫言认为其语言大有张爱玲之风，赵稀方则称之为海派之传人[②]）。这位生长于温州，毕业于复旦大学外文系的江南女子，其小说的血脉正是源远流长的海派文学传统的延伸与体现。但张翎小说中所显现出的“第三种空间”的美学特质，与当前日盛的海派文学有着更为直接深入的联系。

“第三种空间”所要达成的美学境界，实际是回归生活本身的美学；当含混、模糊、游移的感性体验替代理性十足的宏大叙事，当女性的细腻和个人化视角代替了男性的、大我的视角时，小说就显现出了肉质鲜活的人生与人性，回到了生活本身的复杂性之中。自 20 世纪 80 年代以来的海派文学正是以这种方式游荡在宏大叙事之外，保持着对日常

---

① 万沐：《开花结果在彼岸——〈北美时报〉记者对加拿大华裔女作家张翎的采访》，《世界华文文学论坛》2005 年第 2 期，第 72 页。

② 赵稀方：《历史、性别与海派美学——评张翎的〈邮购新娘〉》，《世界华文文学论坛》2004 年第 1 期。

生活的、情感的、个人的、新历史主义话语的认可与建构；同时，这种海派文学正不断侵袭整个汉语文学的审美阵地，逐渐在整个汉语文学领域起到指引方向的作用。张翎尽管有意制造与时代的疏离感，强调自己在"用一张古香古色的纸来包装一瓶才酿的酒，藉此来营造一种距离感，免得自己掉进时代的烂泥淖"[①]；但她崛起于20世纪90年代后期，成就名气于21世纪初，赶上了海派文学由先锋、小众走向主流、大众的时间，吸足此类文学乳汁后成长起来的张翎，便不知不觉地进入了潮流之中。

然而，当文学以爱和情感剥离了政治、历史和社会的分量之时，文学也可能变得如此之轻，失去了与现实生活的血肉联系；这已经成为新时期以来汉语文学日渐显现的症结。张翎小说也产生了同样的问题。通过悬置中西二元对立关系，她的小说制造了建立在共同人性之上的情感乌托邦，却逐渐疏离华人海外生存的历史与现实，这种化重为轻的策略使小说逼近轻柔甚至媚俗；由此，她的小说也可能缺失白先勇、严歌苓等作家作品已经具备的深度与批判力。

更重要的是，对主流汉语文学审美标准的迎合，成为"地地道道"的中国小说，尽管能够带来暂时的认可与归属感，甚至在传播市场独占鳌头；却难以摆脱当前极为尴尬的生存处境。顺着主流的目光融入对方的视线之中，此时所发出的声音是否有足够的穿透力？所有的抗争会不会变成一种话语修辞？作为海派小说代表的张翎小说，其抗争的意味又能在哪里？换个角度来看，若抽离了中西两种元素，她的小说的重要性与独特性又在哪里？在汉语文学中又如何脱颖而出？又怎么得到中国内地传播市场的青睐？似乎，张翎等的艺术活动如果不介入中心的象征、文本和叙述的世界，就不言而明地被贬低或忽视。事实上，虽然作者一再声称中西对照的元素不是小说的叙事重点，但从已有的传播机制和评价论述来看，它正是其文本在中国内地获取意义的重要前提。

① 莫言：《写作就是回故乡——〈交错的彼岸〉序》，见张翎《交错的彼岸》，百花文艺出版社2001年版。

结　语

如此看来，在张翎小说中，“第三种空间”的美学建构乃是一种吊诡的叙事策略，一方面展现了汉语文学场中边缘者的话语能力与抗争策略，另一方面又表征了边缘与中心结构的稳定性与持久性。既然“第三种空间”的美学建构未能改写现实关系，那么张翎以及类似的写作者就难以逃脱既定的话语模式和评介体系，因为阴影也在他们自己身上。

五　澳大利亚华文文学的历史流变与艺术特征

（一）澳华文学的勃兴

澳洲这片富足美丽的土地上，早就留下了华人的足迹，据说，明朝郑和海上历险时曾在此小憩，又说，从英帝国驶往澳大利亚的第一艘船上就有华人随往。但真正的华人史却从 1848 年起始。当时，因资本主义海外掠夺的需要，大批契约华工前往澳洲淘金，写下了血泪斑斑的一页。然而，这远远近近的华人历史中尚未留有“文学”的清晰影踪，直至 20 世纪 80 年代，澳洲的华文文学才逐渐形成规模。澳华文学在 80 年代兴盛一时的原因是较为复杂的，但最重要的应是以下三点。

第一，澳大利亚政府的“多元文化”政策。华人是澳大利亚的少数族裔，长期受到压制和排挤。从 1901 年起实施的“白澳政策”对华人基本的生存权益都进行了践踏，根本不容许少数族裔发展自身的文化艺术。但 1973 年，澳大利亚因国家发展的需要，需吸纳更多技术移民，臭名昭著的“白澳”政策终于被废止了。不久之后，“多元文化”政策正式成为澳大利亚的基本国策。为表现出对不同肤色、不同种族的族群的尊重，它明文规定：所有澳大利亚人均有权表达和分享他们的文化传统，信仰他们自己的宗教以及为他们的母语而自豪；不论种族、宗教、语言和出生地，所有澳大利亚人均有权享受同等待遇和机会；澳大利亚在现在比以往更需要发展和依赖它所有人民（不论他们是属于哪一人种）的技能和才干。由此，在以英语为通行语的澳洲，华文创作虽无法与英语文学平起平坐，但至少赢取了一片生存和发展的天空。

第二，华文媒体成为文学创作的温床。在澳大利亚2000多万人口中，华裔只占了近40万，但华人社区有中文电台、电视台、中文学校和中文书店，它们对华语的流通和延续功不可没。而中文报刊的种类和数量更叫人叹为观止，经常保持的有二三十种。其兴盛在世界非华语国家中可谓数一数二。光日报就有四家，各类周报10多家，月刊和不定期杂志近10家。在华人密集的悉尼，每日出版的大报有《星岛日报》、《自立快报》、《澳洲新报》、《华声日报》，每日皆有24个版面，全澳洲发行。另有留学生们创办的《华联时报》《时代报》《华侨时报》等周报，还有免费赠送的《白家信息》《综合周刊》《信报》等周报周刊，杂志则有《满江红》《新移民》《大世界》等月刊、双月刊。这些报刊大都有文艺副刊、以一定篇幅刊载文学作品或相关的文艺评论，推动了文学创作。此外，一些锐意创办的纯文学刊物，如《澳华》《原乡》等更是以文学复兴为己任，为华文的存活和发展竭尽全力。就这样，在异域，汉语文学依赖着华文媒体有了发表园地，扩大了吸引力。一些优秀的华文作品也得以面世、一支较为稳定的作者队伍得以形成。

第三，大陆新移民的异军突起。早期的澳华移民皆是穷苦农民，因知识水平的限制，他们无法以华文书写自己在异域的血泪史；忙于生计，他们没有条件留下传世之作。而20世纪初从台湾、香港、印支进入澳洲的一些老作家虽在默默耕耘，却尚未形成大观。真正使澳华文坛焕然一新的是来自中国大陆的新一代知识精英。这批在大陆受过良好教育、有着宏大抱负的青年人，其中不少就是中文系的才子，或在中国一些报刊、出版社任过要职，有些还是小有名气的作家；另一些虽未写过文学作品，但由于本身的知识素养较为全备，转而“一玩文学”也是出手不凡。除知识结构的优势成为他们文学创作质量较佳的前提条件外，再者，他们身处文化冲击的边缘，经受在异域奋斗的酸甜苦辣，有着以文学来书写情意的内在需要，也使他们的创作能达到一定的深度。实际上，近来活跃在澳华文坛并且成绩斐然的大都是这些新移民作家。

由此数种因素影响，20世纪80年代末开始，澳华文坛这边“风景独好”。

（二）澳华文学的主要成就及主要特色

1. 澳华文学作品的出版情况

近年来，澳洲的华文作家笔耕颇勤，出版的书目数量极丰，且文体齐备。其中一些在世界华文文学创作界影响很大。

粗略算来，澳华作家出书超过了百部。最早的是1985由黄惠元写的长篇小说《苦海情鸳》，乃印支华人的血泪写照。长篇小说还有黄玉液的《沉城惊梦》《怒海惊魂》，陶洛诵的《留在世界的尽头》，李玮的《遗失的人性》，毕熙燕的《绿卡梦》，张至璋的《南十字星的月色》，陈爱真的《梦的钥匙》，刘熙让的《云断澳洲路》、《蹦极澳洲》，英歌的《出国为什么》。中篇小说集有刘观德的《我的财富在澳洲》，武力的《娶个外国女人做太太》。短篇小说集有《张至璋极短篇集》，心水的《养蚂蚁的女人》等。其中，毕熙燕的《绿卡梦》和刘观德的《我的财富在澳洲》受到大陆文学界广泛关注，被多家报刊连载。

出书最多的是散文集，计有20多种。刘渭平的《小藜光阁随笔》，心水的《我用写作驱魔》，徐家祯的《南澳散记》，夏祖丽的《异乡人、异乡情》《南天下的铃鸟》《海角天涯赤子情》《哥儿俩在澳洲》，洪丕柱的《澳洲风情纪实》《旅澳随笔》《南十字星空下》，张至璋的《跨越黄金时代》，张奥列的《悉尼写真》，梁绮云的《袋鼠国随笔》《澳洲风情画》，千波的《旅澳随笔》，江静之的《随爱而飞》，李承基的《浮生小记》《萍踪鸿影》，李润辉的《英语口头禅》，庄伟杰的《远行的跫音》，张典姊的《写在风中的歌》，沙予的《醉醺醺的澳洲》等。这些散文集中的文字多较为活泼轻灵，重在抒发一己之感。但题材多集中在异国风情和生活琐记类，难免有鱼龙混杂之不足。其中，女作家江静之的《随爱而飞》中的一些文章充满了女性风味，细腻感人，颇值玩味。张奥列的《悉尼写真》因文字深幽、又时有幽默流溢，被读者所喜爱。

诗集有心水的《温柔》，方浪舟的《鹰的诞生》，林木的《悉尼情思》，潘起生的《袋鼠土地》《南极星下》《此岸彼岸》《漂泊生涯》，庄伟杰的《神圣的悲歌》，欧阳煜的《墨尔本之夜》等。其中，欧阳煜的诗歌以其犀利、悲愤、调侃之独特风格，不但在华语界极受欢迎，而且受到了澳洲英语界的关注和赏识。

传记文学作品集有黄雍廉的《蔡时公传》《陈少白传》，李承基的《澳洲华裔参军史略》《澳洲总理列传》等。

儿童文学有夏祖丽的《袋鼠跳跃的大地》。

综合类有《黄雍廉自选集》、杜若运的《晚晴楼诗文集》、黄惟群的《不同的世界》、张奥列的《澳洲风流》等。

此外，大陆、阿忠、袁玮、楚雷、超一等七人的杂文合集《悉尼八怪》以其诙谐、尖锐的语风书写了留澳青年内心的动荡不安，引起华文文学界的惊叹。澳洲汉学家尼古拉斯·周思在序言中认为该书向世界展示了中国人在困境中的一个独特而难以捉摸的微笑。施国英、小雨、凌之、千波、王世彦、西贝、莫梦、毕熙燕九人的小说合集《她们没有爱情》也引起汉学界的关注，悉尼大学亚洲研究中心的萧虹博士认为它超越了中国当代文学在改革开放后受西方思潮影响的多个阶段。

这些书大都出版于20世纪90年代中后期，质量虽参差不齐，但却已成为澳华文学显示自身力量的重要标志。

2. 澳华文学的主题特色

作为移民文学，澳华文学的主题和表现手法都可能与欧洲、北美等地类似，但澳华文学仍有其自身鲜明的特点。从其主题来看，涉及面极为广泛多样，又很有特性。较为有特色的是以下几大类。

有关“居留权”的主题。这类作品众多，长篇小说以毕熙燕的《绿卡梦》为代表，短篇小说有顾宪文的《前妻》，劳丁的《为了孩子》等。这些小说中的主人公为了赢取在澳的永居权，遭遇了种种磨难，有时不但失去自尊和至爱，还出现人性的变异，甚至成为不择手段者。由于澳洲华人大都亲历过这种身份焦虑，因而人物和细节都惟妙惟肖，读来深动人心。

异域的艰难生活。有关这类主题的作品数量也不少。如沈志敏的《与袋鼠搏斗》，刘军的《小黑》，凌之的《圣诞节的礼物》等。这些作品大多渲染打工生涯的苦与累，打工人内心的孤独与无奈，其中也难免交织着文化冲突和失根的痛苦。如沈志敏的《与袋鼠搏斗》中，主人公在工厂打工，经常被上司无故责备，心情已很郁闷，但一个澳洲同事又经常拿他开玩笑，让他心身疲惫。一次，他终于忍无可忍，对这位同事大打出手，结果失去了工作，成为一无所有的流浪者。

赌博主题。这类作品有李洋的《赌王》，李纬的长篇小说《遗失的人性》等。因澳洲赌业发达，而来澳的中国人自有沾染这恶习的，因而此可谓澳华文学一大主题特色。一些作品不但如实反映出澳洲空前“赌况”，而且意在渲染身处异域的中国人内心的无所适从、寂寞空虚以及得过且过的“过客心理”。如沈志敏的《战胜“CASZWO”》这篇小说中嗜赌成性的华人，以前在大陆都有着正当职业，出国时满腔热血，可一到澳洲，整个生活便翻了底，失去了重心，任凭命运的浮沉。他们因绝望而赌博，又以赌博的方式诅咒明天。

性爱主题。澳洲是一个性开放的社会，报上天天介绍性生活经验，不少中学生书包里都带着避孕套，同性恋盛行，成人书店比比皆是。这种到处充斥的性文化自然会反映到文学作品中来；再加上很多留学生往往独身前往澳洲，在性生活方面颇受压抑，也使一些作品乐于把性和爱进行有致的表现。代表作有张奥列的《澳洲风流》系列、田地的《丈夫不在家的日子》、莫梦的《风高月黑的故事》等。这些作品大都书写异域男女在情和欲之间挣扎的欣喜和失意，虽有较多的性描写，但毕竟受传统影响，很少有故意煽情引起感官刺激的。如莫梦的《风高月黑的故事》乃一留学生婚恋的狂想变奏曲。当丈夫流连于灯红酒绿时，妻子却被入屋行劫的黑人强暴了，但妻子却获得有生以来未有过的快感。这一小说，似在嘲弄爱情所谓的贞洁与不洁，又释放出异域男女寻求刺激的潜意识心理，但其性描写还是含蓄而优美的。

生命意义的终极追想。这类作品中诗歌有杨炼的《鬼话》，欧阳煜的《最后一个诗人的歌》；小说有刘放的《布罗亚帕克的春天》，赵川的《两星梦》，黄惟群的《寻》等。这些作品皆达到了一定深度，反映出作家对生命的深层玄想。由于渲染着人类的徒劳、无法避免的衰老和败亡，不可捉摸的命运这些意象，这些作品笼罩着一层阴郁、悲凉的色彩。如杨炼自称《鬼话》始于一次死亡，欲探求的是人的天性——是嗜好痛苦还是罪恶，认为人生充满了荒谬感和无奈。而欧阳煜则在诗歌里一次次地书写死亡的寓言，流露出深切的生存焦虑。

对故国故土的回忆、对往日往事的追缅也较为常见。其中多寄托对祖国深沉之爱，但对记忆中的“黑暗往事”也进行了毫不留情的剖析。

以散文类居多。如张典姊的《忆屈原》，钱静华的《鸽子》，千波的《叫我如何不想他—说不完的北大》，张劲帆的《江河水》等。淡淡的忧伤、无限的追恋，是这类作品的共有感情基调。

也有一些作家关注着被埋没的澳洲华人的淘金历史。如在散文《渴望绿色》中，作者王世彦在荒原中看到了一堵被命名为“中国墙”的断垣，她原本郁闷的心情更加沉重，先人血泪跋涉，留下的不过是一堵败墙，勾起她对华人命运的深层思考。李南方的诗歌《祖父的墓碑》则触及了普通华人无法达成归乡愿望、被迫客死他乡的“苦难”。

此外，澳华文学中不乏对旅澳生活琐碎的记载，也有刻意书写奇风异俗的，这类作品众多，也有佳作。

3. 澳华文学的文体特色和创作手法

澳华文学中最为盛行的是散文，其次是杂文随笔。小说数量不多，诗歌则较弱。

散文数量虽多，却多是生活琐事的记载，因多发表在时效性强的报纸上，一些作品难免更多“文化快餐”口味，缺少厚实感。

澳洲的华文诗人多是双栖或三栖者，即在创作其他文体时也写写诗歌，因而虽有精品但亦有不忍卒读者。内容也大都为缅怀故土，呼唤归家。不过，一些诗作已有较高水准，如欧阳煜的诗歌带有浓烈的后现代气息。女诗人璇子的诗心路细腻、富有思辨色彩，语言也清新宜人。心水的诗则流淌着古典文化气息，幽雅深沉。

澳洲的华文小说数量有限，但佳作不少。特别是女作家的小说创作较为耀眼。在创作手法的创新方面，小说的探索也更为突出。魔幻色彩、意识流、黑色幽默、荒诞手法皆有所运用。如林达的《最后一局》，用超现实主义的写法，反复渲染了下来下去都了无结局的一棋局。闪现出主人公陈四生活既漫不经心又似在执着追求，满怀希望又终无所作为的生存状态。文笔流畅，寓意多元。但澳华小说的主题总的来说有重复累赘之嫌，多表现中西文化的冲突中个人的遭遇，以及移民在异域的心路历程和生活经验，仍需拓宽其深层意蕴。

澳洲的报告文学可谓独秀一枝。它虽受商业动机影响，但由于多抓住富有时代感的重大问题，且讲求可读性和趣味性，因而在艺术上决非粗制滥造，相反，很多佳作闪烁着作者动人的心智和深沉真切的思考。

如庄伟杰的《酸甜苦辣皆因诗——调侃居澳的华文诗人们》，以轻快、诙谐的笔调勾勒出生活中诗人真实可爱的性情，令人不禁抿嘴而笑。行文流畅如水，意蕴绵绵不尽。另小溪的《赌场见闻》，萧蔚的《天堂前的驿站——KANE 女士老人村纪事》甚至比同类题材的小说创作更为生动活泼，思想性也极强。

（三）文学活动的开展和文学评论的起始

在海外，孤独的华文写作者是有的，但文学团体及其开展的文学活动却能够活跃一时一地的文学气氛，让身在异文化圈的汉语写作者得到更多的及时关怀，再者，文学创作与文学批评本就相辅相成，特别是在媒体资讯极为发达的今天，很难想象，一个没有得到批评家的及时回应的创作者如何存在。因此，在海外华文文学的研究中，应该加大对相关文学团体与文学活动的关注与研究。澳华文学在 20 世纪 80 年代的勃兴，同样与文学团体的建立和扩展密切相关。从某种意义上来说，正是文学团体及其活动直接推动了澳华文学创作的发展。

1992 年 4 月，澳洲华文作家协会在墨尔本正式成立，接着，悉尼、墨尔本、昆士兰分会相继成立。这些文学协会类似松散的文化沙龙，娱乐性极强，但却有相当的吸引力。大概有百余多的作家被吸收在这类组织里。它的主要功能是以下几项。

一是联合报刊举办征文比赛和评奖活动。在 1988 年、1990 年、1992 年《星岛日报》曾数度举办征文比赛，规模虽不大，影响很不错。1994 年，悉尼华文协会率先举办了一次没有奖金志在鼓励的荣誉性评奖活动，名曰“首届华文杰出青年创作奖”，张奥列、朱大可的文艺理论，易心弦的新诗，武力的报告文学，黄惟群的小说等夺冠。

二是对一些新人新作及时进行研讨，举行多次座谈会。1997 年 9 月，举行作家田地的作品讨论会，2000 年 4 月，举行了黄惟群的作品研讨会，2000 年 6 月，对新生代美女作家苏玲现象进行了专场研讨会。这些其实都是活泼的文艺评论形式，对推动文学创作的发展大有裨益。

三是一些娱乐性的文学聚会和文学沙龙活动。这种聚会和沙龙活动，既是在异国他乡的华人具有私密性和凝聚力的友谊聚会，同时也是对西方文学艺术批评形式的借鉴和发扬，在这样的场合，批评家和作家欢聚一堂，各自以极为自由的方式发表见解、进行论证，活跃了文坛论争的气氛。

总体而言，形式多样的文学活动的开展，报刊媒体对批评的重视，说明促进澳华文学发展所需的文学语境和地方性机制开始形成。

结　语

澳华文学还面临不少困境。其一是被抽空的流通市场。很多澳华作家作品的读者群和发表园地都在大陆、香港、台湾，这可能使澳华作家的创作心态更加边缘化，造成恶性循环。其二是作者群本身很不稳定。很多作家视创作为游戏和消遣，一旦商业竞争激烈便会洗手不干，由于创作缺乏耐性和动力，作品质量不可能精益求精。其三是批评意识较为淡薄，不少作品面世后很难得到中肯的批评，相反仅有溢美之词，甚或默默消匿、无人问津。欧阳煜曾无可奈何地说道，他编撰《原乡》时，很难征集的就是书评稿，作者怕被人写坏，评者怕得罪人。这些都影响了澳华文学进一步的发展。但总体而言，澳华文学的发展历程虽然短暂，却取得不菲的成绩，它今后能否辉煌，有赖于澳洲多元文化政策的推行和进一步完善，也有赖于澳华作家正视存在的问题，共同努力，以便为汉语文学提供更多新的经验。

六　高楼中的说书人——新加坡作家希尼尔的历史叙事

奥威尔在《一九八四》中塑造了一个试图寻找过去的现代人温斯顿，他最终在集权主义的思想禁锢中失去了记忆，他试图留下的历史叙事也化为尘埃。新加坡作家希尼尔的创作也试图留住记忆，寻找逝去的历史，但他比温斯顿要幸运得多，在日见开放的全球化时代，他的努力已得到了新加坡文坛的认可，也汇入了世界华文文学的长河之中。那么，希尼尔的作品对我们究竟意味着什么？在他的历史叙事中，提供了怎样的历史镜像，有怎样的叙事策略，其叙事有何现实意义？通过以上问题的分析，我试图体味、捕捉他的文学创作之于新加坡乃至世界的意义所在。

（一）记忆与遗忘——重现历史的三重镜像

随着时间的流逝，人们将淡忘过去曾经真实发生的事件，历史的面目逐渐模糊。但希尼尔相信“历史可以被遗忘，却不能被遗弃”，他的诗文恰是打捞历史余骸的象征行为，当他在当代人的生活缝隙里发掘出历史的碎片后，再将这些碎片与个人情感、记忆相融合，最终在其文学世界里清晰映照出新加坡历史的三重镜像：新加坡的建国史，新加坡人的生活史，文化传统的变迁史。

文学所铸造的历史记忆不仅是历史现场的重建，更因渗透了作家个人的情感与价值判断而显现出别样的风采。希尼尔的历史叙事是针对现代人的“健忘症”而有的放矢的，因此，他笔下的新加坡建国史是以侧面描摹的细节来凸显记忆的重要性，是针对现实发出的呐喊与抗诉。他以饱含激情的叙述反复地强调新加坡作为一个国家从殖民到自治，从独立到共和所经受的苦难与抗争，提醒人们不要忘记血与火的考验。如小说《退刀记》、《横田少佐》、《认真面具》、《异质伤口》、《南洋 SIN 氏第 4 代祖屋出卖草志》，诗歌《始凌湄》、《路过纪念碑》、《塔缘》、《变——记国家剧场》等一方面对日本人曾经犯下的滔天大罪作出了揭露与谴责，另一方面则对当代新加坡人淡漠历史的心态表示了痛心与无奈。希尼尔最担忧的是年轻一代对殖民文化无条件的臣服，小说《我的来世不是梦》呈现了一群新加坡人执着于成为东洋人的梦想，但最令人心痛的是，他们对东洋文明的崇拜与对西洋文化的崇拜一样，都源于对历史的淡漠与无知。《关于测量薯条长度的几种方法》里则形象地描摹了新加坡人西化（薯条化）后的处境，薯条化的一代，无论是对中华文化（北方）还是对本土土著文化（东姑阿都拉曼）都一知半解，漫不经心。更有意思的是，新加坡的建国史，在具有军人情怀的希尼尔看来，既是苦难重重的抗争时代，又是荡气回肠的英雄时代，足以治疗现代社会的个人主义与利益唯上思想。在《秋辞》里他写道：“未曾经历国破家亡的动乱，怎会有忧国忧民的情怀？”[①] 在小说《宝剑生锈》中，象征着英雄时代的宝剑虽然被现代抽象画所替代，但面对如抽象画一样

---

① 希尼尔：《绑架岁月》，七洋出版社 1989 年版，第 146 页。

难以理喻的现代社会，“我们”眷念的只能是那个崇尚理想的热血时代。

在宏大的历史场景之中，最为真实动人的往往是个人的生存史，新加坡历经的沧桑需在日常生活的变迁中去体味。因此，在带有体温的生活随记随感中，希尼尔呈现了祖辈的南洋流散史和现代化进程中新加坡人的心灵动荡史。如小说《五香腐乳》《咖啡小传》《让我回到老地方》《1007号》《布拉岗马地》《喵喵两岸》《青青厝边》《移民》，诗歌《北后港》《雾榜鹅》《蔗泪》《加冷河》《窗外即景》等中，作者对那些逐渐被当代人遗忘的食物、地点和孤寡老人一往情深，恋恋不舍。这种对流失时空的眷念，有着鲜明的价值判断——那就是对科技文明的批判态度。在希尼尔看来，现代化进程无疑带来了惊心动魄的环境危机与精神真空。在《雾榜鹅》中他写道：“所有的绿色隐去[①]/所有椰林连根拔起/只留下老秃椰干和打桩机/周旋到底。最终/倒下，老椰树/竖起，洋灰城/带来一片阴森。”[②]《土地印象》中他哀叹：“不知是谁/趁邻里不留神时/换了幅现代画景/换来个荒凉。”[③] 阴森、荒凉是他对现代都市的定位，在洋灰城里，我们失去的不仅是老屋、椰林，还丧失了原本珍贵的情感和伦理原则。如《让我回到老地方》中的老爸在儿子家里屡屡出走，因为寂寞。《喵喵两岸》中儿女名闻天下，母亲却被遗弃。《1007号》已近黄昏的联邦伯在孤寂的养老院里寻找情感慰藉，儿辈们却只为遗产问题来找他。有人将希尼尔的这些描述称之为乡土记忆，但我认为这也体现了他的历史意识和悲悯情怀，针对当代人对流逝时空的冷漠，作家自觉选择了回望过去，守护过去。

历史这座大厦里最深层的东西应该是文化，正是有关文化传统的记忆有效地区别“我们”和“他们”，新加坡是需要铸造这样的文化底座的，但令新加坡华人作为困扰的也是这一问题。新加坡拥有70%的华人，这里曾延绵生长出完整的中华文化，但在建国初期，迫于内忧外患，这个新生国家选择了以英文为官方语言，华文教育丧失了应有的地位，最终造成了华族文化的断层和华人传统的断裂。如今，不少新加坡

① 希尼尔：《绑架岁月》，七洋出版社1989年版，第8页。

② 同上书，第9页。

③ 同上书，第22页。

华人对此充满了焦虑。希尼尔的父母是第一代华人移民，在中国他还有血脉相连的亲兄弟，从小又接受了传统的华文教育，因此，希尼尔虽然土生土长于新加坡，但其文化的根却深扎于五千年的中华文明之中。他的诗文在理性地呈现华人传统的代际变迁的同时，其情感的天平却倾向了过去，希尼尔成为执着守护华人传统的新加坡人的代表。在小说《舅公呀呸》《变迁——二十世纪南洋刘氏三代卜告实录》《校庆》《我等到鱼儿也死了》《一课将尽》《旧梦不须寄》《关于春的几种传说》《让我们一起除去老祖宗》《或者龙族》《姻亲关系演变初探》《回》，诗歌《石狮赋》《地方戏》《过故神庙》《二十世纪末一只蜻蜓的心事变奏》中，他借助各种隐喻和日常生活的变化一次次强调“传统无比重要”的价值立场。对于希尼尔而言，文化传统是白雾茫茫中的“青青河岸”（《二十世纪末一只蜻蜓的心事变奏》），能让迷失的现代人有灵魂的归宿；在西化的主流中，他以鲁迅式的尖锐与锋芒喊出了“救救孩子”的声音（小说《或者龙族》①）。

从20世纪80年代至今，在长达30余年的文学创作中，希尼尔的叙事一直有着浓密的历史意识，其关注的焦点和价值立场很少发生动摇，随着时间的流逝，他所建构的历史大厦日见立体多维。如果说英雄岁月构成了历史的厚度，日常生活构成了历史的广度，文化传统则构成了历史的深度。是否因为希尼尔相信有“清白的历史”，他才坚持不懈地拾掇着散落在当代社会的历史余骸，与现代人的失忆症顽强对峙？

（二）互文与反讽——表述历史的现代策略

希尼尔的作品在形式上锐意创新，具有强烈的现代主义乃至后现代风格，但其作品主题鲜明、价值评判清晰，思想内容层面又有现实主义倾向。这种看似矛盾的形式与内容的张力，从大的层面来看，或许可视为新加坡华文文学在现实主义和现代主义之间建构主体性的尴尬面影；但对于希尼尔而言，我认为这是一种适合表现他对历史与现实理解的有效形式。在希尼尔看来，对待历史本应严肃认真，历史在当代社会本应

---

① 本书所涉及的希尼尔小说均出自《希尼尔小说选》，明报出版社有限公司、新加坡青年书局2007年版。

扮演“本来如此”的清白形象，但在现实生活他却感觉到历史被掩盖、被篡改和被利用，正是为了揭露当代人对历史所伪饰的种种“面具”，突出历史与现实结合的滑稽与荒诞，希尼尔确立了一种互文式的历史叙事话语，这种互文思维在后期创作中越来越清晰，其现代主义风格也日见清晰。

所谓互文就是将单一文本与众多文本相关联，使对单一文本的理解需借助其他文本的理解，同时也使这一文本成为切入其他文本的路径。希尼尔的历史叙事基本符合互文理念，但在形式上却做了诸多尝试，其基本思路是将现代社会的某些流行词汇、意象事件、文体形式等与历史进行焊接，在滑稽、幽默、荒诞的表层效应之后折射出强烈的反讽态度。希尼尔的历史叙事以这种互文的现代策略建立了他对于历史被遗忘及工具化的批判态度。

作为诗人，希尼尔敏感于词语的细微变化，他常通过“诗家”的个性词汇与相关“本原词汇”在氛围意义间的回响映照（可称为词语层面的互文）来产生某种反讽效果。如《二十世纪末一只蜻蜓的心事变奏》里“走投无河”是对成语“走投无路”的戏仿，表面是对蜻蜓生存处境的传神摹写，却让人联想从大陆（路）迁往海洋（河）的新加坡华族又一次丧失家园的尴尬，在略带戏谑的氛围中显现出作者的批判立场。小说《三十里路中国餐》之题与岳飞词中“三千里路云和月”有不言而喻的关联，但小说写的不是英雄史诗，而是中国的士司机的宰客行为，于是，在词语的相互指涉中，小说释放出了一种古今变迁的荒诞感。图像诗《怅然若失》呈现了“山川日月”四个汉字演变成英文LOST的若干阶段，“山川日月”以“时空”隐喻中华文明，英文LOST作为“山川日月”字形的简化与变异，则暗示古老传统逐渐被扭曲乃至丧失，这也是利用词语所指（意义）、能指（声与形）的相互指涉张显反讽立场。谐音双关也是希尼尔常用的词语互文策略，如在《我们决定重建余阁》中他将对传统文化无动于衷的现代人称为文化冷漠症患者，利用“余”的双重意义对浮城人任意扭曲历史的功利主义行为（著名的余阁过去曾因妨碍城市景观被拆，现在又因旅游开发被重建）进行了辛辣的讽刺。因此，希尼尔对本原词语的戏仿、改造不仅在意义上实现了巴赫金式的复调效应，更将读者引向情节形象之外的思想力度与反讽立场。

因为过去被以各种荒诞的形式镶嵌到当前，希尼尔常在当下的意象事件中发现了忧伤的过去，他有意地借用流行的躯壳来承载历史之伤，在看似轻松亲切的语调下，突出了现在与过去的反差与映照。《关于测量薯条长度的几种方法》中作者在“麦当劳的薯条”这一食物意象中显现现代人快餐式的急功近利态度，正是这种人生态度导致了他们的历史虚无感，追远的神圣在闲话戏谑中被消解。《我等到鱼儿也死了》在一次宋元明文物展购票可赠送地铁卡的事件中，作者又一次看到传统文化在功利社会被边缘化的命运。诗歌《轻信莫疑》更是将历史场景与现实事件进行拼接与碰撞，以荒诞和戏谑的描摹形成强烈的反讽效果。诗人还常巧妙地利用通俗歌曲的之题意和氛围来呈现带有戏谑感的反讽。如《我的来世不是梦》与张雨生的《我的未来不是梦》相互指涉，以歌曲里正面积极的理想主义对小说里只愿成为东洋人的奴隶心态进行讽刺与否定。或许有感于流行音乐在当代年轻人心中的重要价值，小说《其实你不懂我的伤》还有意以一系列流行歌曲题目作为每一小节的意旨，在带有旋律感的抒情氛围中呈现了几代新加坡人的近代史记忆的强烈对比：老一辈的血泪记忆年轻一代不以为然，战争的血腥印记被用来推销伤残保险，一边是为捍卫国家丧失一切的病残老人，一边是对历史毫无兴趣狂恋日本流行歌手的年轻人。当下的意象事件与历史的纠结对比，在表述效果上产生了一种带有涩味的幽默感，但又恰如其分地呈现了历史在现实世界如幽魂般游荡的真实情况。

希尼尔有自觉的文体意识，他善于利用调查报告、会议记录、抽奖通知、课堂教学实录、备忘录、政府公告等现代应用文体来构造他的小小说，其中也渗透了互文意识。在我看来，希尼尔以他诗人般的敏锐在现代生活的各个环节与细节都发现了历史的影踪，这些应用文体正是他对现代生活场景的抽象与概括，透过典型生活场景中历史出场的荒诞性，希尼尔对现代人的历史意识作出批判与否定。如《新春抽奖》写了一次为迎合日皇驾崩明仁太子继位之大事进行的新春抽奖活动，其头奖却设计为“中国东北三省——南京屠杀城二十日欢乐游”，在带有黑色幽默的抽奖通告中我们看到了历史被娱乐化、工具化的现实。《让我们一起除去老祖宗》在某理事会会议记录中揭露了商业社会中传统怎样演变成赢利手段的过程。《关于春的几种传说》以备忘录的方式讽刺现代人以极端无知的方式对传统进行的改造与利用。《成语练习》是一次课堂教学的实录，在成语学习中对社会上的各种丑陋现象进行了批判。《关于鼠族聚居吊桥小贩中心的几点澄清》则以公告的形式，对前朝往事进行了寓言式的回顾，也对现代新加坡人的崇洋心态进行了讽喻。

短诗与小小说是希尼尔文最擅长的文体，很多时候他的诗文不但在主题、意象的选择上有相同之处，还在情绪、思想层面相互支撑、指涉，形成了一种作品之间的互文关系。创作于20世纪80年代中期的小说《或者龙族》和同名诗歌就形成了一种互文关系。小说以蒙太奇式的意象组合，将新一代新加坡人怎样在钢骨泥灰里逐渐沦落，失去信念与传统的堕落与绝望呈现出来，贯彻着一种鲁迅式的理性批判态度。而诗则以情绪的直接和激昂见长，对华人传统的消失表示了哀悼与愤慨："身长五千，有一条龙，在历史的激流里靠边站，有一口乡音，浓浓不再江南。"诗文中情理交织激荡的例证还有诗歌《路过纪念碑》和小说《横田少佐》、《认真面具》等。此外，由于希尼尔对历史变迁有着一贯的热忱，他的前后作品在题材情节上会有相似性，但后期作品在叙事视角上会另辟蹊径，思想也更见深度。如80年代的《横田少佐》与90年代的《认真面具》都以当代日本人和新加坡人对日占时期的不同反应为线索，但《认真面具》以佛家的饶恕与忏悔思想替代了早期的敌我二元对立思维，思想境界更为开阔。2001年版的《轻信莫疑》[①] 中有很多新作品常以附注的形式将80年代的某些情绪、事件融入（如《读烈士》、《世纪情》），使得新老作品形成呼应关系。我认为，希尼尔作品之间的互文现象可能使人产生似曾相识的感觉，但也使带有后现代色彩的表述形式和快餐式的文体形式产生连贯性和整体性，可以承载厚重的历史意识和现实关怀，正如他自己所戏言的那样：看似"不务正业"，实际"漫步经心"。

希尼尔以互文与反讽为基础的现代主义实验或许受到各种文学资源的影响，但作为一种历史叙事的策略却是成功的，能够清晰地呈现过去与现在以一种扭曲的方式发生的融合和碰撞。

---

① 希尼尔：《轻信莫疑》，新加坡作家协会2001年版。

（三）铸造灵魂的异托邦——现代“说书人”的使命

比起很多国家，新加坡是一个年轻的国度，历史并不悠久。但当一个国家民族寻求自己的主体性时，历史的厚度就成为国家叙事的必然追求。新加坡的叙事，需要由新加坡人自己去挖掘和完成，而不是依赖西方或中国的视角。希尼尔的文学创作也应在这一高度上去理解。当然，作家的使命从来都不是如实记录历史，也不是有效地解决现实问题，而是确定某种情感价值，表现出人文关怀意识。更确切地说，一个具有历史意识的作家，恰似史传传统里的“说书人”，以民间的姿势为一个族群，一个国家铸造心灵与情感的历史。希尼尔对此应该有自觉意识，在写作伊始的80年代，他就写道：“竟然，我迷失了方向/在这熟悉的土地/……不知是谁/趁邻里不留神时/换了幅现代画景/换来个荒凉/一定有人/忘了补上一笔/那说书人的老榕树。”（《土地印象》）[①] 他早已明白，没有“说书人”和说书人可以依靠的“大榕树”，他热爱的土地就会变成荒凉的画卷，于是，当希尼尔自觉承当了说书人的使命之后，他所要做的，就是重新铸造有关历史的“公众记忆”，反复强调文化传统的家园意义，为一个现代化进程中逐渐迷失方向的族群招魂。如香港作家西西一样，他也称新加坡为浮城、浮岛，但他比西西有着更明确和深切的现实担忧，《浮城六记》是他对新加坡发展里程的寓言式回溯，也是悲观色彩浓烈的预言，他写道：“靠经济奇迹生存的浮城，百年后，究竟是浮还是沉？还是消失在这个世界上？”[②]

然而，生活在钢筋水泥铸造的高楼之中，现代说书人对“历史”自身也未必有坚定的信仰，对于传统、童年、乡土的现实功用也不免产生怀疑。对于希尼尔而言，身处现代与后现代思想与现实的旋涡之中，他所依靠的过去也往往让他产生漂浮感。我想，他对流逝的过去那种依依不舍的情感，是关于个人成长的记忆。它们是已经“出走”的童年，是稍纵即逝的青春，是朝夕相处的长辈，是理想主义与英雄情怀，随着年岁的渐增，这些在变得越来越遥远的同时，也越来越具有家园的意

---

① 见希尼尔《绑架岁月》，第22—23页。

② 见《希尼尔小说选》，第107页。

义。但另一方面，剧烈变动的现实也常常让他的历史意识备受拷问。20世纪80年代，他已意识到现实中的历史只能是含糊不清的影像和戏剧化的传奇——“昨天仿佛是一场刻意煽情的连续剧/高潮过后，是一种不能投入的/隔膜与茫然。”（《秋辞》）①“如此江山，历经几番风云与风月/徒留数则前朝旧事/在我房中，线装书内/默默地泣诉/在妻的厅中，莹莹的电视前，戏剧化地/掠过。”（《读史廿行》）②；但他还是坚信“清白的历史是不会说谎的”（《横田少佐》），认为“最终谁也拗不过史实/安息，是唯一的永恒形式”（《历史的狡黠》）③。时至90年代，这种历史的信仰逐渐受到现实与理性的冲击，激愤之情也化为焦虑之心。小说《论西汉设置河西四郡的历史意义及其他》中一个向往古老文明的现代人，在地铁上仔细阅读着古代文献，但他的精神返古之旅不断被周围的人流所干扰。吵闹嬉戏的孩子、呆滞无礼的父亲、流淌了一地的汤水，让他深感现代社会的肤浅浮躁，但当他发现这些是刚刚经受丧妻丧母之痛的丈夫孩子的失控行为时，他的丝绸之路也就戛然而止，转化成他们的思愁之路了，历史之轻与现实之重形成了有力的对比。或许希尼尔的忧虑是，如果历史既不能回归，又必经篡改和遗忘，那么执着地寻找历史真相可能吗？在无情流逝的时间中，一切都按照某种既定的遗忘逻辑在进行，作为渺小的个人又能怎样呢？能否留住记忆呢？在小说《星光依旧灿烂》中，面对没有家国意识，也善于遗忘历史的当代人，他只能发出了无奈的感叹：“太阳下山明早依旧爬上来，花儿谢了明年还是一样的开。”在他所有诗文中，都能感受到这种在信仰中的怀疑，努力耕耘时的痛苦。希尼尔恰似诗歌《二十世纪末一只蜻蜓的心事变奏》中的那只蜻蜓，在现代社会跳着ANXIOUS的舞蹈，不免产生一种对现实与历史的双重晕眩感，迷失于记忆与现实之中。

但阴影的存在更证实了捍卫理想的艰难与必要，在急功近利的现代社会，写作者也许会偶感冷漠、疲惫、徘徊，甚至会对写作的意义也产生怀疑，但正是在这种情感日见荒芜的现代语境之中，“说书人”的使命显现出来了，他必须以文学的形式保留那些珍贵的情感记忆，为灵魂

① 见《绑架岁月》，第146页。

② 同上书，第140—141页。

③ 同上书，第67页。

留下最后的家园，哪怕得到的只是寥寥无几的掌声。因此，尽管高处不胜寒，希尼尔依然执着于文学之路，希望用自己的热情和执着为理想留下诗意空间，从这个意义上来讲，他的历史叙事就是铸造灵魂的异托邦。福柯意义上的异托邦不同于乌托邦，它不是虚幻的乐景，而是以另类形式出现的现实，虽然未必完美却必然存在，正是在文学空间这类差异的地点，希尼尔为当代新加坡人留住了“日渐模糊的，一叠叠先祖的脸谱”（《读史廿行》）[①]，也留下了珍惜过去的美好情愫。

在此，历史叙事的主体就逐渐清晰起来，在希尼尔笔下以“我和我们”出现，代表了出生在20世纪50年代的新加坡人，他们和新加坡一起成长，既耳濡目染了苦难的抗争时代和抛头颅、洒热血的英雄时代，又身受现代社会各种新生事物的冲击，在理智上他们明白过去的永远都过去了，在情感上他们却不像年轻一代一样理所当然地认可现代社会，这一代人带着历史的包袱在现代社会前行，正可成为本雅明意义上的“翻译者”[②]，承担起历史与现实的对话衔接的使命，让新一代的新加坡人不要忘记祖辈曾经经历过的磨难与痛苦，树立起真正的主体性。当然，在时空的流逝中，这种“历史的牵挂势必成为一种距离的升华”，文学正是作为这种升华的最佳形式与结果而出现。在文学世界里，希尼尔们可以用一种更为自如和具有感染力的方式，修补记忆，重建历史，在将个人的情感历史和成长记忆变成公共记忆的同时，也为自己和新加坡人铸造了灵魂的异托邦，让“我们”不再“浮岛”。

结 语

在世界华文文学中，有大量文学作品在再现历史、虚构历史和解构历史，尤其是在新历史主义思潮指引之下，历史甚至成为被恶搞和亵渎的消费对象，一句话，在各种看似新奇的现代技巧之下，历史有时不过是一种招之即来的话语资源，缺乏灵魂和重量；少有作家像希尼尔那样怀着强烈的危机意识去回望历史、重建历史，我想，这或许是遭遇离散命运的新马华族所特有的情怀与意识。相信这朵“开在历史间隙的小

① 见《绑架岁月》，第140页。

② edited by Hannah Arendt: *Walter Benjamin*: *Illuminations*, published by Schocken Books, New York., 1969.

花”能够得到更多人的赏叹，也能给当代作家的历史写作更多的启迪。

七　白放情小说中的中国想象

印尼华文作家白放情的小说以爱情为主题，编织出当代印尼华族的许多生活片段。荣格认为，艺术家就是他那个时代精神秘密的不知不觉的代言人[①]。在这种意义上，他的文学想象也可作为我们审视印尼华族现状的社会文本。本文欲梳理他爱情叙事中的中国想象模式，并试图呈现“古典中国”对印尼华人文学文化的意义。

（一）

在白放情的爱情叙事中，很少直接描绘现实中国，但其文本中频频出现的古典诗词、富有古典意味的人名以及小说中呈现的伦理道德意旨，却似乎重构了一个古典中国的幻象。在他的小说中，常以古代诗歌意象为标题，如《春梦》《梦尽半山》《花落悄无声》；也喜欢以古典诗词开头或结尾，如在《春梦》第五章里，便以“隔墙花影动，疑是玉人来”作为开端，而《贝壳》则在末尾来四句寓意深刻的词：“昨夜情难守，落得此身空亏恨。今宵尽囊陈，正是‘惊魂’警未知。”他的小说中还常以古典诗词作为人物抒发情感的形式，为他笔下那些悲剧性的爱情增添了浓烈的感伤情绪。如小说《春梦》写一对中年男女相互恋慕，却受制于传统伦理不得不分分合合的坎坷经历。该文本中多处出现的古典诗词，就起到很好的渲染映衬作用。如《黄叶映摇天·蝶恋花》：“黄叶映摇天/花荒庭园/虫声不绝总凄然/引顾当年墙转处/丽影翩翩。草梦早成烟/何事阑煎？/蛛残丝尽也情牵/衔石坚柱贞壮士/东海难填。”[②] 这首词将男主人公内心的深切相思、无限惆怅都涵盖其中。

白放情小说中的诗词只有少数直接引用古人的句子。如李煜《乌夜啼》中“剪不断/理还乱/是离愁/别是一番滋味在心头”，被放在小说

---

① G. G. 荣格：《人，艺术和文学中的精神》，孙长安、丁刚译，华夏出版社 1989 年，第 121 页。

② 白放情：《白放情文集》，鹭江出版社 2000 年版，第 7 页。

《离情》之首，敷衍出一对男女依依惜别的故事。[①] 更多的时候，他是借古人的“衣钵”自编。如《春梦》第九章借鉴古词《钗头凤》编了一首：“晨昏都惘然/望断长空/默向浪花/无言踏细沙/心灵幽径相焦急/千里埋情亦枉然/残伤滴新血/几时休/罢！罢！罢!”虽没有古人的雅致，却是一样的幽怨。[②]

其实，不只是白放情，在东南亚，有很多华裔文人，对于古典诗词都有着偏爱，都尝试自己进行创作。原因应该是多元的，美国华裔学者孙康宜的观点可作为重要注脚。她认为，“西方汉学界，一直流行着一种根深蒂固的偏见，那就是，古典文学高高在上，现代文学却一般不受重视”。[③] 在他们看来，现代文学不那么纯粹，是受西方语言与文学等影响嫁接出来的枝丫，而古典文学则代表纯粹的东方情调，是古老中国的表征。其中，古典诗词又是古典文学的精髓，可谓古老中国的灵魂。这样看来，白放情小说中的古典诗词，便不只是一种叙事形式，它还体现了作者对于古典中国的一种独特情愫。

白放情小说中的人物多是中文名字，不少名字还有着古典的韵味，如邓玉璞、李吉水、唐晓天、燕南、白雪明、松冰、刘水章、袁小凤、白兰、雨灵等。这些人名的设计，尽管不能排除台港言情小说的影响，但他的小说发表的年代（20 世纪 80 年代前后），印尼华人在现实中是顾忌使用中文名字的，为了适应“同化”的政治风潮，很多人放弃用了很久的中文姓名。或许正因姓氏本身往往有着很深的文化意味，它能唤起人们对于祖先、源头、故乡的忆与思。如“唐”，就是让海外华人倍感亲切的字。中华民族传统的历史观，认为“唐虞三代”是中国最早的一次“太平盛世”，历史上最早的明君贤王尧帝，就称之为“唐尧”。据史书记载，尧为古之圣工，初封陶，后封唐，世称“陶唐氏”，所以在海外的中国人，都喜欢把自己称为“唐人”，意为唐虞三代传下来的子孙。因而，白放情小说中的中文人名也是一种心理暗示，似乎在告知读者，“我”讲述的是华人的故事，是古老中国后裔们的经验。

---

① 白放情：《白放情文集》，鹭江出版社 2000 年版，第 130 页。

② 同上书，第 31 页。

③ 孙康宜：《“古典”或者“现代”：美国汉学家如何看中国文学》，《读书》1996 年第 7 期，第 116 页。

白放情的爱情叙述中，还有着强烈的道德感，与古老中国伦理有着深切的认同。他笔下的爱情不乏卿卿我我的甜蜜，但男女主人公总是处在矛盾冲突中，这种冲突的性质，并非个性的对立，也非文化的异质，也不是政治经济的冲击，而是一种道德焦虑感。《春梦》里的男女主人公一个丧妻，一个丧夫，彼此深爱，却为子女着想选择了离别，虽然两情相悦，又怀着莫须有的道德负疚感。《覆舟山的雾》里的男女双方始终只能生活在幻雾中，却不能走出迷雾结合，究其原因竟是女主人公有着一桩死亡婚姻。

在白放情的小说中，对人物的价值判断，也往往是以能否遵守传统伦理道德为主要标准的，这种价值标准丝毫没有受到时代变迁的影响，反而由于现实压力显得更加重要。如他笔下的正面形象，全是古典的——古典的气质、古典的情操。“我告诉她，她全身都是古典的，会不会是几千年前的什么美女在世。”“她笑起来。她的浅笑如湖面的水被风吹动那样清凉而无声。”① 这是《春梦》里冰清玉洁的美人玉璞，她似是《关雎》里“窈窕淑女”和《在水一方》的佳人之合体，美丽、朦胧、含蓄。而具备西化特质的女子，则往往被否定。如《春梦》里另一个少女若诗，是留学外国多年后回来的，便少了淑娴安静的气质：“上帝给了她一张好美丽的脸，有够高的身材，只可惜，有一股火辣而横霸的脾气。”②

有人认为，东南亚华人的生活方式特别传统，他们更重视家族观念与亲缘意识，在印尼也是如此。那么，白放情小说中强烈的道德感也不是偶然的，它折射出印尼华人对于以往生活方式的固守与渴求。尽管旧有的一切在现代社会已经无法维系，但传统依然是他们幻想中可以依托的幸福家园。

（二）

海外华文文学有两个重要的文化传统，一个是中国古代文化传统，一个是五四新文化传统。然而在新加坡、马来西亚，一些较为年轻的文

① 白放情：《白放情文集》，鹭江出版社2000年版，第26页。

② 同上书，第21页。

人学者，如王润华、黄锦树等却极力推崇古代文化传统，这是为什么呢？很多论者都认为这是他们想张扬自身民族文化个性，竭力与现实中国割断联系的一种努力。但在印尼，还没有这样的自觉意识，白放情式的对于“古老中国”的迷恋，并非要标榜自己与现实中国的差异性。那么，其意图是什么呢？

在中国内地，20 世纪 80 年代曾出现过“寻根文学”的热潮，热衷于在将被遗忘与消失的传统文化中发现一些对现实有价值的东西。印尼作家对于“古老中国”的想象，是否也可视为一种潜在的“寻根”意识呢？

印尼华族的根，与其祖先有着密切联系的部分，主要是通过两条途径形成的。一是祖居地带来的文化风俗在印尼自发的延续，以适应生存的需要。二是在一些知识分子启蒙下，通过大量翻译中国古典小说、兴办华侨教育和兴建宗教来强化民族文化记忆。中国移民在 15 世纪就陆续前往印尼，而最先前往印尼的华族人士，十有八九是来自华南地区破产的贫苦农民，他们很多目不识丁[①]，因而他们的文化便是带有浓厚宗法制色彩的传统文化。19 世纪 70 年代到 20 世纪 60 年代，印尼开始大量翻译中国古典小说，如《水浒》《三国演义》《封神演义》《三侠五义》《儿女英雄传》等[②]。这些故事在华侨乃至不识汉字的土生华人中也广为流传。20 世纪初，印尼各地纷纷创办中华会馆、中华学校、报纸和孔教会，大力普及儒家文化。经过这场为期不短的普及运动，印尼华族开始形成较为统一的富有中国传统特色的民族文化。

可见，白放情建构的古老中国的幻象，从某种意义上来说，也是一种“寻根”想象。他选择了古典诗词、人名、伦理这些让印尼华人容易确认自我的文化符号，来强调华人属性的根源。这种想象，对于印尼华人而言还有着特别的意义，可以视为他们的一种整体诉求。正如詹姆逊所言：“一切文学，不管多么虚弱，都必定渗透着我们称之的政治无意识，一切文学都可以解作对群体命运的象征性思考。”[③] 这种想象，

① 许友年：《印尼华人马来语文学》，花城出版社 1992 年版，第 5 页。

② 同上。

③ ［美］弗雷德里克·詹姆逊：《政治无意识》，王逢振、陈永国译，中国社会科学出版 1999 年版，第 59 页。

与印尼主流意识形态对华族的态度是密切相关的。华族一直以“他者”形象出现在印尼的主流意识形态里。在漫长的印荷时代，荷兰人一直把华人看成是“异己者”。荷兰人 H. D. 维克尔在印尼期间写了小说《红蜘蛛》是以中国为题材的，这个故事在印尼家喻户晓，它宣扬了西洋人远远优于贩毒、杀人、嫉妒、毫无主见的亚洲人（中国人）这一观点①。显然，荷兰统治者是为了自我利益不断丰富着这个套话。他们限定华人居住在指定的区域，不能和其他文化和其他种族亲近；他们还在原住民和外来移民间挑拨离间，华人往往成为各种冲突的替罪羊。携带着历史的阴影，独立后的印尼政府也对华族进行了从政治、经济乃至文化上的一次又一次的压制。华族又一次成为主流意识形态设定的“他者”。民主派知识分子普拉姆迪亚·阿南达·杜尔 20 世纪 80 年代出版的《四部曲》中，也书写了一个有关华族的“他者”神话。他写道：“一提起那个爱吸鸦片，嘴唇青紫的老中医，他便浑身发抖。”在他眼里，华人、侨生以及华侨都是来自“支那”的同一个身影，那些中国人“瘦小、肮脏、神秘、狡猾，吃鸦片、谦卑重礼”②。他们还成为原住民发展的绊脚石：“《广场》发行量减少了百分之五，中国人（《新报》）正迈开大步，继续前进着，他们在商业上对土著民的排挤已成为社会现实，谁也否定不了。”③ 1998 年，印尼大学文学院讲师美兰妮在看到翻译成印尼文的华文作品集《心语》《睫毛撑着的世界》时，惊奇地说道：“读这本诗集，使我们突然认识到另一种华人，完全不是我们一向以来所谈论所以为所批判的华人。”④ 这从侧面反映出当代印尼华人与主流意识形态的隔膜。

一个生活在此地的他者，总是主流意识形态既讨厌又企图同化的对象。于是，为了生存，他们必须时刻表达自己属于此地的忠诚，顺应同化的潮流，同时，作为一个被长期压抑的“他者”，他们需要一种生存

---

① 参见［印尼］耶谷·苏玛尔卓：《红蜘蛛》，林万里译，选自《林万里文集》，鹭江出版社 2000 年版，第 217—222 页。

② ［印尼］普拉姆迪亚·阿南达·杜尔：《足迹》，张玉安、居三元译，黄琛芳校，北京大学出版社 1989 年版，第 356 页。

③ 同上书，第 425 页。

④ 转引自黄昆章《论二战后印尼华人文学艺术事业的兴衰》，选自《华侨华人研究第四辑》，华侨出版社 1999 年版。

方式，一种既可成为此地的主人，又不丧失自我的文化生存方式。因为，“对于少数民族而言，文化不仅仅是上层建筑，少数民族的肉体生存依赖的是其文化的存活力被承认”①。印尼华族也是如此，一方面，他们渴望成为印尼的真正主人，一次又一次卷进自觉或强迫的同化之流，逐渐丧失了原本定型的许多文化特征；另一方面，他们时刻在渴望，渴望保持一种能与他族抗衡，又不触动意识形态怒气的文化凝聚力。他们如何重建这种“润滑油”式的民族文化？当然不是在当代中国的文化里，那会触动主流意识形态敏感的神经；也不是在西方文化里，西方文化腐蚀改变了下一代，正是许多印华作家的批判对象。因此，他们在情感和理性层面都倾向选择记忆中的古老中国。

这样，一部分印尼华文作家与某些新马文人学者殊途同归，都选择了古老中国作为自己文化与民族属性的根源。

（三）

印尼华族文化曾经历过一场浩劫，从20世纪60年代至今，中国特性被逐渐压抑，本土属性逐渐增强。华人已经不再是华人，这必然使得一些知识分子产生文化上的危机感，一种即将失去华人特性的危机感。那么，对于古典诗词、人名文化等的反复叙述，也就成为对华族文化的一种着力建构。白放情如此，其他一些印尼华文作家也有这种倾向。如他们对于古老的中国风俗，如婚丧、祭祖、节日等都备加推崇。广月的《移葬》写了他耗费巨资建墓移葬父亲的事，雅城华人漫山遍野、异曲同工、奢侈华丽的传统式坟墓在他眼里是迷人的，它意味着华人在印尼有着自己的文化传承，所以广月为自己推迟了父亲入土的日子而深感内疚，也为终于使父亲安睡地下而感到舒心。② 袁霓在《温家的婚礼》里对传统的婚礼进行了倾情的细描，表现出无限的留恋。③ 这种回到过去的想象，加强了华族的文化记忆，不断充实即将枯竭的民族文化，由此

① 阿卜杜尔·简·穆罕默德、大卫·劳埃德：《论少数族话语的理论：目标是什么》，选自［英］巴特·穆尔－吉尔伯特编著《后殖民批评》，杨乃乔等译，北京大学出版社2001年版，第336页。

② 广月：《移葬》，载《广月文集》，鹭江出版社2000年版，第215—217页。

③ 袁霓：《温家的婚礼》，载《袁霓文集》，鹭江出版社2000年版，第29—33页。

颠覆了主流意识形态压制华族文化的企图。

阿赫默德认为，“文化民族主义始终把传统置于现代性之上，以本土为指向颠覆了现代化理论家们的传统和现代的二元划分。但是，也要看到把传统始终看作优于现代性，甚至把蒙昧和落后看成至宝，就为以文化民族主义为名的最蒙昧的立场开辟了辩护的空间。”① 在东南亚国家，唐人街上不但有热闹的中国餐馆和可观的中药铺，也有臭气熏天的污水河；华人不但保持着尽孝的美德，建设繁华的坟场，也能忍受一墙之隔的破旧的养老院。试看白放情，他有意构建了一个古典诗话桃源，却对人物思想的弱点（男性中心意识）缺少批判。他没有意识到，古老华族文化存留的缺陷，也正是他的人物在现代社会爱情失败、无限伤感的深层原因。如《梦断半山》里的女孩白雪明被骗失贞，她的丈夫小薛因此就觉得受了侮辱，宁可和他不喜欢的女人结婚，也不愿回到深爱他的雪明身边。这种陈旧的贞操观和印尼主流伊斯兰文化对妇女的宽容相比也相形见绌。

有时，迷恋过去其实是不敢直面现实矛盾的表征。一些印华作家或是高唱友谊之歌，或是赞美传统亲情，或是留恋古老的风俗习惯，却淡忘现实的阴影与鲜血，以温柔的眼光扫视历史累累伤痕。在这种想象中，印华作家满足了回到过去，回到那些辉煌幸福的文化神话里的欲望，却又不自觉走进了一个套话，自制了一个停滞的民族形象，暗合了主流意识形态的某种需要。

也许，对于印华作家而言，这种想象确实产生了一种张力。这种力量能使印华文学在意识形态的睽睽下悄悄存活。但是，如果印尼华文文学要走向明天，印尼华人文化要保存个性，就不能停止在细雨无声的神话想象里，而要独具慧眼，超越这种想象，回到现实中来。

结　语

古老中国的文化印记，在印尼华文创作者那里，更应看作资源性的存在，而并非单一的精神归属与民族之源。只有这种胸怀开阔的中国想

① 转引自［加拿大］谢少波《抵抗的文化政治学》，陈永国等译，中国社会科学出版社1999年版，第125页。

象，才有可能使华人超越族裔性的想象视角，将自己和族群的过去融进印度尼西亚的历史与文化之中。一旦文化中国经过重建与想象打上印尼华人自身独特个性的烙印，并在新的国家共同体中获得普遍的意义，则可转换为一种积极力量，为华人族群在现实利益的争取、未来生存处境的改善等向度上贡献力量。

八 诗意乡村与都市困者——20 世纪 70 年代末以来印尼华文文学中的异族想象

相当一段时间，出于种种原因，印尼华文文学中，“原住民”[①] 都被排斥于文学想象的主旋律之外，偶尔出现的个别形象，也常停留在“懒惰、肮脏、不讲情义”的刻板印象层面。然而，随着印尼华人本土化程度的加深，印尼华文文学也由“面向中国”逐渐转向“扎根印尼”，这种异族想象规范也不断受到挑战与改写。特别是 20 世纪 70 年代末以后，当历经劫难的印华文学走向复苏时，有关“原住民”题材的文本数量不断攀升，其想象方式与叙述话语也趋向了多样化。其中，与都市文明对立的“乡村原住民”形象最为常见，也最为鲜明，并被赋予了理想特征与梦幻色彩。那么，这一类异族想象隐含了怎样的文学新质？如何理解创作主体的叙述动机？本书尝试对此进行探讨。

（一）

20 世纪 70 年代末以后，在印尼华文文学中，兴起了对都市社会的批判之风，对华族内部的“堕落、腐朽、自私”的批判成为文学主题之一，同时，山村原住民作为与都市文明对立的一极在文学想象中焕发出光芒，此类文本有袁霓的《山中一日》，高鹰的《林中的微笑》《欢笑的克达顿森林》，宋元的《渔村一夜》《午夜流萤》，刘旭的《一串饭盒，一串乡情》《武丁》《小村赴宴》，明芳的《保护森林》《收获的喜悦》等。

---

① 考虑到印尼国内的种族冲突以及华人自身的意愿，大多数华人学学者也用“友族或当地民族”代替“原住民”或“土著”的称号。但为了论述的方便，此处依然沿用“原住民”这一词语，但并无贬斥之意。

这些文字都是乡村随记，带着个人的真实游历成分，写实成分颇浓。但其想象并未因为写作者个人经历的不同而差异很大，相反，在表现内容和主体情感上有着惊人的一致性。优美和谐的自然景物，单纯简朴的生活，恬静平和的气氛，淳朴热情的人们，奇特的风俗人情，构成了他们笔下的乡村。赞美和沉醉成为主体的全部情感基调。

以袁霓几篇颇受赞誉的散文为例，可窥一斑。自小生活在雅加达，以经商为生的袁霓，对于“逼得人喘不过气来的都市喧哗”深感厌倦，她不时想逃离，去寻找一处休憩流连的梦境：“我幻想过有一天我要住在农庄里，吹着笛子在草原上放羊牧牛，晚上倚着栏杆看星光，多么富有诗意。”[①] 带着这种期待，原住民和其所在的山野也就成为被寻觅到的“诗意”。

在她的眼里，原住民是和善淳朴的：“我们立刻被包围了，一张张淳朴的脸，露出憨厚的笑容，热情的迎接我们。”[②] “我们坐在屋子前的木床上，好多左邻右舍的妇女、老人、孩子围着我们，瞪着好奇的眼睛，憨憨的笑着，不知该说些什么，只好用笑来表示欢迎。”[③] 同时，山村生活也是简单的，人与人之间毫无猜忌之心：“我感动于乡村人的那种热情，他们对于一个闯入自家私有地的全然陌生的人，不但没有丝毫的防范和不快，反而如此热情的招待，这种四海一家亲的宽阔胸怀，是我梦寐以求的。”[④] “城市人那种狭隘、多疑、争强好胜、疲惫的心，在乡村人如海似的热诚、坦然的胸怀下，在山里的这一天中，被解放了。”[⑤]

当诗意的那只眼睛在寻找之前早已睁开，那么关注真实的那只就会闭上。虽然袁霓也如实写到雅城一次的泊车费竟相当于这里一个孩子整整一学期的费用。然而，带着寻梦圆梦的心情而来，一切都染上了梦幻色彩；连简陋的小木屋，也让她怦然心动。

因此，从这种乡村想象的表现内容来看，其中展现的诗意场景正是

---

① 袁霓：《彩霞》，载《袁霓文集》，鹭江出版社 2000 年版，第 26 页。

② 袁霓：《山中一日》，载《袁霓文集》，第 52 页。

③ 同上书，第 53 页。

④ 同上书，第 55 页，

⑤ 同上。

与现代异化相对比的原始幸福：一个梦幻的世界对立于一个庸俗的世界，一个人与自然和谐相处的世界对立于一个喧嚣压抑的世界，一个人情淳朴的世界对立于金钱利益唯上的世界。它与一种历史悠久的文学样式——牧歌有着同样的性质。"牧歌的实质，是在与复杂、败坏的城市生活对比中，表现淳朴、自然的乡村生活，尽管有时其描述与城市和乡村的实际生活相去甚远，但这种二元对立的模式，极大地满足了现代人回归自然，回归乡土，回归单纯朴质生活的永恒愿望。"①

其他文本也与此相似，围绕着个人记忆中或偶然邂逅中的乡村和原住民生活，抒发赞美之词；原住民被视为与都市人那种争强好胜、自私利己的形象的对立面；农村被视为喧嚣和压抑的大都市的对立面。由于带着寻觅都市之异的心理，带着游客心理，乡村的贫困，原住民社会与自身社会的经济差距都被不经意地忽略了。想象的一致性使得作家的个人叙述带有集体诉求的倾向，而叙述者对于乡村图景的共同遮蔽与有意挪用，也就可以成为分析叙述动机的缺口。

印尼华族是一个十分特殊的少数族群，与其政治上的劣势相比较，其经济上却占据了一定优势。从主体来看，他们可以说是一个聚居都市的经商族群。长期以来，由于被局限在经济领域，不能拥有土地，他们不得不从事商业活动，这种特殊职业也就造成了他们与都市的天然亲缘。目前，他们是东南亚华人中聚居程度最高的，多集中在雅加达、棉兰、井里汶、泗水这些大都市，如雅加达的华人人口占全部人口的10%，棉兰占13%。② 20世纪70年代末以来，随着印尼由农业社会到工商业社会的快速过渡，印尼华人的生存环境、生活方式、价值观念也在不断变化。都市作为现代文明的聚焦处，更是快速、集中地呈现着这种变化。

一般而言，困惑于都市文明的现代人，都习惯从乡村空间与文化中去寻找遭遇都市压迫的精神补偿，让精神或肉体徜徉在乡村的宁静乐园。原住民所在的山村因其还残留着农业社会的场景和生活方式，成为城市之外的一处"乌托邦"世界。于是，身处都市的印尼华人，在找寻"失去的天堂"时，其诗意的目光投向了"异族"。在这一视野里，

① 刘洪涛：《〈边城〉：牧歌与中国形象》，《文学评论》2002年第1期，第70页。

② 曹云华：《东南亚华人文化的传承与变异——东南亚华人的文化适应》，中国华侨出版社2001年版，第24—25页。

异族与我的差异，其实已被表述成了空间——都市与乡村的差异。正如巴柔总结的那样："在一种文化的形象中，空间既非持续的，亦非一致的，一个'神话'思想提高了一些地域的身价，孤立了某些地域，又使另一些受贬；它使某些地域成为'我'和一个集体选定的空间，并赋予其从属性空间的功能。"① 因此，乡村便在有意开拓的审美距离中获取了诗意空间的位置。

由于种族间的文化和生理的差异和类同，转换成空间的对立和互补，种族身份的表白就变得无足轻重。在这些文本中，都没有刻意渲染异族的种姓特点。在这种以地域性隐蔽种族性的叙事策略中，"我与异族"的关系达到了一种想象中的和谐和亲近。

(二)

20 世纪 70 年代末以后，在印尼华文文学中，一方面，通过对乡村诗意空间的礼赞，想象性地呈现了与都市文明隔绝的原住民社会的美丽；另一方面，则用同情的笔墨勾勒出大批挣扎在都市文明边缘的异族形象。如广月的微型小说《老农》中，那个没有姓名的原住民日出而作、日落而息，在遭遇不幸时只求真主保佑、别无他言，"勤劳和忍耐"成了他生命的支点。冯世才的微型小说《安娜》中，从乡下来的原住民女孩安娜孝顺而善良，为了养活一家老小，不惜牺牲自己的青春。他们身上的动人之处正在于吃苦耐劳、父慈子孝这些乡土特质。

但这些有着"乡土精神"的异族，却被描述成与都市较量时惨遭失败的悲剧人物。《老农》中，这个世代以耕种为生的原住民，依靠自己的勤劳耕耘，原本过着贫穷却安静的生活。但推土机和辗路机吞没了他赖以生存的土地，柏油马路摧毁了他简陋的小屋，他不得不远离故土，领着一家人往远方走去。他的悲哀，与其说是因为贫苦，不如说是源于家园的被侵袭，源于都市文明向乡村扩张时造成的一种失去土地（根基、安身立命之处）的迷茫。《安娜》中的安娜饱受了肉体与感情的屈辱，不得不选择自杀以结束生的烦恼。而吞没安娜的是她临死前诅咒的

---

① ［法］达尼埃尔－亨利－巴柔：《形象》，孟华译，载孟华主编《比较文学形象学》，北京大学出版社 2001 年版，第 168 页。

摩天大厦，这座大厦是物质无比丰盛的都市的象征——“它是市中心的一座综合建筑物，从超级市场到按摩院，包括安娜工作的舞厅，真是应有尽有。”① 安娜在这里耗尽了她的青春和血泪，却没有得到幸福和真情。

类似的作品还有柳岸的《山村》，广月的《天命?》，立锋的《卖渣姆的姑娘》《拾荒者》《河边》，茜茜丽亚的《吹笛的流浪者》等。这些作品大都缺乏深入的思考和足够的技巧，流于外在性的描述，但通过对异族都市遭遇的呈现，一个都市文明冲击之下，乡土精神崩溃的意象已跃于纸面。

对于这些饱受都市之苦的异族形象，作者很少近距离地临摹其内心的矛盾，而是采取远观的姿势，将其性格凝固和单一化，使他们成为含义单一的诗意符号，寄托着华人对于自身的某种焦虑与困惑。如果说上述文本中的异族囿于篇幅尚未凸显创作主体的这一倾向的话，白放情的系列小说，则可成为突出的例证。他在《覆舟山的雾》、《花落悄无声》两篇小说中均以原住民女子珊蒂为主要表现对象。她被描写成完美的化身，既有如仙的外表又有纯洁痴情的心灵。不时出现在叙事场景里的雾，营造出这位女子神秘而脱俗的魅力，如她首次出现时，小说中华族男子“我”看到：“山风吹送着白雾，也吹送着她那没有上扣的灰蓝外套及红丝巾，在飘动的雾气中，看起来，她真是飘飘欲仙，给人一种幻觉，如仙女下凡。”② 这位雾中出现的神秘女子，虽与“我”一见钟情，相爱甚深，却从不透露自己的身份，与“我”相会时，也往往是来去无踪。但正是她的神秘和美，深深地吸引了“我”，为了破译她的真实身份，“我”在痛苦而徒劳地寻觅。然而，在忧郁和软弱中游走的“我”，在等待中失去理智，终于萌生了背叛她的企图（召妓），虽然只是一种企图，但已经亵渎了这个女子对完美爱情的信念。她的世界容不下一粒沙砾，于是，她假托自己乃是仙界之人，凄然远去。最终她在都市红尘中郁郁而逝，留下一个无限悔恨的男子的孤影。在失踪—寻觅—死亡的叙事结构中，“美”最终成为可望而不可即的虚幻之物。从外岛

① 冯世才：《安娜》，载林万里编《印华短篇小说选》，香港获益出版事业有限公司 1998 年版，第 140 页。

② 白放情：《覆舟山的雾》，载《白放情文集》，鹭江出版社 2000 年版，第 51 页。

来的珊蒂在都市红尘中的悲惨遭遇，正是理想化的乡土精神被都市湮没的镜像。而华族男子“我”对珊蒂的痴心追念与复杂，也就成为叙述者寻觅“乡土精神”之曲折、执着与迷惘痛苦的表征。

由此，在印尼华文文学中，通过异族形象所寄托的“乡土精神”，作为华人精神家园的一个诗意化符号，既是摆脱困境的想象性策略，又是困境无法消除的痛苦情绪的折射。这正是在社会转型时期，华人在传统与现代之间徘徊的一种写照。

20 世纪 70 年代前后，印尼华人文化处于变动与调整的阶段，这种变化的主要表现在传统文化受到了强烈冲击，特别是华人文化的核心——家庭结构模式和伦理道德观念被慢慢抛弃。传统本非永恒之物，挑战传统有时是社会发展的动力所在；但对于印尼华人而言，这些传统文化理念与结构是他们在印尼长期以来积聚的生存经验的结晶，已经成为维系自身的一个牢固所指，其作用更多是精神层面的。正如美国著名社会学家爱德华·希尔斯在《论传统》中指出的，许多实质性传统是一种心理精神需要。他说：“人生就需要它们，缺少了它们便不能生存下去。”[①] 所以印尼华人对传统变迁表现出了一致的敏感与质疑，从而在文化上产生了一种惶惑感和无根感。在论及传统变迁的原因时，一般认为主要源于西方文化的冲击；都市由于处于与西方文化接触的前阵，则被视为冲击力集中之处。由此，都市文化就摇身成为传统文化的对立面，正因为都市文明规定了农业文明的界限，乡土精神也就成了传统文化之化身。

由此看来，对现代化进程中苦难者的异族想象，实质是华人对于传统逝去的悲悯和痛惜；在那些惶惑不安的异族形象中，多少也有丧失精神家园、惶惑不安的华人自己的影像。而将代表乡土精神的他者诗意化，则表达出华人对于传统的一种独特情愫——深切眷念与神往，尽管明知一切都如梦幻般远去，无法寻觅，但它依然是华人的梦想家园。

我们知道，在历史上，印尼是屡屡掀起排华风潮的国家，华人与原住民之间的矛盾始终存在，他们对于原住民也有着根深蒂固的偏见。那么，这种异族想象模式是否与这一历史事实相矛盾呢？笔者认为，在现

① 转引自龙卫球《论传统》，“法律之维”网站，2003 年 6 月 24 日。

代化进程中，华人的传统文化与原住民文化，特别是乡村原住民的文化境遇是相似的。它们都属于东方文明，在西方文明的侵袭下逐渐失去主体性。此外，由于印尼华人的传统文化本是一种以血缘、地缘等为基础建立起来的文化，它重孝顺勤俭、重人际关系，把社会认同、情感、血缘、道义放在首位，带有浓厚的传统村落文化特征，与依存的原住民社会的农业文明十分相似。所以在某种程度上，华人能摆脱了政治重负和以往偏见，对原住民的想象出现新的态度与新的模式。

结 语

作为“都市异乡人”的异族形象是华人在现代化进程中自我处境的折射。它蕴涵了华人对“传统与过去”的美好情愫，呈现了华族在时代变迁中经历的复杂心态，显现了他们欲重建诗意家园，以求在其本己因素中生活的过程。叙述者虽然不是有意改写有关异族的“刻板印象”，但却不经意间呈现了新的“异族”形象与“异族”观念，表现出印尼华文文学的新动向。

九 《寄给祖国的诗歌》中的潜意识话语

1959 年 10 月，印度尼西亚华侨黄东平在《上海文学》创刊号上发表了组诗，命名为《寄给祖国的诗歌》。这些诗占据了两页的版面，共六首，而刊登在同一期上的其他几位国内诗人一般只选了一到二首诗，看来，黄的诗歌在这一期《上海文学》中还是有一定分量的。这一期不仅是《上海文学》的创刊号，也是庆祝国庆十周年特大号，编者在编后记中写道：“我们以平时一倍的篇幅献给哺育我们的党，献给这伟大的节日，献给广大的读者。”①

黄东平的诗歌也表现出种种显在情绪，如“爱国爱乡，大跃进礼赞、邻邦友好互往”等，抒发了繁荣富强的祖国想象，与刊物的目标一致，与激情的时代呼应，这是否是诗人诗艺并不精湛，却能够出现在《上海文学》首刊中并占据一定分量的原因呢？

① 《编后记》，《上海文学》1959 年 10 月，创刊号。

笔者发现，无论是诗人自己还是编者，都没有把这些诗歌视为别类。诗人的祖国是中国，他把自己的诗歌命名为《献给祖国的诗歌》。编者并没有分门别类，没设专栏，也没有作者简介（而台港澳暨海外华文文学在20世纪70年代末引入时则少不了这些形式），他的诗歌被整合在国民歌颂祖国的大潮中。

但《上海文学》征集远在南洋、诗艺平平的黄东平的诗歌真的没有独特用意吗？翻阅20世纪50年代末60年代初的《上海文学》，海外华侨华人的作品并不多。在国庆十周年之际推出的华侨诗歌，显然，它的存在价值还在于作者的身份是华侨——一个国界之外的中国人的符号。在庆祝祖国的生日时，海外侨胞的声音理应出现（至今，每当国庆、春节有关海外华侨华人的祝福也是必不可少的），以帮助我们想象出完整的中国意识形态地图。

文本的张力在于意义的浮动与多指，我们虽然能轻易地读出《寄给祖国的诗歌》中对中国内地主流意识形态的即时迎合，但细读这几首诗，还会发现，这些手法平实、感情真挚的诗歌中，还张扬着一种奇异的声音，它们躁动不安，与表层的意旨有着明显的疏离，似乎与当前海外华文文学中的很多特有的情绪波更加吻合。

（一）家园的失落——《踏上祖国之时——一位老华侨的话》

这首诗写了一位重返故乡数次，如今又一次来到故土的老人，惊异地发现这一次故乡已变成了陌土，土地庙变成了工厂，沙砾尘变成了绿野，几代相传的祖屋也被改建成新房。他回家前的自信与欣喜被尴尬与失落替代。他写道，如今，“我就像刚过门的新娘子，连走一步路都要人家指引”，诗人不由自主地把这种复杂的情感同在南洋的感受联系起来——“回想我刚来南洋/大家叫我新客，说我们陌生/没想到这回在自己家里，我又做了新社会的‘客人’。”诗人似乎想用喜剧性的语言——生译“新客”——来表达在故乡的尴尬与失落，却弥散出伤感与辛酸的异国感受。

全诗演绎着古诗“少小离家老大回”的意境，但诗人关注的不是自身的沧桑衰老，而是祖国的日新月异，而这种惊天变化，居然让他有找不到家园的荒诞感。昔日熟悉的“土地庙”、“沙砾尘”、“祖屋”本来都是游子与故乡的联系，可如今都消失殆尽，寻根的人该有怎样的失望。

在最后一节，诗的时空突然发生飞跃，“回想我刚来南洋……这一回在自己家里，我又做了新社会的‘客人’”。在这两句诗歌中，他用“这”字拉近了与祖国的距离，但灵魂却分明在南洋。或许，诗人并未能目睹新社会的场景，只是在异国虚拟了一个诡异的家园场景——一个所有可以铭记的家园符号都被社会巨变抹去的“异乡”。

黄东平的这首诗，在附和时代的强音时，却用一种迟疑迂回的方式表现出对于故乡变迁的尴尬与失望。于是，异国与故土的双重失落、记忆与现实的巨大鸿沟，让这位热爱故乡、寻找故乡的人心事重重，最终无家可归。

（二）被观看的他者——《在小镇的邮局》

诗歌刻画了一个海外华侨，来到邮局邮寄一罐种子回大陆的华侨农场，支持祖国的生产建设。与我们所熟识的西装革履、挥金如土的海外投资者完全不同的是，这一位老人完全是一个弱者的形象：

海外小镇的邮局
来了一位山芭农园（山区）的唐山阿伯
脸上象风干的柚皮
颤抖的手捏紧一包东西。

办事员问他装的是什么
印度尼西亚语他还不能会意
只指着包裹上的地址
要寄到海南岛华侨农场去
……
包裹用旧布密密缝起
拆开层层布片，现出旧香烟罐。

这样一个生活穷困、风烛残年的老人到邮局来干什么呢？原来是寄出一包热带作物的种子。诗中，观看者由诧异变成了敬意，眼前最后竟出现了一幅吊诡的图画——一片绿油油的热带庄稼，开花在华侨祖国故乡的土地。

这个还不会说印度尼西亚话的华侨，漂泊离散在异国，像古董一样战栗在异国的土地上，成为一个供异族观看的他者——他贫穷、落后，不可理喻又带着一种崇高感，而他的母国，正等待着他伸去的颤抖的双手。

这个满怀热诚支持祖国建设的国民，更像一个可笑、可叹、可悲的落难者形象，海外华人辛酸的历史全部都凝结在他诡异的行动与落魄的形象中。

（三）语言的家园——《我们的亲人》

看到祖国出产的机器，诗人泪水莹莹，好像见到久违的亲人。在这首诗里，机器不但是国力强盛的象征，还是一种文化认同的符号。因为，在异国的诗人，文化的冲击使他对故国的一切变得极为敏感，连十分平常的事物，都会变得格外亲切。原本十分陌生的机器，也因上面铭刻着祖国的汉字而变成了"执手相看泪眼"的亲人。

于是，尽管在诗的最后黄东平高唱"祖国崛起、侨民自豪"之歌，仍无法掩盖字里行间行间萦绕的身份认同的危机，一个还没有与异乡融合的流浪者，陷入异文化的包围，却仍然回望着故土故国。

但这位浪子终于得以以语言为家，生活在语言的故国。

（四）中国神话的想象历程——《有一位印度尼西亚友人》

诗歌描绘了一位印度尼西亚友人对中国国内的经济发展的认识变化，从否定、怀疑到悦服，最后高喊出"万众一心，任何奇迹都会产生，没有一样困难我们不能战胜"。无疑，这位依靠"报纸"了解中国的印度尼西亚人还是睿智的，一直对中国不切实际的经济行动保持着警惕——"大跃进的战鼓声正紧……但搞着一套，却实在惊人！我说不清，也许，还行……"

这位印度尼西亚友人的担忧何尝没有折射出诗人的情感呢？那个时

代的印尼华侨华人，与国内形势紧密配合，亦步亦趋，对祖国的一举一动深为关切，或许因为与政治中心有了一定的时空距离，他们开始还可能保持一点警惕，但最终也被报纸上的浮夸风所说服。

一个中国的神话就这样在媒介的宣鼓中被想象与建构出来，成为海外华人有关新中国的总体印象。

（五）越界之乐——《海边的抒唱》

这首情感滥觞的诗中，一位饱含激情的流浪者在海边吟唱着印度尼西亚与中国的友好交往历史，岩石、椰林、海滩、白云、燕子都成为两国人们南来北往的见证。在这首诗里，“越界”成为一种优势，人们在他国异乡找到自己所缺失的：

> 多少风雪中长大的人们
> 熟识了热带海岛上的夜景；
> 多少在炎热太阳下生活的人们，
> 享受了北国秀丽明媚的早春。

似乎，故乡反而成为一种煎熬与负累，异乡却充满了新奇别类的诱惑。

更有意思的是，吟唱者最后突然摇身一变，由华侨变成了印度尼西亚国民，唱起

> 中国人与印度尼西亚人
> 千万年的友谊，亲上加亲
> 虽然我们相距迢迢几千里，这海水却永远把我们牵紧
> 这蓝天啊，永远笼罩着我们！

诗人在两种角色中不由自觉的转换，是否意味着印度尼西亚性和中国特性在他的灵魂深处已难以化解，才出现这种叙述上的明显滑裂呢？又或许，这个在海边自由的歌唱者，在无意中已经溢出了国与国的界限呢？

结　语

显然，黄东平的作品与当时的内地文学经验在主题和表述经验上存在明显差异。其中流溢出的流浪与家园、身份认同危机、越界的优越等都只有在多重文化的夹缝中才可能出现，如今这些主题也成为海外华文文学的重要景观。

在追溯海外华文文学在中国的传播与接受时，有一种看法认为，《当代》发表的《永远的尹雪艳》才是海外华文文学传入内地的正式事件，另一种看法则认为，聂华苓 1979 年 3 月刊登在《上海文学》上的《珊珊你在哪儿》是海外作家在中国内地发表的第一篇作品。在这种认同之下，首先是台港文学以其独特的书写范式为中国内地打开了一扇了解海外文学与文化的窗口，它为广大读者从世界的角度来认识与研究中国文学提供了一个新的参照系。然而，台港文学的传入，除了其独特的审美范式引人关注外，其中也不乏勾勒完整中国文学地图的动机。如《当代》开辟的"台湾省文学作品"和"台港文学作品"栏目，将文学关怀投射到久经封锁的台湾岛以及尚未回归的香港，呈现出逐渐完整的国家文学地图。

在这一层面上，这些作品的功用与当初声称自己是祖国子民的黄东平诗歌的作用何其类似。而从审美独特性的角度观照黄东平的作品，它们在海外华文文学的中国传播与接受史的地位更不容忽视。如果说白先勇、聂华苓的小说以其独特的艺术魅力与深沉的怀乡情愫凸显在 20 世纪 70 年代末的中国文坛的话，那么 50 年代末到 60 年代中，黄东平这些包涵着海外华人的边缘性视角与独特情感心理的诗歌为什么要被遗忘呢？又该怎样定位呢？

海外华文文学作为被凸显的审美对象，它的出现，必然有一个时空纬度。那就是 20 世纪 70 年代末，只有这个时候，海外的作品才能成为一种独特独立的存在被凸显出来。然而学术不能为了自立体系而忘却事实，只有实在的历史才能支撑起理论的大厦，因此，面对黄东平的这些作品，不能将它遗忘，或简单命名为华侨文学，应该重视当初它发表在中国内地的特殊背景，而对这一时期的海外华文创作内地传播方式的把握，也将对进一步深入理解 20 世纪 70 年代末的台港文学传播热有参照意义。

第四辑　会议综述及访谈

一　第一届印尼华文教育与华文文学国际研讨会综述

2002 年 11 月 2 日，作为国家汉办支援周边国家汉语教学重点院校的暨南大学华文学院举行了第一届印尼华文教育与华文文学国际研讨会。国家对外汉语教学领导小组办公室张国庆副主任、国务院侨务办公室文宣司雷振刚副司长、中国社会科学院文学研究所杨匡汉教授等专家领导应邀出席了会议，他们热情赞扬了印尼华文教育与文学的飞速发展，重申了国家对华文事业的高度重视与支持，还特别提到暨南大学华文学院在教材编写和师资培训方面所作的贡献。暨南大学副校长蒋述卓教授、贾益民教授，华文学院院长杨松教授分别在会上介绍了暨南大学华文教育已取得的成就与前景规划。暨南大学黄昆章教授、印尼东方语言文化中心徐敬能主任、印华作协主席袁霓女士、福建省社会科学院刘登翰教授等人则就大会主题谈了印尼目前华文教育既喜且忧的状况，他们在感谢国务院侨办和暨南大学华文学院的大力支持帮助的同时，也呼吁国内外各界相互合作、集中力量以促进华文事业的复兴。

参加本次会议的代表共 79 人，有印尼各城市文化教育和新闻媒体的代表 39 人，也有来自北京大学、暨南大学、南京大学等国内各高校的专家学者。研讨会共收到论文 60 篇，其中大会宣读 6 篇，分组讨论会宣读 54 篇。论文内容丰富，材料翔实，涉及华文教育与华文文学的各个领域，大体可分为两大板块八大主题：一是华文教育板块：包括印尼华文教育的现状与问题、印尼华文教育前景展望、课程设置、教材与教学法等问题。二是华文文学板块：包括印华文学的历史评估、印尼华文文学与印尼文文学的双向互动、文化转型与印尼当代文学、华文教育与文化传媒、文学创作的关系。这两大板块唇齿相依、互通共进，是印尼华文事业的重要组成部分。许多与会代表既是教师也是华文作家，他们本着谦虚谨慎的态度和对华族华文的一腔赤诚，认真讨论，各抒己见，共同为推动华文教育与华文文学的发展献计献策。下面就本届研讨会文学论文及讨论情况作简要述评。

（一）印尼华文文学的历史和现状

华文文学在印尼的发展历程十分曲折，与其他国家的华语创作相比，具有很大的特殊性。对这一段历史记忆与会者作了客观的评价。香港作家东瑞介绍了 1996 年印华文学复兴后的总体面貌。他认为，各种研讨会的不断召开、文学出版物的种类和数量的提升以及各种文学团体的重建，是印尼华文文学复兴的信号。他指出，目前印尼华文文学的三大板块为爪哇板块、苏门答腊北部板块和东爪哇泗水板块。他对印华文学的特点作了简要的论述，认为印华文学比较传统，受商业污染少，乡土气息浓。他还将印华文学以题材为标准分为十类，包括文化乡愁和地域乡愁、无根的悲哀、印尼民俗风情、爱情、人生的悲喜剧、两族友好、人性、华族处境等。印华作家也就此议题发表看法。作家沙萍认为，印尼华文文学可分为四个阶段，一是 1945 年以前，二是 1945—1965 年，三是 1965—1995 年，四是 1996 至今。作家高鹰提到断层 30 年后印华文学的走向问题。他认为，弘扬印尼文化和弘扬中华文化是今后华文文学创作的两大主题，但应以前者为重中之重。作家老兵则强调中华文化和印华写作的历史继承关系，呼吁印华作家为社会为印尼而写作。一些作家还提及了印尼华文创作所面临的困境之一——从商和从文的矛盾，他们认为这也是当前创作水平不高的现实原因。

汕头大学吴奕锜对印华文学研究现状作了简介，并提出资料的收集、占有与文学研究局限性的问题，引起了与会学者的广泛关注。广州大学尹康庄则对金梅子的小说进行了个案研究，认为他的小说具有平民文学的特点但又不是油滑低俗之作，并从叙事艺术方面进行了深入的分析。暨南大学闫美萍从印尼散文中家园的两重性的角度，对印尼华族的生存处境和精神处境有了新阐释。最后，暨南大学潘亚暾对此话题作了总结，他认为印华写作人要不断提高自己的文学修养，让作品来说话，才能承担起继往开来的重任。

（二）印尼华文文学的现代转型

福建省社科院刘登翰和暨南大学王列耀等人提出了印华文学的现代转型问题，并指出这是全球化语境下印华文学已经或不得不面对的重大问题。此议题成为本次讨论会的焦点。

刘登翰对华文文学现代转型的问题作了理论上的提升。他认为，现代转型要实现两个转变，一是从传统性向现代性转化，二是从弘扬中华文化向弘扬华族文化转化。这就意味着印尼人要通过文学创作来建构自己的文化身份并融入所在国文化的大潮中去。王列耀认为，国籍身份的转变可以在一瞬间完成，但华人文化的形成却是一个长期的过程。他指出，印华文学的现代转型正在缓慢地进行，比如当代印华作家笔下的“童年和故乡”已经与中国和印尼二者相关，是相对于都市和喧嚣的一种集体性反思和个体性记忆。暨南大学华侨华人研究所的黄昆章也提出自己对文化转型的看法。他认为文化转型是与社会转型相连的，印尼目前正向民主政治国家过渡，所以这一时期的文学艺术自然也在转变。

暨南大学莫海斌认为，印尼华人在西方入侵后自我的丧失是文化转型的深层原因，因而转型既指人的现代化本身又指华人文化的本土化。中国社科院文学研究所杨匡汉就印尼华文写作如何实现现代转型作了多层次的发挥。他指出，一是要对文学艺术的意识结构进行调整；二是要超越经验文学、个人小圈子写作的局限；三要实现叙事方法和观察视角的变化。总之，印华文学需不断创新，以提升文学的生命。

（三）印尼华文教育、文化传媒与文学创作

与会代表还就印尼华文教育、文化传媒与文学创作的关系问题进行了讨论。印尼作家沙萍认为，华文学校和华文教育的普及产生了文化人和报纸，然后才有了创作园地和读者群，因此，华文教育是文学创作的基础。陈玉兰、林天赐、覃慧芳三位代表特别提到语言与文学文化是并行的，华文教育的断层导致华文整体水平的下降，进而延缓阻碍了华文文学与文化媒体的发展，而这种“无错不成报，无错不成书”的普遍

现象又反过来误导华文学习者，造成严重的负面影响，引起相反的社会效应。因此在纵向发展华文教育的同时要横向推广华文文学与文化媒体的发展，华文教育应成为华文文学和媒体最坚实的后方，文学和媒体也要加强规范和改革，为华文教育的普及与提高发挥推波助澜的作用。

印尼作家明芳认为华语电台也对文学的传播起了重要的作用，如万隆的华文电台每天进行至少 8 小时华语广播，使一些优秀的文学作品在只能听不能写的华人中广泛流传。潘亚暾教授举例说明印刷业与文学作品传播的关系，如棉兰的印刷厂印书速度极快，缩短了文学作品的再生产周期。东瑞则认为，报纸副刊对推动文学创作起了重要作用，而反过来，刊登经典文章也可以树立报纸的形象。印尼翻译家陈冬龙提出翻译在传播中国古典文学时扮演的重要角色，并呼吁印尼作家用双语写作。最后，作家袁霓对印尼华文作家协会与文化传媒工作进行了回顾，特别提到《印华文友》这一杂志的重要作用。与会代表还就印尼华文文学和印尼文学的双向互动等问题进行研讨。袁霓、老兵等作家认为，印尼文与华文的双向交流正在恢复，许多印尼华人已能用印尼文写作，并被印尼文坛承认，而一些中国古典小说的印尼文译本随处可见。今年，印华作协还举行了一次包括印尼本土文化及华人文化的文学艺术展，涵盖了绘画、摄影、书法等艺术门类。一些学者还对印华文学研究作了方法论上的探讨。如南京大学的萧成通过自己的学术实践，证明用新历史主义的方法去研究印华写作，可以发掘到印华文学中被长期遮蔽的部分。

这次会议是世界范围内第一次针对印尼华文教育与印华文学的专题研讨会。会议目的重在对话和交流，以加强海内外华文文化教育战线上专家学者之间的沟通和互助，争取研究和实践的双重提升。本次研讨会及其成果对印尼乃至国内外整个华文教育和华文文学的进一步发展都将起到良好的导向和推动作用。

二　创新·对话·发展：第二届世界华文文学论坛述要

为了进一步促进世界华文文学的发展，加强海内外华文文学创作界与研究界的交流互动，由中国世界华文文学学会与河南理工大学共同举办的第二届世界华文文学论坛于2007年4月21—24日在河南焦作召开。出席会议的代表有50多位，其中有来自北京、香港、上海、江苏、广东、福建、河南、山东、广西、浙江、甘肃、湖北、安徽等地的专家、学者及各文艺期刊、出版社、报纸等传媒界的人士，有来自新加坡、菲律宾、马来西亚各国华文文艺团体的负责人和作家、学者。会议期间，举行了三场专题报告会与一次分组讨论会，主要涉及中原文化的流播与华文文学、东南亚华文文学的特质与发展前景以及世界华文文学的前沿问题等议题，中外学者们对此各抒己见，共同探讨，形成了一系列深刻、独特的理论观点。

（一）中原文化的流播与华文文学

在开幕致辞中，河南理工大学的孔副校长希望此次会议能推动中原文化与世界华文文学的发展。中国世界华文文学学会会长、暨南大学饶芃子教授指出，20世纪90年代以来，出现了全球化时代的移民潮，各国的华语热升温，华文文学日益为人们所关注，理论界也不断开拓出新，首届高峰论坛从历史、社会结构、文化、审美等纬度对华文文学的多样性与文化身份等问题进行积极有效的探讨，希望此次会议有新的信息、新的收获。中国作协名誉副主席邓友梅先生指出，中原文化是中华文化的内核，没有中原文化就没有中华文化，在全球化工业时代，文化的界限逐渐模糊，但这反而使民族文化作为差异存在、作为多彩世界的独特成分更有价值。同样，凝聚海外华人华侨的力量也是文化，它与国家认同并不矛盾。如何促进海外华人华侨文学文化的发展值得重视。学会名誉会长曾敏之先生指出，河南是中华文化的发源地与荟萃地，首次在理工大学举行有关世界华文文学的学术会议，将对华文文学的传播有积极影响。山东大学的黄万华教授从中原文化的境外流播的宏观考察，提出了文化迁移过程中的“大传统与小传统”的关系，大传统指的是民族国家的传统，而小传统指的是底层的、地域性的传统，大小传统相互依存相互影响。中华文化传统在海外延续过程中，由于与当地文化进行了融合互动，因而出现了独特性。

此外，有不少学者通过个案研究言说了有关文学与文化的独特领悟。郑州大学的张鸿声教授梳理了河南文学在当代的发展轨迹，认为河南文学的本土性可以说是中原文化特性的文本表征。郑州大学的樊洛平教授分析了台湾客家文学中的中原文化底蕴，认为可以从身份认同、语言认同、文化认同等纬度去研讨长期以来被遮蔽的这一文学景观。

中国社会科学院的张重岗试图通过钟理和的个案研究揭示台湾与大陆文学及文化的互动关系，并提出了作家的独特生存体验可能使得其创作偏离文学叙述的常轨，出现新的可能。《世界华文文学论坛》主编刘红林以美国华文文学为例，指出很多海外作家坚守自己的文化之根，但在善于自我继承的同时并不拒绝外来文化。南京大学的刘俊综合了有关文化、传统与文学的观点，指出影响、互动与传播是理解中原文化价值的三个关键词，从中国内地到台湾到海外，既有相互影响，又有具备新质的文化体与中华文化的重新互动，这一切又是通过传播中介得以实现的。

（二）东南亚华文文学的特质及发展前景

东南亚华文文学是世界华文文学的重要组成部分，它与中华文化的关系，它的特质及发展前景成为本次会议的主要议题之一。

关于东南亚华文文学与中华文化的关系，饶芃子教授以中华文学、文化在泰国的流播为个案，指出研究者应重视中华传统的多元性，不仅应观照五四新文化传统与新中国成立以来的革命文学文化传统，更应该注意有根性意义的古老中华文化传统对东南亚华文文学的影响。新加坡文艺协会会长骆明认为，因早年移民知识水平不高，新华文学所受的五四文化传统的影响，实际上在南来作家身上烙印更鲜明；1948 年后，随着南来作家的北归，新华文学的本土印记和特殊风格也就逐渐凸显。河南理工大学文学院副院长穆乃堂描绘了中华文化在东南亚传播的大致轮廓，强调全球化时代东南亚华人作家注重本土文学传统与亚洲文化图像相结合的特征。对于东南亚华文文学的特殊性，学者们也作了深入探讨。暨南大学王列耀教授以“异族叙事”为切入点进行了研究，他指出，在东南亚华文文学中，异族叙事经历了从有意无意的偏见、自觉清理反思到和谐共处的三个阶段，其书写姿势与艺术策略都表现出特殊性。他认为，东南亚华人的杂居环境、杂居身份是梳理东南亚华文文学特殊品质的重要视野。新加坡作家黄孟文分析了新加坡微型小说的艺术特点，其中，细腻的笔触、充满悬念的情节设置以及以小见大的叙事策略都为华文文学提供了可借鉴的宝贵经验。中国社科院文学所的李娜从创作主体的“离散与回归”的悖论出发，细读了旅台马华文学的一些代表性文本，呈现了马华作家“寻找故乡”的执着与尴尬。广西民族学院的陆卓宁教授指出文化的差异越大，居住国的条件越复杂，华人生存与文化想象就越具有挑战性，东南亚华文文学的话语模式的特殊性与艰难性也就越突出。

有关东南亚华文文学的发展前景，《香港文学》主编陶然对东南亚华文文学作了总体描述。由于新马华文教育的基础较好，华文文学的发展状况也最好，而印尼、菲律宾、泰国华文文学相对较弱，创作者文化层次较低、年龄偏大，特别是印尼，因经过30多年的文化禁锢，出现了文学的断层。总体而言，除了新马以外，东南亚华文文学的发展还需拭目以待，保持乐观谨慎的态度。黄孟文指出新加坡独立后，西化程度加深，学校政府机关都用英语，对中华文化缺乏了解，近年来，中国的崛起，使得一些年轻人重新接近中华文化，但这与以前大不一样，内容只限于科技应用类，离文学写作还有相当距离。要改变这种状况，还有赖于新加坡政府语文政策的改变。

（三）世界华文文学的前沿问题

学科的定位、命名与研究方法等问题，仍是研究者探讨的重心之一。中国公安大学的杜元明教授提出应打破世界华文文学研究的时间界限，从当代延伸到古代，而世界华文文学也理应作为与古代文学、现当代文学并列的二级学科。《华文文学》的主编陈贤茂先生强调华文文学与华人文学的差异性，认为目前研究应着眼于华文创作，有的放矢。福建省社科院的刘登翰先生通过对近百年来北美华文文学的回顾反思，提出华文文学可理解为华人移民及其后裔的文学创作，而经济移民与留学生移民这两者的不同生存经验造就了两种典型的书写方式：草根书写与知识分子书写。曹惠民则提出新移民文学与留学生文学应有所区别，两者要求有不同的学术视野与研究方法。广东省社科院的钟晓毅认为新移民文学与中国内地本土文学也有着一致性，过分强调跨界书写中的差异性，是否与研究者的理论预设有关。饶芃子先生对世界华文文学中的

“世界”作了新的解释，认为它并非一个具体的空间概念，而应看作一种整体性的研究视野。来自菲律宾的学者张琪先生也认为华文写作成了一种全球性的现象，应以世界性的文学视野来关照。

文学史的写作，也蕴藏着很多理论问题，具有前沿性。中南财经大学的古远清教授认为文学史撰写除了与研究立场有关外，更倚重史料的积累与把握，随着两岸三地的对话交流日益加深，中国内地学者在这方面已有所突破。福建师范大学的袁勇麟通过梳理台湾《文讯》在文学史建构上的重要影响这一个案，指出文学史写作与史料整理的内在关系，认为只有从文本与资料出发，才有可能写出有影响的文学史。而中国社科院的赵稀方也认为，他对 20 世纪 50 年代香港难民小说的研究，直接受益于访学哈佛大学时发掘的一手材料。另一个前瞻性的问题是华文文学与华文教育、华文传媒的关系问题。马来西亚作家戴小华认为在马华文学的发展历程中，华文教育、华文传媒以及华人文化协会等都作出了重要贡献。新加坡作家陈美华指出，华文应用是一个根本问题，它关系到华文文学的生存与发展，在东南亚固然存在着语文教育、华文运用与华文文学的矛盾，在中国也有忽视中文的使用基础与范围的现象。暨南大学出版社的徐义雄副社长认为多年来出版社为传播海外华文文学作出了努力，并介绍了酝酿中的海外华文文学教程与选本的策划情况，承诺以树品牌的高度来出版好这套丛书，回报华人社会。

在闭幕式上，学会副会长杨匡汉进行了学术总结，指出对海外华文文学，研究者不应采取同一标准，求异比趋同更重要；文学板块的多重变化组合，要求学者必须以变化的视野来把握。同时，他认为创作者和研究者都应增强信心，华文文学目前虽处于边缘状态，但边缘也是有意义的，也是一种生存姿态。历史上，伟大的作家作品都是在边缘状态出现的，只要我们能创作出好的作品就能走出小圈子，成为全世界公认的精神财富。本次会议汇集了海内外世界华文文学界的资深学者和新锐力量，相信将对华文文学创作及研究产生重要影响。

三　传媒、都市和文学——香港文学专题研讨会综述

2013 年 11 月 30 日至 12 月 1 日，由中国作家协会主办，惠州学院

承办的“香港文学创作专题”研讨会在广东省惠州市举行。中国作协港澳台办公室副主任张涛，《香港文学》总编辑、著名作家陶然，《人民文学》主编、评论家施战军等两岸三地的作家学者汇聚鹅城，就传媒、都市和文学的关系等问题各抒己见、畅所欲言，共同打造了一场具有国际性视野的文学盛宴。

（一）专题演讲：文学杂志的危机与使命

2013 年 11 月 30 日上午，《香港文学》总编辑陶然先生和《人民文学》主编施战军先生就“文学与传媒”的问题做了专题演讲，他们在敞开文学杂志面临的生存危机之同时，也对传媒人如何坚守信念、如何办好刊物等问题做了深入思考。

“在香港高度商业化的环境下，如何办好一本文学杂志?”这是陶然先生重点探讨的问题。他戏言，在香港，要一个人去办报刊就是将他推向绝路，办文学杂志更是雪上加霜。但庆幸的是，《香港文学》成为香港生存时间最长的文学杂志，至今已有 28 年的历史。作为一个老编辑，于《香港文学》筹备阶段他就已经参与运作，深知这本杂志一贯的立场和使命。他认为，《香港文学》不论党派政治，坚守文学性至上的旗帜，为华文作家提供了有效的发表园地和交流空间，在世界华文文坛影响很大，当下各方对《香港文学》的反应都是正面的。

谈到《香港文学》的具体编辑原则时，陶然先生则特别强调“名家带动新秀”、“专题策划”等策略。在他看来，“名家带动新秀”，既有利于文学的传承，也能使刊物和时代合拍。“专题策划”则体现了现代文学刊物应该具备的主体性，在提升刊物影响力、凝聚力的同时，也体现了刊物主动参与文学史建构的深度意识。陶先生指出，《香港文学》还有一个非常可贵的品质，那就是胸怀广阔，既刊载香港本土作家的作品，也刊载港澳及内地作家学者的文章，还能对外国文学及世界文坛动态给予第一时间的回应，从而使得这本杂志突破了狭隘的本土视野，成为了具有世界性视野的知名刊物。

“媒体的性质是由掌控他的人来决定的”，施战军先生对“媒体和文学”看法极为明晰，在他看来，文学存在的根源在于“每个人都是孤独的，都有倾诉的意愿”，媒体本身并不是我们内心所指的那个目标，只是途径而已。

在展望文学刊物的发展前景时，施先生表示了担忧，也坚持自己的目标。他认为，今天大家所说的文学传媒主要是电子平台，传统媒体似乎完全失效了。但网络和手机承载的是粗糙的文学快餐，无法为我们这个民族提供足够的精神涵养，在他看来，如果所有读者都选择刷屏式阅读，如果完全按照大众口味来设计文学载体的话，我们的民族就走到头了。因此，尽管《人民文学》面临读者群流失、资金周转困难等问题，但作为媒体人，他会坚守自己的理想和目标，办好刊物，自觉展现我们这个时代最精彩的文学景观。当然，他指出，《人民文学》也没有故步自封，已自觉与电子移动媒体融合、正与百度、腾讯等新媒体进行合作，努力适应青年一代的数字阅读的需求，为他们提供合适的精神食粮。

两位主编还现身说法，回答了现场学生对文学及文学刊物的某些疑惑，鼓励他们投身文学创作，成为具有人文情怀的新一代。正如“诗人和木材商人走进森林看到的景象不一样”的道理一样，透过这两位媒体人的眼睛，我们感受到了文学的魅力，正因为他们能够坚守文学的精神家园，不媚俗、不以经济利益为出发点，才能办好两岸的知名文学刊物，让时代文学焕发光彩。

（二）学术争鸣：理论探索和文本细读

2013 年 11 月 30 日下午，来自两岸三地的学者举行了学术研讨会，大家就各自所熟悉的对象和领域发表见解、展开讨论，让这次研讨会具备了一定的学术深度和生长力。

中国社科院的赵稀方研究员以《小说香港》一书奠定了他在香港文学研究领域的地位，近年来他注重的是对香港早期文学史料的整理和挖掘。他以香港早期的一本文学杂志《小说星期刊》作为个案，指出香港早期文学的问题不是文白之争，而是殖民地文化与中国文化的此消彼长引发的现代性争端。他认为，我们通过对原始报刊资料的梳理，不仅可能颠覆在中国内地新文学史观念框架之下有关香港文学的某些结论，而且可以理清香港文学的独特性所在。

香港岭南大学的陈惠英教授注意到了香港作家的地名书写的复杂

性，她发现，当代香港作家所提及的这些地名无论是真实的还是想象的，都是作家乡土爱的寄托；对于西西、黄碧云等作家而言，无论他们虚构了怎样的地点，香港都是他们走不出的家园背景。但她又认为香港文学是近20多年才逐渐浮出水面的概念，当现有研究将以往资料重新挖掘与整理时，所形成的香港文学史观是否存在问题呢？

香港著名学者蔡益怀博士提出了探讨身份认同时需要反思的两个问题。第一个问题是“我们探讨文化认同问题时究竟在谈什么？”在他看来，很多学者将文化认同等同于国家认同、制度认同、意识形态认同，引发了很多现实问题。但其实价值信仰的认同才是文化认同的核心指标。第二个问题是“在传统文化之外，当代中华文化到底具备了什么新质，能够为别的文化提供什么？”蔡博士以芥川龙之介和高行健的中国认同为例，指出了中华文化所面临的某些困境和问题。他认为，当下我们必须不断提升文化软实力，让中国人能以有风度、有情怀的文化形象出现在全球化语境之中。

南京大学刘俊教授对如何定位香港文学作出了理论思考。他将香港文学看成是“特区”文学，它既游离于中国文学之外，又包裹在中国文学之内，具有过渡性和中间性的特点。它的基本属性是表现香港、联系中国，也就是说在书写香港经验的同时，又表现出与中国历史、现实的诸多联系。从香港文学的中间状态出发，刘教授还深入分析了香港的都市性和殖民性的具体表现，呈现了香港文学所具备的独特魅力。

香港青年学者郑政恒从自己编选《香港年度小说选》的经验谈起，总结了出版与文学如何互动的某些规律。在他看来，年度小说选对香港文学发展有不可忽视的意义，它既收集整理了一些处在散佚状态的作品，为香港文学立此存照，也为研究者提供了可以直接借鉴的史料。秉着对历史负责，也是对现实负责的态度，在编选过程中，他遵循着艺术性、历史性和公共性三大原则，在归类整理时绝不先入为主，而是在收集阅读了大量作品后才有所总结归纳，尽量做到公正。

香港浸会大学的助理教授葛亮考察了都市空间的重建过程，在他看来，当代都市空间具有拼贴和混合的后现代性质，这种消费意识先导的建筑和空间生产，遵循随意的、无原则的组合方式，实现了对传统更彻底的肢解，因此，空间之变变作城殇，面对历史元素消失的当代都市，研究者只能哀悼感怀。

台北淡江大学教师黄文倩对董启章的《安卓珍妮》做了寓言式解读，她认为这篇小说可以在近百年的女性解放史和女性写作中得以定位。也就是说，董启章其实是用后现代主义的手法来处理现实主义的老旧问题——女性的自我追求及其出路，但董启章的意义在于，他发现女性寻找自我时的悖论——她依然要借助来自异性的情感和物质力量才可以实现精神的完满，这种女性解放显然带有乌托邦的性质。

北京艺术研究院的青年批评家李云雷思考的是“作家如何书写城市、自我和历史”这一问题。他认为，近几年，“都市”替代五四以来的乡土成为书写主题，但在如何书写这一层面，作家们都在探索之中。董启章的《天工开物》与王安忆的《长恨歌》以及村上春树的作品相比，别具一格。董启章的都市历史是碎片化的，找不到贯穿始终的线索，王安忆则能以一条线索、一个人物来贯穿；当虚构一个人物时，王安忆不会刻意强调其虚构的过程，而董启章则一再强调人物本身的虚构性。这种书写的差异可能与城市本身的特点、作家的个性及其成长环境有关。但比起村上春树那种更为虚幻的时空把握方式，董启章更实际一些，所以他是在虚与实之间建构他的城市小史诗。

惠州学院副教授颜敏对香港作家葛亮《相忘江湖的鱼》进行了文本细读，在对叙述者形象的分析中敞开了作品的审美风格被叙述策略塑造和制约的过程，同时提出了若干具有启迪意义的分析概念，如入戏的观众、混血儿等，形象地剖析了当下创作中存在的某些问题。

期间，梁鸿鹰、施战军先生对各位学者的讲演作了精当的点评，他们或诙谐地批评，或点睛式地升华，让学术研讨的气氛在紧张中有放松，化独白为喧哗。

（三）作家对谈：都市文学何为?

2013 年 12 月 1 日上午，研讨会以作家对谈的形式继续进行，大陆和香港的八位青年作家就自己的创作和所在城市的关系做了个性鲜明、文采斐然的发言，敞开了都市文学的各种可能面向。

从福建移民到香港的作家陈曦静在定位香港和自己的关系时，用了“夹缝人”的形象表述，她虽然已在香港生活多年，但还无法认定自己是完全的香港人，可也无法对福建产生归属感，两边都是疏离的，但这种“夹缝人”的位置，也提供给她特别的观察视角，使她能够更好地理解两种空间中的人和事，做一个都市生活的忠实记录者。由此，她也形成了自己的文学观，在她看来，文学就是让自己愉悦的东西，对于都市，她只写自己的体验和感受。

作为土生土长的香港人，香港的都市情境就是作家黄劲辉主要的创作资源，他认为，香港文学是有其独特性的，但如何去表现这种独特性才是最重要的。由于在影视和文学领域都取得了骄人的成绩，他尝试充分挖掘文学和电影的手法，让它们彼此借鉴互补，共同呈现香港这个城市的特点。

上海作家薛舒出生在浦东，但那时浦西才是上海，浦东则是乡下。因而她对城市常有疏离感，总觉得都市只是她的寄居之地。正是怀着对乡土上海的默默温情，她发现了当下都市的流离失所，对都市人精神涵养的缺失表示了担忧。在她看来，当一个城市可以不顾经济利益去培育一颗文学的种子时，城市才有了品质，而她的创作，在为变迁的都市留下镜像的同时，也试图守护都市的文化之根。

福建作家李师江曾经写过不少北漂题材的小说，呈现了大都市的边缘生活状态。但现在他发现，比起北京、广州这样格式化的大都市，二三线的县城才有热腾腾的生活气息，才能真正反映中国人的生活和问题，他的小说《神奇的凤妈》中，那个主宰县城家庭生活的世故、计较、善于玩弄权术的女人才象征着中国式统治的真相。

主编中学生文学杂志的香港作家李洛霞，通过细读三篇小说呈现了新一代香港作家的创作心态，面对作品中隐藏的暴力、疲惫、冷漠和叛逆者形象，她不无忧虑地指出，这些人如果成为作家，他们会怎样书写香港，未来的香港文学又能呈现怎样的面貌呢？

作家周蜜蜜虽也是从内地迁移至香港，但对香港已有深入的体验与思考，她指出，虽然很多人都将香港作为避风港，但其实是将它作为汪洋中的一艘船，一遇到风浪，随时可以弃船而走。她的创作集中呈现了香港文人这种流离尴尬的心态，并对都市女性的生存状态极为敏感，如援交少女等意象正反映了她对都市生活的深入观察和独特思考。

北京作家徐红用“暮色中的森林”来定位她眼中的皇城北京——在

这样的都市，善恶是无法量化的，人物是灰暗不清的，人性总是以平庸的恶表现出其怪异性。她认为，对一个作家而言，未必一定要关注都市生活中流光溢彩的那一面，其实都市最为脆弱的隐形世界——如安全感的缺乏等才更值得书写；都市文学也不应该只是叙述一个故事，一段传奇，而是应该有形而上的思考，这就是都市写作中隐藏的暗格。

《人民文学》的副主编、作家邱华栋先生以幽默风趣的探讨将作家对谈推向高潮，他说，作为一个有正义感的文人，当他用笔发现、记录现代都市的千疮百孔时，他选择的是黑色幽默式的“变异”这一手法。也就是说，不是直接的反映，而是将都市生活给人带来的压力转化成异变的文学意象，如小便池里的鱼，农田里飞舞的卫生巾，汽车墓地，栖居在树上的年轻人，睡在纸箱里的人，等等。他还认为，一个伟大的作家必然和他所生存的城市建立起一种内在关系，他希望继续书写中国的城市，希望能像《人间喜剧》一样宏大但又别具特色。

最后，施战军先生引用里尔克的诗“雪花无数次落在大街上”总结了“作家对谈”的主题，他呼吁作家们去书写都市生活中不为人道的东西，在平凡的生活发现传奇。

香港是一座包容百家、富有创新力的国际都市，其中西文化交融所形成的特色文化为香港文学注入了无限活力。正如中国作家协会港澳台办公室副主任张涛先生所总结的那样，“香港文学在中国大家庭中亮点突出、成绩耀眼，很多作品在内地和世界华人地区影响广泛，是中国文学中视角独特、活力充沛的奇葩”。这次两岸三地的学术交流又一次展现了香港文学的创作成就和潜在活力，将为香港文学的未来发展提供指引。

四　台港澳暨海外华文文学研究年度综述

自20世纪末到21世纪初的数十年间，台港澳暨海外华文文学研究一直面临角色困扰，研究对象与研究方法的边界不断遭遇质疑，历经数年的反思探讨之后，研究者逐渐超越了焦虑彷徨的状态，趋向一种更为开放大气的研究境界。2009年的台港澳暨海外华文文学研究便清晰地传递了这一转向的讯号。综观2009年的相关研究，其总体特色是在拓展反思中充分重视研究的深度与密度，实现了新的超越。在注重对话、交流与创新的研究视野中，研究者一方面对于新的文学现象、作家作品与理论问题作了及时敏锐的聚焦与探索，另一方面对以往被悬置的学科基础问题与研究范式问题作了更深层次的理性清理，从而使得2009年的台港澳暨海外华文文学研究出现新的态势，获得瞩目的成绩。

（一）术语、问题及述评

台港澳暨海外华文文学的研究已经走出画地为界的小圈子，与时代变迁和学术思潮紧密地联系在一起，每年都会出现新的学术增长点。聚焦今年"空间"、"跨界"、"母题"、"中国在地书写"等研究的重要术语，可以看到在新的文学现象与学术动向激发下研究者所产生的建构冲动与反思意识。

"空间"维度一直没有离开研究视野，但以往常停留在区域和地理空间的宏观层面，今年数篇相关研究文章，则从文本空间叙事的特点来把握华文文学的诗学特质，将空间研究导向了更细腻与深入的境界。如吴翔宇的《新移民小说的空间诗学建构》（《华文文学》2009年第1期）一文认为新移民小说文本中存在着"显在的物理空间"、"互文的语义空间"、"隐喻的主题空间"三个彼此交织的空间层次，展现了具有现代情怀和品质的空间文化想象，构成了新移民文学的诗学特质所在。此外，赵坤的《建筑美学视野下香港都市文学中的空间构形》（《华文文学》2009年第5期）、陈为为、江少川的《新移民诗歌的空间诗学》（《华文文学》2009年第3期）等与吴文有相似的研究立意，其研究立场与方法都在社会学空间理论的指引之下。

"跨界"这一术语本年度出现频率也很高，它已被众多研究者用以概括台港澳暨海外华文文学创作特色，如计红芳的《跨界书写香港南来作家的身份建构》（《华文文学》2009年第5期）、邹建军、王娜的《从原乡、异乡到世界——新移民小说中三重地理空间的跨界书写》（《华文文学》2009年第6期）、胡丽娜《昆曲青春版〈牡丹亭〉跨文化传播的意义》（《武汉大学学报》，2009年第1期）等。但更为宏观系统的是杨匡汉的《海外华文文学中的跨界叙说》（《文艺研究》，2009年第2期）一文。该文总观了从越地域之界、文化之界、族群之界、性别之界到越文体之界的各种跨界叙述，将跨界与海外华文文学的独特诗学本质联系起来。

“母题”指的是文学作品中反复出现的具有典型意义的“意象、情节”等，相关研究必然逼近华文文学的诗学本质，其重要性可想而知。本年度涌现多篇研究论文，包括杨匡汉《同一母题的文本变奏》（《广东社会科学》2009 年第 3 期），杨匡汉、许福吉的《由意象到图像：母题的生长与演进——海外华文文学母题研究之一》（《暨南学报》2009 年第 4 期），曹宁、李兰兰的《金庸武侠小说的民间叙事模式——以〈射雕〉三部曲中的复仇母题为案例》（《社会科学论坛》2009 年第 10 期），计红芳的《香港南来作家的书写母题》（《世界华文文学论坛》2009 年第 3 期），戴勇的《论琦君散文的母题抒写》（《哈尔滨学院学报》2009 年第 10 期），熊小菊的《台湾海洋小说性爱母题的解读——以吕则之的澎湖系列为例》（《江苏经贸职业技术学院学报》2009 年第 1 期）等，其中杨匡汉先生的系列论文带有系统探讨与理论提升的意味，是母题研究的突出成果。论文试图从母题的衍变与文化语境的关系入手探究海外华文作家艺术创新的文化机制，超越了仅满足于解读母题象征意义的叙事学思路。

“中国在地书写”这一术语是曹惠民教授去年提出的，它指代外籍（海外）作家移居中国后出现的文学想象。今年仍有对于这一创作新动向的后继研究，如张小燕的《评新华作家蓉子的“中国在地书写”》（《世界华文文学论坛》2009 年第 1 期）。通过对蓉子旅居上海的创作进行分析，文章发现了一类快乐的“中国在地书写”，它没有以往新移民文学中那种身体、精神、心灵、人格所遭受的难以平复的屈辱折磨。尽管“中国在地书写”的丰富性仍需进一步考察，但对新文学现象的及时总结是值得提倡的研究思路。

2009 年台港澳暨海外华文文学研究中热点问题似乎并不凸显，但学科基础问题和史料整理问题仍激发了方家的研究热情，有一些值得关注的论述。

相对于以往的焦虑与躁动，今年有关学科基础问题的探讨显得理性而从容，祛除了火药味。陈国恩的《3W：华文文学的学科基础问题》（《贵州社会科学》2009 年第 2 期）一文便是典范之作。文章认为华文文学的研究对象应是“华人跨文化书写的经验”，而在“怎样研究和为谁研究”两个问题上则主张“和而不同”的原则。他指出，“尽管应该充分尊重不同价值立场的研究者及其研究成果，但也不可妄自菲薄，强调‘‘我们大陆学者的研究’也是重要的、有价值的”，只有敢于坚持自己的话语权，才真正有助于多元共处的研究局面的形成。此外，陈辽的《华文文学学科的当前困境及出路》（《世界华文文学论坛》2009 年第 3 期）等也着眼于更为具体的研究进程；而饶芃子的《在第二届世界华文文学教学工作研讨会上的致辞》（《华文文学》2009 年第 5 期）则从教学教材建设的具体视角探讨学科发展问题，认为“课堂教学需要教材，教材建设和学科论、方法论一样，都是学科成立的重要条件”，这同样集中体现了探讨学科基础问题中的务实理性精神。

文献整理与资料搜集问题一直是影响台港澳暨海外华文文学研究的核心因素，以往对其总结与反思的研究论文却不多，今年出现了几篇较为系统的文章，程光的《浅谈海外华文文学资料的搜集问题》（《现代情报》2009 年第 6 期）一文全面概括了资料搜集的种种方式，有很强的借鉴性；朱寿桐的《论汉语新文学文献整理的地域性运作——兼论澳门新文学文献观念的调整》（《徐州师范大学学报》2009 年第 1 期）一文探讨了文献搜集与整理和研究者文学观念之间的内在联系，达到了方法论的反思高度。

此外，2009 年出现的多篇综述性文章，兼有整理事实、总结研究成果及自觉反思等多种成效。涉及区域文学发展及研究概况的有古远清的《从“战斗文学”到后现代文学——台湾文学六十年》（《名作欣赏》2009 年第 8 期）、李林荣的《台湾文学研究：碎裂的拼图》（《粤海风》2009 年第 2 期）、黄万华的《平和长远、散中见聚：欧华文学的历史进程和现状》（《华文文学》2009 年第 6 期）、黄惟群的《崛起的澳洲华文文学》（《华文文学》2009 年第 3 期）等；对某种文学景观进行系统探讨、追溯源流的有陈家洋的《失焦的乡土叙事——台湾新世代乡土小说论》（《华文文学》2009 年第 1 期），翁一波的《海外潮人文学刍议》（《华文文学》2009 年第 6 期），吴奕锜、陈涵平的《从自我殖民到后殖民解构——论新移民文学的女性叙事》（《华南师范大学学报》2009 年第 2 期），蒙星宇的《网事如烟——北美华文网络文学 20 年》（《华文文学》2009 年第 3 期）等。这些文章都在清理源流的基础上对华文文学的未来发展与研究理路作出了探索，显现出 2009 年的研究与以往研究的内在联系以及新的入思点。

（二）视野、方法及理论

研究视野的多维拓展，使得 2009 年的台港澳暨海外华文文学研究显得摇曳多姿、生机勃然。其中最为突出的是全球化视野、传媒视野以及教学视野的树立与拓展。

从区域的拓展（对越南等边缘区域的集中关注）、语种的拓展（与非汉语文学的比较研究）到研究者身份的拓展（外籍作者的比例增加），今年的华文文学研究凸显了全球化视野。其中饶芃子的《全球语境下的海外华文文学研究》（《南方文坛》2009 年第 1 期）具有指引方向的意味。该文认为，“移民‘第三种经历’所构成的文学描写和叙述，在某种意义上体现了全球化进程所带来的文化、文学的多样性；展现这些作品中所蕴涵的世界性乃至全球性文化特征，并从中思考中国和世界的关系，应能深化和拓展我们对海外华文文学存在及其意义的认识”。

2009 年还凸显了台港澳暨海外华文文学研究的教学视野。不但举办了华文教学工作的专门学术研讨会（7 月 23—26 日于福州举行第 3 届全国高校教师世界华文文学课程高级进修班暨第 2 届世界华文文学教学工作研讨会），而且顺利出版了大家翘首盼之的《海外华文文学教程》和《海外华文文学读本》（暨南大学出版社）。围绕教学与科研的问题，不少研究者作了进一步的思考。如王艳芳的《在教研互动中建构海外华文文学学科——从〈海外华文文学教程〉谈起》（《暨南学报》2009 年第 5 期）、黄万华《双重跨文化语境中的文学对话——以〈海外华文文学读本〉为中心》（《暨南学报》2009 年第 5 期）、庄伟杰〈马华文学的问题意识和价值判断探蠡——兼谈马华文学研究与教学的可能性〉（《华文文学》2009 年第 2 期）等。

随着现代传播理论对文学研究的深度影响与介入，传媒与文学生产越来越成为文学研究的重心之一，新世纪以来华文文学研究也出现了传媒转向。综观 2009 年数量颇丰的相关研究论文，传媒视野已经成为华文文学研究新的学术增长点，取得了丰硕的研究成果。

传统纸质媒介的研究依然是重心，相关论文有燕世超、罗洁的《〈华文文学〉杂志对马华文学的传播与研究》（《海南师范大学学报》2009年第5期），刘景松的《耕播·坚守·展望——读〈越南华文文学〉》（《华文文学》2009年第4期），颜敏的《小说界中的留学生文学》（《华文文学》2009年第6期）等，这些研究文章突出了文学期刊在华文研究场域及文学交流中的重要地位，兼带了史料整理的用意。

华文网络文学研究方兴未艾，王列耀、蒙星宇的《北美华文网络文学的发展与网纸两栖写作》（《广东社会科学》2009年第6期）一文准确地概括这一文学现象的最新走向。该文对20世纪90年代以来的北美网络文学的发展阶段与总体特色作出了细致考察，并指出北美华文网络文学第三阶段（1997年至今）出现了一种新的文学创作形式——网纸两栖写作，认为这种融网络写作和纸质商业版权写作于一体的跨媒介写作形式，也将挑战我们对于华文文学的既往理解。

台港电影的研究有不断升温的趋势，2009年对台湾热播电影《海角七号》的探讨便达到一定热度。不少华文专业研究者以其学术优势介入讨论之中，撰写了不少颇具深度的文章，如张重岗的《海角七号的叙事纬语》（《华文文学》2009年第3期），燕世超、周亮的《〈海角七号〉的空间叙事分析》（《世界华文文学论坛》2009年第3期），李晨的《难以规避的历史与现实——海角七号》（《华文文学》2009年第3期）等。这些论文以《海角七号》作为活标本，揭示了当下台湾文艺的最新动向、美学策略及内在症结，与那些稍纵即逝的鉴赏式影评保持了距离。除了及时关注热播电影之外，还出现不少有关香港电影的系统论述，如肖宝凤的《历史、空间与叙述策略：论香港女性导演的离散美学》（《当代文坛》2009年第4期）、陈晓亮的《嬗变中的香港电影》（《世界华文文学论坛》2009年第3期）等。鉴于文学与影视传媒的内在联系，华文研究者对于影视传媒的自觉介入，不只是领域的转移与开拓，也将使文学研究与更为宏阔的文化场域联系起来，启迪深化了有关华文文学的研究。

此外，一些概述性的传媒研究论文也值得关注。如赵小琪的《当代台港澳小说在祖国大陆的传播与接受三维发展论》（《华文文学》2009

年第1期）及《当代台湾小说在祖国大陆对应性选辑传播形态》（《华文文学》2009年第4期）、颜敏的《中国大陆文学期刊与“台港澳暨海外华文文学”的大众化、经典化及学科化》（《暨南学报》2009年第4期）等，这些论文尝试将传媒研究提升到研究范式与学科反思的高度，具有很强的借鉴意义。

新研究视野的凸显已指出了新型研究方法的可能性，但2009年数篇对研究方法作出自觉探索与强烈反思的论文，提醒研究者直面研究范式建立的困境及可能出路。有朱双一的《文化研究：台湾文学研究的视野扩展和方法更增》（《世界华文文学论坛》2009年第3期）、李林荣的《认同困境中的“他者”前台湾文学在大陆传播、接受效应的几点省察》（《河南社会科学》2009年第1期）、周柳波的《形象学视野下的香港文学和新加坡华文文学——“中国形象”对读之一》（《柳州师专学报》2009年第8期）、朱崇科的《术语的暧昧：“问题意识”中的意识问题——论华文文学研究中常用宏大术语的适用度》（《海南师范大学学报》2009年第2期）、陈国恩的《从传播到交流——海外华文文学研究基本模式的选择》（《华文文学》2009年第5期）等。梳理这些涉及研究方法的论文，可以看到：首先，自20世纪90年代末以来比较已成为普遍视野与方法论基点。其次，后殖民批评等侧重于文化研究的方法和叙事学等侧重于文本研究的方法正在不断融合补充，从而使得比较文化诗学这一研究范式在华文文学研究领域逐渐得到确认；概言之：比较是核心，文化研究是方向，叙事学方法是基础。再次，在具体研究思路上又有更为多元的走向与发展，出现不少分流分支。如上述论文中，周柳波试图从比较文学形象学的视域来探讨香港文学和新加坡华文文学在想象“中国”时的同异及其原因，提出了观看距离这一颇具方法意识的关键词。朱双一则强调以跨学科、多视角的“文化研究”来拓展台湾文学的研究视野，认为20世纪的中国新文学与思想、政治紧密地联系在一起，仅仅依赖审美形式的观照是并无法把握其基本精神和主体内涵的。李林荣认为在台湾文学的研究中，相对于后殖民的学理运思，日常生活的思路更为诚实与可靠。朱崇科炮轰华文文学研究中滥用套用“宏大术语”的研究弊端，倡导具体情况具体分析的术语运用意识。陈国恩则认为传播学思路应被文学交流思路所取代，因为前者是单向的，后者是互动的，与台港澳暨海外华文文学发展的现实更为契合。

应该说，从视野到方法，台港澳暨海外华文文学研究已经将理论诉求作为一种内在动力，不少研究都具有强烈的理论建设冲动，试图将某一领域和方面的研究上升到理论的高度与深度，但是总体来看，总结性的、描述性的、倡导式的论述仍是主要的，理论建树困境的解决仍需时日。

（三）作家、作品及论著

作家作品研究一向是台港澳暨海外华文文学研究的重心，成就斐然。2009 年最受关注的作家有二张：张翎与张爱玲；而白先勇、严歌苓等作家的研究论文在数量与质量上都蔚为大观，成为研究重心。

加拿大华裔作家张翎历经数十年完成的《金山》（由多家出版社出版）是今年海外华文文学的一大收获。小说以广东开平一个方姓家族的兴衰为基线，反映加拿大华人背井离乡，“劳作受苦，屈辱地死或者坚韧地生息”的百年沧桑，视野宏阔、文笔细腻，具有传奇色彩，摘得 2009 年首届“中山杯”华侨文学奖的评委会特别奖，暨南大学组织了专门的作品研讨会，充分肯定了这一具有历史价值的重要作品。

《金山》出版后获得一致好评，但尚未出现专门的研究论文，与之相映成趣的是张爱玲旧作《小团圆》（十月文艺出版社 2009 年 3 月）的出版。该作在中国内地出版后立即引出众多深度剖析的论文，争议四起，但有毁过于誉之嫌。陈辽的《〈小团圆〉是怎样的一部作品》（《华文文学》2009 年第 4 期）、袁勇麟的《梦里客身——评张爱玲的〈小团圆〉》（《华文文学》2009 年第 4 期）、路文彬的《残酷冷漠后的历史感匮缺》（《华文文学》2009 年第 5 期）、石一枫的《残缺胜于团圆——读张爱玲〈小团圆〉》（《当代》2009 年第 3 期）等文章从思想立场、艺术技巧等方面对《小团圆》作出了否定，其中陈辽的观点最具代表性，他认为在这部自传体小说中，盛九莉不但热衷于出卖隐私，而且“完全置民族大义于不顾，到了丧心病狂的程度”，在艺术上则“呆滞、烦琐、枯燥、无味，难以卒读”。不过，对《小团圆》大唱赞歌者也有之，如林幸谦的《张爱玲“新作”〈小团圆〉的解读》（《现代文学研究丛刊》2009 年第 4 期）一文在细读文本、追溯生平的基础上从女性主义视角充分肯定了《小团圆》的价值。林认为张在这本自传体小说中“通过书写自身的成长、初恋和情欲体验，重建了她和母亲及姑姑两代女性的主体、情爱及爱欲追寻，这较当代女性主义者在许多年后才达到的爱/欲多元化与多样性更提早了很多年，成为当代情欲论述和所谓的‘后性革命’的一种尝试性的先行者及实践者”。

老作家白先勇近年停止创作文学作品，投入昆曲创作和传播，青春版《牡丹亭》在国内曾风靡一时，制造了新的研究焦点；但学界对其文学作品的研究兴致依然不减，2009 年的相关研究凸现了比较意识，走向深入与整合。一些论述将白先勇与乔伊斯、福克纳等西方现代主义经典大师进行比较，探讨其师承关系以及异同。如华翔的《白先勇与乔伊斯的孤独意识比较》（江南大学，硕士论文，2009 年）、徐振的《活在回忆的世界——福克纳与白先勇小说比较研究》（《作家》2009 年第 1 期）、杨彦玲的《为传统文化的没落唱挽歌——福克纳和白先勇小说主题中的时间意识比较》（《中州学刊》2009 年第 4 期）。这些论文突出了文化差异与创作个性、叙事技巧之间的内在联系，认为白先勇对于西方现代文学资源进行了自我改造与化合，形成了中国式的现代主义文学。另一些论文将之与台湾作家张系国、陈若曦、朱天文等进行比较，通过呈现他们在主题思想、艺术技巧等方面的差异，标志了白先勇在当代汉语文学中的独特位置。如刘彼德的《观点和记忆——试比较白先勇〈谪仙记〉和张系国〈香蕉船〉》（《世界华文文学论坛》2009 年第 3 期）、尤作勇的《“现代文学”的歧路——白先勇陈若曦比较论》（《社会科学研究》2009 年第 3 期）、白杨的《流失在历史洪流中的“台北人”：从白先勇的〈台北人〉到朱天文的〈世纪末的华丽〉》（《南方文坛》2009 年第 5 期）等。此外，还有王宁娜、魏家李的《异曲同工的悲歌——张爱玲与白先勇悲剧意识的比较》（《艺术广角》2009 年第 1 期）等多篇比较分析的文章，立体化地展现了白在文学史网络中的关节意义，预示着其走向经典的可能性。

在当代华文女性作家群体中，严歌苓是最耀眼的一个，每年都有喜人的创作成绩，其研究也最为丰富。据笔者不完全统计，本年度相关研究论文有 86 篇，其中博硕士论文 6 篇，无论是近年新作《寄居者》、《小姨多鹤》、《第九个寡妇》，还是多年以前的老作品《雌性的草地》、

《扶桑》等都有不少论述。其研究视角则在女性主义、人性书写、叙事技巧研究三大层面相对集中。从女性主义视角论述的有高凌伟的《世界不让你们成为女人——严歌苓〈雌性的草地〉的女性主义解读》（《作家》2009年第1期）、黄冠群的《弱者生存——女性主义视野下严歌苓小说〈第九个寡妇〉》（《青年文学家》2009年第8期）、刘晓伟的《从“雌性”、“地母性”到“圣母性”》（暨南大学，硕士论文，2009年）等；有关人性书写研究有赵修广的《历史洪流边缘的异类人生——论严歌苓的长篇新作〈小姨多鹤〉兼及其它》（《作家》2009年第8期）、丛鑫的《〈金陵十三钗〉：残酷境遇中人性的审视》（《名作欣赏》2009年第9期）、程桂婷的《文明和爱：民族战争中破碎的神话——解读严歌苓的长篇新作〈寄居者〉》（《世界华文文学论坛》2009年第2期）；在叙事技巧研究方面有蔡青、徐曼的《多视角的时代悲剧——浅析严歌苓中篇小说〈白蛇〉叙事视角》（《文教资料》2009年第1期）、李斌的《别样的“史诗”——论〈一个女人的史诗〉对革命叙事及史诗情结的解构》（《华文文学》2009年第3期）、吕涛的《戴着面具的夏娃——严歌苓小说中的隐喻手法研究》（吉林大学，硕士论文，2009年）等。蒸蒸日上的严歌苓小说研究，为我们探讨海外华人女作家的创作提供了可资鉴戒的研究理路，也展现了女性作家作品所具有的学术魅力。

严格意义上而言，具有系统性和整体性的学术论著，往往是研究者多年研究成果的升华与总结，应该成为检测某一时期学术成就的一大标杆。在台港澳暨海外华文文学研究领域，也一直期盼着具有超越意义的学术论著出现，2009年在论著方面的最大收获应是《海外华文文学教程》及配套读本的出版（暨南大学出版社）。《海外华文文学教程》虽然针对的是大学教育，但正如王艳芳所言，《教程》“以诗学的理论透视为核心，以作家作品的评述为中心，以区域特质的考量为重心，做到四个‘结合’——‘论’与‘史’的结合，‘点’与‘面’的结合，‘讲’与‘评’的结合，‘述’与‘考’的结合为其学术诉求，在重视史料搜集、重视作家作品审美分析的同时，将文化研究题研究和身份批评的理论研究方法贯穿始终。”所以，《教程》具有突出的学术意识，也是对数十年海外华文文学研究成果的一次总结与提升。

应该说，论著出版后影响如何往往要经受后较长时空的检验，2008出版的几部论著如杨匡汉的《中华文化母题与海外华文文学》（长江文艺出版社）、朱双一的《台湾文学与中华地域文化》（鹭江出版社）、朱立立的《身份认同与华文文学研究》（上海三联书店）等便都在2009年引发了研究者的热切关注，得以产生影响。古远清认为杨匡汉的论著“以问题意识带动四个着眼（着眼传统，着眼整体，着眼文本，着眼‘和而不同’），结合华文作家古今中外的创作特征及其衍变进行探讨，从而打破了各占据一领域，各守一种文体的惯常研究状态”，是跨学科、跨文类研究的实践范例（《跨学科、跨文类研究的实践——评杨匡汉〈中华文化母题与海外华文文学〉》，《华文文学》2009年第5期）。李健认为朱双一的论著“对论述大陆文学与台湾文学的渊源关系有特殊的学术价值和现实意义”（《在地域空间中探寻文化印证——评朱双一〈台湾文学与中华地域文化〉》，《常州工学院学报》2009年第1期）。朱立立的论著则引发了争议之声，兰志成在《利器与盲视的双重悖论——读朱立立的〈身份认同与华文文学研究〉》（《华文文学》2009年第2期）一文中认为朱“处理身份的跨时代瞻望有很大的暧昧和简单化处理，个体内在生命的本真的艺术书写被家国、民族、女权主义、后殖民主义、文化认同等抽象理论术语所排斥、挤压和覆盖，显现出意识形态的偏见”；王伟则批评兰志成因“对文学、个体所持有的本质性态度和对文化研究的漠视或拒绝因而无法把握朱的批评逻辑，从而产生了误读”（《文学批评的逻辑——评兰志成先生的〈利器与盲视的双重悖论〉》，《华文文学》2009年第3期）。

作为新兴研究力量，博士、硕士群体的研究成果日益受到关注，一些博士论文达到较高的学术水准，可视为准论著。2009年近20篇相关博士论文在传媒、形象学、区域文学和作家个案与比较研究等领域作出了探索，显现了本研究领域的最新走向与学术活力。如周文萍的《当今美国电影里的中国资源与中国形象》（暨南大学）、陈辉的《华语电影现代性与文化认同——以张艺谋、徐克及李安为例》（苏州大学）、廖斌的《〈文讯〉杂志与台湾当代文学互动关系研究》（福建师范大学）、方桂香的《新加坡华文现代主义文学运动研究——以新加坡南洋商报副刊〈文艺〉、〈文丛〉、〈咖啡座〉、〈窗〉和马来西亚文学杂志〈蕉风〉

月刊为个案》（厦门大学）；向忆秋的《想象美国：旅美华人文学的美国形象》（山东大学）、周聚群的《“红色”中国的“杂色”呈现——论海外华文/华人小说中的“文革”书写》（苏州大学）；王勋鸿的《君临之侧，闺怨之外——五六十年代台湾女性文学研究》（山东大学）、吕志鹏的《澳门中文新诗发展史研究（1938—2008）》（华东师范大学）；邢楠的《严歌苓小说研究》（东北师范大学）、樊燕的《历史在差异中复——高阳二月河清代历史小说比较》（苏州大学）、孟建煌的《施士洁评传》（福建师范大学）和张向辉的《守望·逃离·追寻——王安忆朱氏姐妹创作之比较》（苏州大学），等等。

总体而言，2009 年的台港澳暨海外华文文学研究倡导了注重对话、交流与创新的学术氛围，在拓展、反思中实现了新的超越。追往怀想必有利于前行，相信本年度所积聚的学术能量将在未来的研究中产生影响，催生更多更好的研究成果。

五 有行有思，境界乃大：“陈思和与世界华文文学”之访谈录

正值内地世界华文文学研究寻求突破的反思阶段，我想通过一系列的名家访谈，将那些无法在著作论述中直接获取的“史料与思想”收集起来，与书面的传播研究历史相互鉴照，为本学科的发展提供启思。

陈思和老师在现当代文学研究领域耕耘多年，硕果累累，自成一家；于世界华文文学在内地的传播与研究领域亦成绩斐然，独树一帜。通过与陈老师的交流，我想讨论在中国内地的文学传播与研究格局中台港澳暨海外华文文学的位置及意义，并试图从中发现一些具有学术价值的问题。

（以下颜敏简称为颜，陈思和简称为陈）

（一）学科之反思：世界华文文学可以成为独立的学科，但不要成为孤立的学科。

颜：陈老师好，今天想请陈老师全面介绍一下您在台港澳暨海外华文文学研究领域的心得体会，通过访谈这一方式，我们这些后进可以学到那些无法在著作论述中直接获取的“史料与思想”。

陈：我没有专门去研究过台港文学，因为我从来没有认为台港文学

应该从整个中国当代文学研究领域独立出来。作为一个研究中国现当代文学的专家，他的学术视野里必然包含台港文学。海外华文文学、世界华文文学是后来的概念，但要充分了解中国现当代文学的流变及其在世界上的影响，那么海外华文文学、世界华文文学也应该在他的视野里面。

但现在我们讨论的世界华文文学概念非常含糊，它实际涉及了几个层面：一是早年从台湾去美国定居的一批作家，我们原来一直把他们放在台湾文学范畴里研究，如白先勇、欧阳子、聂华玲等。二是随着内地改革开放后一大批中国作家出国而形成的创作群体，如严歌苓、虹影、哈金、北岛，杨炼等，这些作家本来就是中国当代文学的重要存在，后来因为各种原因出国了，我们也没有把他们看成外国作家，还是把他们看成中国当代文学的一部分。第三部分才是与中国文学有间离关系的，如东南亚各国的华文文学，这是中国人在海外几代以后的在地作家写出来的文学，当然属于是外国文学。第四种是世界各国用本国语言写作的华人文学或者华裔文学，我们现在还关注不够，我认为也应在视野之中，如汤婷婷、谭恩美等华裔作家，他们的小说里有很多中国因素，但他们用英文或所在国的语言写作，严格地说应属于所在国文学的组成部分。因此，世界华文文学的各种成分都是国别文学的组成部分：或是中国文学的组成部分，或是外国文学的组成部分；不过，因为其中包含了跨民族、跨文化的因素在里面，也可以作为比较文学的组成部分。正是鉴于世界华文文学或华人文学的复杂性，所以作为一个学科来设立，就天然有某种局限性。我觉得它可以成为独立的学科，但不要成为一个孤立的学科。

颜：您曾经和刘俊老师对话时也曾含蓄道出对“世界华文文学”学科化的看法，您对此能作进一步的阐释吗？

陈：现在学术界的普遍风气就是利用文化发展的大趋势，尽可能地把自己研究的领域无限制地扩大，助长了好大喜功、自我膨胀的风气。我觉得对于一个学科来说，不能简单地划定界限以及研究对象，而应该寻找建立学科的内在逻辑以及它是否有持续性发展的可能性。当然，我们要发展自己的研究事业总会把自己工作的重要性夸大，这也没有太大坏处。但问题在于，如果你不敢面对学科内在所存在的矛盾，这个学科就发展不好。譬如说，“世界”是一个概念，“华文文学”又是一个概念。中国是否属于这个“世界”，如果你把“世界”等同于“外国”，那么中国自然不能包括，但台湾香港更不能包括。这样所包含的内涵实在太小，如果你说你是研究东南亚华文文学，这能算一个独立学科吗？美国或其他国家的华文文学写作者就更少，而且主要发表的场地可能还是海峡两岸，那么能算一个独立的学科吗？还有一种理解的方法，就是把中国内地、台湾香港等文学也放进去，我们都属于世界的一部分。在我看来，“世界华文文学”最好能把包括中国内地文学在内的所有华文文学放进去。这样才有可能建立一个对象比中国现当代文学更加多一些、复杂一些的学科概念。

颜：对，以语种为标准整合世界华文文学是很好的思路。

陈：是，这样就通了。另一方面，从学科自身的发展来看，太小的范围是发展不好的，学科需要有再生性。如果世界华文文学仅仅考虑华裔和华侨文学，不但数量有限，质量也会下降，因为在海外，往往是第一代华裔在写作，到第二代第三代就开始疏离了，应该把中国的汉语文学放进去，这个学科才有再生的可能性。

（二）交流之功效：对区域华文文学的完整认识与深入研究离不开学术交往、传播出版等文学交流活动。

颜：您最早接触台港澳暨海外华文文学是什么时候？后来又是怎样逐步深入展开传播与研究的？

陈：我对台港文学的最初接触很简单，因为上海是最早与台港海外作家建立联系的地方，像於梨华、白先勇、杜国清等作家回内地，第一站就到上海，他们都来过复旦；同时复旦也是全国最早上台港文学课的，1979 年我在大三时修了陆士清老师的台湾文学课程，这门课上得非常精彩，介绍了很多出色的台湾和海外作家的作品，我因为喜欢这门课，就有了对台港文学的兴趣。当时陆老师讲朱西宁、司马中原等人的小说，让我们大开眼界。

1988 年，我和导师贾植芳先生做一个国家项目“外来思潮流派理论对中国现代文学的影响”，就想去了解港台文学的外来影响，台湾当时还不能去，我就去香港中文大学待了四个月。这四个月对我帮助很大。我搜集了大批香港文学的资料，弄清楚了两个问题。一是关于美元文化的问题，通过阅读期刊和资料，我发现不能完全把它看成是反面的东西，它介绍引荐西方文化思潮、创办各种文学刊物，培养了西西等一大批作家，对香港文学的推动很大。第二个问题是对香港通俗文学的理解。香港的通俗文学极其活跃，我们当时受新文学传统的影响看不起通俗文学，香港人自己也看不起通俗文学，但它自有其存在价值，当时我就香港文学的商业化现象提出了一个“文学读物”的概念（后来对此我还有进一步的阐释）。在弄清楚这两个问题之后，我对香港文学有了较为完整的认识。那时香港新华社为了配合九七回归，要为内地干部编一些香港手册，约我写一篇关于香港文学介绍的报告，我就把这两个看法写了进去。这是我研究香港文学的开始。

这四个月中我还有机会接触到了台湾文学，看到了很多台湾的杂志。在卢玮銮教授的介绍下认识了一大批台湾作家，像龚鹏程、林燿德、李瑞腾等，我跟他们一见如故，以后一直保持了联系。这对我后来从事台湾文学研究帮助很大。其中，我特别感谢诗人林燿德，他是个艺术奇才，写诗、小说、理论，样样都是好手，他在海峡两岸文学交流中做了很多工作，对我帮助也很大。1988 年，林燿德与罗门来复旦访问，打算和我联合建立一个两岸青年作家联谊会，后来没有实现；那时两岸之间还不能交流，林燿德是最早的民间文化交流的破冰者。在 90 年代初，他多次邀请我去台湾参加学术会议，但我根本无法出席。但我还是写了论文请人在会上代为宣读，其中与台湾文学有关的，一篇是关于台湾新世代作家的总论，还有一篇是关于台湾科幻小说的论文，都是整体性的论文。我相信当时内地研究台湾文学的学者很少关注这些领域。

出版与传播是我在 90 年代最重要的工作，我与台湾的一些出版社和报社都建立了较为稳定的联系。1990 年，我结识了台湾兰亭书店老板陈信元，当时他自己的出版社已经歇业，担任了业强出版社的总编辑，希望把内地的学术、文化慢慢介绍传入台湾，他和我，还有陈子善，一起出版策划了好几套丛书，我们一起合作工作了 10 年左右，前后总共出了约 200 本书，比较有名的是《中国现代文学传记丛书》，一共有 30 种；另外一套青少年图书馆，是针对青少年读者的文化丛书，这套书一共出了 100 多本。1995 年和 1996 年是我的出国年，先到新加坡后到日本，后来又去了我国台湾地区和瑞典。在日本我认识了台湾文学研究者松永正义教授，在他家里我看到了大批台湾沦陷时期的文学资料，这个对我震动非常大。原来我知道的台湾文学只是局限于1945年以后的，现在一下子就延伸到甲午战争以后，我的视野就打开了。我的学术研究喜欢找源头，台湾日据时期文学就成了我心中一定要了解、一直要解决的问题。

1996年我第一次去台湾开会，当时《中央日报》副刊主编梅新，邀请大陆学者去台湾参加百年中国文学的国际学术会议，我在会上见到了一大批台湾作家，其中有朱西宁、彭歌、纪弦、无名氏等元老级的作家，还有痖弦、高信疆、杨泽、焦桐等台湾名编，也见到了高行健、北岛、严歌苓等一批海外作家，这次会议对我以后的学术发展产生了很大的影响。在这次会议后，王德威教授就推荐我第二年申请做联合报系的大陆访问学者。我又去台湾一个月，住在台湾中研院。那一次访台我有心研究台湾国民党统治时期的文艺政策，在那里跑了许多图书馆，采访了尹雪曼、王蓝等一批元老级的人物，更重要的收获是我认识了台湾文学专家许俊雅教授，她在台湾古典文学研究方面是首屈一指的专家。通过许教授的帮助，我又获得了大量台湾文学的第一手资料。因此，大约在1997年以后，我对台湾文学也有了整体的把握，现当代文学研究领域的整体思路也打开了。

从那以后差不多我每隔一年就会去台湾，与台湾四大报系的文学副刊主编都建立了很好的联系，如《中国时报》、《联合报》等副刊也经常向我约稿，我的很多台港文学的研究论文也多发表在这些刊物上。

颜：您主编的《上海文学》非常富有开放性，对台港与海外华文文学都非常关注，不断推出专题、专栏和专号，据不完全统计，自1979年以来，《上海文学》共刊载相关作品235篇，您任主编期间刊载的相关作品已有76篇，差不多是总数的三分之一。请问您当时为什么会特别关注这些作家作品，您是怎样和这些作家建立联系的。

陈：《上海文学》刊发海外文学作品是有传统的，李子云老师主编时就开了先河。李老师本人也是台湾文学研究领域最早的开拓者，她与很多海外女作家都建立了良好的联系。而在我的心中，从来就没有特别地区分台湾文学还是内地文学，只是希望能够发表各种不同风格的优秀作品。我是从2003年主编《上海文学》的，筹备第一期（刊物第七期）稿子时我就约了张大春的文稿，其实我不认识张大春，但写过他的小说《城邦暴力团》的评论文章。我的想法是想通过这个杂志沟通两岸及海外华文文学，我认为最优秀的文学是一致的，都可以沟通，在这方面我做了不少尝试与努力。像骆以军、朱天文、童若雯等人的作品都在《上海文学》发过。那时候他们的作品还没有被引进内地图书市场。

颜：《上海文学》比较倾向于先锋前卫，您选择的台港和海外华文文学作品也是因为艺术性方面的考量吗？

陈：也不完全是，主要是个人喜好，我喜欢这些作品就发了。

（三）研究之反思：体制之外、资料先行、生活感知，统之以世界性因素和整体观的视野，方可实现研究的超越。

颜：与专门从事台港澳与海外华文文学研究的内地学者相比，您偶尔为之的批评文字除了体现出文学史家的整体意识之外，还能够从文本自身捕捉到属于作品作家的独特风味，更多体验和感受，体现您文本细读的才气和功力，让人颇感畅快淋漓。这是否意味着非体系的阅读能够带来某种解放？

陈：20 世纪 80 年代初期中国内地主要是关注乡土派，因为那时候台港文学研究刚刚起步，受到政治干扰很大，一般的人都集中于乡土派以及几个和内地关系密切的作家。但过了几年之后，台湾政局发生变化，许多乡土作家政治上因反国民党政府而倾向于本土立场，像宋泽莱、王拓等，我们学术界反过来又去推崇现代派的作家（或者说倾向于国民党政府的作家）。从艺术趣味上，我比较倾向现代派的，但像王桢和、黄春明、陈映真等乡土派的作品我也很喜欢。我一开始研究台湾文学就比较独立，我是很自觉地不愿参与到国内台港文学研究领域的主流中去，也不喜欢受到政治体制的干扰，我只是一个知识分子，一个学者，我以我的自觉的觉悟和良知去体会另一种体制下的台湾文学，香港文学，可以说，我所有的研究以及交流活动都是站在民间立场上进行的。

颜：没有进入到体制之内，反而有了自由，更关注审美性的东西，所以您关注的文学现象都比较新颖和前卫，如同性恋文学、自然写作、新生代文学等，这些都是当时内地文坛没有关注的。

陈：对，后来我对台湾文学兴趣越来越浓，写了各种各样的评论文章，把90年代台湾文学领域出现的新的创作现象都注意到了。总体来说，我不太喜欢主流的作家作品，兴趣倾向于边缘性的文学。

颜：您在《治学三十年的回顾》中也提到过，很多文学史研究中的学术概念都是由您先走一步，领风气之先，再由学生们接下去深入研究，您已经指导了18篇与台港澳暨海外华文文学相关的硕博士论文，这些选题多数是您某些研究论文的延伸、细化和深化。您让他们进入这一领域有怎样的学术用意？请您谈谈您在指导学生作相关研究时的总体思路。

陈：我怎样指导学生呢？首先资料都是我提供的、题目也都是我定的。但我有三条原则，一是要他们对课题真的感兴趣，第二要求他们把作家的书读通，第三要求他们到当地走一走。不了解当地，不到那里去生活，就没有办法深入研究。如凡是写台湾文学的学生，我都千方百计安排他们到台湾去生活一段时间。现在学生去台湾做研究很容易，那个时候还是很难的，我通过了一些私人关系来安排的。我的意思是，你没有到过台湾，最好不要研究台湾文学。

颜：他们做的作家个案都比较透比较深，也算是一种传播效应，因为如果没有人去研究，这些作家作品在内地就根本无人知晓。

陈：关键是，这些作家作品的资料在内地都不齐全，怎么可能去研究？我自己也写过一些内地学界很少关注的台湾作家的介绍，像王尚义，吉铮等。

颜：您提出的“整体观”和“世界性因素”已经成为新时期以来现当代文学研究的基本方法与研究范式。在您有关台港澳与海外华文文学的研究论文中，同样也能看到上述研究思路的贯彻，请您谈谈作为一种方法论的“整体观”与“世界性因素”如何用来研究台港澳与海外华文文学？

陈：1985年“新文学整体观”刚提出来的时候，我还没有把台湾文学考虑进去，到1987年出版《中国新文学整体观》时我可能加了一些东西，但还没有想清楚。到1988年以后就改变了。我觉得新文学整体观，不包括台湾文学是不完整的。这本书在台湾出繁体字版的时候，我还结合台湾文学重新划分新文学史的分期，形成了我对文学史格局的基本思考。我的看法是1937年后的中国文学存在三个格局，一个是沦陷区，一个国统区，一个是解放区。当然，沦陷区或殖民地文学一直要追溯到1895年，甲午海战失败清政府割台。1895年后中国文学出现了殖民地文学和非殖民地文学，殖民地文学就要考虑到台湾日据时期的文学、伪满洲国文学、1937年抗战之后的沦陷区文学，还要包括1840年以来的香港和澳门的文学。国统区文学到了1949年以后就转移到台湾。三分天下的格局在1949年之后依然存在；直到1987年台湾解禁、80年代内地改革开放、1997年香港回归，三地都开始发生变化，原来的对峙局面才开始慢慢消融。所以，中国文学其实有一个从合到分的过程，或者一开始有分，后来慢慢变成几大块，最后走向融合，这就是我对整体观的思考。在整体观视野中，台湾文学香港文学都不是孤立存在的，而是整体观里所覆盖的一个组成部分，我们研究文学一定要有这种整体意识。

颜：关于世界性因素您提到两种研究方式，一种是看作品的内容层面，但更重要的是第二种，看作家处在世界的文化格局里，如何创造出一些属于自己的东西，从而丰富了文学或文化。您说的后一种世界性因素的视野和方法，我们在研究实践中如何去体现呢？

陈：世界性因素应该怎样理解呢？我反对把各个国家文学的关系简单地理解为输出和接受的不平等交流关系，世界是一个笼统的范围，任何地方都存在世界性因素，对于空间而言，某种文学形态的存在不仅有时间上的先后，还有空间上的差异。比如“二战”以后，西方现代主义思潮最早被介绍到香港，香港有了《文艺新潮》等刊物介绍现代主义，然后再影响台湾，台湾的现代主义诗歌、小说等出现了，最后在80年代的中国内地出现，这三个区域的现代主义文学的实践彼此是平等的，并没有谁是老师谁是学生的关系，它们之间的差异就构成了中国现代主义文学的不同特点，总体上形成了丰富性。

颜：在这一视野之下，可能在某一个阶段，台港与海外华文文学的世界性因素更加突出，面对这样的文学现象，如何具体进行研究？

陈：可以这样去思考，当我们面对同一个事件的时候，不同国家和地区的作家如何表述？比如东南亚地区都经历了抗日、抗英，反殖民，独立等阶段，这过程中马来人是怎么理解的，华人、印度人又是怎样理解，他们的表述不一样，可是问题都是一样，都是民族要独立自由，对这个问题的不同表述就是世界性因素。不同民族的语言都有不同表述，每一个不同表述其实都是中心问题的一部分，它增加了考虑问题的新维度。又比如说女权主义是欧洲发源的思想，传到各个国家的表述是不一样的，但在各种不同表述之中，不能说谁真谁伪，彼此都是有价值的，平等的。

颜：您在《“20世纪文学史理论创新探索”导言》中提到，在近年的文学史写作中，都注意到了台港澳文学等新兴研究领域的成果，但大多数的文学史依然是走拼接的道路，没有对这些文学现象进行比较充分的文学史定位和理论探讨，就将其塞进原有框架里的文学史，结果造成文学史的逻辑混乱和大杂烩的内涵。这是否是您在已经阅读了大量台港文学作品，但1999年版的《当代文学史教程》中却依然不敢贸然将之整合进入文学史写作的原因？

陈：当时还是资料不够，我觉得，写一个作家可以，但写文学史如果没有充分掌握资料的是不可能写成的。

颜：我想，若写中国文学史是一定要有台港澳的，那么这些区域文学怎样如何进入到大的框架之中？

陈：这就是一个问题，我的看法是不能拼接，拼接在逻辑上就有问题。我认为现在的文学史在处理台港澳文学上还缺乏逻辑，还缺乏文学史意识，还有很多问题没有解决。

颜：要从更高的层次梳理它们之间的关系，实际上还要回到您的整体观上来。

陈：对，就是要有整体观，但这里还有一个大问题，那就是学界的研究者还没有进行有效对话和对接，这就是把台港暨海外文学从中国文学领域剥离出去单独成立学科的消极后果。现在研究现当代文学的学者不关注台港文学，研究台港文学的学者又几乎不涉及现当代文学，学界的视野越来越狭窄，这两部分的学术研究不能相通，中国文学史就写不通。

如果真的通了，很多问题就迎刃而解，但现在还没有通。我的文学史迟迟没有完成也与这个原因有关。比如说中国的现代通俗文学，它从来没有消失过。“五四”以后走向边缘化，1949年后转向香港、台湾，还出了金庸、梁羽生这样的武侠大家，到80年代又在内地出现。这是一个完整的过程，不能把它割断，如果把它割断了，就讲不清楚。

颜：那么，在文学史的大视野中，我们这一领域的初学者该做些什么功课？

陈：单个作家研究没有关系，但是心中要有一个文学史的全盘，这样你对一个作家就能定位。特别是现在两岸三地都充分交流沟通之后，一个作家的存在其实是对所有中国文学都产生影响，不仅是对某个地区有影响，比如说骆以军，作为今天先锋文学的范例，他就是创造了一个抽象的、实验性的文学，为什么这样的作家能在同样市场化的台湾出现，而不能在香港和内地出现呢？像这些问题一讨论的话，骆以军就不只对台湾文学有影响，他对整个中国文学都发生影响。

颜：最后请您对内地的世界华文文学研究提出建议和展望。

陈：现在研究条件比当年好多了，至少资料不那么艰难，政治上禁忌也少，而且逐渐学科化了，研究生在研究课题时有导师指导，这对研究的发展肯定有好处。但我觉得，要研究台湾就要到台湾去生活一段时期，研究南洋就要到南洋去工作一段时期，这是最重要的，如果不是知人论世，不了解当地的环境氛围，感情上是不贴的。因为华文没有语言障碍，我们会想当然地做学问，但其实背景不一样，表达的东西是不一样的。我倒是建议这个领域要深入到台湾、香港、海外，一定要深入下去，光靠开会喝酒碰杯是没有意义的。否则我们研究者的整体素质不可能提高。我们研究文学的根本就是要推动生活发展，推动社会进步，我们今天研究台港文学就是要促进双方的理解、彼此的沟通。走万里路，读万卷书，多跟当地作家交流，视野才能真正开阔。

颜：谢谢陈老师，通过这次访谈，我不但获知了不少有关台港澳暨海外华文文学的传播史料与研究方法，更重要的是明白了研究不能成为面壁的职业需求，而应扎根于生活实践，促成人与人、人与社会的交往对话，基于这样的立场才能做出大的学问，达成大的境界。这正是“有行有思，境界乃大”。

六　寻找新的学术空间——王列耀教授对海外华文文学研究的思考

海外华文文学研究，经过30年的发展，已经从一种边缘性研究成为一门热门学科，从国家社科基金重大课题的立项、大批标志性学术著作的出现，到各类优秀研究人才的涌现，都说明这个学科有了长足的发展，也有可喜的前景。但从另一个方面来看，当下的海外华文文学创作的发展变化迅速，出现了很多新的现象和问题，亟须研究者从理论上进行总结和探索。就此，笔者近日与中国世界华文文学研究学会会长王列耀教授作了深入交流，现整理成文，希冀某些观点能为相关研究提供启迪借鉴。

（以下颜敏简称为颜，王列耀简称为王）

（一）扩展海外华文文学研究的学术版图

颜：王老师好，您在海外华文文学研究领域已耕耘了 20 多年，取得了一系列的学术成果。同时，您也一直致力于推动海外华文文学研究的学科化，为这个新兴学科获得体制认可、形成更强劲的发展潜力作出了持续努力。我想，您应该对这一学科的整体状况有较为清晰的认知，能否请您谈谈对当下海外华文文学研究中存在的问题及发展方向的思考？

王：我想，海外华文文学研究，经过 30 年的发展，已经涌现了很多优秀的学者，出现了大批高质量的学术成果，也获得了学术界的认可。从学科的角度来看，可以说它已从一个边缘学科发展成为一个颇具潜力的重要学科。但是，要想让它得到进一步的发展，我认为还有诸多需要注意的方面。

首先，我们需要继续拓展海外华文文学研究的学术版图，夯实我们的学科基础。我们的研究一向都比较关注当代的作家作品，历史性研究严重不足。然而，在我们对历史上的相关创作了解不够的情况下，仅仅从当前华文创作中得出的某些结论往往不够严谨，经不起检验；有时你认为自己提出的话题和概念都是原创性的，但翻开历史，却发现这些可能在半个世纪前就已经出现了。这说明，如果没有弄清楚海外华文文学的原点，就无法对海外华文创作作出全面客观的评价。从理论上看，我们都一致认可华侨文学是海外华文文学的起始阶段，但在实践层面，我们对于早期华侨文学的了解远远不够，尤其是对以文言写成的近代海外华文写作关注尚未开始。其实，众多文言小说的题材与主题等与当代海外华文文学作品类似。其中第一类值得关注的打工者、经商者的“草根文学”，以1905年由上海申报馆发行的长篇小说《苦社会》为代表。此书“以旅美之人，叙旅美之事”，展现了华工禁约时期旧金山唐人街社会的凄惨苦痛，可谓唐人街写作的发端之作，是美国的黄运基、马来亚的方北方等“在地”草根文学的先声。这样一看，常被认为是海外华文创作起点的《天使岛诗歌》其实有限，因为它是由还没有进入美国社会的华人写的，尚未触及海外华文创作最重要的“在地”维度。第二类值得关注的小说是留学、游学者的“留学生文学”，以1905年《绣像小说》上刊登的《苦学生》为代表，这一部小说主要叙述中国留学生在美国求学前后遭遇的种种歧视和刁难，集中反映了弱国子民心态，由此我们不难想到它与郁达夫的《沉沦》、白先勇的《纽约客》等文学作品的联系。

近代出现的海外华文创作，在海外写海外，都应归属于海外华文文学。从文学史角度而言，它具有多重开创意义；从审美意义而言，其艺术手法和思想内涵与当代海外华文创作相比也毫不逊色，甚至更为复杂多元。如我们现在正在关注的跨族裔书写在近代小说中远比当代留学生、新移民文学中要表现得复杂，因为现在的海外留学生往往都外在于所在国的主流社会，以一种“在而不属于”的心态在创作，集中关注所谓的族群矛盾，而近代一些华人融入了主流社会，在其创作中往往不直接反映族群矛盾，而是集中关注阶级矛盾等更为生活化的内在层面，如《东欧女豪杰》就是一例。再举出一个例子，我们所说的混血儿形象在近代文学中早有显现。如苏曼殊的《孤鸿飘零记》中所表现的混血儿形象就非常独特复杂，带着乱世飘零、寻找自我的现代性意识，具有很高的审美价值。总之，如果我们不去关注这些处在源头的海外华文创作，我们整个学科的基础就不可能扎实，也不可能得出客观理性的结论。另一方面，当我们把握了历史上早已出现的这些文学现象之后，我们就会清楚，当代华文创作其实是在继承中实现新的突破的。

颜：那么，当代海外华文作家是自觉去继承和学习已有的写作传统，还是因为他们的境遇与近代海外华人差不多，所以其作品中表现出类似的东西？

王：对于作家而言，他们不可能像学者那样去自觉去发掘和继承历史上的传统，相反，在文学史上，传统是会断裂的，而我们学术研究的目的就是要去维护、重建文化和精神传统。

颜：新马华文作家在溯源时甚至将明朝的游记也当成华文文学的起点，很多作家在其创作中也有意识地重写历史，如何理解他们的行为？您的出发点和他们的这种溯源策略有何不同？

王：东南亚华文文学通过这种溯源策略是要建立属于华人族群自己的文学文化传统，这是值得肯定的。但从我们学术研究的角度来看，要超越这种狭隘的族群视角，要用更理性和历史性的眼光去全面把握整个海外华文文学史的面貌，将海外华文文学的研究基础夯实。而现在我们还没有将早期的史料和作品整理出来，更谈不上深入的研究。

颜：当然，近代文学的可挖掘性更大，学术潜力也更足，值得关注。

王：对，我再简单谈谈学术版图需要拓展的另一个维度，那就是我们的横向研究也远远不够。近几十年来，比较热的是北美和东南亚，有很多区域我们根本没有关注到，是不是这些区域就没有华文创作呢？不是的，是我们来不及或者没有精力关注这些区域的华文创作，如韩国的汉文写作就具有极大的研究潜力。这就造成什么问题呢，当我们不了解的时候，我们就会觉得那个区域没有什么作品，根本没有必要去挖掘，一旦形成了成见，我们就容易以偏概全，把错误的认知当成了真理。而事实上，当我们深入去挖掘的时候，我们就会发现其实有很多优秀的文学作品。另一方面，那些已经具备了一定研究基础的区域如北美和东南亚地区也存在薄弱环节，需要继续深化，如加拿大早期的留学生文学也尚未被关注。从学科的发展而言，反复咀嚼几个作家作品的研究方式已经无法促成学科的进一步发展，我们必须不断拓展研究的空间维度。

总的来说，必须将纵向的拓展和横向的挖掘结合起来，才能呈现海外华文文学完整的学术版图。若只有点的把握，缺失纵横的宏观观照，难以形成清晰的理论观点。

（二）探索海外华文文学研究的新方法

颜：王老师，梳理您从 90 年代初至今的研究论述，我发现您在海外华文文学研究中，致力于寻求新的角度、新的概念、新的领域。我感兴趣的是，新的研究视野和方法从何而来？

王：我想，从事海外华文文学研究，包括其他研究必须遵守的基本原则是，当你关注到一种新的现象时，你不能就事论事，而要不断追问下去、提出问题，然后就会有所发现。而我们当下的研究对新现象、新问题的关注远远不够。如果说现代文学的研究资源已经掘地三尺，很难发现新问题与新现象的话，海外华文文学尚未关注的空间是如此广袤，新的问题如双语写作，跨媒体写作、回流作家写作等现象不断出现，这恰恰是我们的优势。

拓展研究视野的同时，我们还需要更新我们的研究方法。相比中国现当代文学这些成熟的学科而言，海外华文文学的研究方法的确需要更新和丰富。为什么我们的研究方法会比较单一和滞后呢？我觉得，主要原因是我们对相关学科的研究成果、方法的借鉴不够。

首先值得借鉴的是华侨华人的研究方法。华侨华人研究在方法上的优势是他们不但立足于发掘历史，而且重视对华人当下地位心态的深入调查。尤其是在历史人类学的视野之下，研究者用人类学的田野调查方法，对不同层次、不同年龄和不同阶层的华人进行细读厚描，所得到的事实和结论，比我们通过文本阅读得来的第二轮经验要更加贴近华侨华人的真实生活。我们有的研究者根本不去关注和了解这些文学背后的因素，仅仅关注文本自身，怎么可能发现新的问题，得出新的结论呢？就我个人而言，我之所以能关注到海外华文文学中的一些新现象，就与我一向重视吸纳华侨华人研究的相关成果有关。

其次可以借鉴宗教学的视野和方法。现在，据我所知，有为数众多的海外华文作家是基督教徒，就是没有成为教徒的作家也多少受到所在国宗教文化的影响。我手里有一套基督教文化与文学丛书，其中就收录了一百多个受到了宗教影响的作家的作品，那么，宗教观念如何影响海外华文作家的创作呢？如何从宗教角度去探讨海外华文文学的独特性呢？这些都很需要深入地研究，但我们的研究者都倾向于鉴赏性的文学批评，用的是一般意义上的文学批评方法，反而遮蔽了这些作品的独特性。我想，我们如果能够静下心来，从宗教的角度去解读这些作家作品，相信一定会有所发现。

再次是对传播学的视野和方法的借鉴。文学和传媒的问题已经成为文学研究一个新的出口。就海外华文文学领域而言，从文学传播角度去重新梳理文学史的工作是基础，但更有意义的是在传媒视野中提出一些新的问题，如跨媒介写作的问题，现在有那么多的海外华文文学作品被转化成影视作品，这个转化过程怎样完成的？作家如何介入文学的影视化过程？这些都很值得深入研究。

颜：文学传播这一块很难做，因为传播学的研究是建立在实证基础上的，必须投入大量的精力。

王：实证部分的确比较难做。但如果每个人都来做一点有意义的东西，慢慢积累就好了，现在的情况是，大量人力物力都耗费在少数作家作品的赏读之上，缺乏多学科、跨学科的思考角度和研究方法。

颜：海外华文文学有什么独特性使得它需要运用跨学科的研究方法呢？

王：我们的研究方法，一定要从把握我们本学科研究对象的特点出发，才能形成自己的独特方法。海外华文文学的独特性体现在哪里呢？从区域构成来看，海外华文文学显现出极为复杂的面貌。每一个区域都有各自的特点，就是同一个国家也会有极为复杂的区分。如马来西亚的东马和西马地区，因为殖民历史、华人数量等因素的影响，其华文创作显现出完全不同的面貌。从语言思维的角度来看，海外华文文学和中国文学有着明显的区别。虽然都是用汉语写作，但海外作家使用汉语的情况极其复杂。除了少量第一代新移民作家以外，绝大多数海外华文文学是以非母语写作的形式存在，如当代印尼华文作家使用的汉语是第二语言，是在印尼语影响下形成的具有地方特色的汉语；就是汉语作为母语的马来西亚华文作家的创作，其表达方式也有明显的地方烙印。而非华人的华文写作就更加独特。正是基于海外华文文学的复杂性和独特性，我们不能完全套用中国文学的研究方法去研究海外华文文学，需要确立一种跨学科的研究视野和方法。

颜：王老师，您还试图将其他学科的学者引入我们这个领域，这可谓另一种跨学科的方式，请问这样做有什么好处呢？

王：这种跨学科的研究视野一旦建立起来，对我们的研究是很有好处的。若从其他学科的眼光来看海外华文文学的不足，有其片面性，但能够刺激我们去思考我们当下研究的问题出在哪里，从它的片面性眼光也能看清楚我们这个学科的复杂性和独特性。以前我们做过一些跨学科的努力，都是在文学内部进行的，这样做的问题是，很多文学学者一旦进入我们这个领域就被这个学科现有的思维、术语和概念所同化，难以提出新的问题。若让那些跟我们学术背景完全不同的学者来审视我们这个学科，更容易发现我们的不足。因此，我们跨学科的步伐可以迈得更大一些，以后要将传播学的、经济学、社会学、宗教学等诸多领域的专家都引进来对我们进行批评和指导。

颜：关于研究方法的另一困惑是，理论的借鉴会不会形成先入为主的研究思路，如现在有关海外华文文学研究受后殖民理论的影响极大，甚至有点泛滥成灾了，如何避免这种状况呢？

王：一方面，如果我们研究海外华文文学时，都用一般文学鉴赏的方法去解读，就没有太大意思。另一方面，后殖民等现有理论虽有它的适用性，一些本土学者也都在运用，如果我们一味跟着它走也将丧失自我立场，对我们的研究也未必是好事。所以还是要回到我刚才所强调的那一点上，我们要充分借鉴华人学的研究成果，因为他们得到的资料和成果都建立在田野调查的基础上，比较可靠。在充分了解背景材料的基础上再去作研究。

颜：也许最好是将理论放在一边，从作品中去总结和发现理论。

王：对，就是要运用某个理论，也应该作出修正来适应对象的变化。

颜：现在觉得，把握一种理论很不容易，如后殖民理论本身就十分复杂，流派众多，这么多年的阅读学习我还是不敢说自己理解透了。记得以前不怎么懂的时候，什么理论都敢用。现在有所畏惧，反而不敢轻易借鉴了。

王：这恰恰说明你对我们这个学科的复杂性有所了解了。

（三）建立具有原创性的海外华文诗学

颜：王老师，我还想问一个老生常谈的问题，那就是关于学科的命名和定位问题。海外华文文学作为二级学科，还是以世界华文文学作为一级学科呢？

王：在理论层面，这些概念的鉴定已经很清晰了。为了避免中心主义，我们选择世界华文文学这个名称，但在实践层面，我们还是侧重研究海外的华文写作，这样处理就比较符合研究实际。

颜：命名本身不是问题，但在全球化的学术语境下，我们的研究成果需要在国际上得到承认。那么，如何建立具有原创性的诗学成果，并为其他研究领域提供借鉴？

王：我想，从引进理论、方法到贡献理论、方法是一个过程。一般而言，诗学理论的树立，应该建立在诸多基础性研究都已完成的前提下，在我们的研究版图、研究方法等问题还尚未弄清楚的情况下，是难以提出新的诗学话语的。而我们的学科，从2002年成立到现在，不过十年的时间，作为一个新的学科，十年的时间还太短。过去我们主要是借鉴其他学科的理论，现在到了可以回馈也应该回馈的时候了。我认为，经过几代人的耕耘与积累，海外华文诗学的突破有望在下个十年实现。但我们绝不能满足于现有的研究状况，需要继续努力。跟比较成熟的学科相比，我们所做的工作还远远不够，尤其是理论上的自觉探索太少。

颜：那么，我们现在可以做些什么呢？

王：一方面我们可以继续做基础性的史料整理和文学批评的工作；另一方面，也需要及时进行理论上的总结。如多种语言思维的问题，可能是海外华文文学核心的诗学问题。对很多海外华文作家而言，汉语不是母语，当他用华文写作时，其文学语言的思维是独具特色的，他不仅有汉语思维，而且还有英语思维、马来语思维，这恰恰说明了什么呢？说明了海外华文文学在语言思维上的复杂性和独特性，他们的汉语思维和我们的汉语思维是不一样的。这种复杂性和独特性，需要进行诗学上的总结。

当然，没有整体研究的基础，诗学理论的总结总是苍白无力的，我们需要组织团队，吸纳和培养优秀的研究人才进入到这个学科之中来，以尽快实现突破。现在我已经在有意识地组织研究生们去从事某个领域的研究，相信在未来的三到五年，我们会总结出一些可以为其他学科提供借鉴的诗学成果。

颜：作整体的诗学研究，对于个人而言实在是精力有限，就我自己而言，我只能退而求其次，做一些点的工作，抓住一些重要的点，把某个点吃透。

王：从整个学科而言，这种整体的诗学总结是必要的，不能等到一切都弄清楚再动手，可以一边总结，一边研究。像饶芃子先生、刘登翰先生、杨匡汉先生这些前辈，就已经在诗学理论上有了一定的建树。

颜：王老师，在您看来，这些前辈的研究经验，有哪些是特别值得后来者借鉴呢？

王：我们几代人的努力，其实都只是提出了问题和思路，真正要解决问题，形成具有影响力的诗学成果，还等待你们年青一代的努力。如果说有什么经验的话，那就是要特别重视原创性的研究。原创性的诗学成果依赖于原创性的研究。也就是说，我们在研究中，要尽可能把所有前提和成见放下，才能发现新的东西，但现有的情况是，一些研究者已经有了前提，他的研究目的就是把海外华文文学带入自己已有的系统中来，这种研究就不是原创性的研究，又怎么可能形成新的诗学理论呢？海外华文文学实在是太复杂了，无法从现有的中国文学诗学话语出发去进行研究。比如同样是马来西亚华文文学，西马和东马就有极为复杂的区别。东马华人是主流，马来人人数较少，受到了荷兰人的殖民影响，殖民者和华人相处融洽，而西马是英国人殖民的，华人数量较少，族群矛盾就很突出，这些都在其文学创作中留下了深刻的印记。因此，要对海外华文文学作出诗学总结是不容易的。一定要从实际出发，不能凭借主观臆断。

颜：那就还是要回到作品，放下成见，沉下心去解读他们的作品，看他们是怎样写的，对吗？

王：对，要回到文学原来的语境里去解读这些作品。

颜：现在一些有影响的学者也偶尔研究海外华文文学，但他们都强调自己是业余身份。为什么会出现这种情况呢？是因海外文学作品的审美性不够所造成的吗？

王：不完全是。一方面是他们对海外华文文学的了解太少，还没有读到那些优秀的作品，另一方面还是像我刚才所说的，因为海外华文文学还尚未建立自己的诗学话语，尚未让其他学科受益，所以难以得到其他学科学者的重视，但业余之说至少证明我们的学科现在已经被承认了，这是进步。总的来说，我觉得造成这种状况的重要原因还是我们自己做得不够。因为我们的研究版图还不够清晰、我们的学术研究没有达到一定高度、我们没有把学科的特色总结出来，自然就会造成诸多误解。但以后一定会有所改变，尤其有了你们年轻一代学者的加入，我们这个学科的前景一定会越来越好。

颜：王老师，对于年轻一代学者，您有怎样的期待和指引呢？

王：我们作研究，首先不要有浮躁的心态，要耐得住寂寞慢慢来。其次，也要有一定的时代敏感和政治敏感，不能闭门造车。比如说对环南海历史文化的研究，就是一个非常有意义的话题，能够得到各种基金的支持。有了较好的学术心态和学术环境，我们的研究才能更上一层楼，我们的学科才有了进一步的发展。

七　守望浮岛——与新加坡作家希尼尔的对话

与微博在网络风行一样，近年来，小小说也似乎成为文学新的风向标，因适应当下“轻短快”的文化风尚而得到重视，发展迅速。新加坡的小小说创作起步早、探索多，目前已涌现众多优秀的作家作品，在世界华文文坛上可谓独当一面。此次前往马来西亚开会，遇见了新加坡著名诗人和小说家希尼尔，跟他会后闲谈的主题之一就是小小说。用心记下，希望能让大家对新华文坛的变迁有所了解，并能对当下的文学创作有所启迪。

（以下希尼尔简称为希，颜敏简称为颜）

（一）见证新加坡文学的当代转型：小小说成为主打文体

颜：希尼尔老师，您是新加坡有名的诗人和小说家，又是新加坡作家协会的会长，对新加坡的文学发展有比较全面的认知，近年来您一直在创作和推广小小说这种文体，今天想请您给我们介绍一下小小说在新加坡的发展情况，也请您谈谈您在小小说创作中的心得体会。

希：首先让我们界定一下概念。对此文体为什么你不用微型小说，而用小小说呢？

颜：关于这一点，我们内地没有定论，有用小小说的，也有用微型小说的，还有用闪小说的，比较随意。

希：闪小说是另一个概念，是指更为短小精悍一点的，我个人曾倾向于用小小说，但后来受内地文学界影响，也开始用微型小说。现在看来，如果把它看成是小说四大家族之一，用微型小说这一名词比较搭配。当然作为创作者，对待名词我们也无须太在意，注意到这种文体的总体特色就好。

以个人而言，一个题材，我不喜欢用太多文字来表达，如果用500字就可以表达其意旨，为什么要用1000字来表达呢？我们不该制造太多的文字垃圾，文字是我们祖先一个神圣的印记，古人有敬惜字纸风尚，我们也不能亵渎、滥用，否则就是对文字施暴。

颜：但中国内地常以长篇小说作为衡量时代创作成就的标准。

希：我想反驳这个说法，中国真正的文学传统其实是诗词，其中最重要的是唐诗宋词，它们的特色都是精悍短小。我不反对写长篇小说，但我们不应该鄙视其他文体，每种文体都有它的精彩之处。像我兼写诗和小说，当某些题材与内容适合用诗的形式来表达时就用诗，适合用小说技巧来表达就用小说。

还是回到新加坡的小小说创作上来，新加坡在20世纪80年代初开始，随着经济的整体腾飞，生活节奏加快，报纸副刊版面的缩减，文学创作也进入转型期，从文体的变迁来看，就是小小说的创作进入了滥觞期。这不是说之前没有这种问题，而是没有人自觉地推动它。当时在这方面做了很多工作的是新加坡《南洋商报》文艺副刊《浮雕》、《文林》的编辑杜南发（现在是《新明日报》和《联合晚报》的统筹总编辑）。他第一个将台湾的极短篇小说，包括新闻小小说等介绍过来，还主催了一些有关小小说创作的座谈会，影响很大。一些文学团体也在推动这一文体的发展，当时我们给这种文体的定位是“待垦地”：还尚未定型，有无限的疆土等待作家的开拓。

1989年新加坡出版了《新加坡微型小说选》（阿裕尼文艺创作与翻译学会出版）一书，该书主编彭飞是一个小小说作者，眼光不错，那些年的优秀作品（48位作者80篇小小说）基本上被收入这本书内。这时在中国也出版了好几本新加坡小小说的选集，如《赤道边缘的珍珠——新加坡微型小说选》（山东友谊书社1990年版）、《幸福出售—新加坡微型小说选》（泛太平洋出版社1990年版）等。1992年新加坡作协创办了《微型小说季刊》，这是新加坡第一本小小说的专刊，也可能是中国本土以外第一本小小说的专刊（1998 年后，该刊被整合在《新华文学》期刊中）。当时很多有创意的作品，因各种原因，在报纸上很难发表，但可以发表在《微型小说季刊》上，因为它是我们写作人自己创办的民间刊物，视野及尺度相对开阔，我的很多实验性的作品就发表在上面。

1992 年我们开始走出去，与中国港台及内地广泛合作，1992 年我们与台北圆山扶轮社等机构联办了“首届亚细安青年微型小说奖”，我的作品《认真面具》获奖。1993 年我们与上海微型小说学会合作创办了“春兰杯世界微型小说大赛”，扩大了新加坡小小说的国际影响。1994 年在新加坡还成功举办了“首届世界华文微型小说研讨会”，在这次会议上，我的小小说《变迁——二十世纪末南洋刘氏三代讣告实录》引发热议。总的来说，90 年代是新加坡小小说发展的高峰期。

到 2000 年以后，新加坡的微型小说维持在一个比较平淡的状况，但中国大陆的小小说创作开始崛起，影响越来越大。譬如郑州的《小小说选刊》就办得有声有色。由于有一定的读者群和市场需求，发行量不错，小小说就被他们作为文化产业来推动了，他们还推出了小小说的最高荣誉“金麻雀奖”，2007 年我曾出席这个奖项的颁奖礼，场面很大，似乎堪比奥斯卡奖的颁奖现场。

颜：能否谈谈新加坡闪小说的创作情况？

希：我参加了在香港开世界微型小说研讨大会，当时来自各国的作家、学者开始讨论闪小说，蚂蚁小说，在之前（2008 年）的上海研讨会上，已有学者谈及手机小说，在会上也分发了《05 之夏首届手机微型小说大奖赛·参赛作品选》（上海文艺出版社 2005 年版），这都给我很多启迪，我觉得闪小说是可以尝试的新形式，适合我们当前的网络时代及资讯社会，回国以后我开始推广。我对闪小说的定位是字数在 300 以内为佳，600 字以内为限，它和小小说一样，也是一种心灵闪电式触动，表达对美的瞬间领悟，对社会片段的截取，对人生情境的一种描述。这种文体的优势是，对于新加坡的学生来说，他们是用第二语文的模式去学华文，短小的篇幅比较适合他们去赏析和经营。我最近几年也一直在整理收集新加坡比较优秀的闪小说，准备出版。

颜：在新加坡的新一代作家中，从事小小说创作的多不多？

希：年轻一代中，优秀的作家不多，40 岁左右的有些写得不错，大概有十来位。30 多岁这一阶段反而有些断层，因为他们成长于以华文为第二语文的教育模式中。现在情况有所改变，近 6 年来，我们作家协会和教育部推出一个驻校作家计划，把作家推到学校去，指导学生赏析与创作，其中有不少作家就着力与指导小小说的创作。我发现，500—1000 字内的小说学生通常能够胜任，但 1500 字以上的篇幅反而难以把握，可见，小小说截取生活的片段，用精短的文字去表达的方式，比较适合学生的现状。我想，这些经过文学浸濡的学生 10 年后可能有所成就，但很难说，因为年轻学子在未来的人生路上会有许多抉择，不知道最终还有多少人坚持漫漫的文学之路。我们现在所能做的是播种、灌溉，至于结果怎样，我想这不是现阶段需要考虑的，如果过分重视结果，反而会弄巧成拙。

颜：青年一代的发表园地多吗？主要是平面媒体还是网络？其中网络的作用大不大？

希：网络方面，他们都是各自把文章传到博客和微博上。在“驻校作家”计划下创作出来的学生作品，教育部每年都会择优正式出版。另外，我们的报纸副刊每隔两个星期有专门版面留给学生发表，但数量仍然有限。

（二）守望浮岛的文学灯塔：创作经验自由谈

颜：您觉得在小小说创作中最难处理的是什么，是题材、结构、还是主题？

希：是技巧。技巧包括了结构、表达方式和切入点、结尾等。一个小说家与普通人的区别在于他用技巧在讲故事，我在小小说创作中，一直在尝试创新，尽量不重复自己。写作时，我会先把故事的大纲写下来，再去寻找一个相应的表达方式，我认为，很多作家往往忽略了生活层面的技巧；而在我的小小说中，就用过书信、对话、会议记录、讣告、广告、新闻剪报、问卷调查、札记等形式来表达中心思想。

颜：在小小说创作中，凭情感和冲动来写作常见吗？激情占据什么样的位置？

希：情感和激情是需要的，如果作家没有激情，写出来的东西也不容易与读者产生共鸣，小小说创作也是一样。但并不是每次自然生长的枝叶都是完美的，需要调整修饰。

颜：您会关注评论界对你的小小说的评价吗？您的创作会受到他们的影响吗？

希：恰恰相反，早期我在创作时潜意识中有一种想法，我要为理论家的理论建构提供新的佐证，所以我要创作出不同于已有典型范式的新作品来。

颜：您要为小小说创立新的准则，所以您要尝试新的技巧。那么，您认为，批评家能起到什么样的作用呢？

希：批评家的作用是替作者分析作品，引导读者去理解作品，从而达到推广的目的。我平时也会看一下这些评论，只要他们能自圆其说，有所理论依据，我都接受的，因为每一篇作品可能有很多种读法。

颜：记得王安忆老师曾经说，作家有时候对批评意见也会及时回应，有时候甚至会有意写一篇作品给那些批评家看看。

希：我觉得，理论家和作家是相辅相成的，但作为写作者，不该被评论家牵着鼻子走，而应该有自己的思路。比如大导演斯蒂文·斯皮尔伯格，他拍过很多商业化作品《大白鲨》《夺宝奇兵》等，电影票房很好；但他也想拍自己喜欢的电影，比如《辛德勒的名单》特意拍成了黑白片，他知道这部作品是能获得奥斯卡奖的，他懂得评委需要什么，他是懂得怎样去拍电影的导演，他不是拍完才知道自己会得奖的。

颜：对，优秀的导演和作家都是能引领潮流的。

希：1999 年王安忆到马来西亚参加一次文学座谈会，当时我是主持人，那时她是觉得有气派的是长篇小说，微型小说篇幅太少，不足以表达大的题材和大的时代，但几年之后，她接受新加坡教育部的邀请来为高中华文的特选学生授课时，就以小小说创作指导为中心了，可见她的观念有所改变。

颜：王安忆老师后来写了很多短篇小说，她是把短篇作为实验田来尝试的。

希：小小说也是很好的试验田，我想，长篇小说可能表达的是大的时代，是生活的一个面，小小说呈现的是时代的一个个小点，再把小点连成线，再由线拓展成面。

颜：的确，我也觉得如果将您的诗歌和小说串联起来，就变成了很宏大的画卷，有着深刻的意义。

希：最近有几个学者指出，在我的创作中常常出现“浮岛”这个意象，我用“浮岛”来代表我们不稳定的生存状态。我记得多年以前，前总理李光耀先生访问新西兰时说，一百年后新西兰还是存在的，但新加坡是否还存在却不能肯定。所以，我把这种没有固定坐标的岛屿生存叫浮岛状态，以凸显其脆弱性。

颜：对，在文明的极速发展中，新加坡这样的岛屿会给人带来一种虚无感。

希：去年王德威来新加坡演讲时，他提到了新加坡文学的十个关键词，他指出，“当我们正视半个世纪以来新加坡这个国家所形成的华语文化经验和记忆时，人们会得出不同的谱系”。他用其中一个关键词“孤岛移民”来定位我和我弟弟谢裕民创作中的华人移民经验，我想我们可能还不能作为新加坡文学的代表，但对岛民心态的呈现与批判的确是我创作中常要表达的，在我的作品中也呈现了如王德威教授所言的“族群记忆的星散，时不我予的感伤”。

颜：您经常出境开会、讲学、跑业务，您觉得，这种跨语境交流对您的创作有什么影响？

希：肯定有影响的，我的社会活动，我在不同城市、不同国家的生活，这些丰富了我的人生阅历，增加了我的创作题材。我也曾通过阅读报纸来写新闻小小说，但更多的创作题材是在人际交往中获得的。譬如一些听来的故事，我将它们改编、增加一些特定元素转变成自己的作品。不过，这种流动的生活方式，在丰富了我的创作题材的同时，却剥夺了我的写作时间。

颜：在欧美华文作家的创作中，喜欢写异国恋和文化差异，为什么您比较少涉及这些？

希：对我不了解的东西，我通常不愿意写，不然会产生错误的写法。我年轻时想写一个上海、香港和新加坡的三地故事，我收集了很多资料，但最后发现太难了，我放弃了。我认为，写自己不熟悉的东西，会写得很片面和很表面，不如集中写自己熟悉的地方，写新加坡。

颜：但新加坡本身也是一个多元的社会，多种族集聚、也有多层面的生活，您对您视野之外的世界如何了解和书写？

希：通常我不会刻意去安排与异族同族的交往和了解，但我的工作单位是一个跨国公司，如在印尼的分公司里就有许多从印尼群岛过来的异族同胞，彼此之间有机会沟通和了解；另外，我在工商界的职业选择，也给了我非文学的视角来理解生活。

颜：您没有刻意去了解，但您的工作性质让您获得了理解异文化的机会和独特的视角吗？

希：是的，我想，不需要刻意，因为作家本身就要有敏锐的观察力。

颜：我们内地的作家有“体验生活”一说，你愿意尝试刻意去体验另一种生活吗？

希：因为我本身不是专业作家，因此就不可能制订这类的计划，再说，体验生活看起来有一点造作，有一点不真，我觉得对于一个作家而言，只要他认真生活，他所熟悉的东西已经足够他写了。

颜：也就是说，这种体验生活的方式不吻合您对创作的理解，是吗？

希：是的，我只书写真实的生活。

后记：在吉隆坡的小咖啡馆里，希尼尔先生还谈到了新加坡华文文学所面临的诸多问题，但他相信，一个真正的作家永远不会停止探索，他会坚守作为新加坡作家的使命，为浮岛寻找可能的精神归宿。

后记——成长的印记

18 岁那年，我决定考暨南大学的研究生。我当时所在的城市，正是钱锺书《围城》里三间大学的所在地蓝田。昔日的三间大学早已变成了一所规模甚小的高中，掖藏在巍峨的政府大院后面，显得格外委屈。在小城的生活世界里，政府大院才是真正的围城，里面古树成荫，门外武警查岗，令人既神往又畏惧。而我那时正是做梦的少女情怀，与小城生活有意保持着距离；走出这座民风的确有些粗鄙的城市，已成为我考研的动力。寂寞的读书生活延续了整整五年，我才赶往暨大文学院报到。最美好的青春岁月，守在书斋里，没有花前月下的浪漫，沉静如古井。

从小城到繁华都市，我并无不适之感，反而宾至如归。进校第一天晚上，导师王列耀先生就亲自来宿舍找我，让我感动到想哭。一切都好，遇上最好的老师，遇上了都是老乡的宿友，有了藏书丰富的图书馆，我的人生翻开了新的一页。读书、听课、写作是我研究生三年的主业；每当坐在图书馆里，闻着书墨的香味时，我觉得自己是世界上最幸福的人。据同届的研究生同学后来总结说："我是这届文艺学研究生里唯一一个在权威期刊上发表文章的人，也是这届同学里最不喜欢聚会和玩耍的人，当然也是最勤奋的一个。"是的，错过了与同窗好友的谈天说地，却赢得了对学术的信念和热情，所得所失，孰是孰非？

硕士毕业后，我来到了惠州学院，一个尚在建设中的地方大学。住在美丽的西湖边，用电饭锅煮菜下面条，拼命备课，心仍有不甘，故开始考博。一年刚过，我又回到暨南园。硕士时只不过想完成学业，博士阶段却想开辟自己的园地。在当时的传媒研究热中，我也受到感染，开始做文学期刊研究，集中关注的是内地与台港澳暨海外华文文学相关的期刊。博士阶段，才真正体味到学问之道的艰难和乐趣。我走遍北京、上海、福建等地搜集资料，向传媒界的前辈反复求证某些细节，再细细琢磨论文的每个字眼，如此这般，多少个夜晚不眠，视力急剧下降，才略有所悟。但写成之后的博士论文，我并不满意，觉得它离理想的著述太远了。于是决定继续前行，2009 年前往中国社科院文学所读博士后，在赵稀方、杨义先生的指导下，寻找新的研究领域，期待新的研究范式。到 2011 年如期出站时，我总算摸到了做学问的一些门道，对自己有了信心，却发现自己知识涵养极度不足：有太多的书没读，有太多的资料没有找到，学术之道，真是漫漫无际啊！我怀着对学术的敬畏之心继续前行。2012 年我欣然前往复旦跟随陈思和老师学习，这次领悟到的，已是人生和学问合一的境界。原来，陈老师让我明白，学术的境界，原本需要人生的养分才能丰满充实！我过于追求学术的自我完满，却错过了一路的人生风景。

行到此时，人已中年。家庭、孩子、工作和学术，只能兼顾，必须兼顾。我终于释然，学术和人生之路都一步一步走着就好！这本著作，作为我教育部课题的一个总结性成果，就是这样一点一滴地聚集起来的，没有过于耀眼的光芒，却蕴含人生满满的滋味。感谢我的师长，感谢惠州学院的领导，感谢我的家人，你们的支持和信任，让原本多愁善感的我变得坚强自信！也感谢一路上陪伴我的朋友们，与你们的相遇，丰富了我琐碎平凡的世界！

要说明的是，部分论文已在《当代作家评论》、《南方文坛》、《暨南学报》、《世界华文文学论坛》、《理论与创作》、《海南师范大学学报》、《华文文学》、《中外论坛》和《惠州学院学报》等期刊发表过，收入本书时作了较大修改，在此对上述期刊及编辑表示诚挚谢意！本书出版资金来源是惠州学院科研项目配套经费和文艺学重点学科专项基金，感谢学院和中文系给予的资金支持！最后，要特别感谢本书的责任编辑曲弘梅老师，之前的几本专著，都玉成于她；这本书她也付出辛勤的汗水。

是为记。